Katrin Burseg
IN EINEM ANDEREN LICHT

Katrin Burseg

IN EINEM ANDEREN LICHT

Roman

List

List ist ein Verlag
der Ullstein Buchverlage GmbH

ISBN 978-3-471-35140-6

© 2017 by Ullstein Buchverlage GmbH, Berlin
Alle Rechte vorbehalten
Gesetzt aus der Dante MT Pro
Satz: Pinkuin Satz und Datentechnik, Berlin
Druck und Bindearbeiten: GGP Media GmbH, Pößneck
Printed in Germany

»Es ist ganz wahr, was die Philosophie sagt,
dass das Leben rückwärts verstanden werden muss.
Aber darüber vergisst man den anderen Satz,
dass vorwärts gelebt werden muss.«

Søren Aabye Kierkegaard

EINS

Gregors letztes Bild war heiter. Das Porträt eines jesidischen Mädchens, fremde grüne Augen, Lichtblitze darin, und ein neugieriges Lächeln auf den Lippen. Es spiegelte Hoffnung und den Willen, sich nicht unterkriegen zu lassen. Vertreibung, Gewalt und Angst sah man darin nicht. Lediglich Armut, die Not zeigte sich in dem zerschlissenen rostfarbenen Tuch, das dem Mädchen über Haar und Schulter fiel. Der Umhang und das Spiel von Licht und Schatten verliehen ihm die Aura einer Madonna.

Eine heitere Madonna – und ein Bild für die Ewigkeit. Es nutzte sich nicht ab. Zärtlich strich Miriam mit den Fingerspitzen über das Foto. Sie trug es immer bei sich, in ihrem schwarzen Notizbuch, und manchmal wünschte sie sich, mehr über dieses Mädchen erfahren zu können. Antworten zu finden auf all die Fragen, die sie immer noch quälten.

Vielleicht hätte Gregor ihr etwas über dieses Mädchen erzählen können, so wie er es oft nach seinen Reisen getan hatte. Nachts, flüsternd, wenn er sie in seinen Armen hielt und sie seinen warmen Geruch in sich aufsog. Wenn ihr Atem ruhig floss und sie sich im schützenden Kokon seiner Liebe eingesponnen hatte.

Doch Gregor war tot.

Kurz nachdem er die Aufnahme in einem Dorf in der Sindschar-Ebene gemacht hatte, war er ums Leben gekommen. Ein Querschläger, mitten ins Herz. Die Kugel aus der Kalaschnikow eines Dschihad-Kämpfers hatte eigentlich den vorausfahrenden UN-Botschafter treffen sollen. Ein irrwitziger Zufall, das Zusammenspiel erklärbarer und nicht erklärbarer Kräfte, hatte das Geschoss abgelenkt und ihren Mann getroffen. Gregor Raven, zweiundvierzig Jahre alt, Fotojournalist aus Hamburg, kriegserfahren und trotzdem nicht abgebrüht. Kein Hasardeur und auch kein Held. Jede seiner Reisen in die Krisengebiete der Welt war der Suche nach Wahrheit verpflichtet. Er hatte den einen Augenblick gesucht, der Augen öffnen konnte. Dieses eine Mal war er einfach zur falschen Zeit am falschen Ort gewesen.

Die Nachricht von seinem Tod hatte Miriam in der Redaktion des Hamburger Nachrichtenmagazins erreicht, für das sie beide arbeiteten. Wenig später war die Meldung schon online. Der Tod des Geliebten als Aufmacher, ein unbarmherziges Flackern auf den Bildschirmen im Newsroom. Auch heute noch, fast zwei Jahre später, fanden sich die Bilder und Artikel im Netz, sie musste nur Gregors Namen eingeben.

Miriam wischte sich über die Augen. Sie saß an ihrem Schreibtisch in der Redaktion, nun schaute sie auf und blickte aus dem Fenster. Der Märzhimmel war milchig-grau, ein Tiefdrucksumpf, der noch über der Nordsee festhing und Regen bringen würde, kündigte sich an. Fröstelnd kuschelte sie sich in ihren Schal und nahm einen Schluck Tee, dann steckte sie das Foto mit dem Mädchen in ihr Notizbuch zurück.

Es gab keine Antworten mehr.

Nur noch Fragen.

Quälende bohrende Fragen.

Und den Schmerz, der schwarz und schwer wie ein Krähenvogel in ihrer Brust hockte.

Der Rabe ihrer Trauer.

Er war ihr ständiger Begleiter. Mal zurückhaltend und mahnend, mal fordernd und laut.

Miriam konnte ihn spüren, er spreizte sich und trippelte unter ihren Rippenbögen auf und ab. Sie nickte dem Raben zu, bevor ihr Blick die gelben Kisten streifte, die sich in ihrem Büro stapelten. Sie wartete auf die Post, auf etwas, das sie davon abhielt, sich ganz auf die Traurigkeit einzulassen. Und auf die Zweifel.

Früher hatte sie nie an ihrem Beruf gezweifelt. Sie war Journalistin geworden, weil sie über die Welt, so wie sie war, berichten wollte. Das Schreiben war etwas Lebensnotwendiges gewesen, so wie Atmen. Und Lachen.

Doch Gregors Tod hatte alles verändert.

Sie war an ihre Grenzen gelangt – und darüber hinaus. Schock, Betäubung, Zusammenbruch. Dass sie heute wieder arbeiten konnte, verdankte sie nicht nur der Liebe zu Max, ihrem Sohn, sondern auch der Therapie, die sie ein halbes Jahr nach dem Unglück begonnen hatte. Die Trauerbegleitung hatte ihr wieder Hoffnung und Lebensmut schenken können. In der Therapie hatte sie Gregors Madonna das erste Mal anschauen können, ohne in Tränen auszubrechen. Sie hatte sich ihrer Trauer gestellt.

Nur nicht unterkriegen lassen!

Die Aufnahme, drei mal zwei Meter, hing auch in der Redaktion des *Globus*. Doch dort war sie seit ihrem Zusammenbruch nicht mehr gewesen. Zu viele Erinnerungen begegneten ihr in den Räumen, zu viele Anlässe, um in die Vergangenheit zu driften, zu viele Spuren des Glücks. Der Verlag hatte ihr jedoch ermöglicht, zur *Anabel* zu wechseln. Die Frauenzeitschrift saß im selben Gebäude an der Elbe und war ein anspruchsvolles Magazin mit treuen Leserinnen. Ehrlich, berührend und an der Welt interessiert. Reportagen, Kultur, Gesundheit, ein paar Rezepte und Mode – fünfter Stock statt des Panoramadecks des deutschen Journalismus. An ihrem ersten Tag im neuen Job hatten die Kollegen ihr einen riesigen

Strauß Rosen aus dem Alten Land auf den Tisch gestellt, und aus der Versuchsküche der *Anabel* kam mitten im Sommer ein Teller mit Weihnachtskeksen. Sie hatten es ihr leichtgemacht, sich nicht fremd zu fühlen. Und nach und nach verlor auch der Bildschirm seinen Schrecken.

Miriam zögerte kurz, dann fuhr sie endlich ihren Computer hoch. Als das Handy neben ihr summte und eine SMS für einen neuen Tarif und noch mehr Freiminuten warb, schaltete sie es auf stumm.

Gregor – wieder flatterte ihr Herz. Es gab Tage, da fuhr sie summend aus der Redaktion nach Hause. Irgendein Song aus dem Autoradio verführte sie dazu, und im Rückspiegel sah sie ihr altes optimistisches Ich hinter der Wimperntusche aufblitzen. Und an den weniger guten rief sie ihn einfach an. Gregors Kamera und Mobiltelefon hatten den Anschlag unbeschadet überstanden, der Botschafter hatte ihr die Ausrüstung mit einem Beileidsschreiben zugesandt.

Miriam hatte es nicht geschafft, Gregors Handyvertrag zu kündigen. Seine Stimme auf der Mailbox war die letzte sinnliche Verbindung zu ihm, denn sein Geruch war längst aus den wenigen Kleidungsstücken verflogen, die sie noch von ihm aufbewahrte. Manchmal sprach sie ihm etwas auf die Mailbox, manchmal legte sie einfach wieder auf. Ihr Therapeut hatte von einem Trauerritual gesprochen. Miriam schaute auf ihr Handy. Trotzig dachte sie, dass sie wenigstens nicht klaute oder vierzig Kilo Kummerspeck mit sich herumtrug, so wie einige der anderen, die sie in der Therapie kennengelernt hatte. Sie bezahlte lediglich für das Handy eines Toten.

Dann kam die Post, Miriam atmete erleichtert auf. Der Einsendeschluss für den Sartorius-Preis rückte näher. Gemeinsam mit der *Anabel* verlieh Dorothea Sartorius, vermögende Reederswitwe und großzügige Stifterin, in diesem Jahr zum ersten Mal einen Preis für Zivilcourage. Sie hatte fünfundzwanzigtausend Euro ausgelobt, für die Preisverleihung im Mai war das Schauspielhaus angemietet worden, Prominenz aus Politik und Gesellschaft wurde zur Matinee erwartet. In Miriams Büro stapelten sich die Bewerbungen, die in dicken braunen Umschlägen eintrafen. Doch dieser Brief gehörte nicht dazu, dafür war er zu leicht.

Ein Spinner, dachte sie sofort, als sie den Umschlag betrachtete. Ein Standardformat, weiß und ausreichend frankiert. Die Briefmarke war ordentlich in die rechte obere Ecke gesetzt, im Adressfeld stach die saubere und irgendwie soldatisch anmutende Handschrift hervor. Unter die Anschrift war ein resoluter Strich aus schwarzer Tinte gezogen worden, einen Absender gab es nicht.

Beim *Globus* hatte es einen Redakteur für diese Art von Post gegeben, und bisweilen war einem anonymen Tipp sogar eine Titelgeschichte gefolgt. Bei der *Anabel* jedoch gab es niemanden für die Anonymen. Im Gegenteil: Die meisten Leserinnen bedankten sich für die unterhaltsame Mischung aus sorgfältig recherchierten Reportagen, inspirierenden Dossiers und tragbaren Modetrends. Sie waren Teil der *Anabel*-Familie, verteilten Komplimente und denunzierten nicht.

Kurz überlegte Miriam, ob es sich überhaupt lohne, den Brief zu öffnen. Dann riss sie entschlossen den Umschlag auf, zog den Bogen heraus und faltete ihn auseinander. »Fragen Sie Dorothea nach Marguerite!«, stand auf dem Papier, die Schrift etwas weicher als auf dem Umschlag, das Ausrufungszeichen wie eine Ermahnung. Und dann doch noch so etwas wie ein Absender: »Elisabeth«, las Miriam, das E großzügig geschwungen, das T und H am Ende fast wie ein Liebespaar umschlungen.

Dorothea Sartorius also. Miriam legte den Bogen vor sich auf den Tisch und lehnte sich zurück. Sie war schon seit mehr als einem halben Jahr mit der Preisverleihung beschäftigt. Als die Chefredakteurin mit der Idee zu ihr gekommen war, hatte sie sofort ja gesagt, obwohl das Projekt eher organisatorischen Charakter hatte. Es ging Miriam um die Sache und um ein Dankeschön an die Frau, die auch ihr geholfen hatte. Doch davon wusste Dorothea Sartorius nichts. Mit der Sartorius-Stiftung, die sie vor fast zwanzig Jahren gegründet hatte, half sie jedes Jahr mehreren Hundert Menschen, nach einem Trauerfall wieder ins Leben zurückzufinden. Darüber hinaus spendete sie für Museen und Mittagstische, Flüchtlingsinitiativen und Frauenhäuser. Ihre Schatulle war reich gefüllt, und ihr soziales und kulturelles Engagement hatte ihr diverse Auszeichnungen und Beinamen eingetragen. »Die Lady mit dem Löwenherzen«, so hatte etwa der *Globus* die Zweiundsiebzigjährige einmal in einem Artikel bezeichnet. Sie war Ehrenbürgerin der Stadt, wie es auch ihr Mann gewesen war.

Dorothea Sartorius als Schirmherrin für den Preis zu gewinnen war ein Scoop gewesen und dem guten Ruf der *Anabel* zu verdanken, die schon mehrmals Prominente für Aktionen und Kampagnen hatte begeistern können. Doch die Organisation der Preisverleihung verlief zäh. So präsent Dorothea Sartorius' Geld im öffentlichen Leben der Stadt war, so zurückgezogen lebte die Stifterin privat. Es gab ein riesiges Anwesen an der Elbe, eine private Kunstsammlung und ein paar verschwiegene Angestellte. Ein effizienter Sekretär koordinierte ihre Termine und schirmte sie gleichzeitig ab. Die Sartorius kam nicht zu Charity-Events, und sie verabscheute das Blitzlichtgewitter am roten Teppich. Wenn sie irgendwo erschien, dann hatte sie ein Anliegen und ihr Auftritt hatte den Charakter einer Audienz. Mit der Mäzenin persönlich zu sprechen war in etwa so einfach wie ein Besuch im Weißen Haus.

Miriam hatte viel Zeit damit verbracht, nach Informationen für einen Artikel über Dorothea Sartorius' Leben zu recherchieren, der parallel zur Preisverleihung in der *Anabel* erscheinen sollte. Doch auch sie war nicht über die spärlichen Fakten hinausgekommen, die man auf der Website der Stiftung nachlesen konnte: Geburtsjahr, Ausbildung, Ehe, Stiftungsgründung, Motivation. Wenig mehr als biographische Notizen. Miriam hatte auch mit Leuten gesprochen, die die Stifterin kannten oder behaupteten, sie zu kennen. So hatte sie immerhin erfahren, dass die Mäzenin Klavier spielte und Schwimmen liebte. Dass sie einen Hund besaß und einen Oldtimer fuhr. Das wildeste Gerücht, das Miriam zu Ohren gekommen war, raunte von einer Liebesnacht mit Mick Jagger, kurz vor der Ehe mit Peter Sartorius. Als nahezu sicher hingegen galt, dass die Stifterin einige Jahre nach dem Tod ihres Mannes eine Zeitlang mit dem Hamburger Bürgermeister liiert gewesen war. Viel mehr gab es nicht, noch nicht einmal Kinder. Dorothea Sartorius, so dachte Miriam nun, war einfach eine sehr reiche, sehr großherzige und sehr diskrete Frau.

Aber wem passte das nicht? Miriam schlug die Beine übereinander, nahm den Brief wieder zur Hand und überflog ihn noch einmal. »Fragen Sie Dorothea nach Marguerite!«

Marguerite – der Name einer Schriftstellerin fiel ihr ein und dann, natürlich, das französische Wort für Margeriten. Auch eine schnelle Internetsuche ergab nicht viel mehr: ein Vorname, eine Sommerblume, ein afrikanischer Berg. Miriam schüttelte den Kopf. Was wollte die Verfasserin des Briefes damit andeuten?

Nachdenklich ließ sie den Blick durch die Glastür ihres Büros wandern, ihre Füße begannen zu wippen. Die Architekten des Verlagshauses hatten auf Transparenz gesetzt, und so reihten sich die einzelnen Büros der Redaktion wie Glaskästen aneinander. Im Büro gegenüber telefonierte Chefredakteurin Anna Bartok, sie strahlte, als wäre sie frisch verliebt. Die Fensterfront ihres großzügigen Eckbüros gab den Blick frei auf ein Stück Hafenpanorama samt Containerterminal. Am Burchardkai auf der anderen Seite der Elbe sah Miriam die Containerbrücken hin- und hergleiten. Riesige blaue Krakenarme, die mühelos die schwere Ladung an Land hievten. Es sah fast so aus, als ob die Kräne Bauklötze übereinanderstapelten, dabei waren die Stahlboxen so groß wie Eisenbahnwaggons.

Miriams Blick blieb an den Kränen hängen. Nach dem Krieg hatte Peter Sartorius sein Geld mit einer Flotte von Fracht- und später dann mit Containerschiffen gemacht. Als Wirtschaftssenator hatte er sich kurz der Politik angedient, bevor er Präsident des Deutschen Reederverbandes geworden war. Dorothea lernte er Anfang der Siebzigerjahre kennen, da waren bereits zwei seiner Ehen gescheitert. Der Presse gegenüber hatte er Dorothea, fast dreißig Jahre jünger als er selbst, einmal als Geschenk bezeichnet. Bei der Trauerfeier für den angesehenen Senator im Hamburger Michel war seine Frau zusammengebrochen. Ein halbes Jahr später hatte sie mit dem größten Teil des riesigen Vermögens die Sartorius-Stiftung gegründet. Die Trauerbegleitung war ihr erstes großes Herzensprojekt gewesen.

Fragen Sie Dorothea nach Marguerite!

Miriam schüttelte den Kopf und trank noch einen Schluck Tee. Als sich die Tür zu ihrem Büro öffnete, zuckte sie zusammen.

»Alles klar?« Anna Bartok kam herein und schloss die Tür hinter sich. Groß und schlank, in petrolblauer Seidenbluse und Wildlederrock, war sie ein Hingucker, eine gutgelaunte Mischung aus *Femme fatale* und bester Freundin. Das lange Honighaar, das sie grundsätzlich offen trug, verlieh ihr etwas

Mädchenhaftes, obwohl sie schon in den Vierzigern war. »Bella Anna«, so hieß sie im Verlag, und sie verkörperte die *Anabel* nahezu perfekt. Miriam mochte ihre geradlinige und unaufgeregte Art, die Redaktion zu führen. Und sie bewunderte ihren sicheren Geschmack. Kurz überlegte sie, wie sie selbst in einem Wildlederrock wohl aussehen würde. Wie ein Sofakissen?

Anna wies auf den Brief in Miriams Hand. »Schlechte Nachrichten?«

»Nein, nein«, Miriam faltete den Bogen wieder zusammen. »Gar keine Nachricht, das ist Müll.« Sie zerriss den Brief und ließ die Papierfetzen demonstrativ in den Abfallkorb rieseln. »Irgendjemand, der mit unserer Preisverleihung nicht klarkommt.«

»Anonym?«

»Ja.«

»Na dann«, Anna zuckte achtlos mit den Schultern, »Sondermüll also.« Sie lächelte amüsiert, beugte sich über eine der Postkisten und griff sich wahllos einen Stapel Bewerbungen. »Wann kümmern wir uns darum?«

»Nächste Woche«, antwortete Miriam. »Wir müssen eine Vorauswahl für unsere Schirmherrin treffen. Ich dachte, wir gehen mit zehn Favoriten ins Rennen.«

Anna nickte zustimmend, sie blätterte eines der Schreiben auf und begann zu lesen. »Das klingt interessant«, sagte sie, nachdem sie die Seiten überflogen hatte. »Eine Schülerinitiative, die sich um Flüchtlingskinder kümmert.«

»Da sind jede Menge richtig guter Sachen dabei«, pflichtete Miriam ihr bei. Sie wunderte sich jeden Tag wieder, wie viele couragierte und kreative Hilfsprojekte und Initiativen es gab, von denen sie noch nie etwas gehört hatte. Jede Menge Zivilcourage und freiwilliges Engagement. »Wird nicht so einfach sein, sich auf einen Sieger festzulegen.«

»Wann triffst du dich denn mit Frau Sartorius?« Anna legte die Bewerbungen zurück in die Kiste und strich sich das Haar aus dem Gesicht. Wieder dachte Miriam, dass sie wie frisch verliebt aussah. Annas Wangen leuchteten, und in ihren Augen lag ein Glanz, den kein Make-up herbeizaubern konnte.

»Wenn es nach ihrem Sekretär ginge, sehe ich sie bei der Preisverleihung zum ersten Mal«, gab sie seufzend zurück. »Herr Wanka geht davon aus, dass wir alles telefonisch klären können.«

»Sie ist ein harter Knochen, ich weiß«, sagte Anna, fast entschuldigend. »Vielleicht sollten wir den Verleger bitten, sich einzuschalten. Die beiden kennen sich, Frau Sartorius hätte ihn gern für das Kuratorium ihrer Stiftung.«

»Nein«, winkte Miriam schnell ab. Sie hatte sich vorgenommen, sich nicht von Herrn Wanka abschütteln zu lassen. »Ich kriege das hin.«

»Fein.« Anna nickte ihr zu und lächelte leise. Für einen winzigen Moment verhakten sich ihre Blicke. »Ja«, sagte sie, als Miriam den Kopf zur Seite drehte.

»Ja?« Miriam sah sie verdutzt an. »Was ja?«

»Neuer Mann!« Anna drehte sich zur Tür, das lange Haar wippte auf den Schulterblättern. Ihre Ehe war vor ein paar Jahren in aller Freundschaft versandet, eine unaufgeregte Trennung, so elegant wie Anna selbst. Die beiden Töchter, vierzehn und sechzehn, pendelten zwischen Mutter und Vater hin und her.

»Oh, wie schön«, rief Miriam ihr nach. Kurz spürte sie ein Trippeln unter ihren Rippenbögen, der Rabe ihrer Trauer schreckte auf und schüttelte sich.

»Gehen wir nachher zusammen essen?« Anna drehte sich noch einmal um, ein argloser fröhlicher Blick, der zum Fenster hinaus wanderte. »In der Versuchsküche sind sie bei den Herbstrezepten, passt doch zu diesem miesen Wetter.«

»Mal schauen.« Miriam griff nach ihrem Becher mit Tee und sah ihr hinterher. Der Rabe in ihrem Inneren krächzte. Sie war nicht empfindlich, aber sie war sich nicht sicher, ob sie Appetit auf Kürbissuppe und Annas launiges Romanzengeplauder hatte.

ZWEI

Ein paar Tage später war Miriam mit ihrem Sohn auf dem Weg zum Kindergarten. Im Autoradio lief Popmusik. Hits aus den Charts, bewährte Muntermacher für den Morgen. Ein strahlender Himmel überspannte die Stadt. Ein endloses Blau, wie mit Tusche gemalt. Der Regen war abgezogen, und sie summte leise.

»Warum hat Papa eigentlich keine Rüstung getragen?«, fragte Max plötzlich von hinten. Miriam hielt den Atem an. Das war eine dieser Fragen, die scheinbar aus dem Nichts kamen und die Welt für einen Augenblick aus den Angeln heben konnten. Sie schaute in den Rückspiegel, ein kurzer schneller Mutterblick. Max saß angeschnallt in seinem Kindersitz. Aus seinem Rucksack lugte eine Ecke des Ritterbuchs hervor, das er derzeit ständig mit sich herumschleppte. Im nächsten Moment sah sie Gregor vor sich, wie er die schwere Fotoausrüstung in das Taxi zum Flughafen hievte. Sein Winken von der Straße hinauf, ein letzter Blick, dann war er fort gewesen.

Die Erinnerungen trafen sie mit Wucht, haltsuchend umklammerten ihre Hände das Steuer.

Gregor.

Der Schock über seinen Tod hatte sie zunächst in eine gefühllose Marionette verwandelt. In den Tagen und Wochen danach funktionierte sie wie fremdgesteuert. Ein dumpfes, betäubtes Voran. Sie hatte versucht, Gregors Eltern zu trösten und Max, der gerade mal drei Jahre alt gewesen war.

Selbst als sie das Baby in der zwölften Woche verloren hatte, war sie nicht zusammengebrochen. Es war ihr nur konsequent erschienen, dass dieses Kind sich nicht für das Leben entschieden hatte. Es war einfach seinem Vater gefolgt.

Drei Monate nach Gregors Tod hatte plötzlich eine Phase wilder Energie die Betäubung abgelöst. Miriam war schon immer eine Macherin gewesen, schnell und sicher in allem, was sie tat, und so erschien ihr dieser Aktionismus vertraut und irgendwie heilsam. Da war eine unbändige Kraft in ihr, die sie durch den Nebel der Tage trug. Sie waren umgezogen, ein anderes Viertel und ein neuer Kindergarten für Max. Sie leistete sich eine viel zu teure Küche, kaufte ein neues Bett und schnitt sich die Haare ab. Den neuen Nachbarn sagte sie, sie sei alleinerziehend. »Ja, mir geht es gut«, antwortete sie den fragenden Blicken der Freunde. »Macht euch keine Sorgen, ich halte das aus.«

Und dann der Zusammenbruch, wie aus dem Nichts. Eine einzige schlaflose, von Fragen zerquälte Nacht hatte sie an den Rand eines gähnenden Abgrunds geführt. Am Morgen schaffte sie es gerade noch so, ihren Sohn im Kindergarten abzuliefern. Auf dem Weg zurück zum Auto stolperte sie auf dem Kopfsteinpflaster, und dieses Stolpern hatte sie umgehauen. Da war keine Kraft mehr in ihr aufzustehen. Das Herz aus dem Takt, ein rasender Puls. Irgendjemand rief einen Krankenwagen und hielt sie fest, als die Tränenflut wie ein Tsunami über sie hereinbrach. Sie weinte um Gregor, um das Baby und um das gemeinsame Leben, das es nicht mehr gab. In diesem Moment hatte Miriam geglaubt, nicht mehr weiterleben zu können.

»Mama?«

Max – seine fragende Stimme holte sie zurück. Miriam holte tief Luft, sie suchte nach einer Antwort. Ja, warum hatte Gregor keine Rüstung getragen?

»Ich glaube, er wollte den Menschen nahe sein«, versuchte sie es ehrlich. »Und wenn man in einer Rüstung steckt, ist das ziemlich schwierig.«

»Aber dann wäre ihm vielleicht nichts passiert ...«

Max drehte das Gesicht zur Seite. Er sah aus dem Fenster und schwieg, die Unterlippe leicht vorgeschoben. Als sie an einer roten Ampel hielten, drehte sie sich zu ihm um.

»Ich habe ihn das auch oft gefragt, Schatz«, sagte sie. »Und er hat mir versprochen, gut auf sich aufzupassen. Das war einfach ...«, wieder suchte sie nach den richtigen Worten.

»Pech?«, fragte Max, er sah sie immer noch nicht an. Sein dunkles lockiges Haar, ein großväterliches Erbe, schimmerte rötlich.

»Ja, vielleicht war es Pech. Dickes, fettes Pech.«

»Drachenpech.« Jetzt grinste Max, er sah sie an. Es kam oft vor, dass er von einem Moment zum anderen traurig war. Dann schob sich eine dunkle Wolke über sein Gesicht, manchmal flossen auch Tränen. Doch ebenso schnell wie die Schlechtwetterfront aufzog, war sie auch wieder verschwunden.

»Drachenpech, ja das passt.« Miriam zwinkerte ihm zu, sie mochte das Wort. Gregor hätte es auch gemocht. Sie spürte, dass sich etwas in ihr zusammenzog. Ein wütender Schmerz. In Augenblicken wie diesen fehlte er ihr unglaublich. Sie sehnte sich nach seiner Nähe und nach einer väterlich stolzen Bemerkung, mit der er die Gedanken seines Sohnes kommentiert hätte. Ja, warum zum Teufel hatte er keine Rüstung getragen?

Tatsächlich hatte sie mit Gregor über seine Sicherheit gestritten. Immer wieder und auch vor der Reise in den Nordirak. Gregor hatte gewusst, dass er noch einmal Vater werden würde. »Diese eine Reise noch«, hatte er gesagt. Er wollte unbedingt ein Projekt besuchen, das die Vereinten Nationen auf den Weg gebracht hatten. Bildung und Arbeit anstelle der Barbarei und der Hoffnungslosigkeit. »Wenn jemand diese geschundene Region umkrempeln kann, dann sind es die Frauen«, hatte er gemeint. Er hatte schon immer lieber Frauen als Männer fotografiert.

Gregor war kein Risikojunkie gewesen, im Gegenteil. In der Redaktion hatte er den Ruf des besonnenen Profis gehabt, und das Gebiet an der syrischen Grenze galt zudem als relativ sicher. Der Journalistentross hatte sich der Kolonne des Botschafters angeschlossen. Während der Jeep des Diplomaten gepanzert gewesen war, hatten die Presseleute jedoch bewusst darauf verzichtet. Auch Helme und Schutzwesten lehnten die meisten von ihnen ab.

»Zu viel Sicherheit schafft nur Distanz zu den Menschen«, das war das Credo aller Kriegsreporter, die versuchten, zwischen Propagandalügen und der Realität zu unterscheiden. Und Gregor wollte den Menschen nahe sein – und der Wahrheit. Miriam hatte nichts dagegensetzen können.

Pech.

Drachenpech.

Die Ampel war immer noch rot. Fußgänger eilten über die Straße, die übliche morgendliche Hektik: hochgezogene Schultern, Kopfhörer in den Ohren und kein Blick zur Seite. Als ein Blaulicht vorbeirauschte, stiegen weitere Bilder in Miriam auf. In der Notaufnahme des nahe gelegenen Klinikums hatte man damals ihren Kreislauf stabilisiert, den Knöchel bandagiert und sie mit Tabletten versorgt, die das Versprechen von Ruhe und Erlösung auf dem Beipackzettel trugen. Schon im Gehen hatte ihr die Krankenschwester einen Flyer in die Hand gedrückt: »Die Trauer bewältigen, Hilfe finden.« Nach einer watteweichen Tablettennacht hatte sie das Medikament weggeschmissen und die Nummer der Stiftung gewählt. Der Sartorius-Stiftung. Miriam wollte sich nicht unterkriegen lassen, und sie hatte Glück. Zwei Wochen später konnte sie dort eine ambulante Therapie beginnen. Sechs Wochen lang betreute man sie intensiv, acht Stunden pro Tag, fünf Tage die Woche. Eine Art seelischer Druckbetankung, die ihr wieder auf die Beine half. Dann wechselte sie in eine Gesprächstherapie, Einzelsitzung, zweimal die Woche. Jetzt ging sie nur noch ab und zu in eine Trauergruppe. Die Treffen taten ihr gut, und die Macken der anderen, die sie auch an sich selbst beobachtete, amüsierten sie. Sie kämpften alle mit ihren Raben.

Miriam seufzte, sie sah auf die Uhr, in wenigen Minuten begann der Morgenkreis im Kindergarten. Sie löste die Hände vom Steuer, ihre Finger trommelten ungeduldig auf dem Leder. Als die Ampel auf Grün umsprang, gab sie Gas. Quer durch St. Georg fuhr sie mit ihrem schwarzen Mini die Lange Reihe hinauf Richtung Hauptbahnhof. Vor einigen Jahren noch hatten kleine Läden und Handwerksbetriebe die Straße geprägt, jetzt war die Gegend schick geworden. Boutiquen, Straßencafés und Szenerestaurants wechselten einander ab, die alten Häuser waren saniert worden und die Mieten und Immobilienpreise stiegen. Miriam mochte die Mischung aus Normalos und Freaks, die das Viertel bevölkerten. Ein Nachmittag in einem der zahlreichen Cafés war unterhaltsamer als jedes Fernsehprogramm. Straßentheater: Dramen, Komödien und Trash. Es hatte sie schon immer gereizt, Menschen zu beobachten. Gregor hatte sie gern damit aufgezogen. »Eule«, hatte er gespottet, wenn sie das Leben der anderen in sich aufsog.

Miriam hatte darüber gelacht und ihm einen Kuss gegeben, ihre Neugier hatte sie als Berufskrankheit abgetan. Eine *déformation professionnelle*. Nun überlegte sie, ob sich Raben und Eulen wohl vertrugen.

Kurz bevor sie zum Kindergarten abbogen, brauste der Mini an der goldglänzenden Statue des heiligen Georg vorbei.

Der Ritter war im Mittelalter der Schutzheilige eines Leprahospitals gewesen und hatte dem Stadtteil seinen Namen gegeben. Zu seinen Füßen lag der Körper des getöteten Drachens, ein mächtiges geflügeltes Fabelwesen.

Miriam sah wieder in den Rückspiegel. Ein Lächeln kräuselte Max' Lippen, er winkte dem Ritter zu, als grüßte er einen Freund. Wenn man ihn fragte, wo er wohnte, nannte er sein Viertel fast ein wenig martialisch »Drachentöterland«. Eine Zeitlang hatte Miriam sich Sorgen gemacht, dass Max sich in eine Phantasiewelt flüchtete. Setzte der Kummer ihm immer noch so zu? Brauchte auch er therapeutische Hilfe? Doch die Erzieherinnen in der Kita hatten sie beruhigt und von einem ganz normalen Verhalten gesprochen: »Max ist ein lieber und aufgeweckter Kerl.« Und sie wollte es ihnen glauben.

Dann waren sie da, wie immer auf die letzte Minute. Miriam parkte vor dem Kindergarten. Kastanienbäume umstanden den kleinen gepflasterten Platz, wenn es wärmer wurde, explodierten die Kronen in einem schaumigen Frühlingsweiß. Im Herbst prasselten die Kastanien kiloweise auf die Erde, die Kinder bastelten Ketten und Männchen daraus, die bis Weihnachten runzlig wurden. Der jährliche Kastanienbasar hatte Tradition im Viertel, und auch Miriam freute sich das ganze Jahr darauf. Sie mochte den Herbst, immer schon. Den Geruch des fallenden Laubs, die Farben, die schräg einfallenden Sonnenstrahlen und den Wind, der an den Haaren zerrte. Das Frühjahr war dagegen schwierig. Gregor war kurz nach Ostern ums Leben gekommen, an einem fast schon frühsommerlich warmen Tag, und alles Knospende, Schwellende erinnerte sie unwillkürlich an seinen Tod und an das Baby. Am Liebsten hätte sie die Osterfeiertage aus ihrem Kalender gestrichen. In diesem Jahr wollte sie mit Max verreisen, um nicht in der Stadt mit den Schatten der Erinnerung kämpfen zu müssen.

»Was wollen wir über Ostern machen?«, fragte sie ihn, als

er sich in der Eingangshalle von ihr verabschiedete. »Überlegst du dir was, mein Schatz?«

»Klaro!« Max grinste und streckte beide Daumen in die Höhe. Dann schlüpfte er in seine Hausschuhe, gab ihr einen Kuss und lief zu den anderen Kindern in den Gruppenraum. Miriam sah ihm nach, sein Eifer rührte sie. In der Tür drehte er sich noch einmal kurz zu ihr um. »Was hältst du davon, wenn wir uns einen Hund aus dem Tierheim holen, Mami? Dann sind wir wieder zu dritt.«

»Gregor Raven, Nachrichten bitte nach dem Signal ...«

Im Auto hatte Miriam sofort Gregors Nummer gewählt. »Max wünscht sich einen Hund«, sprudelte es aus ihr hervor. Dann erzählte sie ihm von dem Drachenpech. Sie war zu ungeduldig gewesen, das Telefon mit der Freisprecheinrichtung zu verbinden. Mit dem Handy am Ohr schlingerte sie über die Kreuzung am Hauptbahnhof Richtung Elbe. Hinter ihr hupte jemand.

Gregors Stimme auf der Mailbox klang wie immer, souverän und eine Spur amüsiert, so als ob er daran zweifelte, dass dieses Gespräch unbedingt nötig war. Miriam legte wieder auf. Kurz bevor sie den Verlag erreicht hatte, rief sie ihn noch einmal an. »Außerdem bekomme ich merkwürdige Briefe«, sprach sie ihm auf die Mailbox. »Es geht um Dorothea Sartorius.«

In den vergangenen Tagen waren weitere Briefe eingetroffen. Jeden Morgen lag da wieder einer dieser weißen Umschläge auf ihrem Platz, die Schrift auf dem Bogen säuberlich über dem Mittelfalz platziert. »Fragen Sie Dorothea nach Marguerite!« Ein irritierend aufforderndes Ausrufungszeichen. Brief Nummer zwei und drei hatte Miriam noch zerrissen, alle weiteren hatte sie in einer Mappe gesammelt. Inzwischen waren es fünf Stück.

Als Miriam sich an ihren Schreibtisch setzte, fragte sie sich, wie lange die Briefeschreiberin wohl durchhalten würde. Sie hatte für sich ein Limit gesetzt, willkürlich und ohne Sinn: Wenn sie mehr als vierzehn Briefe von »Elisabeth« erhielt, würde sie Dorothea Sartorius darauf ansprechen. Wenn weniger eintrafen, wollte sie alle Briefe zerreißen. Die Vierzehn, so dachte sie nun, wäre Elisabeths Schicksalszahl.

Doch zunächst brauchte sie endlich einen Termin bei der Stifterin. In den zurückliegenden Tagen hatte sie diverse Male bei Herrn Wanka vorgesprochen und versucht, ein persönliches Gespräch mit der Sartorius zu vereinbaren. »Das Porträt über Frau Sartorius ist gewissermaßen Teil der Preisverleihung. Unsere Leserinnen wollen wissen, wer sie wirklich ist. Wie denkt sie, wie lebt sie, wie tickt sie?«

Herr Wanka hatte noch einmal versucht, Miriam mit dem bereits vorhandenen Pressematerial abzuspeisen. »Frau Sartorius gibt keine Interviews.« Dann hatte er ihr angeboten, die Fragen schriftlich einzureichen. Seine Hartnäckigkeit und sein Unverständnis hatten Miriams Geduld herausgefordert. Kurz hatte sie überlegt, ob er vielleicht eine Prämie für jedes vereitelte Interview bekäme. »Ich würde mir gern persönlich ein Bild von Frau Sartorius machen«, hatte sie ein weiteres Mal erklärt. Ihrem Tonfall hatte man die Gereiztheit angehört, obwohl sie sich bemühte, freundlich und entspannt zu klingen. »Wenn ich den Artikel kalt schreibe, wird es ein Text ohne Seele. Korrekt, aber ohne Tiefenschärfe. Und dafür steht die *Anabel* nicht.« Sie waren so verblieben, heute noch einmal zu telefonieren.

Miriam hatte wenig Hoffnung, als sie zum Telefon griff. Die Liste ihrer Argumente war abgearbeitet, und Dorothea Sartorius saß am längeren Hebel. Wenn sie partout nicht mit ihr sprechen wollte, könnte Miriam nichts daran ändern. Dann müsste sie sich ihre Geschichte doch aus den Fingern saugen. Wieder wunderte sie sich darüber, dass die Stifterin ein derart abgeschiedenes Leben führte.

Nach kurzem Klingeln meldete sich der Sekretär: »Guten Morgen, Frau Raven.«

»Na, Sie kennen meine Nummer inzwischen wohl auch auswendig?«, erwiderte Miriam ein wenig spitz. Sie drehte sich zum Fenster und sah hinaus. Von ihrem Büro aus hatte man einen wunderbaren Blick auf den Michel. Möwen kreisten um die barocke Kirchturmspitze, die Morgensonne ließ die Haube aufleuchten, ein warmes Kupfergold. Die Zeiger der riesigen Turmuhr zeigten neun Uhr dreißig an, darüber schlängelte sich eine Wendeltreppe bis hinauf in die Spitze des Wahrzeichens. Noch eine halbe Stunde, dachte Miriam. Nach altem Brauch blies der Michel-Türmer morgens um zehn und abends um neun Uhr einen Choral auf seiner Trompete in alle vier Himmelsrichtungen. Auch dabei hatte Dorothea Sartorius ihre Hände im Spiel. Miriam hatte herausgefunden, dass sie regelmäßig für den Fortbestand dieser alten Tradition spendete.

Der Sekretär lachte kurz auf, und Miriam nahm das als gutes Zeichen. »Wie sieht es aus?«, fuhr sie fort. »Haben Sie etwas erreichen können?«

»Frau Sartorius steht gerade neben mir«, antwortete Herr Wanka, er klang fast ein wenig verwundert. »Sie möchte kurz mit Ihnen sprechen.«

»Oh ...« Miriam schaute wieder auf den Bildschirm, schnell öffnete sie den Sartorius-Ordner. Das angesammelte Material poppte auf. »Ja natürlich, sehr gerne.«

»Dann reiche ich den Hörer einmal weiter.«

Da war eine kurze Pause in der Leitung, Miriam meinte Schritte zu hören, so als ob die Sartorius sich mit dem Telefon von ihrem Sekretär entfernte. Eine Tür schien sich zu schließen.

»Frau Raven«, hörte sie dann eine angenehme, überraschend tiefe Stimme. »Vielen Dank für Ihre Geduld.«

»Sehr gern«, antwortete Miriam höflich. »Vielen Dank, dass Sie sich ein wenig Zeit für mich nehmen.« Sie beschloss, den Moment zu nutzen und gleich mit der Tür ins Haus zu fallen. »Ich würde Sie gern persönlich treffen, Frau Sartorius.«

»Das hat mir mein Sekretär schon ausgerichtet. Sie wollen Tiefenschärfe, ja?« Dorothea Sartorius sprach schnell und präzise, so als hätte sie keine Zeit zu verlieren. »Kommen Sie mit einer Stunde aus?«

»Zwei Stunden wären toll.« Miriam drückte sich selbst die Daumen, nach dem ganzen Hin und Her konnte sie es kaum glauben, nun so schnell zum Ziel zu kommen. »Ich würde auch gern einen Fotografen mitbringen.«

»Ja, das dachte ich mir.« Dorothea Sartorius schwieg. Miriam biss sich auf die Lippen, hatte sie zu viel gewagt?

»Keine Löwenherz-Story, kein Schnickschnack«, fuhr die Sartorius nach einem kurzen Moment streng fort. »Sind Sie damit einverstanden?«

»Kein Schnickschnack«, versprach Miriam, ein Lächeln auf den Lippen.

»Dann kommen Sie nächste Woche Donnerstag, am Nachmittag. Passt es Ihnen um vier?«

»Perfekt«, log Miriam. Sie würde jemanden finden müssen, der Max vom Kindergarten abholte. Außerdem würde sie ihre Trauergruppe verpassen.

»Mögen Sie Kuchen?«

»Ja, aber ...«

»Apfelkuchen oder lieber Käsesahne?«

»Apfelkuchen.« Miriam spürte, dass ihr Herz schneller schlug. Auf ein Stück Apfelkuchen mit Dorothea Sartorius – sie freute sich auf das Treffen.

»Und der Fotograf?«

»Apfelkuchen geht immer, Frau Sartorius. Machen Sie sich bitte nicht zu viele Umstände. Wir freuen uns, Sie kennenzulernen.«

»Gut, dann gebe ich Sie noch einmal an Herrn Wanka zurück. Wiederhören, Frau Raven.«

Miriam verabschiedete sich, sie hörte eine Melodie, etwas Klassisches, dann war der Sekretär wieder in der Leitung. Herr Wanka schien sich noch nicht von seiner Überraschung erholt zu haben.

»*Chapeau!*«, sagte er mehr anerkennend als angefasst. »Kommen Sie doch bitte eine Viertelstunde früher, Frau Sartorius hasst es zu warten.« Dann notierte er sich den Namen des Fotografen und beendete das Gespräch.

Als der Türmer seinen Choral blies, klopfte der Bote mit der Post an ihre Tür. Heute war der letzte Tag für die Einsendungen zum Sartorius-Preis. Ein paar große braune Umschläge landeten auf ihrem Tisch und ein weiterer weißer Brief. Wieder in einem Briefzentrum im Norden abgestempelt.

Miriam sah sich zunächst die Bewerbungen an – eine Anlaufstelle für Vergewaltigungsopfer, ein Projekt, das die Kriegswaisen in der Ukraine unterstützte und eine weitere nachbarschaftliche Flüchtlingshilfe –, dann öffnete sie den kleineren Umschlag und zog das Schreiben heraus.

Fragen Sie Dorothea nach Marguerite!!!

Drei Ausrufezeichen nun, die Absenderin, wenn es denn tatsächlich eine Frau war, schien die Dringlichkeit ihrer Botschaft noch einmal unterstreichen zu wollen. Ja, dachte Miriam gut gelaunt und legte den Bogen in die Mappe zu den anderen Briefen, wenn du so hartnäckig bleibst, mache ich das.

Nach dem Telefonat mit Dorothea Sartorius war Miriam noch ein wenig neugieriger, auch wenn sie davon ausging, dass die Sartorius nichts mit den Briefen würde anfangen können. Bestimmt handelte es sich um eine abgewiesene Bittstellerin, die keine Hilfe von der Stiftung oder von der Stifterin selbst erhalten hatte. Vielleicht, so überlegte Miriam nun, sollte sie besser gleich ihren Sekretär nach Marguerite fragen. Die Sartorius würde sich bestimmt nicht mit einem anonymen Schreiben befassen wollen.

Miriam zog ihr Notizbuch zu sich und trug sich den Interviewtermin ein. Als sie Anna aus ihrem Büro kommen sah, winkte sie ihr zu.

Anna nickte und hielt einen Becher hoch, sie wollte sich noch schnell einen Kaffee holen. Kurze Zeit später steckte sie ihren Kopf durch die Tür.

»Ich habe einen Termin«, platzte es aus Miriam heraus. »Nächste Woche Donnerstag.«

»Doch nicht etwa bei Frau Sartorius?« Anna kam herein und zog anerkennend die Augenbrauen in die Höhe. Sie stellte einen Becher Tee vor Miriam ab.

»In der Höhle der Löwin …«

»Super, dann kriegen wir doch noch ein ordentliches Stück ins Heft. Ich glaube, sie hat noch nie mit der Presse gesprochen.«

»Sie hat ab und zu über die Stiftung und über neue Projekte gesprochen, aber nichts Privates«, gab Miriam ihr recht. »Kaum Fotos, keine Interviews. Ich habe ihr versprechen müssen, nichts von dem üblichen Schnickschnack zu schreiben.«

»Ja, das passt zu ihr.« Anna lehnte sich gegen ein Regal mit Büchern und Nachschlagewerken, das gegenüber von Miriams Schreibtisch stand. Sie prostete Miriam mit dem Kaffeebecher zu. Heute trug sie ein helles, figurbetontes Wickelkleid mit V-Ausschnitt, eine Kette aus Holzkugeln und einem elfenbeinfarbenen Buddhakopf baumelte zwischen ihren

Brüsten. Die Kette erinnerte Miriam an ein Geschenk, das Gregor ihr einmal aus Indien mitgebracht hatte.

Anna bemerkte ihren Blick. »Albern?«, fragte sie, kein bisschen unsicher. »Habe ich meiner Tochter heute Morgen gemopst.«

»Nein, nein«, Miriam schüttelte den Kopf. »Erinnert mich nur an etwas.«

»Oh ...« Anna nickte ernst, sie schien zu erahnen, worum es ging. Immer wenn Miriam das Wort »Erinnern« in den Mund nahm, zuckten Kollegen und Freunde schuldbewusst zusammen, als ob sie vermintes Terrain betreten hatten. Meist folgte dann betretene Stille, weil ihnen Miriams Verlust zu groß erschien für harmloses Geplauder.

»Ist wirklich hübsch«, versuchte Miriam, das Gespräch in unverfänglichere Gewässer zu bugsieren. »Sollte ich auch mal wieder tragen.«

Anna ließ sich nicht darauf ein. »Weißt du, Miriam, ich habe gerade heute Morgen noch einmal über unser Gespräch von neulich nachgedacht. Das war blöd von mir, dir von meinem Freund vorzuschwärmen. Wirklich blöd. Ich weiß nicht, was ich mir dabei gedacht habe. Zu viele Glückshormone, entschuldige.«

»Ach Anna, bitte ...« Miriam winkte ab und griff nach dem Becher mit Tee. Anna hatte ihr einen Darjeeling aufgebrüht, der Beutel schwamm noch im Wasser. Vorsichtig zupfte sie das tropfende Säckchen heraus und versenkte es im Abfallkorb. Sie fand nicht, dass Anna sich entschuldigen musste. Das Leben ging weiter, für alle anderen und irgendwie auch für sie selbst. »Wie finden ihn denn deine Töchter?«, fragte sie betont munter und pustete in den Tee, der noch zu heiß zum Trinken war.

Anna trank einen Schluck Kaffee und sah zu Boden. »Schwieriges Thema«, sagte sie schließlich. »Ich hab's ihnen erzählt, aber sie kennen ihn noch nicht. Mal abwarten, wie sich die ganze Sache entwickelt.«

»Ja, kann ich verstehen.« Miriam nickte, auch wenn sie sich nicht vorstellen konnte, Max irgendwann einmal so etwas wie einen Ersatzvater zu präsentieren. Ja, sie konnte sich noch nicht einmal vorstellen, sich jemals wieder neu zu verlieben. Jedenfalls nicht so, wie sie sich in Gregor verliebt hatte. Sie hatte alles an ihm gemocht, seinen eigensinnigen Charakter, sein sommersprossiges Gesicht, seine langen Finger und seine Gabe, sich überall zu Hause zu fühlen. Und sie hatte ihn für seinen Mut bewundert, auch dort genau hinzusehen, wo es bestenfalls Grautöne zu entdecken gab. Er hatte die Realität heranzoomen und in seinen Bildern verdichten können.

»Max wünscht sich einen Hund«, fuhr sie übergangslos fort.

Anna lachte auf, sie wirkte erleichtert. »Sei froh, dass er kein Meerschweinchen will«, witzelte sie. »Die sind wirklich schrecklich. Und die Biester stinken«, sie rümpfte die Nase. »Ohne Worte! Ich habe drei Meerschweinchen-Generationen durchgefüttert, bis sich das Thema bei meinen Töchtern endlich erledigt hatte.«

»Eine Schildkröte könnte ich mir vorstellen.« Miriam lächelte, auch weil Anna schon wieder das Gesicht verzog. Sie sah so aus, als ob sie etwas ganz besonders Scheußliches auf ihrem Schreibtisch entdeckt hätte.

»Also, einen Hund könntest du in die Redaktion mitbringen. Aber eine Schildkröte …« Anna schüttelte sich, der Buddha hüpfte auf und ab. »Was Langweiligeres gibt's doch gar nicht! Die bewegen sich ja noch nicht mal. Und wenn's ganz blöd läuft, schleppst du die auch noch mit in die Seniorenresidenz. Bei guter Haltung werden die doch hundert Jahre alt.«

»Vielleicht freue ich mich dann über ein bisschen Gesellschaft?« Miriam dachte an den letzten Zoobesuch mit Gregor zurück. Er hatte die Riesenschildkröten von allen Seiten fotografiert und später ein Bild von ihrem Sohn auf einem der Krötenpanzer montiert.

Max, der Schildkrötenreiter. Die Montage hing in der neuen Küche über dem Esstisch. Sie waren seitdem nicht mehr im Zoo gewesen.

»Na, aber zwischen Hund und Schildkröte liegen Welten, oder? Mir fällt jetzt wirklich kein Argument ein, mit dem du deinen Sohn von einem gepanzerten Vierbeiner überzeugen könntest. Wie seid ihr überhaupt auf das Thema gekommen?«

»Mein Fehler.« Miriam nahm einen Schluck von dem rauchigen Darjeeling, der Tee war immer noch sehr heiß. »Ich habe ihn gefragt, was er über Ostern machen will.«

»Na, das war eine Steilvorlage.« Anna trank ihren Kaffee aus und machte Anstalten zu gehen.

»Max meinte, dass wir dann wieder zu dritt wären«, setzte Miriam hinzu. Sie wusste selbst nicht, warum sie Anna davon erzählte.

»Und du?« Anna drehte sich noch einmal um und sah sie forschend an. »Was denkst du darüber?«

Miriam zuckte mit den Schultern, dann schüttelte sie den Kopf. »Inzwischen komme ich ganz gut alleine klar.«

»Sicher?«

»Ziemlich sicher.«

Anna sah sie nachdenklich an, dann nickte sie Miriam zu und war aus der Tür.

Miriam atmete tief ein und aus. Der Rabe in ihrem Inneren schüttelte den Kopf. Im Kino, so dachte sie aus einem unerfindlichen Grund, wäre das jetzt der Moment, wo die Filmmusik anfing sanft zu seufzen.

DREI

Die Preisverleihung im Schauspielhaus rückte näher. Miriam hatte eine Event-Agentur angeheuert, die auf Veranstaltungen dieser Art spezialisiert war, die Profis kümmerten sich um die beängstigende Flut von Details. Vom Look der Einladungskarten (elegantes Silber und Weiß) bis hin zum Bühnenbild (puristisch mit jahreszeitlichem Blumenschmuck) gab es nahezu täglich neue Entscheidungen zu treffen. Manches, wie etwa die Auswahl der Getränke, ließ sich schnell entscheiden, anderes, wie Sitzordnung und Ablauf, musste reifen. Miriam fand es schwierig, Stiftung und Verlag angemessen zu repräsentieren, ohne den Zweck der Veranstaltung aus den Augen zu verlieren. Im Mittelpunkt sollten der Preis und die Preisträger stehen, die Promis durften ihnen nicht die Show stehlen.

Nachdem sie im Sommer des vergangenen Jahres angefangen hatte zu planen, begann nun die heiße Phase der Vorbereitungen. Der Countdown lief, bis zur Verleihung des Sartorius-Preises waren es noch knapp zwei Monate. Mehr als vierhundert Gäste hatten inzwischen zugesagt und das Programm der Matinee, eine muntere Abfolge prominenter Redner und musikalischer Einlagen, war bis auf die letzte Minute durchgetimt. Die Symphoniker würden Mozart und Haydn spielen (ein Wunsch von Dorothea Sartorius), und für die Jüngeren gab es Pop: Eine Band aus Berlin trat mit ihrem aktuellen Hit auf, ein Singer/Songwriter aus England stellte seine neue Ballade vor. Durch das Programm führte die ebenso blonde wie aufgeweckte Talkshow-Moderatorin Julia Hinrichs.

Miriam telefonierte nun fast jeden Tag mit den Eventleuten, einmal wöchentlich gab es dazu ein Meeting im Verlag. Die jungen Frauen von der Agentur – Anna nannte sie »die Mädels« – sahen in ihren Shirts, Skinny Jeans und Stiefeletten hip und lässig aus, doch sie schulterten den Auftrag mit einer einschüchternden Professionalität. Mit perfekt manikürten Fingernägeln wischten sie über ihre Tablets und konnten innerhalb von Sekundenbruchteilen jede benötigte Information abrufen oder den Ablaufplan verändern. »Die bekämen sogar den Dalai Lama und den chinesischen Staatspräsidenten an einen Tisch«, hatte Anna nach einem Treffen einmal gewitzelt.

Miriam fand, dass die Mädels einen tollen Job machten. Sie hatte es ihnen zu verdanken, dass sich ihre eigene Anspannung noch in Grenzen hielt. Es war ihr lediglich schwergefallen, sich zwischen den vielen unterschiedlichen Arrangements zu entscheiden, und sie hatte über den Sinn oder Unsinn von dreißig möglichen Speisefolgen gegrübelt. Schließlich hatte sie ein frühlingshaftes Menü mit vielen frischen Produkten aus der Region gewählt. Das schwarzgekleidete Heer der Servicekräfte würde unter anderem Spargelsüppchen im Glas, Lachsterrine und Kalbsbäckchen mit Möhren und Sellerie servieren. Natürlich gab es auch eine vegane Alternative für die ganz Korrekten. »Häppchen für Helden«, hatte sie Gregor auf die Mailbox gesprochen. Er hätte darüber gelacht, sein warmes Lachen, ganz tief aus dem Bauch heraus, das sie so sehr vermisste.

Bereits zu Beginn der Vorbereitungen hatte Dorothea Sartorius darum gebeten, dass die Redaktion der *Anabel* eine Vorauswahl aus allen Einsendungen treffen sollte. »Die Auszeichnung soll an Menschen verliehen werden, die sich hierzulande und auch anderswo in besonderer Weise für ein gleichberechtigtes Miteinander einsetzen und sich gegen Unrecht, Ausgrenzung oder Gewalt engagieren«, hieß es formell in der Ausschreibung zum Sartorius-Preis. »Lassen Sie sich nicht einschüchtern!«, so hatte es die Sartorius formuliert. »Sich einmischen, wenn andere wegsehen oder schweigen«, das war ihre Maxime, und mehr als dreihundert Bewerber, Einzelpersonen und Gruppen, hatten sich davon angesprochen gefühlt. Miriam hatte alle Einsendungen geprüft und bereits eine grobe Vorauswahl getroffen. Einige Projekte lagen ihr besonders am Herzen. Sie hatte eine Schulklasse ausgewählt, die sich mit Witz und Chuzpe gegen die Abschiebung eines Mitschülers in den Kosovo gewehrt hatte. Dann gab es einen Gospelchor afrikanischer Migranten auf ihrer Liste, der bei seinen Auftritten Geld für die Aidswaisen in Westafrika sammelte. Und ein kleines Dorf in Niedersachsen, das sich erfolgreich gegen rechte Stimmungsmacher zur Wehr setzte und Flüchtlingen mit nachbarschaftlicher Hilfe, Patenschaften und selbstorganisierten Sprachkursen das Ankommen in Deutschland erleichterte.

Als Miriam Anna ihre Favoriten präsentierte, fühlte sie sich geradezu euphorisch. Der Spirit der Hilfsprojekte steckte an, und sie ließ sich gern vom Enthusiasmus der anderen mitreißen. Miriam freute sich schon darauf, das Siegerprojekt für eine Reportage zu besuchen. Gut gelaunt breitete sie die ausgewählten Bewerbungen vor Anna aus.

Es war Nachmittag, und sie saßen in Annas Büro. Auf dem großen Besprechungstisch, an dem auch die Redaktionskonferenzen stattfanden, verströmte ein großer Strauß weißer Tulpen seinen Frühlingsduft. An Magnetwänden hingen die Layouts und Covervarianten für die nächste Ausgabe, eine Reportage über Patchworkfamilien, Städtetrips, ein Dossier zum Thema Auszeiten und – natürlich – ein erster Ausblick auf die Sommermode. Farbenfrohe Kleider, Tops und knappe Shorts. Anna blätterte durch die Einsendungen und spitzte kritisch die Lippen, ab und zu ließ sie sich von Miriam eines der Projekte näher erläutern.

»Eigentlich schade, dass wir nur eine Idee auszeichnen«, sagte sie nach einer Weile und blickte auf. »Fändest du es nicht auch besser, wenn wir das Preisgeld staffeln und drei Projekte prämieren?«

»Dritter Platz, zweiter Platz, erster Platz?«, fragte Miriam, sie schüttelte den Kopf. »Anfangs hatten wir das Frau Sartorius so vorgeschlagen, aber sie will sich auf eine Initiative konzentrieren. ›Ganz oder gar nicht‹, hat sie mir ausrichten lassen. Während der Preisverleihung werden wir aber die drei spannendsten Projekte in kurzen Filmen präsentieren. Dazu wird es noch eine Broschüre geben, die alle Gäste mit nach Hause nehmen können. Und wir stellen die Initiativen natürlich auf unserer *Anabel*-Website vor. Da wird also bestimmt einiges an Unterstützung und Spendengeldern zusammenkommen.«

»Trotzdem ...« Anna lehnte sich auf ihrem Stuhl zurück, ihre Nasenflügel zuckten, während sie überlegte. An der Wand hinter ihrem Schreibtisch hing das berühmte Bananenrockbild der Josephine Baker. In den Fünfzigerjahren hatte die Tänzerin zwölf Waisenkinder unterschiedlicher Hautfarben adoptiert. Die Regenbogenfamilie war Bakers Protest gegen den Rassismus ihrer Zeit gewesen. Miriam mochte die Mischung aus Koketterie und Stärke, die das Bild ausstrahlte.

»Ich finde, dass wir wirklich noch einmal darüber nachdenken sollten«, fuhr Anna nach einer kurzen Pause fort. »Die *Anabel* steht für Vielfalt, und das sollte sich auch bei der Preisverleihung widerspiegeln. Wir haben so viele tolle Projekte in der engeren Wahl, ich möchte mehr als nur einen Preisträger auszeichnen.«

Miriam nickte, sie konnte Anna gut verstehen. Aber sie

wusste auch, dass sich Dorothea Sartorius kaum darauf einlassen würde. »Schwierig«, sagte sie. »Es ist der Sartorius-Preis; sie gibt ihren Namen, und sie diktiert die Bedingungen.«

»Mach ihr klar, dass die *Anabel* eine tolle Plattform ist, um auch über Hamburg hinaus wahrgenommen zu werden. Der Preis hat das Zeug, sich unter den wichtigen Auszeichnungen in Deutschland zu etablieren. Ich denke schon, dass wir da nicht so schnell lockerlassen sollten.«

»Gut, ich spreche das noch einmal an.« Miriam machte sich eine Notiz in ihrem schwarzen Büchlein. Inzwischen hatte sich einiges angesammelt, was sie bei ihrem Termin mit Dorothea Sartorius ansprechen musste. Auch die weißen Briefe standen auf dieser Liste, am Morgen war Umschlag Nummer dreizehn eingetrudelt. Wieder drei auffordernde Ausrufungszeichen. Die Schreiben lagen noch in der Mappe auf ihrem Schreibtisch. Miriam überlegte, ob sie Anna noch einmal davon erzählen sollte. Sie zögerte kurz, dann ließ sie es bleiben. Die Auswahl der letzten zehn Bewerber hatte Vorrang, zumal Anna im Anschluss an das Gespräch noch weitere Termine hatte und sie ihren Sohn aus dem Kindergarten abholen musste. »Hast du schon einen Favoriten?«, fuhr sie stattdessen fort, um Annas Aufmerksamkeit wieder auf die Bewerbungen zu lenken.

»Also gut …« Anna begann, die Unterlagen hin und her zu schieben. Einiges legte sie gleich zur Seite, anderes prüfte sie noch einmal ganz genau. Zuletzt wägten sie gemeinsam ab. Nach gut zwei Stunden hatten sie zehn Projekte ausgewählt, die sie Dorothea Sartorius ans Herz legen wollten. Jedes davon war auf seine Art großartig, manches sogar atemberaubend und vieles rührte zu Tränen. Miriams heimlicher Favorit war ein Pianist aus dem Ruhrgebiet, der mit seinem Flügel durch die Welt reise und immer dort auftrat, wo Konflikte zu eskalieren drohten. Er schob das Klavier einfach zwischen die Fronten und fing an zu spielen. Die Demonstranten auf dem Taksim-Platz in Istanbul hatte er etwa für eine Weile mit John Lennons »Imagine« beruhigen können. Derzeit tourte er durch Syrien.

»Was macht eigentlich der Hund?«, fragte Anna, als Miriam ihre Unterlagen zusammensammelte und gehen wollte.

»Schläft«, antwortete Miriam. Max hatte nicht mehr davon gesprochen, und vielleicht war der Hund auch schon wieder vergessen. Wie so viele Wünsche, die Max für einen Augenblick lebenswichtig erschienen und nach verblüffend kurzer Zeit in der Versenkung verschwanden. »Derzeit träumt er von einem Drachen, einem Lenkdrachen, er will unbedingt einen mit mir bauen.«

»Ein Drache. Jetzt?« Anna sah verblüfft aus dem Fenster. Seit ein paar Tagen hielt sich das schöne Wetter, ein Hauch von Frühling lag in der Luft. Über der Elbe ließen sich die Möwen von der lauen Brise tragen. »Nicht gerade Drachenzeit, oder?«, wunderte sie sich.

»Du meinst die Herbststürme?« Miriam lächelte. »Max ist wie unsere Versuchsküche. Der Zeit immer ein wenig voraus.«

Anna lachte, sie stand auf. »Na ja, irgendwie hat er ja auch recht«, sagte sie. »Wind ist eigentlich immer.«

Miriam war immer der Meinung gewesen, dass sich Beruf und Familie mühelos miteinander vereinbaren ließen. Jedenfalls bevor sie selbst ein Kind bekommen hatte. Seitdem Max auf der Welt war, hatte sie ihre Arbeitszeit reduziert. Gregor war einfach zu viel unterwegs gewesen, sie hatte nicht auf ihn zählen können. Außerdem hatte sie es genossen, bei ihrem Sohn zu sein. Laut Vertrag arbeitete sie dreißig Wochenstunden, dennoch nahm sie sich oft einen Artikel mit nach Hause, den sie vor dem Schlafengehen noch überarbeitete.

Miriam wusste nicht, ob sie tatsächlich schlecht abschalten konnte oder ob das späte Arbeiten nicht einfach ihrem Biorhythmus geschuldet war. Sie arbeitete gerne abends, das war schon immer so gewesen – auch zu Gregors Zeiten. Wenn ihr Sohn im Bett war, setzte sie sich mit einer Kanne Tee an den Schreibtisch und ging noch einmal den Text durch, den sie tagsüber im Büro geschrieben hatte. Der zeitliche Abstand half ihr, manches noch einmal prägnanter zu formulieren. Bisweilen arbeitete sie bis nach Mitternacht. Sie mochte die Stille, die sich nach und nach um sie herum ausbreitete. Der Laptop war wie ein Freund, der ihr mit seinem leisen Summen und seiner elektronischen Wärme Gesellschaft leistete. Sein bläuliches Licht beruhigte sie – so wie das Flackern einer Kerze.

Doch Max war als Erstes an der Reihe. Als Miriam ihn aus dem Kindergarten abholte, hatte er Lust auf ein Eis. »Ein Test-Eis«, wie er sagte. Die Eisdiele hatte nach der Winterpause gerade wieder geöffnet, und es galt, den Geschmacksfavoriten für den Sommer zu finden. Denn genauso wie sich die Schuhgröße ihres Sohnes über den Winter veränderte, veränderte sich auch sein Geschmack, und so konnte es sein, dass er statt Stracciatella oder Schokolade ein halbes Jahr später ein fruchtiges Mangosorbet favorisierte. »Mein Geschmack wächst«, konstatierte er, und Miriam lachte darüber.

Mit je zwei Kugeln Drachenfruchteis und Streuseln bewaffnet, machten sie sich auf den Weg zu einem nahe gelegenen Spielplatz. Max aß sein Eis und schaukelte. Ein waghalsiger Balanceakt, den Miriam mit angehaltenem Atem beobachtete. Seltsamerweise ging alles gut. Es waren noch ein paar Freunde aus dem Kindergarten da, und das schöne Wetter verführte sie dazu, die Frühlingssonne zu genießen. Miriam plauderte mit den anderen Müttern und Vätern, während die Kinder spielten. Später als gewöhnlich trudelten sie zu Hause ein. Beim Abendbrot fragte Max sie mit müden Augen, ob er vor dem Zähneputzen noch ein wenig Fernsehen dürfe.

»Was willst du denn sehen?«

Eigentlich sah Max nur am Wochenende fern. Und bislang hatte er diese stillschweigende Übereinkunft nie in Frage gestellt.

»Jona sagt, da läuft was mit Rittern«, nuschelte er, den Mund voll mit Käsebrot. Miriam blies die Backen auf, und Max lachte über ihr Gesicht. »Weiß schon«, sagte er und kaute übertrieben eifrig. »Was mit Rittern«, versuchte er es noch einmal, nachdem er den Bissen hinuntergeschluckt hatte. »Im Kika.«

»Wie wär's, wenn wir beide uns am Wochenende einen Film anschauen?«, versuchte Miriam, die wöchentliche Fernsehabstinenz zu retten. »Ich könnte uns was Schönes aus der Redaktion mitbringen.«

Max ließ das Käsebrot auf seinen Teller fallen. »Nie erlaubst du mir was«, sagte er, und in seiner Stimme lag eisige Verachtung. »Den Hund krieg ich ja auch nicht.«

»Wir haben doch gar nicht mehr darüber gesprochen«, sagte Miriam ruhig. Sie versuchte, nicht über das empörte Gesicht ihres Sohnes zu lächeln.

Wütend schob Max den Teller von sich.

»Magst du nicht mehr?«

Miriam schnappte sich das Käsebrot und biss hinein. Sie sah, wie sich die unterschiedlichsten Gefühle auf Max' Gesicht spiegelten. Zuletzt war da Verblüffung darüber, dass sie ihm sein Abendbrot stibitzte.

»Du klaust wie ein Rabe«, sagte er.

»Oh, entschuldige bitte.« Miriam legte das Brot zurück auf den Teller. »Soll ich dir ein Neues machen?«

»Ja, bitte.«

»Ein Ritterbrot vielleicht?«

»Ja?« Er sah sie fragend an.

»Pass auf ...« Miriam nahm eine Scheibe Brot, bestrich sie mit Margarine und legte eine Scheibe Käse darauf. Dann nahm sie ein Stück Fleischwurst und schnitt daraus einen spitz zulaufenden Ritterschild zurecht, den sie auf dem Käse platzierte.

»Da fehlt noch ein Schwert«, bemerkte Max.

»Okay, ein Schwert ...« Miriam sah sich suchend auf dem Tisch um.

»Paprika vielleicht?«, half Max ihr auf die Sprünge.

»Klar.« Miriam schnitzte ein rotes Paprikaschwert mit breiter Klinge.

»Lecker!« Max griff begeistert zu, der Film war vergessen, jedenfalls für den Augenblick. Als Miriam ihn zu Bett brachte, versprach sie ihm, in den Ferien endlich einen Drachen mit ihm zu bauen. Sie hatte so etwas wie einen Workshop im Sinn – einen Kurs im Drachenbauen. Irgendwo an einem idyllischen Ort, den sie von Hamburg aus mit dem Auto erreichen konnten.

Nachdem Miriam den Geschirrspüler angestellt hatte, fuhr sie den Laptop hoch. Sie wollte noch an den Punkten feilen, die sie Dorothea Sartorius am nächsten Tag fragen würde. Während sie sich durch die Interviewfragen scrollte, versuchte sie, die Dramaturgie des Gesprächs noch stärker herauszuarbeiten. Aus der Küche, wo noch das Radio lief, wehten Filmmusikklassiker herüber. Stücke, die sofort Bilder und Stimmungen in ihr wachriefen. Als sie einen der Soundtracks erkannte, horchte Miriam auf. Sie erinnerte sich an einen Kinobesuch mit Gregor. Sie hatten sich gerade erst in der Kantine des Verlags kennengelernt. Gregor war neu beim *Globus* gewesen, und Miriam besuchte noch die Journalistenschule; sie hatte ein Praktikum in der Redaktion absolviert.

»Hey«, hatte er einfach gesagt und sich mit seinem Tablett an ihren Tisch am Fenster gesetzt. Unter der Tischplatte hatten sich ihre Knie berührt, und sie zuckten beide zusammen, wie nach einem elektrischen Schlag. Auch der Tisch hatte einen Satz zur Seite gemacht, als wäre er aus einem langen Schlaf erwacht. Während sie noch darüber gelacht hatten, war etwas mit ihnen geschehen. Einen Moment lang hatten sie sich sprachlos angesehen, dann reichte Gregor ihr seine Hand über den Tisch und sie hatte eingeschlagen, so als besiegelten sie einen Vertrag. Einen Vertrag, der noch zu verhandeln war.

Danke, hatte sie in diesem Moment gedacht. Danke, dass es dich gibt. Danke, dass du mich gefunden hast.

In Gregors Augen hatte sie eine Bitte gelesen: Bitte bleib bei mir. Bitte nimm mich so, wie ich bin.

Während des Essens hatten sie sich über ihre Lieblingsplätze an der Elbe unterhalten. Sie stellten fest, dass sie beide gerne am Museumshafen in Oevelgönne saßen und am liebsten am Strand bei Teufelsbrück liefen. Beim Nachtisch hatten sie sich fürs Wochenende verabredet. Obwohl es ein lauer Sommerabend gewesen war, waren sie ins Kino gegangen und nicht an die Elbe. Vielleicht hatten sie die Dunkelheit des Kinosaals gesucht, um sich zum ersten Mal zu küssen? Danach gab es kein Vielleicht mehr, nur noch ein Unbedingt. Als der Abspann des Films lief, waren sie ein Paar, und wenig später zogen sie zusammen. Sie hatten tatsächlich eine Wohnung mit Elbblick gefunden, winzig, aber die Maisonette war das perfekte Liebesnest gewesen. Erst als Miriam mit Max schwanger gewesen war, hatten sie sich etwas Größeres gesucht. Drei Zimmer, Wohnküche, Balkon. Und nun also das Drachentöterland …

Die Musik ließ Miriam nicht los, sie hob den Blick und sah aus dem Fenster. Ihre Wohnung lag im dritten Stock einer ehemaligen Pianofabrik, und sie konnte über den dunklen

Hof bis zum Vorderhaus blicken, das an der Straße lag. Wo früher die Klaviere gestimmt und verkauft worden waren, gab es nun ein französisches Café mit kleinen runden Marmortischen, dunklen Holzstühlen und gemütlichen alten Sofas im Erdgeschoss.

Die meisten Fenster im Haus gegenüber waren noch erleuchtet. Miriam beobachtete die Schatten hinter den Gardinen und Jalousien, das bläuliche Flackern der Fernsehgeräte. Aus dem Fenster vis-à-vis sah plötzlich ein Mann zu ihr herüber. Es war Nardim, ihm gehörte das Café. Miriam unterdrückte den Impuls, zur Seite zu schauen und antwortete seinem Blick.

Nardim stammte eigentlich aus Algerien und hatte die besten Croissants der Stadt. Am Wochenende kaufte Miriam fürs Frühstück bei ihm ein, und auch seine süßen und herzhaften Tartes waren richtig gut. Wenn sie sich zufällig auf der Straße oder beim Gemüsehändler trafen, grüßte er sie stets mit einem sanften Lächeln. Max hatte ihn »den Dunklen« getauft; er hatte ein bisschen Angst vor ihm, weil er schwarzes Haar hatte und einen Vollbart trug.

Nardim schien ihr zuzunicken, dann schloss er seine Jalousien.

Miriam starrte noch einen Moment hinüber, fast wartete sie darauf, Gregor in einem der Fenster zu sehen. Sie hatte oft das Gefühl, dass er plötzlich wieder auftauchen könnte, so als würde er einfach von einer langen Reise zurückkehren. Dann trat er hinter sie, legte seine Hände auf ihre Schultern und küsste ihren Nacken, bis sie sich umdrehte und seinen Kuss erwiderte.

In der Küche wechselte die Melodie. Nur nicht unterkriegen lassen, dachte sie. Sie musste sich zwingen, wieder zu ihrem Interview zurückzukehren. Nachdenklich legte sie ihre Finger auf die Tastatur.

Miriam hatte immer gern Interviews geführt – nicht nur, weil der Weg zum fertigen Text kürzer war als bei einer Reportage oder einem Dossier. Sie mochte auch die direkte Konfrontation mit dem Interviewten, während des Gesprächs konnte man so vieles beobachten. Reaktionen wie Abwehr oder winzige Gefühlsregungen. Ein Blick, ein Zucken, ein Schmunzeln, das ihr den eigentlichen Gedanken des Gegenübers verriet. Das Ungesagte zwischen den Worten, so hatte sie es Gregor einmal beschrieben. Die Hauptarbeit jedoch war die Vorbereitung auf das Gespräch, und oftmals ergab sich aus den Fragen schon ein ziemlich klares Bild des Interviewten.

»Wer Fragen stellt, hat idealerweise eine Idee von der Antwort«, hatte Miriam auf der Journalistenschule gelernt. Und es stimmte: Wer glaubte, etwas Neus zu erfahren, weil er eine Fragen stellte, wurde häufig enttäuscht. Wenn es gut lief, konnte sich jedoch ein Gefühl für das Gegenüber einstellen. Oft hatte sie etwas nicht so sehr aus dem Wortlaut einer Antwort erfahren als vielmehr über die Art, wie diese Dinge gesagt wurden.

Für ihr Gespräch mit Dorothea Sartorius hatte Miriam sich einige entspannte Eröffnungsfragen überlegt, um die Stifterin an die ungeliebte Interviewsituation zu gewöhnen. Sie wollte über die Villa und den Blick über die Elbe sprechen. Über Hamburg und die Hanseaten und deren Großherzigkeit. Und über das Mäzenatentum, das in der Stadt so selbstverständlich und großzügig gelebt wurde. Wenn das Eis gebrochen war, würde Miriam das Tempo anziehen. Sie wollte vor allem über die Ehe mit Peter Sartorius sprechen, über die so wenig bekannt war. Wie hatten sich die beiden kennengelernt, und wie war es gewesen, mit einem so viel älteren Mann zusammenzuleben? Welche Rolle hatte Dorothea Sartorius' Jugend gespielt und welche Rolle sein Geld? Was hatte die beiden am Anfang verbunden, und wo waren sie am Ende ihrer Ehe angekommen? Dann wollte Miriam auf die Stiftung zu sprechen kommen. Was war der Auslöser für die wohltätige Arbeit gewesen? Was trieb Dorothea Sartorius an? Wenn es gut lief, würde Miriam sich tatsächlich ein Bild von der Stifterin machen können. Ein Bild mit Tiefenschärfe.

Es war fast ein Uhr, als Miriam zu Bett ging. Das Bett, in dem Gregor nie geschlafen hatte, war riesig. Ein richtiges Familienbett, in dem man mühelos vier Personen und einen Hund unterbringen könnte. Miriam war noch aufgekratzt, sie versuchte, sich in den Schlaf zu atmen, so wie sie es in der Therapie gelernt hatte. Nach einer Weile bemerkte sie, dass Max zu ihr ins Bett schlüpfte. Sie ließ ihn unter ihre Decke und legte einen Arm um ihn. Als sie seinen regelmäßigen Atemzügen lauschte, schlief auch sie endlich ein.

VIER

Die Fahrt entlang der Elbe stromabwärts Richtung Blankenese war wie immer ein Vergnügen. Aus den Augenwinkeln heraus sah Miriam die Villen und Herrenhäuser, die links und rechts der Straße thronten. An der Elbchaussee war alles groß: die Namen, die Anwesen, der Blick. Um 1900 hatten Reeder, Bankiers und Kaufleute sich hier ihre Denkmäler errichtet, riesige Häuser, die von weitläufigen Parkanlagen umgeben waren. Das hier war Hamburgs erste Adresse, obwohl sich inzwischen auch einige gesichtslose Penthäuser und Apartmentanlagen zwischen den Palästen drängelten. Doch die Neubauten hatten den Eindruck von Erhabenheit und Weite nicht zerstören können. Und mit ein wenig Phantasie sah man auch heute noch das kaiserzeitliche Hamburg aufblitzen, dessen Bürger im Sonntagsstaat den Elbboulevard entlangflanierten.

Ganz gegen ihre Gewohnheit hatte Miriam genügend Zeit für die Fahrt eingeplant, und so genoss sie den weiten Blick auf die Elbe, wann immer die Straße nah am Wasser entlangführte. Die Sonne stand schon tief über den Elbmarschen, und der Fluss trug seinen charakteristischen Ockerton zur Schau, der an flacheren Stellen leicht ins Grünliche changierte. Spaziergänger mit Hunden und Jogger waren am Elbufer und in den Parks unterwegs. Miriam bemerkte ein leichtes Kribbeln in der Magengegend. Verblüfft registrierte sie, dass sie aufgeregt war – ein wenig jedenfalls. Wie würde Dorothea Sartorius sie empfangen?

Das Anwesen der Stifterin lag am südwestlichen Ende von Blankenese. Miriam blieb auf der Hauptstraße und durchquerte das aufgeräumt wirkende Viertel, bis sie zum Falkensteiner Ufer abbiegen konnte. Die Straße führte durch bewaldetes Gelände, zunächst hinauf und dann wieder hinunter und endete nach einem fast serpentinenartigen Aufstieg in einer Sackgasse. Miriam hielt vor einem schwarzen Metalltor, doch bevor sie aussteigen und klingeln konnte, glitt das Tor zur Seite und gab den Weg frei.

»Fahren Sie vor bis zur Villa, Frau Raven«, hörte Miriam eine Stimme aus einem unsichtbaren Lautsprecher rauschen. Auf einem Metallpfeiler entdeckte sie eine Kamera, man hatte ihr Kommen beobachtet. Während sie die von Rhododendren und immergrünen Büschen gesäumte Auffahrt zur Villa hinaufrollte, verstärkte sich das Kribbeln in ihrem Magen zu einem nervösen Rumoren. Dies war das erste Interview nach langer Zeit, und sie fühlte sich wie vor einer Prüfung. Um sich abzulenken, öffnete Miriam das Fenster einen Spalt breit. Kühle Luft, die nach feuchtem Laub und Waldboden roch, strömte in den Mini. Sie hörte Vogelzwitschern, sonst war es sehr still. Die Ruhe reicher Wohnviertel.

Das weiße Herrenhaus im klassizistischen Stil war von der Straße aus nicht einsehbar und lag auf einem Hang über der Elbe. Die Fassade mit ihren harmonischen Proportionen und klaren Linien ließ Miriam an einen griechischen Tempel denken. Der erste Eindruck war einschüchternd. »Puh …«, hörte sie sich selbst sagen. Alte Eichen, Akazien und Buchen flankierten die Villa zu beiden Seiten, im Sommer würden sie alles Darunterliegende beschatten. Miriam hatte gehört, dass sich hinter dem Haus ein terrassenförmig angelegter Garten erstreckte, von dessen höchstem Punkt sich ein wunderbarer Blick über den Fluss bot. Die Parkanlage und das Interieur der Villa hatte – so hieß es jedenfalls – Karl Lagerfeld nach alten

Vorbildern neu gestaltet. Miriam ließ den Wagen ausrollen und kam neben einem dunkelgrünen VW-Käfer aus den Siebzigern zum stehen. War das etwa der Oldtimer?

Als sie aus dem Wagen stieg, öffnete sich die gewaltige Tür des Herrenhauses. »Kommen Sie herein.« Sie erkannte die Stimme von Herrn Wanka. Miriam winkte ihm zu und angelte ihre Tasche vom Beifahrersitz. Während sie die letzten Meter auf das Haus zulief, dachte sie, dass er genauso aussah, wie sie sich ihn vorgestellt hatte. Mittelgroß, schlank, aber nicht sportlich, gescheiteltes Haar, dunkle Hornbrille. Er trug einen modischen grauen Anzug, aber keine Krawatte. Sein Händedruck war unverbindlich, höflich half er ihr aus dem Mantel.

Miriam hatte am Morgen nicht lange überlegt und nach einem taillierten Blazer und einer schmalen Hose gegriffen. Dazu trug sie ein Shirt mit schwarzen Bretonstreifen und Stiefeletten mit kleinem Absatz. Normalerweise fühlte sie sich in diesem Aufzug stark und feminin zugleich, doch als sie ihrem Bild in einem der Spiegel im Entree begegnete, kam sie sich plötzlich verkleidet vor. Zwischen den Marmorsäulen und den handbemalten Seidentapeten wirkte sie wie eine brave Kopie ihrer selbst. Schnell fuhr sie sich durchs Haar, um dem dunklen Bob die Strenge zu nehmen.

Der Sekretär beobachtete sie von der Seite. »Ich nehme an, der Fotograf kommt gleich?«, fragte er beim Weitergehen. Er führte sie durch die kirchenhohe Halle und einen behaglichen Kaminsalon, an den sich ein Gartensaal anschloss, der sich über die gesamte Breite des Hauses zu erstrecken schien und sie unwillkürlich an Schloss Sanssouci denken ließ. Die Fensterfront öffnete sich nach Südwest auf eine Terrasse, die Nachmittagssonne fiel in breiten Streifen herein und malte Muster auf das Parkett.

»Ja, er müsste gleich da sein«, nickte Miriam. Michi Keller, der oft für die *Anabel* arbeitete und auch Modestrecken schoss, wohnte selbst in Blankenese und hatte es nicht weit. Er hatte ihr auch von dem Garten und der Lagerfeldt-Geschichte erzählt.

»So, bitte sehr, nehmen Sie doch Platz. Frau Sartorius wird sicherlich gleich bei Ihnen sein.« Herr Wanka zeigte nach rechts auf ein Ensemble samtbezogener Art-déco-Sessel, die ein Glastischchen mit geschwungenen Beinen umstanden. Es gab mehrere Sitzgruppen dieser Art, so dass der Saal fast wie das Foyer eines Fünf-Sterne-Hotels wirkte. Doch dann fiel Miriams Blick auf eine ausladende moderne Sitzlandschaft und einen schwarzen Flügel, die dem Raum trotz seiner ungeheuerlichen Dimensionen einen etwas privateren Anstrich gaben.

Miriam setzte sich und sah sich weiter um. Schon beim Hereinkommen hatte sie ein Bild von Paul Klee bemerkt. Nun sah sie weitere Werke, die ihr bekannt vorkamen. Sie meinte, ein Gemälde von Gerhard Richter und eine Kreidezeichnung von Cy Twombly zu erkennen. Museale Schätze, die über die Jahre noch wertvoller geworden waren. Dann blieb ihr Blick an einem Schlitten mit Filzdecke, Gurten und einer Taschenlampe hängen, der einen merkwürdigen Kontrast zu den eleganten Möbeln bildete. War das etwa ein Beuys? Als der Sekretär sich über das schimmernde Parkett entfernt hatte, stand sie wieder auf und ging auf die Installation zu. Wie immer, wenn sie etwas von Joseph Beuys sah, fragte sie sich, ob der Künstler jemals Liebe erfahren hatte. Seine Werke wirkten stets kalt und verschlossen auf sie, sie verströmten eine Aura verstörender Einsamkeit. Miriam ging in die Knie und legte vorsichtig einen Finger auf das Holz des Schlittens.

»Was halten Sie davon?«

»Oh«, Miriam zuckte zusammen; Dorothea Sartorius stand so plötzlich neben ihr, als wäre sie durch eine geheime Tür hereingekommen. Während Miriam sich aufrichtete, versuchte sie sich zu sammeln. »Beeindruckend«, sagte sie, als sie der Stifterin die Hand gab. »Beeindruckend, aber auch kalt. Man fragt sich unwillkürlich, was aus dem kleinen Jungen geworden ist, dem der Schlitten einmal gehört haben muss.«

»Ja«, nickte die Sartorius zustimmend, ihr Händedruck war warm und fest zugleich. »Manchmal stehe ich davor und denke, ich sollte ihn ins Museum geben. Aber mein Mann war mit Beuys befreundet, und irgendwie ist es auch eine Erinnerung an ihn.« Sie schüttelte den Kopf, als wollte sie einen Gedanken vertreiben. Ihre überraschend blauen Augen funkelten wie zwei Saphire.

Miriam betrachtete sie genauer. Dorothea Sartorius war in etwa so groß wie sie selbst, sie trug ein schmales, leicht ausgestelltes Kostüm, das ihre aufrechte Haltung betonte. Chanel, dachte Miriam sofort. Eine elegante Schutzhülle aus Tweed, schmeichelnd und anschmiegsam. Das lange dunkle Haar war von silbernen Fäden durchzogen und zu einem Ballerinaknoten aufgesteckt. Die schlichte Frisur und das dezente Rosenholz-Make-up betonten ihr klassisch-schönes Gesicht, das noch immer jugendlich wirkte. Ihre Haut war fast durchsichtig, wie altes chinesisches Porzellan. Sie wirkte zurückhaltend und stark zugleich, ihr großes Herz jedoch sah man ihr nicht an.

»Ich warte noch auf meinen Fotografen«, sagte Miriam schnell, als sie ein ungeduldiges Zucken im Blick der Stifterin bemerkte. »Er müsste jeden Moment …«

»Da ist er bereits.« Dorothea Sartorius blickte zur Flügeltür, die sich wieder öffnete. Michi Keller war mit seiner Assistentin Inken gekommen, er stellte sich mit einer angedeuteten Verbeugung vor, während Inken schon begann, Lampen und Schirme aufzubauen.

»Wir brauchen noch ein paar Minuten«, sagte er, ein gewinnendes Lächeln auf den Lippen, das seine Wirkung nie verfehlte.

»Gut.« Die Stifterin gab ihrem Sekretär ein Zeichen, die Aufbauarbeiten zu verfolgen. »Dann zeige ich Ihnen schnell den Garten. Brauchen Sie Ihren Mantel, Frau Raven?«

»Nein, nein, das geht schon so.« Miriam bemerkte die geöffnete Terrassentür in ihrem Rücken, Dorothea Sartorius musste von draußen hereingekommen sein. Gespannt folgte sie ihr hinaus.

Der Blick auf die Elbe war wirklich atemberaubend, fast schien es so, als schwebte das Haus über dem Strom. Von der mit Säulen geschmückten Terrasse sah man durch eine Schneise über den Fluss bis hinüber ins Alte Land. Hecken aus Buchsbaum und Efeu fassten die einzelnen Gartenpartien ein, die einmal biedermeierlich und einmal barock gestaltet waren. In zwei Seerosenteichen spiegelte sich der Himmel, winterkahle Eichen und Buchen rahmten das Gelände.

»Der Blick ist mein größter Luxus«, hörte sie die Sartorius leise an ihrer Seite sagen, dann wandte sich die Stifterin ab. Auf einem Tisch auf der Terrasse lag ein Päckchen Gauloises neben einem schweren silbernen Feuerzeug.

»Möchten Sie auch?« Routiniert zündete Dorothea Sartorius sich eine Zigarette an.

Miriam schüttelte den Kopf. »War das Lagerfeld?«, fragte sie und wies hinunter in den Park.

»Ach, die Geschichte ...« Die Sartorius rauchte beiläufig, der Wind trug den Rauch davon. »Soviel ich weiß, interessiert er sich nicht besonders für Gärten. Er war in den Neunzigern einmal hier zu Besuch, aber den Garten habe ich angelegt. Jedenfalls habe ich versucht, die alten Blickachsen des Landschaftsparks wieder freizulegen.« Sie lachte kurz auf, als amüsierte sie sich über sich selbst. »Wissen Sie, man wird nie fertig«, fuhr sie fort. »Und die Schnecken tun ihr Übriges – ein unverwüstliches Völkchen. Im Sommer habe ich wohl an die tausend Pflanzen gesetzt. Alles Schneckenfutter.« Sie streckte die Hände von sich, ihre Fingernägel waren kurz geschnitten. An der rechten Hand trug sie einen Ehering, ihren einzigen Schmuck, sie verzichtete sogar auf Ohrringe. »Wissen Sie, ich gärtnere ganz gerne. Ich mähe auch den Rasen«, sagte sie, als sie Miriams ungläubigen Blick bemerkte. Sie schnippte die Asche in den Wind. »Aufsitzmäher. Und drüben fahre ich auch Trecker.«

»Drüben?« Miriam folgte dem Blick der Stifterin über die Elbe. »Im Alten Land?«

»Wir haben noch einen Hof bei Jork. Also, die Stiftung besitzt einen Apfelhof. Wir beschäftigen Menschen mit Down-Syndrom.«

»Das wusste ich nicht.« Miriam schüttelte den Kopf, erstaunt über sich selbst. »Habe ich das etwa überlesen?«

»Kann sein, dass das nicht alles im Detail auf unserer Website steht.« Dorothea Sartorius zuckte mit den Schultern, sie zog wieder an ihrer Zigarette. »Ich werde Ihnen die Stiftungsunterlagen zuschicken lassen, darin werden Sie sicherlich etwas dazu finden.«

»Und der Käfer vor dem Haus?« Miriam konnte den Blick nicht von der Pracht lösen, Tausende Narzissen bildeten fröhliche Inseln im Gelände, ihre Giraffenköpfchen nickten im Wind.

»Mein Stadtauto.« Jetzt lächelte die Sartorius wieder, ein leises, fast wehmütiges Lächeln. »Haben Sie die alten Pepitabezüge bemerkt?«

Miriam nickte. Sie dachte, dass sie in den vergangenen fünf Minuten schon mehr über Dorothea Sartorius erfahren hatte als während ihrer gesamten Recherche. »Ich habe gehört, dass Sie gerne schwimmen«, fuhr sie schnell fort. Sie wollte das Gespräch, das so mühelos dahinfloss, nicht abreißen lassen.

»Es gibt hier keinen Pool, aber im Sommer springe ich manchmal in die Elbe.« Dorothea Sartorius' Stimme wehte wie der Rauch davon, sie räusperte sich. »Das bleibt aber bitte unter uns.«

»Frau Raven, Frau Sartorius!«

Miriam drehte sich um, der Sekretär stand in der Terrassentür und winkte sie heran. »Wir sind so weit.«

»Dann wollen wir mal.« Dorothea Sartorius nickte und nahm einen letzten Zug, dann drückte sie die Zigarette in einem Aschenbecher aus. Ein wenig Lippenstift hatte sich auf dem Filter abgesetzt. Mit geradem Rücken betrat sie die Villa. Miriam folgte ihr hinein, sie bemerkte, dass sich ihre Aufregung gelegt hatte.

Lampen und Stative waren aufgebaut, irgendjemand hatte den Tisch gedeckt. Es roch nach Kaffee und Apfelkuchen. Michi Keller besprach sich mit Dorothea Sartorius über die Motive, die er geplant hatte. Er wollte sie neben dem Flügel und vor der Fensterfront fotografieren. Dazu noch einige Aufnahmen, die er während des Interviews machen würde. Die Stifterin willigte ein, geduldig absolvierte sie das Shooting. Als sie am Flügel stand, strichen ihre Hände über den ernsten schwarzen Lack. In diesem Moment sah sie verletzlich aus, fast in sich gekehrt – eine wehmütige Figur wie aus einem französischen *Nouvelle-Vague*-Film. Michi Keller war zufrieden, in weniger als einer halben Stunde hatte er die Porträts im Kasten. Miriam war sicher, dass sich gleich mehrere Aufnahmen als Aufmacher für den Artikel in der *Anabel* eigneten. Anna würde begeistert sein.

Während des Fotografierens hatte Miriam sich wieder an den Glastisch gesetzt und die Stifterin beobachtet. Sie hatte bemerkt, wie Dorothea Sartorius nach dem richtigen Lächeln suchte – nicht zu viel und nicht zu wenig. Wie sie ihre Füße voreinanderstellte und ihren Rock glattstrich. Wie sie sich drehte und fast instinktiv ins rechte Licht rückte. Ab und zu hatte sie einen kurzen Blick mit ihrem Sekretär ausgetauscht, als wäre er ihr Korrektiv. Und doch schien sie erleichtert, als der Fotograf von ihr abließ. Mit schnellen Schritten trat sie an den Tisch. Die Rolle der Gastgeberin schien ihr mehr zu behagen als das Posieren vor der Kamera.

»Wer möchte ein Stück?« Dorothea Sartorius ließ es sich nicht nehmen, den Apfelkuchen selbst anzuschneiden und auf die Teller zu verteilen. Sie bedachte alle, auch der Sekretär bekam ein Stück, das er mit hinausnahm. Dann setzte sie sich Miriam gegenüber und nippte an ihrem Kaffee. Schwarz und ohne Zucker.

Bevor sie ihr Aufnahmegerät einschaltete, probierte Miriam den Kuchen. »Wow!«, entfuhr es ihr überrascht. Ein Apfelkuchen war eine delikate Angelegenheit, eigentlich mochte sie ihn nur selbstgebacken. Aber dieser Kuchen war ausgezeichnet. Er schmeckte nach Oktobersonne und Ernteglück. Der Teig war knusprig, das Apfelkompott nicht zu süß und die Puderzuckerglasur mit einem Hauch Calvados verfeinert. Ein Gedicht und eine Hommage an den Herbst.

»Nicht wahr?«, freute sich die Sartorius. »Habe ich heute Morgen gebacken. Fallobst aus York, überreif – so schmeckt das Alte Land. Im Herbst koche ich die Äpfel ein. Ich finde, ein Winter im Glas gibt ihnen das gewisse Etwas.«

»Sie backen selbst?« Miriam wies auf ihr Aufnahmegerät und als Dorothea Sartorius nickte, schaltete sie es ein.

»Ich habe die Küche schon vor vielen Jahren für mich entdeckt, genauso wie das Gärtnern.« Dorothea Sartorius trank noch einen Schluck Kaffee. »Irgendwann habe ich die Köchin entlassen. Mein Mann fand das zunächst ein wenig befremdlich, er war da traditioneller. Peter ist mit einem Heer von Angestellten aufgewachsen.«

»Ihr Mann …« Dankbar hakte Miriam ein. Sie dachte, dass sie nach dem ermutigenden Auftakt auf die tastenden Eingangsfragen verzichten könnte. »Ich würde so gern mehr über Ihre Ehe erfahren. Wie haben Sie Peter Sartorius kennengelernt?«

»Wie habe ich Peter kennengelernt?« Dorothea Sartorius blickte kurz zur Seite, als könnte sie so in die Vergangenheit zurückschauen. Sie schwieg. Das Licht, das durch die Fenster hereinfiel, war nun bläulich und legte sich wie ein Mantel um sie. Miriam hörte das Klicken der Kamera, das die Stille durchbrach. »Wir sind uns begegnet«, fuhr die Stifterin nach einer kleinen Ewigkeit fort. »Wir sind uns an der Ostsee begegnet.«

»Das Haus an der Schlei«, nickte Miriam, sie wusste, dass es noch ein Anwesen in der Nähe von Kappeln gab.

»Peter liebte die Landschaft dort oben«, fuhr Dorothea Sartorius fort, sie saß sehr aufrecht, die Beine damenhaft aneinandergeschmiegt. »Er war oft an der Schlei, wenn er der Elbe den Rücken kehren wollte. Wenn er Abstand brauchte vom Hafen und von seinen Schiffen. Aber ganz ohne Wasser ging es eben auch nicht. Wir haben uns dort in einem Gasthof kennengelernt.«

»Sie haben dort ausgeholfen?«

»Ich habe zu der Zeit in Berlin gelebt, eigentlich wollte ich studieren. Musik und Sozialkunde. Aber es waren ja bewegte Zeit damals.«

»Sie meinen die Studentenunruhen?«

»Ich habe mich ablenken lassen. Ein Freund ist nach Kappeln gezogen, und ich habe ihn besucht, um zur Ruhe zu kommen. Es war Sommer, ich bin dort hängengeblieben, habe gekellnert, ein bisschen Klavier gespielt. Zum Wintersemester wollte ich zurück nach Berlin. Dann habe ich Peter getroffen.«

»Beim Kellnern?« Miriam aß noch ein Stückchen von ihrem Kuchen. Es war nicht schwer, sich vorzustellen, wie Dorothea Sartorius vor mehr als vierzig Jahren ausgesehen haben musste. Sie sah eine aparte, langhaarige Schönheit vor sich. Kein

Wunder, dass der frisch geschiedene Reeder die junge Frau angesprochen hatte. »Sie kannten Peter Sartorius nicht?«

»Als ich ihn kennenlernte, wusste ich nicht, wer er war.« Dorothea Sartorius beugte sich vor und schenkte noch einmal Kaffee nach. »Ich habe Klavier gespielt, und Peter hat im selben Lokal zu Abend gegessen. Als ich Pause machte, folgte er mir in den Hof. Wir haben zusammen geraucht, und er hat sich ein Lied von mir gewünscht. So fing alles an.«

»Das war ...«, Miriam rechnete nach, »das muss im Sommer 1972 gewesen sein?«

Dorothea Sartorius nickte und nahm die Kaffeetasse in die Hand, ohne daraus zu trinken.

»Was hat er sich gewünscht?«

»Wie bitte?« Sie sah auf und schien aus einer anderen Welt aufzutauchen. »Entschuldigen Sie, was haben Sie mich gefragt?«

»Das Lied – was hat sich Ihr späterer Mann von Ihnen gewünscht?«

»Oh ...« Dorothea Sartorius lachte auf, ein sorgloses junges Lachen. »Er hat sich etwas von den Beatles gewünscht. ›Let it be‹, also *Lass es geschehen*.« Wieder lächelte sie, vielleicht wegen des vielsagenden Titels. Miriam hatte sofort die Melodie im Ohr.

»Ich habe dann ein wenig improvisiert«, fuhr sie fort. »Die Beatles waren eigentlich nicht so mein Fall.«

»Warum nicht?« Miriam überlegte kurz, ob sie die Stifterin nach Mick Jagger fragen sollte. Dann entschied sie sich dagegen. Plötzlich erschien ihr die Frage belanglos. Schnickschnack.

»Ach ...« Dorothea Sartorius blickte zur Tür, sie suchte nach den richtigen Worten. »Es war irgendwie vorbei, verstehen Sie? Die Beatles waren schon Geschichte, für mich war das damals nicht viel mehr als Kleine-Mädchen-Musik.«

»Und Sie waren kein kleines Mädchen?«

»Nein.« Dorothea Sartorius schwieg, wieder hörte man das Klicken der Kamera. »Ich war kein kleines Mädchen. Aber fragen Sie mich bitte nicht, wer ich damals war. Ich kann mich kaum noch erinnern. Peter hat mein Leben verändert.«

»Weil Sie sich ineinander verliebten? Weil Sie sich liebten?« Miriam lehnte sich vor, sie machte Michi Keller ein Zeichen, dass sie nun genug Bilder hatten. Der Fotograf verstand sofort und zog sich mit Inken leise zurück.

Dorothea Sartorius schüttelte den Kopf. Einen Augenblick lang dachte Miriam, dass sie ihr nicht antworten würde. Doch dann hob sie den Blick und sah Miriam in die Augen. »Wissen Sie, ich war damals ganz hübsch«, hörte sie die Sartorius sagen. Tastende, zögerliche Worte, die noch nicht zu wissen schienen, wohin sie führten. »Aber ich fand mich selbst nicht schön, und deshalb bedeutete es mir auch nichts, schön gefunden zu werden. Trotzdem wollte ich Aufmerksamkeit. Ich wollte angesehen werden – für irgendwas. Ich habe mich verkleidet, Rollen gespielt, Theaterstücke aufgeführt. Ich war immer jemand anderes. Eine Suchende, aber das Gefühl von Zufriedenheit stellte sich nie ein. Ich war wütend. Und ich war auch einsam. Sehr einsam. Peter hat das erkannt, er hat mich erkannt.«

»Sie haben zu sich gefunden?«

»O Gott, das klingt jetzt reichlich kitschig, nicht wahr?«

»Nein, nein«, Miriam schüttelte den Kopf. Sie konnte sich ungefähr vorstellen, was sie sagen wollte. Erst durch seinen Blick, durch seine Liebe, hatte sie ihre Mitte gefunden.

»Wissen Sie, er gab mir Halt. An seiner Seite habe ich mich endlich in mich selbst verwandelt.« Dorothea Sartorius' Augen schimmerten, doch ihre Stimme brach nicht. »Verstehen Sie das?«, fragte sie nach einem kurzen Moment des Schweigens.

»Ja.« Miriam nickte. Sie hatte dieses seltsame Zweifeln

schöner Menschen schon häufiger erlebt. Vielleicht, so überlegte sie nun, weil Schönheit an sich eine vergängliche Auszeichnung war. Wo man Schönheit sah, da sah man immer auch ihr Vergehen, Verblühen. Schönheit hatte deshalb oft auch etwas Tragisches an sich. Aber die Schönheit, die nur der Geliebte wahrnahm, war eine andere. Sie war etwas Intimes, Einzigartiges, weil sie nur zwischen zwei Personen existierte. Und weil sie auch den Makel zu etwas Liebenswertem machte. »Würden Sie sagen, dass er Sie gerettet hat?«, fragte sie.

Dorothea Sartorius blickte wieder zur Seite und zum Fenster hinaus. Sie sah Miriam nicht an, als sie weitersprach. »Ich weiß tatsächlich nicht, was aus mir geworden wäre. Ich weiß nur, dass es gut war, so wie es gekommen ist. Ich habe ihn sehr geliebt.«

»Ihr Mann war viel älter als Sie. Er entstammte einer anderen Generation und war noch im Krieg gewesen.«

»Oh, das Alter war nie ein Problem.« Dorothea Sartorius sah Miriam wieder an und schüttelte unmerklich den Kopf. »Das Geld hat mir viel mehr Angst gemacht. Dieses viele Geld ... Ich habe mich sehr schwer damit getan, einen reichen Mann zu heiraten. Einen mehr als reichen Mann. Die Reederei, sein Vermögen, wie so viele war ich damals der Überzeugung, dass die Welt an diesen Bonzen zugrunde gehen würde. Wir liebäugelten doch alle mit dem Kommunismus.«

Miriam hielt den Atem an, für einen kurzen Moment flackerten Bilder vor ihrem inneren Auge auf. Die Demonstrationen gegen den Vietnamkrieg und den Schah-Besuch in Berlin. Der Aufstand gegen das Establishment und die Verkrustungen der Nachkriegsgesellschaft. Die Straßenschlachten und Wasserwerfer, die Erschießung Benno Ohnesorgs 1967. Bilder in Schwarzweiß, die sie aus Dokumentationen und Spielfilmen kannte.

»Sie waren in der Studentenbewegung aktiv?«

»Ich war noch keine Studentin. Ich habe zwar Abitur gemacht, dann aber gearbeitet. Oft in der Gastronomie. Ich kam aus kleinen Verhältnissen und musste erst einmal Geld verdienen.«

»Aber Sie ...«

»Das ist so lange her, Frau Raven.« Dorothea Sartorius schüttelte den Kopf. »Und es war alles belanglos, als ich Peter kennenlernte. Wir haben in Dänemark geheiratet, schnell und unkompliziert. Dann habe ich seine Welt kennengelernt. Und er hat mir gezeigt, wie viel Gutes und Sinnvolles man mit einem Vermögen anstellen kann.«

»Sie meinen die Stiftung?«

»Peter hat schon immer viel Geld gespendet, lange bevor er mich kennenlernte. Geld ist zum Ausgeben da, das war sein Credo. Er hat nicht nur Häuser und Kunst gesammelt, er hat auch die Stadt unterstützt, Hospize und Spielplätze errichtet, sich für jugendliche Straftäter engagiert, ohne dass er das an die große Glocke hängte.«

»Hanseatisches Mäzenatentum.«

»Ja, er war ein Hanseat, durch und durch.«

Dorothea Sartorius holte tief Luft, Miriam sah ihr an, dass die Erinnerungen sie fluteten. Sie lächelte wehmütig, ein Schatten trübte ihren Blick. »Möchten Sie eine Pause?«, fragte sie die Stifterin.

»Zwei Minuten, ich bin gleich wieder da.«

Dorothea Sartorius erhob sich und öffnete die Terrassentür. Miriam beobachtete, wie sie sich draußen eine Zigarette anzündete. Dann sah sie auf die Uhr. Die Zeit raste, sie hatte nur noch eine knappe Dreiviertelstunde Zeit. Sie würde ihre Fragen jetzt sehr schnell stellen müssen.

»Tut mir leid.« Nach exakt zwei Minuten war Dorothea Sartorius wieder zurück. Sie betrachtete ihren Sessel, dann schaute sie Miriam an. »Wollen wir uns vielleicht nach drüben setzen?« Sie wies auf das Sofa auf der anderen Seite des Saals.

»Gerne.« Miriam folgte ihr. Sie saßen sich nun nicht mehr gegenüber, sondern teilten sich die bequeme Kissenlandschaft. Da war immer noch reichlich Platz zwischen ihnen, aber die Distanz hatte sich merklich verringert. Die Interviewsituation schien einem Gespräch zu weichen.

»Ich weiß nicht, was Peter in mir gesehen hat«, fuhr Dorothea Sartorius fort. »Aber er hat immer zu mir gestanden.«

»Was haben Sie in ihm gesehen?«

Miriam sah auf ihren Fragenkatalog, sie hatten noch nicht einmal die Hälfte abgearbeitet.

»Zunächst war er irgendein Typ. Dann fand ich ihn interessant. Und dann habe ich herausgefunden, wer er war. Danach kamen die Zweifel.«

»Wegen des Geldes?«

»Wegen alldem hier, ja.« Dorothea Sartorius ließ ihren Blick durch den Gartensaal schweifen, sie blieb an Beuys' Schlitten hängen. »Ich habe ihn verlassen.«

»Sie haben ihn verlassen?« Miriams Herz pochte, kurze, schnelle Schläge. Sie dachte, dass sie so viel Neues über die Sartorius erfuhr. Und sie war überrascht über ihre Offenheit. Konzentriert und charmant saß die Stifterin neben ihr, die Hände im Schoß gefaltet.

»Das ist vielleicht nicht der richtige Ausdruck. Wir hatten uns ja gerade erst kennengelernt. Aber ich wollte ihn nicht mehr sehen, ich hatte Angst vor diesem Leben.«

»Wie hat er Ihnen die Angst genommen?«

Dorothea Sartorius schüttelte erneut den Kopf. Plötzlich stand sie auf und setzte sich an den Flügel. Dann begann sie zu spielen. »Let it be« – in Miriams Kopf formten sich die Worte zur Melodie fast wie von selbst. Sie meinte, Paul McCartneys junge weiche Gesangsstimme zu hören, die den Raum flutete. Dorothea Sartorius hatte die Augen geschlossen, die Akkorde flossen mit einem kaum hörbaren Anschlag ineinander. Sie spielte gut, dynamisch und ohne Allüren. Der Flügel klang lebendig und warm, wie ein treuer Freund, der ihr über die Jahre ans Herz gewachsen war.

»Es ist alles in diesem Lied«, sagte sie, als sie geendet hatte und öffnete die Augen. »Das habe ich aber erst ganz zum Schluss bemerkt.«

»Das klingt nach einer Art …, wie soll ich sagen, Erweckungserlebnis?«, versuchte Miriam, ihre Worte zu deuten.

»Nein«, sagte die Sartorius und schüttelte lächelnd den Kopf. Sie nahm dem Moment die Schwere. »Es war einfach Liebe.«

»Sie haben keine Kinder bekommen«, sagte Miriam, denn sie dachte auf einmal, dass die Stifterin eine tolle Mutter gewesen wäre.

»Nein, Peter und ich haben keine Kinder bekommen.« Da war ein kurzes Zögern, dann fuhr sie fort. »Heute hätte ich gerne Enkelkinder.«

»Was würden Sie ihnen zeigen wollen?«

»Hm …« Stille, Dorothea Sartorius überlegte. Miriam sah ihr an, dass sie mehrere mögliche Antworten verwarf. »Einen frühen Sommermorgen, vielleicht. Die Schönheit, die Ruhe, das Licht, die über dem Land liegen. Ich würde mit ihnen im Garten sein wollen und sie in der Erde wühlen lassen. Ich würde ihnen zeigen, dass das Gute auch aus krummem Holz sein kann – verwachsen und zwiespältig, aber trotzdem liebenswürdig.«

»Ja.« Miriam lächelte, sie musste unwillkürlich an Max denken, seine Patentante holte ihn heute aus dem Kindergarten ab.

»Haben Sie Kinder?«, fragte Dorothea Sartorius. Sie saß

immer noch auf dem Klavierhocker und sah sie über den geschlossenen Deckel des Flügels hinweg an.

Miriam nickte. »Einen Sohn, fünf Jahre alt«, sagte sie.

»Was liebt er?«

»Draußen sein«, Miriam lächelte wieder. »Schaukeln, Eis essen, Drachen und Ritter.«

»Hätten Sie gern mehr Zeit für ihn?«

»Oh.« Miriam lehnte sich zurück. Für einen kurzen Augenblick überlegte sie, ob sie darauf antworten wollte. Es passierte ihr nicht oft, dass sie sich das Heft aus der Hand nehmen ließ. Wieder sah sie auf die Uhr. »Er fühlt sich sehr wohl in seinem Kindergarten«, antwortete sie schließlich ein wenig steif. »Und die Wochenenden gehören ihm.«

Dorothea Sartorius hatte ihren Blick bemerkt. »Wir können gern ein bisschen überziehen«, sagte sie. »Darf ich Ihnen noch etwas anbieten?«

»Nein, vielen Dank. Der Kuchen war wirklich ausgezeichnet.«

»Dann packe ich Ihnen nachher etwas für Zuhause ein. Vielleicht mag Ihr Sohn probieren?«

Sie stand auf und sah zur Terrassentür, als überlegte sie, noch einmal nach draußen zu verschwinden. Kurz hatte Miriam das Gefühl, dass die Stifterin nun versuchte, ihren Fragen auszuweichen. Doch sie setzte sich wieder zu Miriam auf das Sofa.

»Wir haben noch gar nicht über die Stiftung und den Sartorius-Preis gesprochen«, sagte Miriam und wies auf die Bewerbungen, die sie in einer Mappe dabeihatte. »Was hat Sie dazu bewogen, Ihr Vermögen in die Stiftung einzubringen?«

»Das war ein langer Prozess.« Dorothea Sartorius sah auf ihre Hände, der Daumen ihrer linken Hand strich über den Ehering. Der Ring war sehr schlicht, Weißgold, vielleicht vier Millimeter breit, kein Stein. Miriam fragte sich, ob etwas in ihm eingraviert war. Ein Versprechen, das über den Tod hinausging. »Peter hat die Reederei zu einem guten Preis verkaufen können, damals war von der Flaute in der Schifffahrt ja noch nichts zu spüren. Und es war immer klar, dass ein Großteil des Vermögens nach seinem Tod in eine Stiftung fließen würde. Aber wie die Sartorius-Stiftung genau aussehen sollte, darum haben wir lange gerungen. Er wollte etwas, das hier in der Stadt verankert ist. Etwas für alle Hamburger. Ich hätte mir vielleicht einen breiteren Ansatz gewünscht, also etwas, das über die Grenzen der Stadt hinausgeht. Mein Mann wollte mir außerdem eine gewisse Summe hinterlassen, das habe ich abgelehnt. Schritt für Schritt haben wir uns dem genähert, was heute die Sartorius-Stiftung ist.«

»Sie haben nichts bekommen?«, fragte Miriam verblüfft nach. Sie war immer davon ausgegangen, dass es neben der Stiftung noch ein privates Vermögen gab.

»Nein.« Dorothea Sartorius lächelte, eine Spur amüsiert. »Ich beziehe ein kleines Gehalt als Geschäftsführerin der Stiftung. Und ich habe lebenslanges Wohnrecht in unseren Häusern. Mehr brauche ich nicht.«

Miriam nickte, sie war versucht, das eben Gehörte zu kommentieren, unterließ es aber. Sie wollte nicht, dass Dorothea Sartorius den respektvollen Unterton in ihrer Stimme hörte. »Die Stiftung hat ganz unterschiedliche Schwerpunkte«, fuhr sie stattdessen fort. »Sie unterstützen sowohl kulturelle als auch soziale Einrichtungen. Woran hängt Ihr Herz besonders?«

»Das ist nicht einfach zu beantworten.« Dorothea Sartorius lehnte sich in die Kissen zurück und überlegte. »Ich mag alles, was mit Musik zusammenhängt. Wissen Sie, die Musik, die Musiker – sie machen unser Leben doch erst ...« Ihre Hände flatterten wie Vögel auf, sie suchte nach dem passenden Wort.

»*Sweet?*«, fiel Miriam ein. »*Musicians make life sweet.*« Sie hatte diesen Satz einmal in einer Laudatio für einen Sänger gehört, und er hatte etwas in ihr berührt. Seltsamerweise klang er nur im Englischen gut, so wie eine kleine zärtliche Melodie.

»*Sweet* ...« Dorothea Sartorius lächelte, sie nickte zustimmend. »Musik ist so tröstlich, so lebendig, sie gibt Hoffnung«, versuchte sie es mit eigenen Worten. »Dem Traurigen macht sie Mut, und dem Einsamen gibt sie das Gefühl, nicht allein zu sein.« Nach einer kurzen Pause begann sie, die vielen sozialen Einrichtungen aufzuzählen, die sich unter dem Dach der Stiftung befanden. »Ich finde, dass wir gar nicht genug für Kinder tun können«, fuhr sie fort. »Die Frauen liegen mir am Herzen und die Familien, in welcher Konstellation auch immer. Und unsere Arbeit in der Trauerbegleitung. Ich weiß, was es heißt zu trauern. Wie schwer das Leben von einem Moment auf den anderen ist. So schwer, dass man den Lebensmut verlieren kann.«

»Ja.« Miriam blickte auf die Fragen, doch die Buchstaben verschwammen vor ihren Augen, winzige Vogelspuren, die über das Papier trippelten. Die Abdrücke des Raben. Sie versuchte, nicht an Gregor zu denken. Als sie den Blick der Stifterin auf ihren Händen spürte, sah sie wieder auf. »Frau Sartorius, wir müssen unbedingt noch über die Preisverleihung sprechen, bevor wir zum Ende kommen«, sagte sie. »Ich habe unsere Favoriten dabei. Außerdem ...«

»Die Liste können Sie gerne hierlassen«, fiel Dorothea Sartorius ihr ins Wort. »Das kann ich mit Herrn Wanka durchgehen. Wir melden uns so schnell wie möglich bei Ihnen.«

»Frau Bartok schlägt vor, dass wir das Preisgeld staffeln sollten.« Miriam reichte ihr die Mappe, die die Stifterin kurz in den Händen wog und dann neben sich auf das Sofa legte. »Das gibt uns die Chance, gleich drei außergewöhnlichen

Projekten eine Bühne zu bieten. Vielleicht möchten Sie noch einmal darüber nachdenken?«

Dorothea Sartorius legte den Kopf leicht schief, sie wollte antworten, doch in diesem Moment öffnete sich die Tür zum Gartensaal. Der Sekretär kam herein, er nickte seiner Chefin zu.

Miriam sah auf die Uhr, die vereinbarte Zeit war um. Und sie hatte noch nicht einmal nach der Absenderin der weißen Briefe fragen können.

FÜNF

»Wir sind noch nicht fertig, nicht wahr, Frau Raven?« Dorothea Sartorius nickte Miriam verschwörerisch zu, dann schaute sie zur Tür. Die Hände in ihrem Schoß zuckten, als wollte sie ihren Sekretär hinausscheuchen.

»Es ist sechs Uhr, Frau Sartorius.« Herr Wanka gab sich nicht geschlagen. Selbstbewusst ging er ein paar Schritte auf sie zu, der Saal war seine Bühne.

»Sie können gern nach Hause gehen.« Die Sartorius warf ihm einen strengen Blick zu, der ihn daran zu hindern schien, noch näher zu kommen. »Für die nächste Woche haben wir ja alles besprochen. Sie können mich jederzeit erreichen.«

»Gut.« Herr Wanka blickte unschlüssig auf seine Uhr. Er sah so aus, als ob er noch etwas sagen wollte, dann nickte er ergeben. »Wiedersehen, Frau Raven«, verabschiedete er sich von Miriam. »Bitte melden Sie sich bei mir, wenn Sie noch etwas benötigen.«

»Danke schön, das werde ich tun.« Miriam lächelte ihm zu, irgendwie tat er ihr leid. Bestimmt hatte die Sartorius ihm eingeschärft, sie pünktlich zu erlösen.

»Herr Ewers kann auch gehen. Schalten Sie doch bitte die Alarmanlage ein.« Dorothea Sartorius entließ ihren Sekretär mit einer schnellen Handbewegung, sie wischte ihn einfach fort. Leise zog er die Tür hinter sich zu. »Jetzt sind wir ungestört«, kommentierte sie seinen Abgang. »Wo waren wir stehengeblieben?«

»Sie verreisen?« Miriam überlegte kurz, wann sie selbst aufbrechen müsste. Max' Patentante Claudia hatte noch eine Verabredung fürs Theater. Sie hatte ihr versprochen, sie rechtzeitig abzulösen, aber eine Stunde hatte sie noch.

»Eine kurze Auszeit, Ende nächster Woche bin ich wieder da«, antwortete Dorothea Sartorius vage. Sie sah so aus, als hätte sie eine Frage mit etwas mehr Tiefenschärfe erwartet.

»Wir waren bei der Preisverleihung«, kehrte Miriam zu ihren Notizen zurück. Sie ärgerte sich über den indiskreten Schlenker. Dorothea Sartorius' Nicken hatte ihr eine Vertraulichkeit suggeriert, die es zwischen ihnen nicht gab. »Und der Frage, ob wir das Preisgeld nicht staffeln sollten.«

»Eigentlich ändere ich meine Meinung nicht.« Die Stifterin schwieg, sie sah auf ihre Hände.

»Gut, dann werde ich das so weitergeben.« Miriam hatte nichts anderes erwartet.

»Ich werde nächste Woche noch einmal darüber nachdenken, Frau Raven.«

Miriam blickte überrascht auf. Sie hatte nicht damit gerechnet, dass die Sartorius ihnen entgegenkommen würde. »Danke«, sagte sie. Sie sah, wie Dorothea Sartorius zur Mappe griff und durch die Favoriten der *Anabel* blätterte. Miriam war neugierig, wie sie sich entscheiden würde. Am liebsten hätte sie mit ihr über jedes einzelne Projekt gesprochen.

»Nur noch sieben Wochen …« Dorothea Sartorius stand auf und legte die Unterlagen auf dem Flügel ab. Sie holte tief Luft und sah so aus, als ob sie eine weitere Zigarette benötigte.

»Wollen wir noch einmal hinausgehen und dort über die Preisverleihung sprechen?«

»Gerne.« Dorothea Sartorius lächelte dankbar, Miriam fand, dass sie ein wenig erschöpft aussah. Ihre Augen schienen das Licht zu verschlucken, sie waren dunkelblau, fast schwarz. Violette Schatten lagen darunter. Machte ihr die Preisverleihung Angst, fragte sie sich. Schlief sie schlecht?

Draußen war es inzwischen empfindlich kalt, Miriam sehnte sich nach ihrem Mantel. Sie verschränkte die Arme, um sich ein wenig zu wärmen, während Dorothea Sartorius sich ihre Zigarette anzündete.

»Ich habe mein ganzes Leben geraucht.« Die Sartorius sah dem dünnen Rauchfaden nach. »Peter hat nur gepafft, ab und zu, in meiner Gesellschaft. Aber ich kann es einfach nicht lassen. Auch jetzt nicht ...«

»Auch jetzt nicht?«

Auf der Elbe schob sich ein Frachter in Richtung Hafen. *China Shipping Line.* Schlepper begleiteten das gewaltige, mehrere Stockwerke hohe Schiff. Auf der Kommandobrücke flackerten Lichter auf, grün und rot. Die Dunkelheit zog vom Alten Land her über den Fluss, die Bäume im Park wirkten wie schwarze Riesen, die den Himmel in einzelne Stückchen unterteilten. Miriam drehte sich zu Dorothea Sartorius um, die Stifterin schien die Kälte nicht zu spüren.

»Mein Hund ist vor drei Wochen gestorben. Bronchialkarzinom.« Sie spuckte das Wort wie etwas Ungenießbares aus.

»Das tut mir leid.«

»Er war sehr alt, fast sechzehn. Trotzdem ... Es ist ja nicht nur der Hund. Manchmal denke ich darüber nach, wie mein Leben verlaufen wäre, wenn ich nicht mit fünfzehn die erste Zigarette geraucht hätte. Wenn ich nicht nach Berlin gegangen wäre. Wenn, wenn, wenn ... Geht es Ihnen auch so?«

Miriam zögerte, sie dachte an Gregor, an den Augenblick, in dem sich ihre Knie berührt hatten. Hätte es einen zweiten Moment für sie gegeben? »Sie hätten Ihren Mann nicht kennengelernt«, sagte sie und strich sich fröstelnd über die Arme. »Und wir würden heute nicht hier stehen und über den Sartorius-Preis sprechen.«

»Ihnen ist kalt, entschuldigen Sie.« Dorothea Sartorius schüttelte den Kopf, als wunderte sie sich über ihre Gedankenlosigkeit. »Kommen Sie, wir setzen uns in die Küche.«

Sie ging voran und führte Miriam von der Terrasse herunter um das Haus herum. Auf der Ostseite gab es einen kleinen Kräutergarten, der noch im Winterschlaf ruhte. Matten und Tannenzweige bedeckten die Beete. Zwischen kahlen Rosenspalieren führte eine Tür in die Küche.

»Ich habe Peter versprochen, nicht im Gartensaal zu rauchen. Die Bilder ...« Dorothea Sartorius tippte einen Zahlencode neben der Küchentür ein und hielt ihr die Tür auf. »Aber das hier ist mein Reich. Mögen Sie vielleicht einen Tee?«

»Gern.« Neugierig betrat Miriam die Küche. Dorothea Sartorius wies auf einen runden Holztisch, der am Fenster stand. Der Raum war groß und in einem gemütlichen Landhausstil eingerichtet. Ein überraschender Kontrast zur formalen Grandezza des Gartensaals. Ein riesiger gusseiserner AGA-Herd dominierte den Raum, darüber hingen kupferne Töpfe und Kasserollen an einem Gestell. Farbenfrohes Geschirr leuchtete in offenen Regalen und Tellerborden, überall standen Töpfe mit Gewürzen, auf einer Etagere lagen glänzende Äpfel. Eigentlich, dachte Miriam, war dies ein Ort für Kinderzeichnungen und Gummistiefel. Sie wählte einen Stuhl und versuchte, sich die Stifterin mit Schürze und auf Socken am Herd vorzustellen. Dann sah sie den verwaisten Hundekorb. Ein abgenagtes Spielzeug lag darin.

»Einen Darjeeling oder lieber Earl Grey?« Dorothea Sartorius füllte den Wasserkessel, die halb aufgerauchte Zigarette verglomm auf einer Untertasse zu Asche.

»Darjeeling, bitte.«

»Ich mag die Rezepte aus der *Anabel*«, sagte Dorothea Sartorius, als sie den Tee vor Miriam hinstellte. »Immer schon.«

»Dann haben wir Sie also weichgekocht?«, lachte Miriam.

»Nein, nein«, die Sartorius lachte mit, sie holte sich ein Glas Leitungswasser. »Das Magazin hat eine Haltung, und es ist ehrlich. Es berührt seine Leserinnen.«

»Zimtschnecken und Zivilcourage?«, erwiderte Miriam.

»Ja, vielleicht.« Nachdenklich drückte sie ihre Zigarette aus, sie hatte nicht mehr daran gezogen. Dann setzte sie sich zu Miriam. »Jedenfalls habe ich das Gefühl, dass der Preis dort gut aufgehoben ist. Ihr Angebot für die Schirmherrschaft kam einfach zum richtigen Zeitpunkt. Ich habe nach einer Möglichkeit gesucht, mit der Stiftung doch noch über die Stadtgrenzen hinauszuwachsen. Es hat einfach alles gepasst, deshalb habe ich zugesagt.«

»Was verstehen Sie selbst unter Zivilcourage?« Miriam bemerkte, dass sie ihr Aufnahmegerät auf dem Sofa im Gartensaal vergessen hatte. Rasch zog sie ihr Handy aus der Hosentasche und aktivierte die Aufnahmefunktion.

»Mensch sein«, antwortete Dorothea Sartorius schnell, als hätte sie bereits auf diese Frage gewartet. »Gerade stehen, sich nicht einschüchtern lassen, auch wenn es unbequem ist. Fragen stellen, neue Antworten finden, sich öffnen, auch für das Fremde, das Andere. Zivilcourage ist Mitmenschlichkeit. Christliche Nächstenliebe, wenn Sie so wollen. Und dabei geht es mir nicht nur um die großen Aufgaben unserer Zeit. Syrien, Afghanistan, Nigeria, die endlosen Flüchtlingsströme ...« Wieder bewegten sich ihre Hände, als setzte sie einen Konvoi mit Hilfsgütern in Marsch. »Nein, jeder kann helfen, in der Nachbarschaft und mit kleinen Gesten.«

»Nun könnte man sagen, dass es einfach ist, unbequem zu sein, wenn man sich auf einem Vermögen ausruhen kann.«

Dorothea Sartorius nickte, sie lächelte, doch durch das Lächeln schien Traurigkeit hindurch. »Das ist richtig. Und vielleicht ist es auch so, ich kann Ihnen da nicht widersprechen. Aber was wäre die Alternative?« Ihre Wangen röteten sich, sie sprach ein wenig lauter, ihre Stimme klang nun kämpferisch. »Ich bin niemand, der die Hände in den Schoß legt. Und ich habe mich noch nie um die Meinung der anderen geschert. Mein Mann hat mir immer vertraut, und er hat mir die Möglichkeit gegeben zu helfen. Also helfe ich. Solange ich kann. Punkt.«

»Keine Kapitulation?«, fragte Miriam mit einem Lächeln. Ihr gefiel die Entschlossenheit, der Ton, das Kratzbürstige, das so gar nicht damenhaft war.

»Keine Kapitulation vor der Bequemlichkeit. Und vor der Meinung der anderen.«

»Sie sind inzwischen zweiundsiebzig Jahre alt«, fuhr Miriam fort. »Wie hat sich Ihr Blick auf das Leben verändert?«

»Oh«, jetzt lachte Dorothea Sartorius auf. »Ich bin viel neugieriger als früher. Ich habe das Leben noch nicht satt, verstehen Sie?«

»Welche Erfahrungen hätten Sie lieber nicht gemacht?« Miriam sah wieder auf ihre Uhr, sie hatte noch knapp zehn Minuten.

»Ich trauere um jeden Freund, der gestorben ist. Ich trauere um meinen Mann – immer noch. Ich hätte ihn gern an meiner Seite.«

»Wie haben Sie seinen Tod bewältigt?«

»Gar nicht.« Dorothea Sartorius spielte wieder mit dem Ring an ihrer Hand. »Peter war dreiundachtzig, als er starb. Und trotzdem kam sein Tod für mich vollkommen überraschend. Er ist im Schlaf gestorben, ganz ruhig. Er ist an meiner Seite eingeschlafen. Und ich habe es nicht bemerkt. Er war einfach nicht mehr da ...« Sie legte die Hände auf dem Tisch übereinander, so dass man ihren Ring nicht mehr sah. »Manchmal träume ich von ihm, und diese Träume sind so intensiv, dass ich aufwache und nach ihm rufe. Irgendwie hoffe ich, dass er noch bei mir ist. Manchmal spüre ich ihn ...«

Ihre Stimme flatterte, ihre Trauer flutete den Raum. Dann schwieg sie, ihre Hände umklammerten das Wasserglas.

Miriam spürte, dass ihr die Tränen in die Augen schossen. Sie blinzelte und räusperte sich und konnte doch nicht sprechen. Hilflos zog sie die Tasse Tee zu sich heran.

Er war einfach nicht mehr da.

Dorothea Sartorius' Worte hallten nach, dunkel wie ein Akkord in a-Moll. Etwas von dem heißen Tee schwappte über den Rand der Tasse auf den Unterteller.

Dorothea Sartorius sah sie an und suchte ihren Blick. Da war etwas zwischen ihnen, ein Gefühl, das schwer in Worte zu fassen war. Das Haus und der Garten waren sehr still, selbst die Vögel waren nun nicht mehr zu hören. Die Dämmerung ließ die Welt schrumpfen, die Stille tanzte um sie herum. Für einen Augenblick ließen sie sich von ihren Gedanken davontreiben.

Als Miriams Handy zu summen begann, zuckten sie beide zusammen. »Entschuldigen Sie ...« Auf dem Display leuchtete die Nummer von Claudia auf.

»Gehen Sie ruhig ran, ich bin gleich wieder da.« Dorothea Sartorius stand auf und verließ die Küche. Miriam sah ihr hinterher, Max' Patentante war längst auf der Mailbox gelandet.

»Hi, Miriam«, Claudias Stimme klang fröhlich. Sie war eine alte Freundin von Gregor und besaß ein kleines Fotostudio, das sie so eben über Wasser hielt. Trotzdem schien sie sich nie Sorgen um ihre Zukunft zu machen. Claudia war eine Meisterin des Improvisierens, mehr Pippi Langstrumpf als fürsorgliche Patentante. Vielleicht hatte Gregor sie gerade deshalb vorgeschlagen. »Sie weiß, wie man durchs Leben kommt«, hatte er gemeint und Miriams Einwände weggelacht. »Sie wird eine großartige Patin sein.« Und ja, sie war großartig, auf ihre eigene Art. Einmal hatte sie Max ein Bett in der Badewanne gebaut, ein anderes Mal waren die beiden zum Zelten verschwunden und für ein Wochenende komplett abgetaucht. Miriam hatte Claudia nicht erreichen können und war fast durchgedreht. Besorgt hörte sie nun die Nachricht ab.

»Max liegt schon im Bett, ich habe ihn schön müde gekitzelt«, sprudelte Claudias Stimme auf der Mailbox. »Ich bin schon los und hab das Babyfon unten im Café bei Nardim abgegeben. Du bist ja gleich da. Bis nächste Woche dann.«

Unten im Café? Miriams Herz begann zu klopfen, sie brauchte einen Augenblick, bis sie die Nachricht verstanden hatte. Dann stellte sie sich das Babyfon zwischen den Weinflaschen und Gläsern auf dem Tresen im Café vor. Würde Nardim ihren Sohn überhaupt hören? In ihrem Kopf überschlugen sich die Gedanken. Hatte Claudia ihm auch den Schlüssel zu ihrer Wohnung in die Hand gedrückt? Und wie würde er reagieren, wenn Max aufwachte? Hochgehen und sein Café im Stich lassen? Hektisch wählte Miriam Claudias Nummer und hinterließ ihr eine kurze scharfe Nachricht auf der Mailbox.

»Alles okay?« Dorothea Sartorius war wieder hereingekommen und sah sie prüfend an.

Miriam bemerkte, dass sie ein wenig frischer wirkte, als hätte sie kurz Energie getankt. In ihren Augen lag wieder der samtene Edelsteinglanz, in den Händen hielt sie die Platte mit dem restlichen Apfelkuchen.

»Es tut mir so leid, Frau Sartorius, ich muss dringend nach Hause zu meinem Sohn.«

»Ja, natürlich.« Dorothea Sartorius nickte, ihre Mundwinkel zuckten kurz, ein Ausdruck des Bedauerns huschte über ihr Gesicht. »Ich schneide Ihnen noch schnell ein Stück Kuchen ab, dann bringe ich Sie zur Tür.«

Miriam wollte protestieren, doch dann ließ sie es sein. Mit einem Lächeln nahm sie das Kuchenpäckchen entgegen. »Vielen Dank.«

»Sind Sie eigentlich schon lange bei der *Anabel*?« Dorothea Sartorius öffnete die Küchentür, sie ging voran und wies ihr den Weg.

»Nein, noch nicht so lange.« Miriam zögerte kurz, sie ertappte sich dabei, dass sie nach Bildern von Peter Sartorius Ausschau hielt. »Im Sommer ein Jahr. Ich war vorher beim *Globus*.«

»Beim *Globus*?« Dorothea Sartorius' Stimme klang nach hochgezogenen Brauen. Als sie Miriam die Tür zum Gartensaal öffnete, streifte sie ihr Blick, als sähe sie Miriam nun mit anderen Augen. Sie schien noch etwas fragen zu wollen, doch Miriam nickte ihr schnell zu und lief zum Sofa. Sie wollte nicht über ihre Zeit beim *Globus* sprechen.

Das Aufnahmegerät lag noch auf den Kissen. Miriam steckte es in ihre Tasche und legte den Kuchen darauf. Sie sah noch einmal zum Flügel und wunderte sich, nirgendwo war ein Bild des Senators zu entdecken. Ihr Blick blieb an der Mappe mit den Bewerbungen hängen und plötzlich fielen ihr die weißen Briefe wieder ein.

Fragen Sie Dorothea nach Marguerite!!!

Sie sah die Briefe vor sich. Die Ausrufungszeichen leuchteten vor ihrem inneren Auge auf, so schmal und eindringlich wie die schwarzen Halbtontasten eines Klaviers. Ein hoher, irritierender Ton hallte in ihrem Kopf, wie ein Alarm. Miriam gab sich einen Ruck.

»Frau Sartorius …?«

»Ja?« Dorothea Sartorius hatte an der Flügeltür gewartet, sie drehte sich zu Miriam um, ihr Blick war zugewandt.

»Ich habe noch eine letzte Frage.« Miriam ging auf sie zu, sie dachte, dass sie nur dieses eine Mal nach den seltsamen Briefen fragen würde. »Ich habe Post in die Redaktion bekommen mit nur einem Satz: ›Fragen Sie Dorothea nach Marguerite!‹«

»Anonyme Briefe?«

Dorothea Sartorius hatte sich nicht gerührt, sie sah Miriam an. Ein schwer zu deutender Ausdruck lag in ihrem Blick.

»Die Briefe sind mit dem Namen Elisabeth unterzeichnet.«

»Elisabeth ...« Leise wiederholte die Sartorius den Namen, sie schien weder erschrocken noch erstaunt.

»Können Sie etwas damit anfangen?«

»Ich habe Elisabeth lange nicht mehr gesehen.«

»Sie kennen sich?«

Sie standen nun beide an der Tür, Dorothea Sartorius nickte. »Ich habe sie vor langer Zeit kennengelernt, kurz bevor ich Peter traf.«

»An der Schlei?«

Dorothea Sartorius drehte sich um, sie ging wieder voran, eine Zeitlang sagte sie nichts. Als sie Miriam im Eingang den Mantel reichte, kräuselte ein schwer zu deutendes Lächeln ihre Lippen. »Damals lebte ich noch in Berlin«, sagte sie.

»Und Marguerite – was bedeutet das?«

Miriam zog sich den Mantel an, ihre Neugier kämpfte mit dem Verlangen, schnell nach Hause zu wollen.

»Was denken Sie?« Dorothea Sartorius sah sie forschend an.

»Vielleicht haben Sie jemanden enttäuscht, enttäuschen müssen?« Miriam zuckte mit den Schultern, sie stand an der Tür und vermied einen Blick in den Spiegel. »Jemanden, der sich Hilfe von Ihnen oder von der Stiftung erhofft hat.«

Dorothea Sartorius reichte ihr die Hand. »Fragen Sie Elisabeth! Elisabeth Manzel, so hieß sie damals.« In ihrem Blick lag etwas Schelmisches, sie wirkte heiter, fast wie befreit. »Sie sind die Journalistin.«

»Ja.« Verwirrt erwiderte Miriam den Händedruck. »Vielen Dank für das Gespräch – und für den Apfelkuchen.« Sie klopfte sacht auf ihre Tasche.

»Kommen Sie gut nach Hause.«

Dorothea Sartorius blieb in der Tür stehen. Als Miriam das Auto in der Auffahrt wendete, streifte das Scheinwerferlicht das Haus und die Stifterin. Vor dem gewaltigen Entree wirkte sie schmal und zerbrechlich, wie ein strahlend weißer Fels ragte die Fassade der Villa über ihr auf. Miriam dachte, dass Dorothea Sartorius in dem großen Haus sehr einsam sein musste.

Noch auf der Fahrt zum Tor hinunter wählte Miriam Gregors Nummer. »Claudia hat Max allein gelassen«, empörte sie sich. Sie berichtete ihm von Claudias Anruf. »Das Babyfon hat sie runter ins Café gebracht. Jetzt kann ich sie nicht erreichen, und ich muss noch durch die halbe Stadt.« Miriam schwieg, sie bemerkte, dass sie auf eine Antwort von Gregor wartete. Deine unzuverlässige Freundin, deine merkwürdige Idee von einer Patentante – wenn Gregor ihr antworten könnte, würde er ihre versteckten Anschuldigungen mit einem achselzuckenden Lächeln an sich abprallen lassen. »Mach nicht so eine große Sache daraus, Miriam. Max schläft, er wird schon nicht aufwachen. Ruf mich an, wenn du zu Hause bist.«

»Aber ...« Miriam schnappte nach Luft, dann fiel ihr auf, dass sie auf dem besten Wege war, sich mit Gregor zu streiten. Mit Gregors stummer Mailbox. Sie schwieg, irgendwann ertönte das Signal, dass die Aufzeichnung beendet war.

Auch Claudia war nicht zu erreichen. Wieder nicht. Wahrscheinlich hatte sie sich schon mit ihrer Verabredung getroffen und trank noch ein Glas Wein. Miriam fluchte. Sie fuhr viel zu schnell durch Blankenese, überholte einen Bus und ignorierte eine rote Ampel. Auf der Elbchaussee kam ihr ein Streifenwagen entgegen. Miriam warf das Handy auf den Beifahrersitz und drosselte das Tempo. In den Parks links und rechts der Straße streuten Laternen gelbes Licht, die meisten

Häuser hüllten sich in Schwarz, als wären sie verwaist und nicht mehr als Staffage. Wie Signale aus einer anderen Welt flackerten die geschäftigen Lichter der Containerterminals über die Elbe. Der Puls des Hafens schlug schnell. Selbst die größten Containerfrachter verließen die Kais innerhalb von ein oder zwei Tagen Richtung Meer.

Miriam seufzte, sie konzentrierte sich auf die Fahrt. Erst als sie die Hafencity mit der spektakulären Elbphilharmonie und ihrem Mix aus alten Lagerhäusern und moderner Architektur passierte und Richtung Alster fuhr, dachte sie über das Interview mit Dorothea Sartorius nach. Sie war mit dem Verlauf ganz zufrieden, mehr aber auch nicht. Auf einmal hatte sie das Gefühl, etwas Wichtiges verpasst zu haben. Als hätte sie auf einen Hinweis, versteckt in einem Halbsatz oder einem Wort, nicht richtig reagiert.

Let it be ...

Wie die Töne einer Melodie hallten die einzelnen Passagen des Gesprächs in ihren Gedanken wider. Miriam suchte nach dem schiefen Ton, dem Tempuswechsel. Nach dem, was unter der Oberfläche verborgen lag. Sie dachte, dass sie die Sartorius nicht ganz hatte packen können.

An einer roten Ampel flackerten Bilder der Stifterin vor ihrem inneren Auge auf. Sie sah Dorothea Sartorius vor sich, die unterschiedlichen Facetten ihrer Persönlichkeit. Da war die großherzige Stifterin, die trauernde Witwe, die in sich versunkene Klavierspielerin, die zugewandte Gastgeberin und die begeisterte Gärtnerin und Obstbäuerin. So etwas wie die Pflicht, Rede und Antwort stehen zu müssen, war in dem Gespräch durchgeklungen, und dann wieder hatte es Momente gegeben, in denen sie sich ihr zu öffnen schien.

Miriam versuchte auf die Zwischentöne zu achten, auf das Echo der Pausen zwischen den Worten, auf das bisweilen lärmende Schweigen im Hintergrund. Vielleicht, so fragte sie sich nun, war sie der Sartorius mit zu viel Ehrfurcht begegnet? Beißhemmung, so nannte man das beim *Globus*. Die eigene Dankbarkeit gegenüber der Stifterin hatte ihren journalistischen Biss überlagert.

Nach einer Weile schälten sich die ersten Sätze ihres geplanten Artikels aus dem Wirrwarr aller Möglichkeiten, Miriam suchte nach einem Titel für den Text. »Keine Löwenherz-Story, kein Schnickschnack«, mahnte Dorothea Sartorius` Stimme in ihrem Kopf. Sie war erleichtert, als sie endlich die Lange Reihe hinuntersauste. Fast direkt vor dem Café fand sie einen Parkplatz.

»Hey«, Nardim wischte den Tresen, als sie hereinkam. Es waren nur noch ein paar Gäste da, er schloss abends meist gegen neun. Das Babyfon stand neben der Kasse, ein grüner Balken signalisierte optimalen Empfang.

»Alles ruhig, er schläft.«

Nardim quittierte ihren besorgten Blick mit einem beruhigenden Lächeln. Eine Reihe weißer Zähne schimmerte durch den dichten Bart, um den dunklen Lockenkopf hatte er sich ein Tuch geschlungen. Obwohl sie sich gegen den irritierenden Gedanken wehrte, fand Miriam, dass er aussah wie das Abbild eines maghrebinischen Prinzen in einem Kinderbuch. Fremd und schön zugleich.

»Ja, danke.« Miriam atmete erleichtert aus, erst jetzt bemerkte sie, wie angespannt sie gewesen war. Ihre Schultern sanken herab, als wären sie irgendwo in Höhe ihrer Ohren angeheftet gewesen. »Tut mir leid, das war nicht mit mir abgesprochen.«

»Macht doch nichts.« Nardim legte den Lappen zur Seite, er holte ein Weinglas aus dem Regal und goss etwas von dem Weißwein ein, der in einem Kühler auf dem Tresen stand. »Magst du?«

»Eigentlich wollte ich nur schnell das Babyfon holen und

dann hoch.« Miriam sah auf die Uhr, dann zur Tür. Ein Pärchen saß noch in der Ecke, zwei Frauen hatten gerade bezahlt und zogen sich die Jacken an.

Nardim sagte nichts, er schob ihr das Glas einfach zu.

»Danke.« Miriam stellte ihre Tasche ab und rutschte halb auf einen Barhocker. Sie nahm einen Schluck Wein und behielt das Babyfon im Auge. Kühl und frisch rieselte der Chardonnay ihre Kehle hinab.

»Hast du heute länger gearbeitet?«

Nardim goss sich ebenfalls ein Glas ein und lehnte sich gegen die hintere Arbeitsfläche, wo die funkelnde Barista-Maschine stand. Er trug Jeans und ein weißes Hemd mit nachlässig aufgekrempelten Ärmeln. Auf der bordeauxfarbenen Kellnerschürze tanzten winzige Eiffeltürme. Als die beiden Frauen gingen, winkte er ihnen freundlich nach.

»Ich hatte noch einen Termin, eigentlich wollte Max' Patentante bleiben, bis ich wieder zurück bin.«

»Ich bin ja da.« Nardim nickte ihr zu, er klang so, als ob das alles keine große Sache sei. Sein französischer Akzent ließ Miriam an laue Sommerabende am Mittelmeer denken, sie nahm noch einen Schluck Wein.

»Also, ich bin ganz schön sauer. Was hättest du denn gemacht, wenn Max aufgewacht wäre?«

»Dann wäre ich hochgegangen. *Voilà* ...« Er zog Claudias Schlüssel aus der Hosentasche und legte ihn auf den Tresen. »Ich habe dreizehn Nichten und Neffen. Ich kann ganz gut mit Kindern.«

»Und dein Café?« Miriam schüttelte den Kopf, auch weil sie sicher war, dass Max einen Riesenaufstand gemacht hätte, wenn Nardim wie ein Wesen aus einer anderen Welt an seinem Bett aufgetaucht wäre. Der Dunkle! Sie steckte den Schlüssel ein.

Nardim zuckte achtlos mit den Schultern, er schien Gedanken lesen zu können. »Dein Sohn hat ein bisschen Angst vor mir, oder?«

»Weiß nicht.« Miriam versuchte, seinem Blick auszuweichen. Sie sah wieder zum Babyfon, als befürchtete sie, dass es plötzlich verschwinden könnte. »Er hat ziemlich viel Phantasie, manchmal zu viel. Das Viertel nennt er das Drachentöterland.«

»Dann bin ich also der Schwarze Ritter von St. Georg.« Nardim lachte lauthals auf, das Paar drehte sich kurz zum Tresen. »Ivanhoe – keine schlechte Rolle.«

»Ja, vielleicht.« Miriam schmunzelte, da war nur noch ein Fingerhut voll Wein in ihrem Glas. Sie verlagerte ihr Gewicht und schob sich ganz auf den Barhocker.

Nardim lächelte und goss das Glas noch einmal halb voll. »Magst du auch etwas essen, es ist noch ein bisschen Quiche da?«

»Also, eigentlich muss ich jetzt wirklich …«

»Du arbeitest zu viel.« Nardim nahm die Quiche aus dem Kühltresen und verschwand kurz in der Küche. »Immer, wenn ich zu Bett gehe, arbeitest du noch«, sagte er, als er mit einer kleinen Schale Salat zurückkam.

»Ich schreibe, das ist nicht wirklich arbeiten.« Miriam dachte wieder an das Interview mit Dorothea Sartorius, an den Apfelkuchen und den atemberaubenden Blick auf die Elbe. »Ich bin bei einer Frauenzeitschrift.« Sie zeigte vage auf den Zeitschriftenständer links vom Tresen, in dem auch ein paar zerlesene Ausgaben der *Anabel* steckten.

»Ja?« Nardim nickte, er reichte Miriam das in eine Serviette gewickelte Besteck. »Wenn du morgens losziehst, sieht das schon nach Arbeit aus.«

Miriam lachte. »Der Kindergarten schließt um neun die Türen, Morgenkreis«, erklärte sie. »Max und ich kriegen es einfach nicht auf die Reihe, rechtzeitig loszukommen. Ich treibe ihn wie einen störrischen Maulesel vor mir her. Außerdem weiß ich nie, wo ich abends mein Auto geparkt habe. Aber in der Redaktion bin ich die Ruhe selbst. Ich schwöre.« Aufgekratzt hob sie die Hand zum Schwur. Der Wein war einfach lecker, ein nussiges Aroma, relativ viel Alkohol. Dreizehn Prozent?

»*Alors* ...« In der Küche piepste der Ofen. Nardim verschwand noch einmal, dann kam er mit der heißen Quiche zurück und stellte den Teller neben den Salat. »*Bon appetit, Mademoiselle.*«

»Miriam.« Sie zog den Mantel aus und prostete ihm dankbar zu, dann kostete sie die Quiche. Beim Essen bemerkte sie, wie hungrig sie war. Dorothea Sartorius' Apfelkuchen hatte nicht allzu lange vorgehalten. Während sie aß, kam das Pärchen an den Tresen und bezahlte. Hand in Hand zogen die beiden davon, hinter ihnen schloss Nardim die Tür ab.

»So ...«, sagte er und band sich die Schürze ab. Mit einem Griff ins Haar zog er sich das Tuch aus den Locken. »Feierabend.«

Feierabend. Was für ein schönes Wort, es passte zum Wein und zur Quiche. Nardim betonte es auf der zweiten Silbe: *Feierrrabend.* Miriam dachte, dass sie es auf die Liste ihrer Lieblingsworte setzen würde, neben Allerlei, Kuscheln und Schabernack. »Du arbeitest aber auch nicht gerade wenig«, sagte sie und zog den Salat zu sich heran. Das Dressing schmeckte nach einem sehr guten Olivenöl und ein wenig Zitrone.

»Ich koche. Das ist keine Arbeit, das ist Leidenschaft.« Nardim grinste, in seinen dunklen Augen blitzte der Schalk. Er goss sich Wein nach und setzte sich zu ihr an den Tresen.

»Die Quiche ist super, aber das weißt du ja. Vielen Dank.«

Nardim wischte das Kompliment zur Seite. »Einfache, ehrliche Bistroküche. Ich habe mal im *Ribouldingue* gelernt.«

»In Paris? Im Ernst?« Miriam erinnerte sich, in der *Anabel* mal einen Artikel über das berühmte Pariser Bistro gelesen zu haben: »Rezepte aus dem Ribouldingue«. »Wie bist du nach Hamburg gekommen?«, fragte sie.

»*L'amour. Coup de foudre.*« Nardim griff sich theatralisch ans Herz. »Das Café hat überlebt, die Liebe nicht.« Er lächelte leise und sah sie von der Seite her an. »Und du?«

»Und ich?«

Miriam zog ihre Tasche auf den Schoß und packte das Kuchenpaket aus. »Nachtisch«, sagte sie schnell. »Apfelkuchen aus dem Alten Land. Magst du ein Stück probieren?«

»Da war ich noch nie.« Nardim rutschte vom Hocker und holte einen Teller und zwei Kuchengabeln.

»Ist nur ein Sprung über die Elbe.« Miriam schob das gewaltige Stück Kuchen auf den Teller. »Einfach von den Landungsbrücken rüber nach Finkenwerder.«

»Wenn ich an der Elbe bin, hab ich sofort Heimweh nach Marseille.« Nardim lächelte versonnen, er probierte ein Stückchen vom Kuchen.

»Das sind die Kräne«, nickte Miriam, sie überließ ihm den Teller. »Die Kräne lassen einen sofort ans Verreisen denken, findest du nicht? Man sieht ihre blauen Arme, die Schiffe, das Wasser und plötzlich fühlt man sich so, als sei man schon am Meer. So frei und – lebendig?« Sie verstummte und bemerkte, wie sich ihre Wangen röteten.

Nardim ließ die Gabel sinken, verblüfft sah er sie an. Miriam lächelte verlegen, sie dachte, dass sie soeben wie ein alter Hans-Albers-Schlager geklungen hatte. »Goodbye Johnny«. Gregor hätte sie bestimmt ausgelacht.

»Das ist …« Nardim wusste nicht, was er sagen sollte, dann deutete er mit der Gabel auf die Apfelfüllung. »Finkenwerder Herbstprinz, oder? Muss schon ein bisschen überreif sein, damit er sein Aroma entfalten kann. Vanille und Orange.«

»Das schmeckst du raus?« Miriam schüttelte ungläubig den Kopf. *Finkenwerder Errrbstprinz.* Ein Apfel ist ein Apfel ist ein Apfel, dachte sie. Und dann dachte sie daran, dass sie mit Max einen winzigen Apfelbaum auf Gregors Grab gepflanzt hatten. Für das Baby, das es nicht gab.

»Meine Äpfel kommen aus dem Alten Land, vom Sartorius-Hof. Es gibt nicht mehr viele Obstbauern, die diese alte Sorte noch anbauen.«

»Nee ...« Miriam sah ihn verdutzt an, und er lachte über ihr Gesicht. »Ich komm grad von der Sartorius«, sagte sie, »das ist ihr Apfelkuchen.«

»Hat sie dir auch verraten, was sie mit den Äpfeln anstellt? Das schmeckt toll!«

»Sie sagte, dass sie die Äpfel im Herbst einkocht. Ein Winter im Glas ...«, wiederholte Miriam ihre Worte.

»Wie eine Chardonnay-Traube im Eichenfass.« Nardim nickte anerkennend und leerte sein Glas. »Werde ich mir merken.«

»Ja.« Miriam sah zur Kasse. Das Babyfon knackte, wahrscheinlich hatte Max sich im Schlaf umgedreht. »Nardim, ich muss jetzt wirklich hoch. Was bekommst du von mir?«

»Bitte ...« Er sah sie empört an.

»Also gut.« Miriam rutschte vom Hocker, sammelte die Tasche auf und schnappte sich ihren Mantel. »Vielen Dank.«

»*Bonne nuit*, Miriam.« Nardim schloss ihr die Tür auf, und sie schlüpfte an ihm vorbei auf den Gehweg und durch den Torbogen in den dunklen Hof.

Als Miriam nach ihrem Sohn sah, fiel ihr ein, dass sie das Babyfon bei Nardim auf dem Tresen vergessen hatte. »*Merci*«, flüsterte sie in den Sender, der an Max' Bett stand, dann schaltete sie das Gerät ab. Am nächsten Morgen lag der Empfänger mit einer Tüte frischer Croissants auf der Fußmatte vor ihrer Tür.

SECHS

»Wie war's bei Frau Sartorius?«

Anna behielt Miriam nach der Konferenz in ihrem Büro. Auf dem Besprechungstisch stand ein Strauß aus Ranunkeln und Anemonen. Die verschwenderische Pracht schien das Sonnenlicht im Raum zu bündeln.

»Ganz gut.« Miriam hatte die Aufzeichnungen bereits einmal abgehört. »Aber irgendwie habe ich das Gefühl, dass ich sie nicht so richtig zu packen bekomme.«

»Ach was.« Anna schüttelte den Kopf. Beim *Globus* war Miriam zuletzt in der Kultur gewesen. Film und Musik. Sie hatte Interviews mit Angelina Jolie, Juliette Binoche und Iris Berben geführt und kannte sich aus mit den schwierigen Fällen. Keine privaten Fragen, keine Kritik, kein Blick hinter die Kulissen. Der Star lächelte milde, und das Presseteam wedelte im Hintergrund mit dem Zeitplan und der Einverständniserklärung, alle Zitate bis auf das letzte Komma abzustimmen. Wenn man das Stargeflüster dann glattgebügelt zurückbekam, war meist auch der letzte Rest Authentizität flöten gegangen. »Du kriegst das schon hin.«

»Ich weiß auch nicht, warum ich nicht zufrieden bin. Frau Sartorius hat sich sogar ziemlich viel Zeit für mich genommen.« Miriam zuckte mit den Schultern und erzählte Anna von ihrem Besuch in der Villa. Sie erwähnte den Garten und den Apfelkuchen, den Flügel und Dorothea Sartorius' Version von »Let it be«.

»Sie hat für dich gespielt? Nicht schlecht!« Annas Augenbrauen hoben sich wie ein Vorhang, sie lächelte anerkennend. »Hast du sie auch nach Mick Jagger gefragt?«

Miriam schüttelte den Kopf. Sie hatte Nicole Kidman zu ihren Erfahrungen mit Botox befragt und Sarah Jessica Parker nach ihren Ansichten zur Leihmutterschaft. Sie hatte keine ehrliche Antwort erwartet, aber sie hatte gefragt.

»Beißhemmung«, gestand sie Anna ein. »Irgendwie erschien es mir nicht passend. Ich glaube nicht, dass an der Geschichte etwas dran ist.«

»Spielt ja auch keine Rolle.« Anna nickte, dann schmunzelte sie. »Aber lustig wär's schon. Stell dir vor, der wilde Jagger und die kühle Sartorius ...«

Miriam lachte auf. »Na, ich glaube, Mick Jagger lässt es mittlerweile auch ein bisschen ruhiger angehen. Der ist doch auch längst über siebzig. Hat die Queen ihn nicht sogar geadelt? Der Sir und die Lady – passt doch ganz gut.«

»Wie die Zeit vergeht, sagt man da wohl.«

Anna und Miriam sahen sich an, dann prusteten sie beide gleichzeitig los.

»O Gott«, schüttelte sich Miriam, als sie wieder sprechen konnte. »Wir klingen wie zwei Waschweiber.«

»Wir könnten unten bei der Klatschpostille anheuern«, stimmte Anna ihr zu, sie meinte eines der bunten Blätter, die der Verlag ebenfalls herausgab. »Sag mal, hast du schon gefrühstückt?«

Miriam nickte. »Ich hatte heute Morgen eine Tüte mit Croissants auf der Fußmatte. Ofenfrisch.« Sie erzählte von ihrem gestrigen Abstecher in das französische Café und von Nardims Kochkünsten.

»Und?« Anna ließ sich auf einer Ecke ihres aufgeräumten Schreibtisches nieder und zwinkerte ihr zu. »Guter Typ?«

»Guter Koch.« Miriam ging nicht auf Annas Anspielung

ein, sie raffte ihre Unterlagen zusammen. »Er hat im *Ribouldingue* gelernt. In Paris, du weißt schon. Und er kann einen Finkenwerder Herbstprinz von einer Pink Lady unterscheiden, dabei kommt er ursprünglich aus Algerien. Und dann hat er eine Weile in Marseille gelebt. Sein Café in der Langen Reihe ist immer voll.«

»Ein Apfelkenner mit afrikanischen Wurzeln?« Anna sah zur Magnetwand hinüber, an der auch ein Themenausblick für das zweite Halbjahr hing. »Sag mal, wäre der nicht was für unsere Backstrecke im Herbst? Wir wollen doch bewährte Rezepte mit einem neuen Twist präsentieren.«

»Apfelkuchen mit Migrationshintergrund?« Miriam lächelte, sie versuchte sich Nardim als hippen Back-Guru in der *Anabel* vorzustellen. Sie sah seinen Lockenkopf mit dem bunten Tuch darin vor sich, sein sanftes hintergründiges Lächeln. »Fotogen ist er jedenfalls.«

»Er müsste uns natürlich ein paar Arbeitsproben liefern. Hast du Lust, ihn zu fragen, ob er sich das zutraut?«

»Klar.« Miriam überlegte nicht lange, denn das Angebot war eine tolle Chance für Nardim. Eine Strecke in der *Anabel* könnte sogar ein eigenes Backbuch mit selbstkreierten Rezepten nach sich ziehen. Das kleine Café in St. Georg wäre auf einen Schlag über Hamburgs Grenzen hinaus bekannt. »Was brauchst du denn von ihm?«, fragte sie Anna.

»Ach, das Übliche halt. Seine Vita und ein paar eigene Rezepte. Und wir müssten uns mal vor Ort umschauen, ob man die Aufnahmen im Café shooten kann oder ob wir eine andere Location brauchen.«

»Gut, ich hoffe, dass ich ihn heute Abend erwische. Bis wann muss er zusagen?«

»Das hat noch ein bisschen Zeit. Sag ihm, dass er sich nach Ostern mit mir in Verbindung setzen soll. Wenn er zusagt, bringe ich ihn mit unserem Küchenteam in Kontakt.«

»Ich bin gespannt, was er sagt.« Miriam stand schon in der Tür, dann fiel ihr noch etwas ein und sie drehte sich zu Anna um. »Mein Sohn nennt ihn übrigens den Dunklen, aber ich finde, er sieht ein bisschen so aus wie ein maghrebinischer Jamie Oliver.«

Zurück an ihrem Schreibtisch, suchte Miriam den Namen Elisabeth Manzel im Netz. Während sie sich durch die Ergebnisse klickte, hatte sie Dorothea Sartorius' Stimme im Ohr: »Sie sind die Journalistin.« Gestern Abend hatte sie nichts darauf erwidert, weil die Sorge um Max sie abgelenkt hatte. Jetzt aber fragte sie sich, ob die Stifterin ihr einen versteckten Hinweis gegeben hatte.

Sie sind die Journalistin – hieß das nicht so viel wie: Suchen Sie nach der Story?

Die Suchmaschine lieferte ihr keinen Anhaltspunkt, es gab ein paar Einträge in den sozialen Netzwerken, aber die dort verzeichneten Personen passten vom Alter her nicht. Miriam versuchte es erneut und kombinierte die Namen der beiden Frauen. Wieder nichts Brauchbares. Vielleicht hieß Elisabeth Manzel inzwischen anders, überlegte sie. Sie könnte geheiratet haben – so wie Dorothea Sartorius, deren Mädchenname Wrage gewesen war. Einen letzten Versuch wollte sie noch unternehmen, Miriam tippte »Elisabeth« und »Marguerite« in die Suchmaske ein, woraufhin zuoberst der Wikipedia-Eintrag einer französischen Gräfin erschien: »Élisabeth Marguerite d'Orléans«.

Nein, so kam sie nicht weiter. Amüsiert klickte Miriam die Bilddateien an, die ihr unter dem Schlagwort angeboten wurden. Eine Flut französischer Adelsbilder poppte auf, Kirchen und Landsitze, die von Rebstöcken umrankt waren.

Miriam wollte schon aufgeben, als ein Schwarzweißbild ihre Aufmerksamkeit erregte. Die Fotografie passte nicht zu den idyllischen Landschaftsmotiven, sie zeigte einen Demonstrationszug: junge Männer und Frauen, viele mit langen Haaren, die Transparente trugen. »Wir fordern die Beendigung des Vietnamkrieges«, stand in Großbuchstaben auf einem Banner. Auf anderen Plakaten waren die Ikonen der Studentenbewegung zu sehen: Che Guevara, Ho Chi Minh und Rosa Luxemburg. Die Aufnahme musste Ende der Sechzigerjahre entstanden sein, irgendwo in Deutschland.

Miriam speicherte das Bild auf ihrem Rechner und druckte es aus. Als es vor ihr lag, versuchte sie mit einer Lupe die Gesichter der Demonstranten zu erkennen. Doch da war nichts zu machen, in der Vergrößerung lösten sich die Figuren in schwarze und weiße Punkte auf. Sie lehnte sich zurück und sah zum Fenster hinaus. Der Blick auf den Michel hatte etwas Beruhigendes, fast Meditatives, er half ihr beim Nachdenken.

Fragen Sie Dorothea nach Marguerite!

Als Miriam sich zum Bildschirm zurückdrehte, streifte ihr Blick das Telefon. Einem Impuls folgend, nahm sie den Hörer ab und tippte eine kurze Nummer ein, die sie lange nicht mehr gewählt hatte.

»Die Dokumentation, Zimmermann am Apparat.«

»Miriam hier, Miriam Raven.«

»Frau Raven!« Björn Zimmermann aus dem Verlagsarchiv war offensichtlich erfreut, ihre Stimme zu hören. Miriam erinnerte sich, dass sie sich kurz vor Gregors Tod zum letzten Mal gesprochen hatten. Damals hatte sie eine Geschichte über Schwarze Kassen in der Filmbranche recherchiert und seine Hilfe benötigt. »Wie geht es Ihnen?«, fragte er, seine Stimme klang warm und ehrlich interessiert.

»Ganz gut.« Miriam zögerte kurz, bevor sie fortfuhr. »Ich brauche Ihre Hilfe, Herr Zimmermann. Ich habe ein Bild aus dem Netz gezogen und hätte gern ein paar Informationen dazu.«

»Das Übliche?«, fragte der Dokumentar routiniert, seine Aufmerksamkeit richtete sich nun auf ihre Anfrage.

»Ja, bitte«, antwortete Miriam, erleichtert, dass er sie ziehen ließ. Die Dokumentation war das Rückgrat des Verlags und verfügte über eines der umfangreichsten Archive in der deutschen Presselandschaft. Beim *Globus* wurde jeder Artikel vor seiner Veröffentlichung in der Dokumentation auf Herz und Nieren überprüft. Eine Art Faktencheck, den sich der Verlag auch in Zeiten von Google und Co. leistete. Außerdem half das halbe Dutzend Dokumentare den Redakteuren des Hauses bei komplexen Recherchen und klärte juristische Fragen ab. »Ich schicke Ihnen gleich ein Foto per Mail, habe ich im Netz gefunden. Das Bild scheint auf einer Demonstration entstanden zu sein. Könnten Sie für mich einmal schauen, was das Archiv dazu hergibt? Also Ort und Zeit der Aufnahme, eventuell können Sie mir auch etwas zu den Teilnehmern der Demo sagen?«

»Sehr gern. Wie eilig ist es denn?«

»Morgen Vormittag wäre fein.«

»Sie sind jetzt bei der *Anabel*, richtig?«

»Ja, ich bin ein paar Etagen tiefer gerutscht.«

Björn Zimmermann lachte leise auf. »Na, das lassen Sie mal nicht die Schöne Anna hören.«

»Ach, Frau Bartok kann damit umgehen«, lachte Miriam mit, bevor sie noch einmal auf das Bild zu sprechen kam. »Das Foto ist übrigens unter dem Suchbegriff Marguerite aufgetaucht. Ich weiß nicht, ob Ihnen das hilft.

»Das französische Wort für Margerite?«

»Ja, richtig. Sagt Ihnen das was?«

Björn Zimmermann schwieg, Miriam hörte ihn ruhig atmen. »Haben Sie vielleicht noch etwas für mich?«, fragte er dann, ohne auf ihre Frage zu antworten. »In welchem Zusammenhang recherchieren Sie denn?«

»Elisabeth«, antwortete Miriam nach kurzem Zögern. Sie wollte den Namen der Stifterin noch nicht in den Ring werfen. »Elisabeth Manzel.« Sie buchstabierte den Nachnamen. »Aus Berlin. Jedenfalls muss sie sich Ende der Sechziger-, Anfang der Siebzigerjahre dort aufgehalten haben.«

»Gut, dann schau ich mal, was ich für Sie tun kann. Reicht Ihnen eine Mail, oder hätten Sie das Material gerne ausgedruckt?«

»Eine Mail reicht mir erst einmal. Falls ich mehr brauche, komme ich einfach noch mal auf Sie zu, ja?«

»Dann hören Sie morgen von mir. Wiederhören, Frau Raven.«

»Ja, danke schön.«

Miriam verabschiedete sich und legte auf. Als sie sich wieder ihrem Bildschirm zuwandte, bemerkte sie, dass ihr Herz schneller klopfte. Flache, hastige Schläge unter ihren Rippenbögen. So als hätte sie soeben etwas Verbotenes getan. Oder war das die Erinnerung an ihr früheres Leben, die da in ihr hochkam? Ihre Zeit beim *Globus*, ihr Leben mit Gregor, das Glück?

Unwillkürlich schüttelte Miriam den Kopf. Schnell schickte sie das Bild per Mail in die Dokumentation, dann setzte sie sich Kopfhörer auf, hörte das Band mit dem Interview noch einmal ab und machte sich Notizen zu dem Gespräch. Als sie Max aus dem Kindergarten abholte, hatte sie eine ungefähre Idee, wie sie das Porträt über Dorothea Sartorius aufbauen wollte. Auch ein möglicher Titel war ihr inzwischen in den Sinn gekommen. »Mensch sein«, so hatte sie sich in ihrem schwarzen Büchlein notiert. Dorothea Sartorius hatte die Worte mit so viel Nachdruck und Verve in der Stimme ausgesprochen, dass Miriam sich den Satz dreimal unterstrichen hatte.

Erst nachdem Miriam ihren Sohn zu Bett gebracht hatte, fiel ihr wieder ein, was sie Anna versprochen hatte. Es war schon nach neun und sie saß an ihrem Schreibtisch, um die ersten Zeilen ihres Porträts über die Stifterin zu schreiben. Der Laptop vor ihr war aufgeklappt, sein Bildschirm leuchtete auffordernd. In Nardims Wohnung dagegen war es dunkel, wahrscheinlich war er noch unten im Café. Wenn viel los war, passte er seinen Feierabend den Wünschen seiner Gäste an.

Miriams Finger strichen unschlüssig über die elegante silberne Tastatur, sie sah auf ihre Notizen, nach einer Weile begannen die Fingerspitzen ganz wie von selbst zu tippen: »Dorothea Sartorius hat ein großes Herz.«

Die Magie des ersten Satzes. Miriam lehnte sich zurück und ließ die Worte auf sich wirken. Wenn der erste Satz stimmte, dann lief der Rest meist ganz wie von selbst. Es war schon oft vorgekommen, dass sie ein Stück dann in einem Rutsch runtergeschrieben hatte. Wie in einem Rausch. Die Worte fügten sich aneinander, und beim nochmaligen Lesen erschien ihr die Abfolge fast zwingend. Wie die Noten einer Melodie, die auf einer eingängigen Harmonie basierte. Dann musste sie kaum noch korrigieren, ein Wort hier, ein Komma da. Doch das große Ganze hatte Bestand.

Dorothea Sartorius hat ein großes Herz.

Nein, das war es nicht. Noch nicht. Resolut löschte Miriam den Satz. Sie hob den Blick und sah wieder über den dunklen Hof zum Vorderhaus hinüber. In der Wohnung war es so still, dass ihr das leise Surren des Computers geradezu absurd laut erschien. Einen Moment lang überlegte sie, ob sie das Radio in der Küche einschalten sollte. Doch dann sprang sie auf, schnappte sich das Babyfon und lief hinunter zum Café.

Als sie die Tür öffnete, schlug ihr fröhliches Stimmengewirr entgegen. Das Café war noch gut gefüllt, fast alle Tische waren besetzt. Kerzen flackerten in bunten Gläsern, und es roch nach mediterranen Köstlichkeiten. Ratatouille, Quiche Lorraine, mariniertes Gemüse mit Ziegenkäse.

»Miriam!«

Nardim stand hinter seinem Tresen, er begrüßte sie so überschwänglich, als wäre sie sein neuer Lieblingsgast.

Miriam lächelte. Sie setzte sich zu ihm an den Tresen, und er schob ihr ungefragt ein Glas Wein hinüber.

»Hast du dein Babyfon gefunden?«

»Ja, vielen Dank! Auch für die Croissants, die waren wunderbar. Max hat sich gefreut.«

»Dann kann ich morgen früh ja gleich noch einmal liefern.«

Nardim zeigte grinsend auf das Babyfon, das Miriam soeben aus der Manteltasche zog und vor sich auf den Tresen stellte.

»Heute denke ich dran.«

Miriam nahm das Glas und schnupperte. Es war ein anderer Wein als gestern Abend, etwas leichter und fruchtiger. Sie prostete Nardim zu, der ihr noch einmal zunickte, bevor er in die Küche verschwand. Kurz darauf war er wieder da und trug zwei Teller mit Gemüsequiche und Salat zu einem Tisch am Fenster. Sie beobachtete, wie er mit den Gästen plauderte. Wieder war sein Haar mit einem Tuch zurückgebunden, er trug ein blassgraues Hemd, eine schwarze Jeans und leuchtend weiße Sneaker. Um seinen rechten Arm wanden sich Lederbänder. Anna würde sein Look gefallen.

Als er sich ganz plötzlich umdrehte, fing er ihren Blick auf und lächelte. Seine dunklen Augen schienen sich über sie zu amüsieren.

»Möchtest du auch etwas essen?«, fragte er sie, als er wieder bei ihr war.

Miriam schüttelte den Kopf. »Ich hab schon mit meinem Sohn gegessen, aber ich wollte dich etwas fragen. Hast du zwei Minuten für mich?«

»Ich muss noch einen Tisch bedienen, dann bin ich bei dir.«
»Max schläft, ich hab keine Eile.«

Sie nippte an ihrem Wein, während Nardim ein Tablett mit zwei Gläsern Rotwein und einem kleinen Käseteller zusammenstellte. Er brachte Käse und Wein an einen Tisch, der halb von einer Säule verdeckt war. Ein Paar hatte es sich dort auf dem alten Biedermeiersofa gemütlich gemacht. Miriam konnte eine junge Frau mit langen blonden Haaren sehen, ihr Freund war durch die Säule verdeckt. Sie sah nur, dass ihre Hände sich berührten. Sein Daumen strich unablässig über ihren Handrücken. Unwillkürlich dachte sie, dass Gregor sich diesen Tisch ebenfalls ausgesucht hätte. Ein kurzer, scharfer Schmerz durchzuckte sie, fast wie ein Schnabelhieb. Schnell trank sie noch einen Schluck Wein, um den Raben wieder einzufangen.

»*Bon* ...« Plötzlich war Nardim wieder da, er sah sie aufmerksam an, so als könnte er den schwarzen Vogel sehen, der sich in ihrer Brust eingenistet hatte. »Was kann ich für dich tun?«

Miriam sah kurz auf die Anzeige des Babyfons, um sich zu sammeln. »Ich habe dir doch gestern erzählt, dass ich bei einer Frauenzeitschrift arbeite«, erklärte sie dann. »Bei der *Anabel*. Ich hab meiner Chefin heute Morgen von deiner Küche vorgeschwärmt. Und von deinem Apfelwissen ...«

»Mein Apfelwissen?« Nardim lachte amüsiert auf. »Was soll das sein?«

»Na, du hast den Herbstprinzen doch sofort erkannt«, erwiderte Miriam. »Ich meine deinen Geschmackssinn, deine Zunge ...« Sie verstummte, weil sie spürte, dass sie ein wenig errötete.

»Ich kann ziemlich gut riechen.« Nardim tippte sich mit dem Zeigefinger an die Nase, die sein Profil dominierte und sie an einen antiken römischen Triumphbogen erinnerte.

»Das ist eine Drei-Sterne-Koch-Nase«, sagte er sehr ernst, doch seine Augen zwinkerten ihr zu.

»Prima«, antwortete Miriam, ebenso ernst wie amüsiert. »Dann sind wir ja beim Thema: Ich soll dich fragen, ob du Lust hast, *unser* Herbstprinz zu werden. Also, ob du ein paar herbstliche Apfelrezepte für die *Anabel* kreieren willst.«

»Ihr wollt Apfelrezepte mit einem ganz besonderen Kick?« Nardim hatte sofort verstanden, worauf das alles hinauslief. Er sah sie über seine Nase hinweg an.

Miriam nickte. »Du hast noch ein bisschen Zeit, dir das Angebot zu überlegen. Wenn du möchtest, mache ich dich nach Ostern mit meiner Chefredakteurin bekannt.«

»Wow!« Nardim schenkte sich auch ein Glas Wein ein. »Das ist eine ziemlich große Sache.«

»Zu groß?«

Miriam sah ihn aufmerksam an. Sie wollte ihn nicht zu etwas drängen, was er nicht wirklich wollte. Vielleicht scheute er Publicity, und sein Café lief auch ohne Werbung gut.

»Nein, nein. Das krieg ich hin. Ich bin es nur nicht gewohnt, dass mir etwas vor die Füße fällt. Ich musste immer kämpfen und …«

Nardim verstummte. Miriam bemerkte, dass seine Augen schimmerten. Im nächsten Moment sah sie das Einwandererkind vor sich, das er einmal gewesen war. Die Hochhausghettos der französischen Vorstädte, die trostlosen grauen *Banlieues*. Irgendwie hatte er sich durchgeboxt. Bis an die Elbe.

»Überleg es dir. Ich kann mir gut vorstellen, dass wir die Aufnahmen hier in deinem Café machen könnten.«

»Ja. Danke.« Nardim streifte ganz kurz ihre Hand. »Du hast etwas gut bei mir.«

»Ach was!«

Miriam sah wieder zum Babyfon, das zwischen zwei Etageren mit Kuchen stand. Sie bemerkte, wie gut ihr die Geräuschkulisse tat. Kurz stellte sie sich vor, wie es wäre, ihren Artikel hier unten im Café zu schreiben. Vielleicht auf dem Sofa, hinten in der Ecke.

Nardim hatte sich inzwischen seiner glänzenden Barista-Maschine zugewandt und bereitete zwei Espressi zu. Sie folgte seinen routinierten Handbewegungen und trank ihren Wein aus. Als er den Kaffee an den Tisch brachte, kramte sie fünf Euro aus der Hosentasche und legte das Geld auf den Tresen. Sie winkte ihm zu, bevor sie das Café verließ.

Zurück in der Wohnung, versuchte Miriam sich noch einmal an dem Stück über Dorothea Sartorius. Doch der Einstieg wollte ihr nicht gelingen. Schließlich ließ sie es sein und suchte im Internet nach einem Drachenbau-Seminar. Es gab nur zwei Anbieter, die auch im Frühjahr Kurse abhielten und von der Entfernung her in Betracht kamen. Der eine saß an der Nordseeküste bei Sankt Peter-Ording, der andere in einem kleinen idyllischen Ort an der Schlei. »Der Himmelsgaukler«, so nannte er sich. Miriam gefiel der Name, und sie buchte, ohne zu zögern. Kurz bevor sie zu Bett ging, rief sie noch einmal Gregor an und sprach ihm auf die Mailbox: »Ich fahre mit Max an die Ostsee. Bed & Breakfast und Drachen bauen.«

SIEBEN

Björn Zimmermann meldete sich am späten Vormittag des nächsten Tages. »Heiße Story!«, lautete die Betreffzeile seiner Mail. Stirnrunzelnd öffnete Miriam die Nachricht, doch im selben Moment klingelte das Telefon.

»Zimmermann hier«, hörte sie ihn schon, bevor sie sich überhaupt melden konnte. »Ich dachte, ich schau mal, ob ich Sie persönlich erwische.«

»Ja?« Miriam lächelte, sein Eifer amüsierte sie. »Ihr Betreff hat mich schon neugierig gemacht. Was haben Sie denn für mich?«

Der Dokumentar lachte fröhlich auf, er klang wie ein Junge, der seine neue Angel ausprobierte und einen Fisch nach dem anderen hochzog. »Fangen wir mal mit dem Bild an, das Sie mir geschickt haben. Es stammt aus einer Promotionsschrift, die Anfang der Achtzigerjahre veröffentlicht wurde. Das Foto selbst ist auf der Abschlusskundgebung des Vietnam-Kongresses entstanden, im Februar 1968 in Berlin.«

»Der Vietnam-Kongress?« Miriam brauchte einen Moment, bis sie darauf kam, was er meinte. »Hängt mit der Studentenbewegung zusammen, richtig? Rudi Dutschke und Co.?«

»Ja, genau. Der SDS und andere linke Organisationen veranstalteten das Treffen an der Technischen Universität in Berlin. Die Studenten protestierten gegen den Vietnamkrieg und gegen den westlichen Imperialismus allgemein. War 'ne große Sache mit Teilnehmern aus vielen Ländern. Zur Abschlusskundgebung vor der Deutschen Oper kamen mehr als zwölftausend Menschen.«

Mehr als zwölftausend Menschen. Seufzend atmete Miriam aus. »Haben Sie herausfinden können, wer auf dem Bild zu sehen ist?«, fragte sie ohne große Hoffnung. Sie brauchte Namen, irgendetwas Greifbares, wenn sie in dieser seltsamen Sache weiterkommen wollte.

»Nein, nichts zu machen.«

»Und das Thema der Promotion?«

»Wege in den Untergrund.«

»Die Rote-Armee-Fraktion?«, fragte Miriam, seltsam alarmiert. Ihr Herzschlag schien für einen Augenblick auszusetzen, dann kroch ein lange vermisstes Gefühl wie an einer Leiter ihre Wirbelsäule hinauf. Ihr journalistischer Ehrgeiz, der sie vor Jahren zum *Globus* gebracht hatte, war aus seinem Dämmerschlaf erwacht. Hatte sie es hier tatsächlich mit einer heißen Story zu tun?

»Ja, auch. Die Promotionsarbeit deckt das ganze Spektrum linksextremer Gruppierungen ab, die aus der Studentenbewegung und der Empörung über den Vietnamkrieg heraus entstanden sind.«

»Und die beiden Namen, die ich Ihnen gegeben habe?«

»Zu Elisabeth Manzel habe ich nichts gefunden. Es gibt einen Holger Mantzel, Mantzel mit tz. Der junge Mann ist 1968 wegen der Veröffentlichung anarchistischer Flugblätter verurteilt worden. So hieß das damals. Majestätsbeleidigung, der Schah-Besuch.«

»Und Marguerite?« Miriam umklammerte den Telefonhörer, sie sah zu der Mappe hinüber, in der sie die anonymen Briefe abgelegt hatte. Es war kein weiterer Brief mehr gekommen.

»Das ist das eigentlich Interessante an der ganzen Sache …« Zimmermann legte eine kurze dramaturgische Pause ein, als wolle er sie auf die Folter spannen. »Es gab damals wohl so etwas wie ein Kommando Marguerite. Jedenfalls gibt es eine Anmerkung dazu in besagter Dissertation. Eine Gruppierung, die sich Anfang der Siebzigerjahre in der Berliner Untergrundszene formiert hat. Mehr habe ich in der Kürze der Zeit nicht herausfinden können.«

Kommando Marguerite. Miriam sah aus dem Fenster und auf den Michel. Auf einmal hatte das französische Wort einen anderen Klang, es hörte sich gefährlich an, nach Widerstand und Revolution. Das Erkennungszeichen der RAF kam ihr in den Sinn, der fünfzackige Stern mit dem Sturmgewehr. Eine stilisierte Kalaschnikow, die Waffe, die auch ihren Mann getötet hatte. Übelkeit stieg in ihr auf, und sie schluckte ein paarmal.

»Soll ich weiterrecherchieren?«, hörte sie Björn Zimmermann an ihrem Ohr.

»Was ist denn aus dem Autor der Dissertation geworden?«, fragte sie nach kurzem Zögern. Viele, die über die Zeit geschrieben hatten, hatten noch mit Augenzeugen und Mittätern sprechen können. Oder waren selbst Sympathisanten oder Genossen gewesen.

»Victor Sander hat später in Kiel und Frankfurt Soziologie gelehrt. Aber er ist inzwischen verstorben.«

»Mist. Dann kommen wir bei ihm also nicht weiter«, murmelte Miriam.

»Nein, aber ich könnte Ihnen die vollständige Dissertation besorgen. Bislang liegt sie mir nur in Auszügen vor.«

»Ja bitte, machen Sie das.«

»Soll ich mich auch dem Kommando Marguerite widmen?«, fragte Zimmermann, er klang so, als wollte er noch weitere Fische an Land ziehen.

Miriam zögerte einen Moment, sie sah noch immer aus dem Fenster hinaus. Es hatte den ganzen Morgen über geregnet, ein paar nasse Möwen hockten lustlos auf den Mauervorsprüngen des Kirchturms.

»Frau Raven?«, holte der Dokumentar sie zurück.

»Hören Sie, Herr Zimmermann. Ich weiß nicht, ob wir hier ein Fass ohne Boden aufmachen. Ich bin mir noch nicht mal sicher, inwieweit dieses Thema überhaupt relevant für meine Geschichte ist. Vielleicht bin ich auch auf einer vollkommen falschen Spur. Ich denke noch mal drüber nach, ja?«

»Dann melden Sie sich bei mir?«

Björn Zimmermann klang fast ein wenig enttäuscht, wahrscheinlich hatte er sich schon darauf gefreut, in die Untiefen des Deutschen Herbstes einzutauchen.

»Ja, natürlich. Aber lassen Sie mich doch erst einmal einen Blick in die Dissertation werfen, dann sehen wir weiter.«

»Ich kümmere mich darum«, versprach er und verabschiedete sich.

Miriam legte auf und zog die Mappe mit den anonymen Briefen zu sich heran.

Fragen Sie Dorothea nach Marguerite!

Das kribbelige Gefühl hatte sich inzwischen in ihrer Brust neben dem Raben niedergelassen. Es trieb sie an, ihr Herz klopfte schneller. Und gleichzeitig sah sie Dorothea Sartorius vor sich, so wie sie hoheitsvoll an ihrem Flügel gesessen hatte. Ihr schönes Gesicht, das wehmütige Lächeln, der in sich gekehrte Blick.

Unwillkürlich schüttelte Miriam den Kopf, sie klappte die Mappe wieder zu. Gespenster, dachte sie, nichts als Gespenster. Dann begann sie an ihrem Artikel über die Stifterin zu arbeiten.

Eine Woche später brachen Miriam und Max zu ihrem langen Wochenende an die Schlei auf. Von Dorothea Sartorius hatte sie noch nicht wieder gehört. Sie würde sich nach den Ostertagen bei der Sartorius melden, um das Porträt abzustimmen und nach den Preisträgern zu fragen. Bis dahin müsste die Stifterin ihre Wahl getroffen haben.

Die Fahrt aus der Stadt hinaus war eine Quälerei; halb Hamburg schien auf Landflucht zu sein, und die vielen Baustellen auf der Autobahn ließen den Verkehr immer wieder stocken. Miriam schob eine CD ins Autoradio, damit ihr Sohn sich nicht langweilte. Rittergeschichten. Neben seinem Kindersitz lag eine Tüte mit Croissants, vor der Abfahrt hatten sie noch schnell bei Nardim vorbeigeschaut. Irgendwie hatte sie das Gefühl gehabt, sich von ihm verabschieden zu müssen. Wenn Max sich ein Stück Gebäck in den Mund schob, hörte sie die Papiertüte rascheln.

Auf Höhe des Bordesholmer Dreiecks war die CD zu Ende. Miriam sah in den Rückspiegel, Max war mit der Tüte auf dem Schoß eingeschlafen. Sein Kopf war zur Seite gefallen, seine Wangen waren leicht gerötet. Er hatte sich so sehr auf den Ausflug gefreut, dass er seit Tagen von nichts anderem gesprochen hatte. »Wie viele Drachen schafft man in vier Tagen?«, hatte er sie immer wieder gefragt. Offenbar ging er davon aus, den gesamten Kindergarten mit seiner Osterproduktion bestücken zu können.

Es war wieder kälter geworden und hatte den ganzen Tag über genieselt, doch als sie die Hochbrücke über den Nord-Ostsee-Kanal überquerten, riss der Himmel auf und die Sonne schob sich durch die tiefhängenden Wolken. Pastellfarbenes Licht rieselte herab und überzog das Tal mit einem fast unwirklichen Leuchten. Die Ebene schimmerte wie ein alter kostbarer Gobelin. Miriam genoss den Blick auf den Kanal, der das Land wie ein Band durchschnitt. Ein Frachter fuhr von der Elbmündung kommend in Richtung Kiel, und für einen Augenblick dachte sie darüber nach, wie es sein würde, eine lange Schiffsreise zu machen. Solange Max nicht in der

Schule war, könnten sie ihr Fernweh noch stillen, das sie beide beim Betrachten seiner Bilderbücher überfiel.

Als sie hinter Schleswig von der Autobahn abfuhr, schlief Max noch immer. Er verpasste die Landstraße, die sich durch die sanfte, leicht hügelige Landschaft schlängelte. Angeln, altes Land. Von Knicks gesäumte Ackerflächen, Wiesen mit mattem gelblichem Gras und Buchenwäldchen säumten die Straße. Wie Raubritterburgen hingen gewaltige Krähennester in den noch kahlen Baumkronen. »Urlaub, so weit das Auge reicht«, versprach der kompakte Führer, den sie sich in Hamburg gekauft hatte und der auf dem Beifahrersitz lag. Miriam lächelte amüsiert, sie versuchte, sich das optimistische Gelb der Rapsfelder in die Hügellandschaft hineinzudenken. Sie widerstand der Versuchung, das Navi einzuschalten, und ließ sich von den wenigen Straßenschildern lotsen. Entspannt kurvte sie durch Ortschaften mit dänisch klingenden Namen, sauberen Gehsteigen und geduckten Häusern, bis sie hinter Kappeln und Arnis ihr Ziel erreichte. Das winzige Dorf mit Gasthof und Bushaltestelle lag direkt an der Schleimündung, und als Miriam aus dem Auto stieg, meinte sie, das Salz der Ostsee riechen zu können.

»Wir sind da, Mäxchen.«

Vorsichtig befreite sie ihren Sohn aus dem Sitz. Der arme Max war noch ganz schlaftrunken, und sie nahm ihn für einen Moment auf den Arm.

»Schau mal, da wohnen wir.«

Sie zeigte auf die Reetdachkate, vor der sie geparkt hatte. Das rote Backsteinhäuschen hatte wohl mehr als hundert Jahre auf dem Buckel, aber es sah ungemein lebendig aus, als hätte es schon viel erlebt. Glückliche Zeiten und weniger glückliche. Freude und Trauer, Anfang und Ende. Ein windschiefer Zaun tänzelte um einen verwegenen Garten mit alten knorrigen Obstbäumen. Ein Windspiel hing über der Tür und klimperte leise im kalten Wind. An der Hauswand lehnte ein Schild: »Der Himmelsgaukler«.

»Ich hab Durst«, murmelte Max an ihrem Ohr.

»Dann lass uns mal klingeln.«

Miriam setzte ihn sanft ab und holte die Reisetasche aus dem Wagen. Gemeinsam marschierten sie auf die dunkelgrün gestrichene Holztür zu, wo Max beherzt den alten Türklopfer betätigte.

Als sich nichts tat, versuchte sie es noch einmal.

»Weiß der, dass wir kommen?«

»Ja, klar.« Miriam hatte eine Bestätigungsmail von dem Drachenbauer bekommen, in der er auch nach ihrer Ankunftszeit gefragt hatte. Wegen des dichten Osterverkehrs hatten sie sich allerdings ein wenig verspätet. »Ich ruf ihn mal an«, wollte sie sagen, aber Max drückte einfach die Klinke herunter und die Tür sprang auf.

»Prima«, sagte er zufrieden und stapfte ins Haus.

»He, Max, warte mal!«

Miriam schob die Reisetasche mit dem Fuß durch die Tür und folgte ihm. Als sie über die Schwelle trat, klimperte das Windspiel sein heiteres Willkommen.

Die Kate war vor ein paar Jahren entkernt worden, jedenfalls schien sie im Erdgeschoss nur aus einem einzigen Raum zu bestehen. Eine Mischung aus Werkstatt, Wohnküche und Junggesellentraum. Über eine schmale Treppe erreichte man die Galerie, dort oben befanden sich wohl auch die Gästezimmer. Licht fiel durch die vielen kleinen Sprossenfenster in den hohen Raum, auf der gegenüberliegenden Seite führte eine Flügeltür hinaus in den Garten. Zwischen den Bäumen, am Ende der abfallenden Wiese, schimmerte wie ein arktischer Strom das Wasser der Schlei.

»Schau mal, Mami.«

Max wies auf den langen Holztisch, der mitten im Raum

stand. Die bunten Stoffe, Folien, Farbtuben, Pinsel und Papierschnipsel erinnerten an die Überbleibsel eines ausgelassenen Kindergeburtstages, unter der offenen Balkendecke hing ein wunderschöner, chinesisch anmutender Drache.

Miriam war noch ganz versunken in dieses heitere Stillleben, als plötzlich eine kleine Seitentür aufsprang, die sie noch gar nicht bemerkt hatte. Ein großer Mann in Gummistiefeln kam herein. Er trug eine grüne Beaniemütze und ein dunkles T-Shirt, seine Arme waren tätowiert. Auf seiner Schulter saß etwas, das aussah wie ein Huhn. Bevor Miriam hallo sagen konnte, drängte sich noch etwas Großes, Dunkles durch die Tür. Mit einem Satz war das Ungeheuer bei Max, es sprang an ihm hoch und riss ihn einfach um.

Miriam schrie auf.

»Da seid ihr ja«, murmelte der Typ gelassen, während er mit der linken Hand das Monster von Max herunterzog. »Der will nur spielen.«

»Max!« Miriam schloss ihren Sohn in die Arme und versuchte gleichzeitig, den Hund abzuwehren, der sie freudig wedelnd umkreiste. Es war eine Mischung aus Boxer und Dobermann, wie sie nun zu erkennen glaubte, dessen dunkle Samtaugen tatsächlich gutmütig schimmerten. Der Hund prustete und schnaufte.

»Das ist Bodo«, stellte ihr Gastgeber ihn vor. »Und das hier ist Frida. Kannst du sie mal halten, Max?«

»Ja, klar.«

Max streckte furchtlos die Hände aus, irgendwie sah er sehr glücklich aus. Es wirkte fast so, als befände er sich gerade mitten in einem seiner Wunschträume. »Bitte nicht wecken!«, las Miriam von seinen leuchtenden Augen und dem verzückten Lächeln ab.

Frida ließ sich wie ein Stofftier halten, sie plusterte sich auf, als Max sie vorsichtig an sich drückte.

»Hi«, sagte ihr Gastgeber nun, er wischte sich die Hände an der Jeans sauber, bevor er Miriam seine Rechte entgegenstreckte. »Ich bin Bo.«

»Bo und Bodo?«

Miriams Blick sprang zwischen Herrchen, Hund und Huhn hin und her. Die Situation hatte etwas vollkommen Absurdes, und sie musste lachen, auch weil sie so erleichtert war, dass Max nichts passiert war.

»Ja, wir sind ein echtes Traumpaar.«

Bo zwinkerte ihrem Sohn komplizenhaft zu und nahm ihm das Huhn wieder ab. Er setzte es einfach auf den Tisch, wo es zwischen den Papierschnipseln herumpickte. »Habt ihr Lust auf einen heißen Apfelsaft?«

Miriam nickte, aus den Augenwinkeln heraus beobachtete sie das Huhn, das nun über den Tisch flanierte. Offenbar war ihm das alles nicht fremd. Ein Schauer rieselte ihr über den Rücken, aber dann schalt sie sich für ihren städtischen Hygienewahn. Eigentlich fühlte sie sich ganz wohl in diesem fröhlichen Chaos. Fast so wohl wie ihr Sohn. Max starrte Bo immer noch fasziniert an, und sie konnte ihn verstehen. Ihr Gastgeber sah genauso aus wie der Typ Mann, in den sich ein fünfjähriger Junge vom Fleck weg verliebte.

»Was ist mit Frida?«, fragte Max, während Bo den Apfelsaft auf dem Herd erwärmte.

»Sie hat es gerne kuschelig«, antwortete er, »im Winter schläft sie lieber im Haus.«

»Kann sie bei mir schlafen?«

Max sah sie flehentlich an, doch Bo schüttelte den Kopf. »Sie schläft bei Bodo«, sagte er freundlich. »Und Bodo schläft hier unten am Ofen. Du hast doch deine Mama dabei.«

»Und Hubert«, ergänzte Miriam, sie wies auf ihr Gepäck. In Max' Rucksack befand sich auch sein geliebter Schlafbär.

»Schade.«

Max zog eine Schnute, er roch an dem Becher mit heißem Apfelsaft, den Bo ihm auf den Tisch stellte.

»Setzt euch doch!«, sagte er, während er eine Ecke des Tisches freischaufelte. »Frida ist übrigens stubenrein«, fügte er mit einem schnellen Seitenblick auf Miriam hinzu. Er wies auf eine Kiste mit Streu, die zwischen Küchenzeile und Seitentür stand. »Sie hält sich für eine Katze.«

Der Apfelsaft schmeckte herrlich, ein süßer aromatischer Punsch. Miriam sog den Duft ein, der ihr in die Nase stieg und musste unwillkürlich an Nardim denken.

»Möchtet ihr heute Abend bei mir essen?«, unterbrach Bo ihre Gedanken. »Oder wollt ihr rüber in den Gasthof gehen?«

»Was machen denn die anderen Gäste?«, fragte Miriam, sie blieb an dem Aufdruck auf Bos T-Shirt hängen. *Retired Superhero*. Wieder musste sie lächeln.

Bo bemerkte ihre Belustigung. Er erwiderte ihr Lächeln, nahm sich einen Stuhl und setzte sich rittlings darauf. »Ihr seid allein. Keine weiteren Anmeldungen.«

»Oh.« Miriam zögerte kurz, neugierig wanderte ihr Blick von seinen optimistisch blauen Augen hinunter zu den Armen und den sanften Händen. *Retired Superhero* – neugierig versuchte sie, die Tätowierungen zu enträtseln. »Ich war davon ausgegangen ...«

»Ja«, fiel Bo schnell ein. »Normalerweise hab ich mindestens vier Teilnehmer pro Kurs. Vielleicht liegt es an Ostern. Drachen und Ostereier – das passt wohl nicht zusammen. Mein Fehler.«

»Gut, dann ...«

»Wir essen hier«, sagte Max mit Nachdruck, er schien mit Frida zu flirten, die sich ihm gegenüber auf einer Stuhllehne niedergelassen hatte. Ihr rotbraunes Federkleid schimmerte im schwindenden Licht, es sah aus wie eine festliche Abendrobe. »Aber bitte keine Hühnersuppe.«

»Was hältst du denn von Pizza? Selbstgemacht. Wenn du mir hilfst, können wir in einer Stunde essen.«

»Klar!« Max nickte, er sah auf seine Hände und dann zu Miriam. »Aber vorher muss ich Hände waschen.«

»Gut, dann zeige ich euch mal, wo ihr schlaft.«

Bo wies auf die Galerie. Als sie ausgetrunken hatten, schnappte er sich die Reisetasche. »Ihr habt das schönste Zimmer«, sagte er, während sie die Treppe hinaufstiegen. »Wasserblick und ein eigenes Bad.«

Das Zimmer war von poetischer Nüchternheit. Ein großes Bett stand darin, davor eine Truhe und an der Seite ein alter Bauernschrank. Die beiden Fenster öffneten sich zum Garten und zur glitzernden Schlei. Auch hier oben hing ein Fabelwesen unter der Decke, ein *Shibori*, wie Bo ihnen erklärte. Ein japanischer Drache aus bemaltem Papier. Bunte Läufer bedeckten den Dielenboden, auf einem kleinen Tischchen stand ein Strauß weißer Narzissen, der wie selbstgepflückt aussah.

Max huschte auf die Toilette, während Miriam anfing auszupacken. Als sie ins Bad ging, um sich frisch zu machen, sprang er schon wieder die Treppe hinunter. Große Liebe, dachte sie wieder, während sie sich im Spiegel anschaute und durchs Haar wuschelte. Bo hatte Max' Herz im Sturm erobert. Und auch ihr gefiel sein schelmischer Charme. Er wirkte wie ein Straßenkünstler, den es aus dem Trubel der Metropolen an den Rand der Zivilisation verschlagen hatte.

Zurück im Zimmer, nahm sie den feinen Duft der Narzissen wahr. Max hatte sich die rechte Bettseite ausgesucht, und sie legte ihm den abgewetzten Hubert und das Ritterbuch aufs Kopfkissen. Dann holte sie ihren Laptop aus der Tasche und machte es sich auf dem Bett bequem. Während sie ihren Sohn unten plappern hörte, öffnete sie noch einmal den Artikel über Dorothea Sartorius und überflog den Text. Sie hatte die ungewöhnliche Liebesgeschichte zwischen der Sartorius und ihrem Mann in den Mittelpunkt gestellt, die Verwandlung von der unsicheren jungen Frau in die vielbewunderte Stifterin. Wieder hatte sie ihr schönes Gesicht vor Augen, der warme Klang ihres Flügels hallte in ihrer Erinnerung nach.

Let it be.

»Mami, essen!«

Als Miriam ihren Sohn rufen hörte, schreckte sie auf. Sie war kurz eingenickt, der Laptop war auf die Bettdecke gerutscht. Benommen setzte sie sich auf und fuhr sich über das Gesicht und durch die Haare. Es war schon nach sieben, das Wasser vor dem Fenster war von der Dunkelheit verschluckt worden.

»Ich komme«, rief sie zurück, und der Hund begann zu bellen. Dunkel und alarmiert. Offenbar hatte er sie schon wieder vergessen. Sie hörte, wie Bo ihn zurechtwies.

Der Tisch war für drei Personen gedeckt, obwohl das Huhn so aussah, als ob es auch ein eigenes Gedeck für sich erwartete. Frida thronte noch immer wie eine Königin auf der Stuhllehne, auf einem Bein, aber mit einem leicht überheblichen Blick. Bodo hatte sich nach dem Rüffel beleidigt auf seine Decke am Ofen verzogen.

»Wasser, Bier, ein Glas Wein?«, fragte Bo, während Max ihr stolz einen Teller mit einem dampfenden Stück Pizza hinstellte.

»Hast du Rotwein da?«

Die Pizza sah aus wie ein Küchenunfall, aber sie roch gut, nach Tomate und reichlich Käse.

»Hat Max ganz allein belegt«, bemerkte Bo. Er schenkte Rotwein in ein Wasserglas und reichte es ihr, bevor er sich ein Bier öffnete. »Wir haben uns bestens unterhalten.«

»Er weiß jetzt alles von uns«, bestätigte Max, der zu Frida auf den Stuhl kletterte. Das Huhn blieb ungerührt sitzen, es schaute ihm wie eine strenge Gouvernante über die Schulter.

»So?« Miriam zog das Glas zu sich heran, sie bemerkte den Raben, der sich in ihrer Brust schüttelte. »Was hast du ihm denn erzählt?«

»Ich hab ihm von Papa erzählt und vom Drachentöterviertel. Von dem Dunklen natürlich. Und dass du mir keinen Hund schenkst.«

»Wir haben beschlossen, einen Ritterdrachen zu bauen«, sagte Bo schnell, er sah ihr kurz in die Augen. Keine Angst, signalisierte ihr sein Blick, ich belästige dich nicht mit irgendwelchen Fragen. Oder mit so etwas wie Mitleid. »Machst du mit, oder willst du dich ein bisschen in der Gegend umschauen?«

»Ich hab noch gar keinen Plan«, antwortete Miriam zögernd. Eigentlich hatte sie vorgehabt, in den nächsten Tagen einmal zum Sartorius-Anwesen zu fahren, das sich in der Nähe befand. Kurz überlegte sie, ob sie die beiden tatsächlich allein lassen könnte. Bo trug noch immer seine Mütze, und sie fragte sich, was er darunter verbarg. Seine Brauen waren dicht und eher dunkel. Charakterbögen. Seine Augenfarbe changierte nun zwischen Grau und Blau. Wolkenaugen, die den lebhaften Himmel zu spiegeln schienen. Er musste in seinen Vierzigern sein, vielleicht ging er sogar auf die fünfzig zu, und seinem offenen Gesicht mit dem breiten Mund sah man an, dass er viel im Freien war. Wind und Sonne hatten ihre Spuren hinterlassen. Wenn er lachte, zog sich das Netz von Falten um seine Augen zusammen.

»Es gibt hier ein paar sehenswerte Ecken, alte Güter und noch ältere Kirchen. Die Spuren der Wikinger, Schloss Gottorf bei Schleswig, die Moorleichen … Wenn du willst, gebe ich dir gern ein paar Tipps.« Er zog seinen Stuhl zurück und setzte sich ans Kopfende des Tisches. Im Hintergrund schnarchte der Hund.

»Guten Appetit.«

Max konnte es nicht mehr abwarten. Er hatte sich eine Ecke von seinem Pizzastück abgeschnitten und hielt es in der Hand. Nun biss er genüsslich hinein, der geschmolzene Käse lief an seinen Fingern herab.

»Guten Appetit, mein Schatz.« Miriam hob ihr Glas und prostete ihrem Sohn und dem Huhn zu, dann stieß sie mit Bo an. Der Wein schmeckte, unprätentiös und ehrlich. »Vielleicht fange ich morgen einfach mit einem Spaziergang am Wasser an«, sagte sie und probierte die Pizza. »Und dann schau ich mal, was ihr so macht.«

»Du kannst uns auch gern für ein paar Stunden allein lassen.« Bo nahm einen großen Schluck Bier aus der Flasche, bevor er ebenfalls zu essen begann. »Oder du setzt dich später dazu und baust einen kleinen Drachen. Einen Windgeist. Dann hast du auch noch Zeit für dich.«

»Ein Windgeist – das klingt gut.« Miriam lächelte, die Pizza schmeckte so, wie sie roch, ein deftiges Tomaten-Käse-Allerlei. »Erzähl doch mal!«

»Windgeister entstehen aus allem, was man draußen so findet. Plastikmüll, Draht, Folie, Bonbonpapiere, aus ganz Alltäglichem also. Ich habe eine Menge Material hier, aber vielleicht findest du auf deinem Spaziergang ja etwas, was du verwenden möchtest.«

»Liegt da draußen wirklich so viel Müll herum?« Miriam sah verwundert auf. »Die Gegend wirkt so ... aufgeräumt.«

Bo lachte. »Hier ist es auch nicht besser oder schlechter als in der Stadt«, sagte er. »Und das Wasser trägt so manches an den Strand. Du wirst dich wundern. Ich habe schon die merkwürdigsten Sachen gefunden. Alte Videotapes, Turnschuhe, ein Stück von einer Matratze. Das Schöne ist ja, dass der Drache den Müll in etwas ganz Eigenes verwandelt. Wind und Sonne hauchen ihm Leben ein, und wenn er am Himmel tanzt, kannst du dich gar nicht satt daran sehen.«

»Bist du so zum Drachenbauen gekommen?«

»Über den Müll?« Bo schüttelte den Kopf, er kaute und schluckte. Im Ofen knackte das Holz. »Ich bin in der DDR aufgewachsen«, sagte er. »Drachen haben mir immer ein Gefühl von Freiheit vermittelt. Als die Mauer fiel, bin ich um die Welt gereist. Asien hat mich fasziniert. In Japan habe ich die *Shibori*-Technik gelernt. Das war der Anfang.«

»Und wie kommst du ausgerechnet hierher, an die Schlei?«

Miriam hatte ihr Pizzastück aufgegessen, sie lehnte sich zurück. Kurz überlegte sie, ob es indiskret war, ihrem Gastgeber so viele Fragen zu stellen. Aber dann dachte sie, dass ihr Sohn ihm ihr Leben quasi auf dem Silbertablett serviert hatte. Sie sah zu Max und Frida hinüber, die beiden hörten ihnen aufmerksam zu. Das Huhn hatte den Kopf leicht zur Seite geneigt, es wirkte sehr konzentriert.

»Weiß nicht.« Bo zuckte mit den Schultern. »Ich hab hier oben an einem Drachenbauwettbewerb teilgenommen. Ist schon ein paar Jahre her. Mein Fernweh war gestillt, irgendwie bin ich hier hängengeblieben. Ich mag die Schlei – und die Stille. Den Abstand von allem.«

»Ja.« Miriam nickte und trank noch einen Schluck Wein. »Das habe ich schon mal gehört.«

Das Essen ging über in einen gemütlichen Abend. Sie plauderten, und Bo erzählte von seinen Reisen, dann wuschen sie gemeinsam ab. Bevor Max zu Bett ging, durfte er seine neue Freundin zu Bodo auf die Decke setzen. Fasziniert beobachtete Miriam, wie sich das Huhn furchtlos zwischen den mächtigen Hundetatzen niederließ.

»Vielleicht hast du Lust, noch einmal runterzukommen«, sagte Bo, als sie ihren Sohn nach oben begleitete. »Ich hab noch Wein da.«

Miriam nickte, doch dann zog sich die Zubettgehprozedur hin. Max war noch aufgedreht, das Bett war fremd und die alten Holzbalken knarzten und knackten, als wollten sie ihnen etwas erzählen. Sie las ihm lange vor, bis ihm endlich die Augen zufielen.

Es war wohl mehr als eine Stunde vergangen; als Miriam die Zimmertür wieder öffnete, hörte sie leise Musik hinaufwehen. Vorsichtig spähte sie nach unten. Bo saß am Ofen, ein schwarzes glänzendes Akkordeon auf den Knien. Behutsam zog er den Balg auseinander, seine Finger huschten links und rechts über die Tasten und Knöpfe. Sein Spiel war virtuos, so energiegeladen wie meditativ. Fasziniert blieb sie auf dem Treppenabsatz stehen und hörte ihm zu. Die Musik war unwirklich schön und traurig zugleich. Die Dunkelheit verstärkte den traumähnlichen Eindruck, und das Herz wurde ihr schwer. Bilder und Empfindungen flackerten in ihr auf – eine Frau in einem korallenfarbigen Kleid, ein heißer sandiger Nachmittag am Meer, das Glück zu leben. Miriam musste sich setzen. Sie fragte sich, ob Bo sie sehen konnte oder ob er die Augen geschlossen hatte. Sein Oberkörper schwang vor und zurück, als ob er tanzte, eine Frau in den Armen. Er wirkte so entrückt, als öffnete ihm sein Spiel das Tor zu einer anderen Welt.

Als Miriam nach einer Weile leise zu Bett ging, schloss sie die Zimmertür nicht ganz. Sie konnte einfach nicht anders. Das Akkordeonspiel wiegte sie in den Schlaf.

ACHT

Das Haus war sehr still, als sie am nächsten Morgen die Augen öffneten. Max war sofort hellwach, er konnte gar nicht schnell genug nach unten kommen und verschwand im Bad. Miriam sah aus dem Fenster, die grüne Beaniemütze leuchtete im Garten auf. Groß und schlank und kraftvoll zugleich bewegte Bo sich mit der Anmut eines Tänzers. Augenblicklich hatte sie das Bild des gestrigen Abends wieder vor Augen. Und auch die Musik kehrte zurück. Wie die Erinnerung an einen Traum. Da waren ein Hahn und eine Handvoll Hühner, die unter den kahlen Bäumen zwischen Krokussen, Schneeglöckchen und Narzissen scharrten. Über dem Wasser lag Nebel, es musste über Nacht sehr kalt geworden sein. Möwen stießen lautlos durch den Dunst. Miriam beobachtete Bo, der die Hühner fütterte und dann im Hühnerstall verschwand. Als er wieder herauskam, streifte sein Blick das Haus. Bevor sie einen Schritt zurücktreten konnte, entdeckte er sie am Fenster und winkte ihr lächelnd zu.

Zum Frühstück gab es Omelett und einen unglaublich starken Kaffee, der wie Alkohol auf der Zunge brannte. Miriam schnappte nach Luft.

»Ich hoffe, du hast dir was Warmes eingepackt«, sagte Bo, er hatte sein *Superhero*-T-Shirt gegen einen Kapuzenpulli eingetauscht. Zweifelnd musterte er ihr Shirt. »Heute Nacht hat's noch mal gefroren. Ist ziemlich kalt da draußen.«

»Ich hab noch eine dicke Jacke im Auto. Und eine Mütze.«

Miriam goss sich mehr Milch in den Kaffee. Ihr Blick schweifte durch den Raum, sie suchte nach dem Akkordeon. »Wie komm ich denn runter zum Wasser?«

Bo zeigte auf die Flügeltür, die in den Garten hinausführte. »Einfach die Wiese runter und über den Zaun. Da unten ist ein schmaler Streifen Strand. Linksrum ist es schöner, nur Schilf und Heide. Und viele Vögel. Wenn du in die andere Richtung gehst, kommst du irgendwann ins Dorf.«

»Und was macht ihr?«

»Wir zeichnen Baupläne für unseren Drachen. Ehrlich gesagt, habe ich noch nie einen gebaut, der wie ein Ritter aussehen soll. Ich habe nur Drachen gebaut, die auch wie Drachen aussehen.« Bo wies auf den feuerroten Glücksdrachen über ihren Köpfen. Eine Mischung aus Schlange, Vogel und Raubtier. Er war so schön und zart wie eine alte chinesische Tuschezeichnung.

»Ich hab ein Buch dabei«, sagte Max, als ob das alle offenen Fragen beantwortete. »Liegt oben.«

»So eine Rüstung ist eine ziemlich aufwendige Sache«, fuhr Bo fort, er wirkte so, als kramte er in seinem Kleine-Jungen-Gedächtnis. »Harnisch, Helm und Schild. Und dann müssen wir uns noch für ein Wappen entscheiden. Oder wollen wir uns eins ausdenken?«

»Der Schild gehört nicht zur Rüstung«, sagte Max, aufgeweckt und altklug zugleich. »Oder, Mami?«

Miriam lachte. »Du bist der Fachmann, mein Schatz.«

»Nach dem Mittag könnten wir auch noch ein paar Eier bemalen«, fuhr Bo fort. »Du willst am Sonntag doch bestimmt Ostereier im Garten suchen.«

»Ja!«

»Und dann könntest du mir auch noch helfen, den Hühnerstall auszumisten.«

»Klar. Und muss Bodo nicht auch mal Spazierengehen?«

»Gut, dass du mich daran erinnerst.« Bo nickte, seine lebendigen Augen lächelten. »Großer Spaziergang zur Gallowayweide. Heute Nachmittag, einverstanden?«

Max strahlte.

»Das ist ja wie Urlaub auf dem Bauernhof«, bemerkte Miriam. Sie dachte, dass sie mit Bo einen Volltreffer gelandet hatten. Selbst ohne das Drachenbauen wäre ihr Sohn vollkommen in seinem Element.

»Nee«, sagte Max. »Das ist wie Urlaub zu dritt.«

Miriam war froh, als sie endlich unten an der Schlei war. Sie holte ein paarmal tief Luft und kuschelte sich fröstelnd in das Lammfell ihrer Lederjacke, die Hände tief in den Taschen vergraben. Mit der Rechten umklammerte sie das Handy.

Das ist wie Urlaub zu dritt.

Die Bemerkung ihres Sohnes hatte sie ziemlich mitgenommen, der Rabe in ihrem Inneren krächzte und schlug wild mit den Flügeln, als ob er aus seinem Käfig ausbrechen wollte. Was würde dann geschehen? Miriams Herz galoppierte. Ein Anflug von Panik stieg in ihr auf, und sie brauchte ein paar Minuten, bis sie die Attacke mit den in der Therapie erlernten Kniffen niedergerungen hatte. Als sie auf ihr Handy blickte, um Gregor anzurufen, stellte sie fest, dass sie hier draußen keinen Empfang hatte.

Schwer atmend lief sie weiter. Kies knirschte unter ihren Stiefeln, und der Wind fuhr ihr ins Gesicht. Sie zwang sich, aufs Wasser zu schauen, zum Horizont, um nicht an der Traurigkeit zu ersticken, die sich wie eine schwere Decke auf ihre Seele gelegt hatte. Ein dichtes Gespinst aus dunklen Rabenfedern.

Der Nebel hatte sich verzogen, aber die Kälte schien jedes Geräusch aufzusaugen. Bo hatte recht gehabt, da waren eine Menge Vögel, Möwen und Enten und dazwischen ein paar

Wildgänse, die stumm auf dem Brackwasser dümpelten. Der Strand war nicht mehr als ein schmaler Streifen aus Kies und Sand mit einem dunklen, feuchten Saum, Kraut wucherte bis in die Dünen hinein. Geducktes Buschwerk, Schilf und ein paar Pappeln begrenzten das Ufer nach Norden hin. Die Schlei, ihre Buchten und seeähnlichen Noore waren durch das Schmelzwasser der letzten Eiszeit geformt worden, und das durch die Wolken gedimmte Licht legte sich wie ein Filter über die Landschaft. Miriam musste an die verblassten Sepiatöne alter Fotografien denken, es kam ihr so vor, als marschierte sie geradewegs zurück in die Vergangenheit.

Sie spazierte lange geradeaus, bis sie das Gefühl für die Zeit ganz und gar verloren hatte. Als sie umkehren wollte, bemerkte sie einen Bohlensteg, der durch die Dünen in ein Buchenwäldchen führte. »Privatweg« stand auf einem Schild, das an einer rostigen Kette hing, weiße Farbe blätterte von den Bohlen ab.

Gab es hier draußen im Niemandsland noch ein Haus? Neugierig lief Miriam in die Dünen, von ihrem höchsten Punkt aus konnte sie durch die Bäume tatsächlich ein paar alte Gemäuer sehen. Ein Kloster, dachte sie sofort, denn das dicke Mauerwerk und der zierliche Glockenturm, der auf einem der roten Satteldächer saß, waren typisch für die schmucklosen Ordensbauten, die hier im Mittelalter entstanden waren. Das hatte sie jedenfalls in ihrem Führer gelesen. Nach der Reformation waren die meisten Klöster jedoch in adeligen Besitz übergegangen.

Unwillkürlich fragte Miriam sich, ob dort noch jemand lebte. Sie durchquerte den schmalen Streifen Wald und lief auf die Mauer aus Feldsteinen zu, die das Kloster umgab. Die Anlage machte einen verwunschenen, aber keinen verlassenen Eindruck. Rauch hing in der Luft, und der Weg, der die Bohlen ablöste, war vor einiger Zeit vom Laub befreit worden. Vor einem hölzernen Tor blieb sie stehen. Ein Messingschild belehrte sie darüber, dass der Zutritt verboten war. Einem Impuls folgend, drückte sie die gewaltige Klinke herunter, aber die Tür war verschlossen.

Nachdenklich ließ Miriam ihre Hand auf der Klinke ruhen. Efeu umrankte das Tor wie Trauerflor, und plötzlich fiel ihr ein, dass heute Karfreitag war. Wieder musste sie an Gregor denken. Als sie zum Wasser zurücklief, spürte sie so etwas wie einen Luftzug im Nacken. Als würde jemand in ihrem Rücken atmen. Gleichzeitig hatte sie das seltsame Gefühl, dass sie jemand beobachtete. Sie drehte sich schnell um, aber da war nur die Mauer aus Feldsteinen.

Erst als Miriam zurück war, fiel ihr der Windgeist wieder ein. Auf dem Weg durch den Garten klaubte sie einen Plastikfetzen auf, der von einem Sack Hühnerfutter stammte. Dann entdeckte sie die Brötchentüte aus Nardims Café, sie hatte sich in einem Busch verfangen. Wahrscheinlich war sie ihnen gestern beim Aussteigen aus dem Auto davongeflattert.

Zuletzt schaute sie in den Mini. Da war noch eine Getränkepackung, die Max auf der Fahrt gelehrt hatte. Im Aschenbecher fand sie zerknülltes Kaugummipapier und im Handschuhfach eine Plastiktüte, die sie dort deponiert hatte. Da lag auch die Dissertation, die Björn Zimmermann ihr besorgt hatte. *Wege in den Untergrund.* Miriam hatte noch nicht hineingeschaut und sie deshalb aus dem Verlag mitgenommen. Sie zögerte einen Moment, dann klemmte sie sich das Buch unter den Arm und ging am Windspiel vorbei zurück ins Haus.

Sie musste lange unterwegs gewesen sein, denn Bo und Max saßen am Tisch und aßen Spaghetti mit Tomatensoße. Auch Frida war wieder da. Sie saß auf einem Stuhl und pickte Nudeln aus einer Schüssel, die ihr wie Regenwürmer aus dem

Schnabel hingen. Bodo sah irgendwie beleidigt aus, als hätte man ihm nichts zu essen angeboten.

»Mami!« Max bemerkte sie und sprang auf. »Guck mal!« Er zog sie mit sich ans andere Ende des Tisches zu den farbigen Tuschezeichnungen, die dort lagen und trockneten. Ihr Sohn hatte sich die Bilder aus seinem Ritterbuch zum Vorbild genommen. Miriam meinte, einen der Helden aus König Artus' Tafelrunde wiederzuerkennen. Lancelot oder Parzival.

»So soll dein Drachen aussehen?«, fragte sie. Sie musste über die Schnute aus Tomatensoße lächeln, die sein Gesicht in eine Clownsmaske verwandelt hatte.

Max nickte eifrig, er zeigte auf die Ballen mit den roten und silbrig glänzenden, folienartigen Stoffen. »Nachher schneiden wir den Stoff zurecht. Und dann bemalen wir die Eier.«

»Darf ich mich dazusetzen und meinen Windgeist bauen?«

Miriam legte ihre Fundstücke auf den Tisch, während Max die Stirn runzelte. Er schien tatsächlich darüber nachzudenken, ob er sie dabeihaben wollte.

»Klar«, sprang Bo ihr zur Seite. »Das hier ist kein Männerclub. Wie wäre es, wenn du deiner Mama einen Teller mit Nudeln servierst, Max?«

Heute hatte Bo gekocht. Die Nudeln waren noch heiß und kein bisschen matschig, und die Soße schmeckte nach frischem Basilikum. Max rieb ihr ein wenig Parmesan über die Spaghetti. Zwischen zwei Bissen erzählte Miriam von ihrem Spaziergang und von dem seltsamen Anwesen, das sie entdeckt hatte.

»Du bist bis zum Kloster gekommen?« Bo hob anerkennend die Augenbrauen. »Dann bist du aber flott unterwegs gewesen.«

Miriam nickte, ihre Wangen glühten vom Wind und von der Seeluft. »Ich dachte mir schon, dass es mal ein Kloster war. Das Ganze wirkt ein bisschen so wie aus der Zeit gefallen. Lebt denn dort noch jemand?«

»Vielleicht eine Hexe?«, fragte Max alarmiert. Miriams Schilderungen hatten seine Phantasie in Gang gesetzt.

Bo lachte auf, er legte sein Besteck zur Seite und schob die Mütze aus der Stirn. »Da lebt eine alte Frau«, sagte er. »Das Kloster ist nach der Reformation in ein adliges Damenstift umgewandelt worden.«

»Dann ist sie also so etwas wie eine Gräfin?«, fuhr Max dazwischen. Er sprach mit vollem Mund, und Miriam rollte mit den Augen.

»Sie ist ein Fräulein.« Bo lächelte leise. »Eine Konventualin, um ganz genau zu sein. Früher haben die adligen Familien ihre unverheirateten Töchter dort untergebracht. Und theoretisch nimmt das Stift auch heute noch Frauen auf. Es ist allerdings keine Pflicht mehr, im Kloster zu wohnen. Die alte Dame ist die letzte, die sich für dieses Leben entschieden hat.«

»Woher weißt du das alles?«, fragte Miriam verwundert. Gleichzeitig dachte sie, dass das einsame Fräulein in den Dünen eine tolle Geschichte für die *Anabel* sein könnte. Ein ganz besonderes Frauenleben fernab der Zivilisation.

»Ich bin ziemlich oft dort«, erwiderte Bo. »Ich gehe ihr ein bisschen zur Hand, halte den Klostergarten und die Gebäude in Schuss. Manchmal spiele ich auf der alten Orgel. Ist mein Zweitjob.«

»Du hast einen Job im Kloster?« Miriam schüttelte den Kopf, Bo steckte voller Überraschungen. »Wer bezahlt dich denn?«

»Eine Stiftung, die finanziert den Klosterbetrieb.« Bo sah sie mit einem amüsierten Lächeln an. »Jetzt merkt man's dir an.«

»Was denn?«

»Max hat mir erzählt, dass du Journalistin bist.«

»Na ja«, wiegelte Miriam ab. »Zurzeit organisiere ich eher, als dass ich schreibe.«

»Das hat Max auch erzählt.« Wieder lächelte Bo, während ihr Sohn stolz glühte. »Ein großes Fest.«

»Eine Preisverleihung.«

»Erzähl mal!«

»Das ist ein Preis für mutige Menschen«, grätschte Max dazwischen. »Für Helden.«

Miriam lachte auf, sie fand, dass Max die Sache so ziemlich auf den Punkt gebracht hatte. »Dem habe ich nichts hinzuzufügen.«

»Helden also.« Bo nickte, ruhig nahm er das Besteck wieder auf und aß weiter. Als Frida auf seine Stuhllehne flatterte, kraulte er ihr das Köpfchen. »Was hast du denn von draußen mitgebracht?«, fragte er nach einer Weile. »Material für den Windgeist?«

»Hm …« Miriam zuckte ratlos mit den Schultern. »Du siehst ja, dass es nicht allzu viel ist. Ich fürchte, du musst mir aushelfen.«

»Und das da?« Bo zeigte auf die Dissertation.

»Ach das …« Miriam wischte sich den Mund mit einer Papierserviette sauber. »Ein Kilo Vergangenheit. Eine Doktorarbeit, in die ich mal reinschauen wollte.«

»Job oder Privatvergnügen?«

»Weiß ich noch nicht«, antwortete Miriam ehrlich.

Fragen Sie Dorothea nach Marguerite!

Auf einmal hatte sie den Wunsch, Bo von den anonymen Briefen erzählen zu können. Sie hätte so gern darüber gelacht.

»Ist 'ne merkwürdige Geschichte.«

»Worum geht's denn?«, fragte Bo spontan. Ein kurzes Flackern in seinen Augen verriet ihr, dass er über seine Neugier ebenso erstaunt war wie sie.

Verlegen blickte Miriam zur Seite. »Wege in den Untergrund«, erwiderte sie, seltsam sperrig. An diesem Tisch, zwischen Pasta und Drachenzeichnungen, wirkte das Thema ganz und gar absurd. Wie aus einer anderen Zeit. »Der Linksextremismus in den Siebzigerjahren«, fuhr sie fort und zwinkerte Bodo zu, der sich neben ihren Stuhl gesetzt hatte.

»Ist das ein Buch über Höhlenforscher?«, fragte Max. Er hatte aufgegessen, und Bo reichte ihm eine Serviette über den Tisch.

»Nein.« Miriam musste grinsen, Max' Bemerkung löste sie aus ihrer Verlegenheit. »Das sind Geschichten über Leute, die dachten, dass sie Helden seien. Aber in den meisten Fällen waren sie wohl einfach nur wütend und böse.«

»Glaubst du das wirklich?«, fragte Bo. Auch er lächelte, aber in seiner Stimme schwang ein sehr nachdenklicher Unterton.

Miriam schaute ihn an. Bo erwiderte ihren Blick, er sah sehr wach und gleichzeitig irgendwie verletzlich aus. Wieder musste sie an sein Akkordeonspiel denken; sie sah ihn vor sich, so wie er sich im Klang der Musik gewiegt hatte. Ein tanzender Schatten.

»Ich weiß nicht«, sagte sie und fuhr sich durch die Haare. »Wie gesagt, ist 'ne merkwürdige Geschichte.«

Der Nachmittag verging wie im Flug. Als die beiden Männer von ihrem Spaziergang mit dem Hund zurückkamen, präsentierte Miriam ihnen ihren Windgeist. Sie hatte ihre Fundstücke mit Materialien von Bo kombiniert, die sie in einer Kiste gefunden hatte. Nardims Brötchentüte hatte Augen aus Kaugummipapier bekommen, der Mund war ein geschwungener Bogen, den sie aus der Getränketüte ausgeschnitten hatte. Flirrende Bänder aus Folien, alten Kassettenbändern und der Tüte zierten das Gesicht. Die Bastelei hatte ihr Spaß gemacht, sie war geradezu darin versunken.

»Großartig«, sagte Bo, und sein Lob klang ehrlich. »Ein gutgelaunter Himmelsgaukler.«

»Und der kann fliegen?«

Max zog kritisch an den Bändern. Dann nahm er vorsichtig eines der bunten Eier in die Hand, die er in kleine expressive Kunstwerke verwandelt hatte.

»Und wie.«

Lächelnd schlang Bo die Arme um ihren Sohn und schwenkte ihn wie einen Flieger herum. »Du kannst doch auch fliegen.«

Max lachte und lachte und lachte. Als er wieder stand, taumelte er und fiel Miriam juchzend in die Arme.

Sie fing ihn auf und küsste ihn, während ein starkes Gefühl von Dankbarkeit sie flutete. Fast meinte sie so etwas wie Glück zu verspüren, jenen atemlosen, selig machenden Hauch.

»Ich muss nachher noch mal zum Kloster«, sagte Bo, als sie gemeinsam das Abendbrot vorbereiteten. »Ein, zwei Stündchen. Kommt ihr hier zurecht?«

Miriam nickte. »Meinst du, ich könnte sie mal kennenlernen?«

»Das Fräulein?«

Bo sah sie an. »Sie ist eine ziemlich eigene Persönlichkeit«, dämpfte er ihre Erwartungen. »Und sie lebt da mit zwölf Katzen. Manchmal riecht es im Kloster ein bisschen streng.«

»Zwölf Katzen? Ach herrje ...«

»Sie hat ihnen die Namen der Apostel gegeben – egal, ob Männlein oder Weiblein.«

»Aber ...«

»Sie ist noch sehr klar.« Bo schüttelte lächelnd den Kopf. »Sie liest unglaublich viel, ihr Zimmer ist voll mit Büchern und Zeitungen, sie stapelt sie bis unter die Decke. Und sie schreibt Briefe, die ich zur Post bringe. Mal mehr, mal weniger. Aber es gibt auch Tage, an denen sie abdriftet. Wie ein Schiff, das in eine starke Strömung gerät.«

»Das klingt ...« Miriam suchte nach den richtigen Worten. »Ehrlich gesagt, macht mich das nur noch neugieriger. Vielleicht kannst du sie fragen, ob ich sie besuchen darf.«

Bo nickte und sah sie eine lange Sekunde an. »Sie wird deinen Namen mögen. Und vielleicht hat sie ja Lust auf ein Schwätzchen.«

NEUN

Am Karsamstag nahm der Ritter Gestalt an. Bo saß mit ihrem Sohn am Tisch und schnitt den Stoff zurecht, als Miriam zu einer Tour aufbrach. Er hatte ihr ein paar alte Feldsteinkirchen und Herrenhäuser ans Herz gelegt, die sehenswert waren und ihr eine Route aufgezeichnet, bei der sie das Wasser stets im Blick behielt. Eine Kette von Ausrufungszeichen entlang der Schlei. Unterwegs wollte Miriam nach dem Sartorius-Anwesen Ausschau halten, das in einem Waldstück zwischen Kappeln und Arnis lag. Sie war neugierig, wie das Haus aussah. Als sie vom Hof rollte, winkte Max ihr von der Tür aus kurz nach, während der Hund ein ganzes Stück neben dem Auto herlief, bis er irgendwann hechelnd aufgab und kehrtmachte.

Im Gegensatz zum Vortag blinzelte die Sonne durch die Wolken. Das Licht war klar, und die Temperaturen zogen wieder an. Miriam fuhr nicht allzu schnell, bei geöffnetem Fenster konnte sie das Brackwasser der Schlei riechen, jene Mischung aus Salz und Torf und einem Schuss Eiszeit. Gut gelaunt summte sie die Musik aus dem Autoradio mit.

Die meisten Herrenhäuser waren nach wie vor in Privatbesitz, so dass Miriam nur kurz ausstieg, um die stolzen Fassaden zu bewundern, die hochmütig auf das Land herabblickten. In ihrem Führer las sie über die wechselvolle Historie der alten adligen Familien nach, die das Land geprägt hatten. Die romanischen Dorfkirchen mit ihren trutzigen

Türmen dagegen waren zu besichtigen. Sie sahen wie Festungen aus. Bastionen eines Glaubens, der dem eigenen Postulat nach Liebe und Barmherzigkeit nicht zu trauen schien. Die frühen Christen hatten die kleinen Kirchen zumeist an alten heidnischen Kultstätten errichtet, und amüsiert stellte Miriam fest, dass sich um jedes Kirchlein eine schauerliche Legende rankte. Der Teufel musste sein Unwesen einst mit Lust und Hingabe in dieser Gegend getrieben haben. Er hatte Türen durch Blitzschlag gespalten, Taufsteine umgekippt und riesige Findlinge vom Himmel herabgeworfen, um die Menschen zu erschrecken. Im Inneren der mittelalterlichen Bauten gab es dunkle Altarbilder und geschnitzte Kanzeln zu bewundern. Ein buntes Gemisch aus gotischen und barocken Stilformen, das von der mehr als tausendjährigen Geschichte des christlichen Glaubens im Norden erzählte. Es war sehr still, Staub tanzte in den Streifen des einfallenden Lichts. Die Luft roch nach altem poliertem Holz und dem Zauber längst vergangener Tage.

Um die Mittagszeit machte Miriam Rast in einem Gasthof bei Arnis. Sie aß eine Fischsuppe und trank eine Schorle; als sie bezahlte, fragte sie die Wirtin nach dem Weg zum Sartorius-Anwesen.

»Was woll'n Sie denn da?« Misstrauisch sah die Frau sie an. »Da ist doch längst niemand mehr.«

Miriam stutzte und schaute zu ihr hinauf. »Kommt denn Frau Sartorius gar nicht mehr hierher?«, fragte sie.

»Dorothea war doch nie wieder hier oben.« Kopfschüttelnd rückte die Wirtin das Wechselgeld heraus. Miriam schätzte sie auf Ende sechzig. In der Karte hatte sie gelesen, dass der *Fischerhof* seit mehr als einhundertzwanzig Jahren im Familienbesitz war.

»Sie kennen Frau Sartorius?«

Miriam steckte das Geld ein und sah die Frau überrascht

an. Sie hatte etwas durch und durch Ländliches an sich, dazu schmale, tiefliegende Augen, die ihr Gegenüber taxierten, rote, runde Wangen und ein herrisches Kinn, das sie beim Sprechen energisch auf die Brust drückte. Ihrem Mund sah man an, dass sie nicht allzu häufig gelächelt hatte.

»Die hat mal hier gearbeitet.« Die Wirtin wies achselzuckend auf ein Klavier, das hinten im Saal zwischen Reihen aufgestapelter Stühle stand. »Früher hat sich das ja noch gelohnt.«

Ungläubig sah Miriam zu dem Klavier hinüber, sie hatte es gar nicht bemerkt. *Let it be.* Sie versuchte sich die junge Dorothea Wrage daran vorzustellen. Hatte sie damals mit dem Rücken zu den Gästen gesessen, oder hatte man ihr das Klavier in den Saal hineingerückt?

»Dann hat sie also hier ihren Mann kennengelernt?«

Die Wirtin zuckte mit den Schultern. »Kann schon sein«, sagte sie lustlos, offenbar wollte sie nicht über Dorothea Sartorius sprechen. »Der Senator war früher oft bei uns zu Gast. Hatte immer seinen Fahrer dabei und seinen …« Sie stockte und suchte nach dem richtigen Wort.

»Bodyguard?«, sprang Miriam ihr zur Seite.

Die Frau nickte. »Er hat gerne Fisch bei uns gegessen, Zander oder Aal. Dafür war er sich nicht zu fein. Und ein ordentliches Trinkgeld hat's bei ihm auch immer gegeben. Nachdem er Dorothea geheiratet hat, war er eine Weile gar nicht mehr da. Dann ist er wieder gekommen, aber immer allein. Sie wollte wohl nicht mehr dahin zurück, wo sie mal geklimpert und den Gästen schöne Augen gemacht hat.«

»Haben Sie denn damals mit ihr zusammengearbeitet?«

Miriam lächelte die Wirtin freundlich an, sie hätte so gern noch mehr über Dorothea Sartorius erfahren. Geschichten von damals. Vielleicht war ja etwas dabei, was sie für ihr Porträt verwenden konnte?

»Wieso woll'n Sie das denn alles wissen?« Die Frau verschränkte die Arme und sah zu ihrem Kommandostand, dem blitzblanken Tresen, hinüber. »Arbeiten Sie für die Zeitung?«

Miriam lächelte. »Machen Sie mir noch einen Kaffee, mit heißer Milch?«

Die Wirtin zögerte kurz, dann lächelte sie ebenfalls, fast ein wenig gerissen. »Woll'n Sie vielleicht auch noch ein Stück Kuchen dazu?«, fragte sie, offenbar witterte sie ein Geschäft.

Miriam nickte. Als der Kaffeeautomat mahlte, stand sie auf und schlenderte durch den Saal zum Klavier. Eine dünne Staubschicht hatte sich auf dem schwarzen Lack abgesetzt, da waren auch Zigarettenspuren, die sich in das Holz eingebrannt hatten. Vorsichtig öffnete sie den Deckel und fuhr mit den Fingerspitzen über die vergilbten Tasten. Als sie das hohe C anschlug, zuckte sie zusammen. Das Klavier fiepte wie ein sterbendes Reh, es musste dringend gestimmt werden.

»Meine Enkelin hat noch gespielt, aber die ist auch schon aus dem Haus.« Die Wirtin stellte zwei Tassen Kaffee und den Kuchen auf einem Tisch in der Nähe ab. Nachdem Miriam sich gesetzt hatte, ließ sie sich mit einem leisen Ächzen auf einen Stuhl sinken. »Dorothea und ich, wir haben damals zusammen gekellnert«, fuhr sie fort, als Miriam den Marmorkuchen probierte. »War 'ne schöne Zeit. Wir waren beide jung, und es gab hier viel zu tun. Sie war auch immer nett zu mir, obwohl sie ja aus der Stadt war. Ich hab mich immer gefragt, was sie hier überhaupt wollte. Ich meine, die hat doch in Berlin ein Leben geführt, von dem ich nur träumen konnte.«

»Ja?« Der Kuchen war trocken und schmeckte nicht besonders gut. Miriam sah ratlos auf ihren Teller, eigentlich hatte sie gar keinen Appetit mehr. »Was hat sie Ihnen denn von Berlin erzählt?«

Die Wirtin ließ zwei Stück Zucker in ihren Kaffee fallen

und rührte geräuschvoll um. »Sie hat von den Beatclubs erzählt. Und von dem Stones-Konzert in der Waldbühne und dem Radau. Da war sie dabei gewesen – mittenmang sozusagen. Ein Freund hat sie später mit ins Hotel der Stones genommen.« Sie senkte die Stimme zu einem verschwörerischen Flüstern. »Sie hat was mit Brian Jones gehabt. Das hat sie jedenfalls behauptet.« Triumphierend sah sie Miriam an.

»Brian Jones?« Miriam lächelte, jetzt erinnerte sie sich, dass Mick Jagger erst nach dem Ausstieg des Gitarristen das Gesicht der Stones geworden war. »Sie war wohl sehr hübsch damals?«, fragte sie behutsam weiter.

Die Alte nickte, das Kinn auf die Brust gedrückt, die Arme wieder verschränkt. »Sie hat ja selbst ausgesehen wie ein Star, langes Haar fast bis zum Hintern, kurze Röcke und Stiefel bis über die Knie. Na, und dann ich daneben …« Sie lachte auf, irgendwie fröhlich, als hätte sie längst ihren Frieden mit ihrem reizlosen Gesicht und den breiten Hüften gemacht. »Und dann konnte sie noch Klavier spielen. Und singen! Mein Vater hat nie wieder so ein Bombengeschäft gemacht wie in dem Sommer, wo sie hier gearbeitet hat. Der Saal war am Wochenende immer rappelvoll. Das hatte sich ja sogar bis nach Hamburg rumgesprochen, dass hier so eine Granate arbeitet. Ich glaube, er hat sie damals in sein Abendgebet eingeschlossen. Hat ihm aber nichts genutzt.«

»Weil sie dann den Senator kennenlernte?«

Miriam legte die Kuchengabel zur Seite und lehnte sich zurück. Brian Jones und Dorothea Sartorius – sie freute sich schon, Anna in Hamburg davon zu erzählen.

»Eigentlich war sie ja mit ihrem Freund hier oben. Auch so ein ganz Hübscher. Bisschen wild vielleicht, langes Haar bis auf die Schultern. Und immer mit Lederjacke. So ein Halbstarker. Mein Vater hat den hier nicht reingelassen. Der verschreckt uns die Gäste, hat er gemeint. Na ja, aber das viele

Geld hat die Dorothea dann wohl beeindruckt. Und der Senator war auch ein ganz Feiner. Immer mit Hemd und Kragen. Nur ein bisschen alt vielleicht. Aber es heißt ja, dass die beiden sehr glücklich gewesen sind.«

»Und ihr Freund, was ist aus dem geworden?«

»Ach du meine Güte, das …« Die Wirtin zog ein Taschentuch aus dem Ärmel und wischte sich über das gerötete Gesicht. »Das war eine ganz schreckliche Geschichte. Bastian ist wenig später umgekommen. Hat sich totgefahren, hier auf der Landstraße. Da war noch ein Freund bei ihm im Wagen. Die beiden waren zu schnell, sind nachts in den Gegenverkehr gerast. Drei Tote hat's gegeben. Ganz furchtbar.« Die Wirtin schob ihre Kaffeetasse zur Seite und lehnte sich vor. »Also, wenn Sie mich fragen, ich hab ja immer gedacht, dass sie deshalb nie wieder zurückgekommen ist. Dorothea hat wohl ein schlechtes Gewissen gehabt wegen dem Unfall. Dabei ist denen Rehwild vors Auto gelaufen.«

»Und der Senator?«

Miriam hielt den Atem an, die Geschichte nahm plötzlich eine unerwartet dramatische Wendung. Und die Wirtin hatte Fahrt aufgenommen, sie gefiel sich in der Rolle der Zeitzeugin, während Miriam ihr nur noch als Stichwortgeberin diente.

»Hat angeblich die Beerdigung bezahlt. Für alle drei. Aber das weiß ich nicht mehr so genau. Ich weiß nur noch, dass die jungen Männer in ihren Autos verbrannt sind. Der aus Kappeln und die beiden aus Berlin. Ganz, ganz furchtbar war das. Ich hab die Sirenen noch im Ohr. Die Freiwillige Feuerwehr ist dann ja hin.«

Sie schwieg, lehnte sich wieder zurück, trank ihren Kaffee aus und drückte das Kinn auf die Brust. Dann stand sie schnell auf. »Mögen Sie den Kuchen nicht?«, fragte sie resolut.

»Doch, doch … Ich bin nur schon satt.«

Miriam legte die Hände auf den Bauch. »Lass sie nicht gehen!«, hämmerte eine Stimme in ihrem Kopf.

»Haben Sie nie wieder versucht, Kontakt mit Dorothea Sartorius aufzunehmen?«, fragte sie schnell.

»Kontakt?« Die Wirtin stützte sich mit den Händen auf dem Tisch ab, als hätte sie Schmerzen in den Knien. Sie wirkte fast so, als ob sie ihren leutseligen Ausbruch schon wieder bereute. »Ich hab ihr damals kondoliert«, fuhr sie nach einer Weile fort, während sie Tassen und Teller zusammenstellte. »Hab ihr geschrieben, wie leid es mir um Bastian täte. Aber sie hat mir nie geantwortet. Und zur Beerdigung ist sie auch nicht gekommen. Nur Peter Sartorius, der war dabei. Und später?« Sie schüttelte den Kopf. »Ich glaube, der Senator hat mir mal Grüße von ihr ausrichten lassen. Das war's dann aber auch. Wie gesagt, sie war sich dann wohl zu fein für den Fischerhof.«

Miriam nickte. Als sie den Kuchen bezahlte, fragte sie noch nach Elisabeth Manzel. Und nach Marguerite. Doch die Alte schüttelte nur ratlos den Kopf.

Miriam brauchte einen Moment, bis sie weiterfahren konnte. Nachdenklich saß sie auf dem Parkplatz im Auto, die Hände auf das Steuer gelegt.

Brian Jones.

Und Bastian.

Und dann der schreckliche Unfall.

Schließlich holte sie ihr Büchlein hervor und notierte sich in Stichworten, was die Frau ihr erzählt hatte. Beim Schreiben fiel ihr ein, dass auch Brian Jones viel zu jung ums Leben gekommen war. Er war in seinem Swimmingpool ertrunken, zerrieben von einem hektischen Leben zwischen Musik, Mädchen und Drogen. Die genauen Umstände waren bis heute nicht geklärt. »Club 27«, murmelte sie, während sie den

Motor startete, denn der Stones-Gitarrist war wie Jimi Hendrix, Jim Morrison oder Kurt Cobain mit siebenundzwanzig Jahren gestorben. Als sie auf die Straße rollte, fragte sie sich, wie alt dieser Bastian damals wohl gewesen war.

Die Wirtin hatte ihr noch erklärt, wie sie zum Sartorius-Anwesen käme, doch als Miriam hinter dem Ortsschild von der Landstraße in einen schmalen Waldweg abbog, glaubte sie, sich verfahren zu haben. Fluchend rumpelte sie über eine Schlaglochpiste, die nur für den landwirtschaftlichen Verkehr freigegeben war. Schließlich machte ihr eine verschlossene Schranke die Weiterfahrt unmöglich. Kurz überlegte sie, ob sie nicht besser umkehren sollte, doch dann schnappte sie sich ihre Tasche und folgte dem Weg zu Fuß. Der Wald war licht und das trockene Laub des Vorjahres raschelte unter ihren Stiefeln. Nach etwa zehn Minuten stieß sie auf eine hohe, weiß verputzte Mauer. Das mit einer Kamera bewehrte Tor war verschlossen, eine Klingel gab es nicht. Es roch nach Moor und Brackwasser, ein Eichelhäher hüpfte laut ratschend durch die kahlen Äste.

Miriams Handy zeigte einen Balken an. Nach einer Ewigkeit verriet es ihr, dass sie sich quasi direkt an der Schlei befand. Im Internet fand sie tatsächlich eine Luftaufnahme vom Sartorius-Grundstück. Die Mauer verstellte ihr den Blick auf ein weißes Reetdachhaus, das direkt an einem der Schleinoore errichtet worden war. Von oben gesehen, ähnelte es den protzigen Millionärsvillen auf Sylt, die dort in der Heide thronten und aufs Watt hinausblickten. Allerdings lag das Anwesen so versteckt, dass es wohl nur um seiner selbst willen erbaut worden war. Der Senator musste an diesem stillen Ort tatsächlich Ruhe und Entspannung gesucht haben. Miriam fotografierte das Tor und die weiße Mauer, dann machte sie kehrt und fuhr zurück.

»Wie war's?«

Bo sah lächelnd auf, als sie zur Tür hereinkam. Er kochte Tee und Kakao.

»Wo ist Max?«

»Mit Bodo im Hühnerstall. Er wollte mir ein bisschen beim Ausmisten helfen.«

»Du lässt ihn mit der Mistgabel allein?«

Miriam sah ihn fassungslos an, dann fegte sie an ihm vorbei zur Seitentür hinaus.

»Er streut nur ein bisschen Stroh ein«, rief Bo ihr nach. »Keine Mistgabel.«

Miriam schnaubte. Im Hühnerstall fand sie Max. Er saß auf einem Strohballen, Frida im Arm. Offenbar unterhielten sich die beiden.

»Mami!«

Max rückte erfreut zur Seite und Miriam setzte sich zu ihm. Der Hund, der im Garten gewesen war, steckte neugierig den Kopf zur Tür herein. Hechelnd zog er die Lefzen nach oben, als würde er lächeln.

»Sie will, dass wir hierbleiben«, sagte Max.

»Frida?«

Max nickte und vergrub seine Nase in ihrem Federkleid.

»Und der Kindergarten? Die warten doch auf deinen Drachen.«

»Ja«, sagte Max, er seufzte schwer.

»Wir sind doch noch zwei Tage hier«, sagte Miriam leise und pustete ihm eine Locke aus der Stirn. Frida sah sie misstrauisch an, ihre Pupillen hatten einen winzigen weißen Ring. »Und nächste Woche wollte Claudia mit dir zum Achterbahn fahren auf den Dom. Schon vergessen?«

»Aber es ist so schön hier. Und in Hamburg gibt's auch keine Hühner.«

Miriam nickte lächelnd. Kurz stellte sie sich vor, wie es

wäre, im Hof an der Langen Reihe ein Hühnerhaus aufzustellen. Nardim wäre gewiss Feuer und Flamme. *Bio-Eiärrr.*

»Wir haben doch jede Menge Tauben«, sagte sie. »Und die Eichhörnchen.«

»Bo sagt, wir können ihn immer besuchen kommen.«

»Na, siehst du.«

Miriam gab ihm einen Kuss auf die Wange und tätschelte den Hund, der hereingekommen war und ihr seine triefende Schnauze in den Schoß rammte.

»Vielleicht könnten wir Bodo ja mal ausleihen«, sagte Max.

»Bisschen groß für die Stadt«, murmelte Miriam. Sie wusste, was jetzt kam.

»Aber ...«

»Max«, sagte sie leise, »wir schauen uns mal im Tierheim um. Wenn ich mit der Preisverleihung durch bin, versprochen. Was hältst du denn von einer Schildkröte?«

»Nee«, sagte Max, er sprang empört auf. Frida an die Brust gedrückt, lief er zurück ins Haus.

»Na super«, seufzte Miriam, sie streckte Bodo die Zunge raus. »Du passt ja noch nicht mal in mein Auto.«

Der Drache war fast fertig geworden. Er lag auf dem Tisch, ein langer, dünner Kerl mit heruntergeklapptem Visier und einem silbernen Schwert. Auf der Brust prangte ein rotes Phantasiewappen. Gekreuzte Klingen und eine Krone. Nur die Schnüre fehlten noch. Max erklärte ihr, wo sie angebracht werden mussten. Nach einem Becher Kakao und einer Handvoll Schokokekse hatte er wieder bessere Laune.

»Und heute Abend gehen wir zum Osterfeuer«, verkündete er aufgeregt und hüpfte von einem Bein aufs andere. »Wir drei.«

»Die Wintergeister vertreiben«, sagte Bo. »Am Strand wird nachher Gestrüpp angezündet, du hast den Haufen bestimmt schon gesehen. Es gibt auch Stockbrot und Würstchen. Und Glühwein. Das ganze Dorf ist da.«

»Und Bo macht Musik.«

Max zeigte auf das schwarze Akkordeon, das sich wie eine schläfrige Diva auf dem Sessel am Ofen räkelte. Plötzlich war es wieder da.

»Ich hab dich schon gehört. Vorgestern.« Miriam lächelte und räumte das Teegeschirr zusammen. Als sie es in die Spüle stellte, zupfte Bo ihr eine Feder aus dem Haar.

»Gruß von Frida«, murmelte er. Er nahm ihre Hand, legte die Feder wie ein Schmuckstück hinein und schloss ihre Finger darum. Seine Berührung war leicht, fast liebevoll.

Miriam starrte auf seine bunten Unterarme, auf die Ranken und labyrinthisch verschlungenen Formen, bis die Tattoos vor ihren Augen verschwammen und sie zur Seite schauen musste.

»Was spielst du denn heute Abend?«, fragte sie und räusperte sich.

»Country Music.« Bo lächelte leise, seine Augen funkelten, ein schelmisches Flackern lag darin. »Was zum Schunkeln. Und wenn's keiner merkt, mix ich ein bisschen Bach darunter.«

»Bach und Country Music?« Miriam lachte auf. »Etwa die *Johannespassion*?« Dann fiel ihr plötzlich etwas ein.

»Ach du lieber Gott«, sprudelte es aus ihr heraus. »Das hatte ich ja fast vergessen. Hast du eigentlich mit dem Fräulein über mich gesprochen?«, fragte sie, ein wenig erschrocken, weil sie gar nicht mehr an die alte Dame und das Kloster gedacht hatte.

»Ich dachte schon, du fragst nie.« Bo grinste und schob sich die Mütze aus der Stirn. »Morgen Nachmittag schließt sie die Kapelle auf, für Osterbesucher.«

ZEHN

Der Holzstoß war weithin zu sehen, ein mehrere Meter hoher Haufen aus trockenem Holz und aufgeschichteten Strohballen. Die Männer von der Freiwilligen Feuerwehr waren gerade dabei, ihn anzuzünden. Ein paar Dorfbewohner standen bereits in Grüppchen zusammen, aber richtig voll wurde es erst, als das Feuer hell brannte und der Wind den Geruch von Bratwurst und Glühwein ins Dorf trug.

Miriam stand für Würstchen an, während Bo sie mit heißen Getränken versorgte. Dann half er Max, sein Stockbrot am Kinderfeuer zu rösten. Nachdem er sich seine Bratwurst mit dem Hund geteilt hatte, schnallte er sich das Akkordeon um.

Bo spielte tatsächlich Country Music, keinen Westernstyle, aber traditionelle amerikanische Volksmusik, die sich an alten irischen und englischen Weisen orientierte und gut zum knisternden Feuer und dem besonderen Zauber der Osternacht passte. Ab und zu wagte er einen Schlenker in Richtung Nashville Sound, und Miriam meinte, Dolly Parton oder Kenny Rogers singen zu hören, während die Flammen in der Dunkelheit Funken schlugen. Funken, die zu den Sternen hinaufwollten.

Von den milden Temperaturen des Tages war nichts mehr zu spüren. Der Abend war kalt und ging in eine sternenklare Nacht über, ein fast runder Mond stand über dem Wasser und streute sein feierliches Licht. Das Feuer, der Glühwein und die Musik versetzten Miriam in eine schwerelose Stimmung.

Sie setzte sich auf einen Strohballen, bohrte die Stiefel in den Sand und genoss die Hitze des Feuers, die auf der Haut brannte, während Max mit dem Hund und den Dorfkindern durch die Dunkelheit jagte.

Bo spielte wohl fast zwei Stunden, wie ein Gaukler wanderte er durch die Menge. Das Akkordeon war sein magischer Kasten, mit dem er das Publikum in seinen Bann schlug. Mal klang es wie ein ganzes Orchester und dann wieder wie eine einzelne klagende Violine. Miriam war, als ob sein Spiel sie aufs offene Wasser hinaustragen könnte, und wie auch beim ersten Mal konnte sie nicht genug davon bekommen. Gebannt folgte sie seinem wiegenden Tanz, sie konnte den Blick nicht von ihm lösen – wie in Trance. Erst als Max sich atemlos neben sie fallen ließ und sich müde an sie kuschelte, wachte sie wieder auf.

»Willst du zu Bett?«, fragte sie ihn. Es war schon spät, das Feuer fast heruntergebrannt, und die Ersten waren bereits gegangen. Jemand schob mit einer Mistgabel das glimmende Holz zusammen. Noch einmal sprühten Funken auf wie winzige Sterne. Zu ihren Füßen streckte sich Bodo aus, seine Flanken pumpten.

»Ein Lied noch.«

Max war noch immer außer Atem, sie konnte sein hämmerndes Herz spüren.

»Schöner Abend, oder?«, sagte sie, während Bo sich nun ebenfalls auf einen Strohballen setzte. Er sah zu ihnen herüber und lächelte, dann spielte er weiter.

Bach. Tatsächlich Bach. Miriam benötigte einen Moment, aber dann war sie sich sicher. Bo hatte einen Satz aus den *Brandenburgischen Konzerten* gewählt, eine schwungvolle, fast italienisch anmutende Ouvertüre. Sie konnte die Hörner und Oboen, das Fagott und die Streicher fast vor sich sehen. Seine grüne Mütze wippte hin und her, und wieder dachte sie, dass er ein Gaukler war, der die Menschen mit seiner Musik verzaubern konnte.

Als das Stück zu Ende war, klatschte Max wie wild und Bo verneigte sich. Bevor Miriam ihr *Da capo* überhaupt nur denken konnte, schrie Max laut »Zugabe«. Seine helle Kinderstimme hallte über den Strand, der Hund schreckte schlaftrunken auf.

Bo lachte auf. Wieder zog er das Akkordeon auseinander, seine Finger streichelten die Tasten. Er war nun bei Filmmusik angekommen, Charlie Chaplins »Smile« aus *Modern Times* erklang, und Miriam sang den Text ganz leise mit:

»Smile though your heart is aching / Smile even though it's breaking / When there are clouds in the sky / Smile and they go by ...«

Die bittersüße Melodie schwebte über dem Wasser davon. Miriam hatte den unsterblichen Tramp vor Augen, jene letzte Filmsequenz, in der er mit seiner Gefährtin einer ungewissen Zukunft entgegenlief. Dann dachte sie an Gregor, natürlich dachte sie an Gregor, denn sie hatten diesen Film an ihrem ersten gemeinsamen Abend gesehen. Ganz plötzlich kippten Tränen aus ihren Augen, ein warmer sanfter Strom, der ihr über die Wangen rann. Das leise Krächzen des Raben klang wie ein Schluchzen.

Als die letzten Töne verklangen, war Max eingeschlafen. Sein Kopf war ihr in den Schoß gerutscht, er schlief so fest, wie nur Kinder schlafen konnten. Miriam wischte sich über die Augen.

»Soll ich ihn tragen?«, fragte Bo. Er stand ganz plötzlich vor ihr, seine grüne Mütze leuchtete wie eine Positionslampe in der Dunkelheit.

»Und dein Akkordeon?«

Miriam sah auf. Sie war froh, dass es dunkel war und er die Tränenspuren nicht sehen konnte.

»Schnall ich dir auf den Rücken. Ist nicht so schwer.«

»Okay.«

Miriam blieb sitzen, bis er ihr den Akkordeonkasten über die Schultern gelegt hatte. Als Bo sich über sie beugte, spürte sie seinen Atem in ihrem Haar. Wie von selbst schlüpften ihre Arme durch die Lederriemen, als ob sie einen Rucksack schulterte. Dann nahm Bo den schlafenden Max auf die Arme. Der Hund trottete voran, gemeinsam liefen sie über den Strand zurück zur Kate.

Am nächsten Morgen fühlte Miriam sich frisch und voller Energie. Es war wie das Erwachen nach einer langen kalten Zeit. Max schlief noch, und sie schnupperte an seinem Haar, das nach Rauch roch. Versonnen dachte sie an den vergangenen Abend zurück.

Nachdem Bo ihren schlafenden Sohn ins Bett gelegt und sie ihm rasch Jacke und Schuhe ausgezogen hatte, waren sie noch auf ein Glas Wein nach unten gegangen. Miriam hatte sich in den Sessel am Ofen gekuschelt und Bodos weiche Ohren gekrault. Frida schlief schon auf der Hundedecke.

»Wo hast du so gut spielen gelernt?«

»Unterwegs.«

Bo hatte auf dem Fußboden gesessen, er zuckte mit den Schultern, als sei sein Akkordeonspiel etwas vollkommen Natürliches, wie Laufen und Springen.

»Aber du musst doch Unterricht gehabt haben, Noten, irgendwas ...«

Ungläubig hatte Miriam den Kopf geschüttelt.

»Das Akkordeon lag bei uns zu Hause herum. Ich hätte gern Gitarre gespielt, aber es gab nur dieses alte Ding. Irgendwann habe ich es mir geschnappt und mir das Spielen tatsächlich selbst beigebracht. Ich hab's mir einfach vorgeschnallt und bin klimpernd durch den Garten gelaufen. Das war wie ein ...« Bo hatte nach Worten gesucht und sie über das Weinglas hinweg angesehen. »Wie ein Sog. Ein positiver, glücklich machender Sog.«

Ein glücklich machender Sog.

Miriam streckte sich, und obwohl sie morgens eigentlich lieber Tee trank, hatte sie Lust auf einen Schluck von Bos mörderischem Kaffee. Leise, um Max nicht zu wecken, stand sie auf und zog sich eine Strickjacke über den Pyjama. Als sie aus dem Fenster schaute, sah sie Bo im Garten. Er versteckte die bunt bemalten Eier. Über der stillen Haut der Schlei lag ein goldener Streifen. Sonnenlicht flutete den Garten und verwandelte die Wiese in einen Flickenteppich aus helleren und dunkleren Partien. Miriam meinte, die Krokusse riechen zu können. Sie spürte, wie sich ein Lächeln auf ihr Gesicht malte.

Unten war der Tisch schon gedeckt. Drei Teller, drei Messer, drei Eierbecher mit gehäkelten Hauben. Bunte Schokoeier lagen auf den Tellern und ein frischer Strauß Narzissen schmückte die Tafel. Miriam nahm sich einen Becher Kaffee und betrachtete den Ostertisch. Sie war froh, diesen Tag nicht mit Max allein zu verbringen. Aus Hamburg hatte sie ein paar kleine Geschenke für ihn mitgebracht, die sie Bo gestern Abend noch gegeben hatte. Ein Buch und eine CD. Aber neben Max' Teller lag noch ein drittes Geschenk. Jetzt fehlte nur noch Frida.

»Hey.« Bo war zurück, einen Korb mit frisch gelegten Morgeneiern in den Händen. »Gut geschlafen?«

»Wunderbar. Max schläft noch.«

»War ein bisschen spät gestern Abend, was?«

»Ich glaube, er hat sich beim Toben total verausgabt.«

»Schmeckt der Kaffee?« Bo stellte die Eier neben der Spüle

ab und nickte in Richtung Becher. »Ich hab heute die Milde-Mädchen-Dosierung gewählt.«

»Also ...« Miriam lachte auf. »Ich würde sagen, das ist immer noch ein Hallo-wach-Kaffee. Ich lass Max mal dran schnuppern, damit wir frühstücken können.«

»Hunger?«

»Ja, und wie.« Sie zeigte auf die Treppe. »Ich geh schnell duschen, ja?«

Oben saß Frida auf dem Bett, den Kopf in den Federn, eingerollt wie eine Katze. Sie hatte sich hinaufgeschlichen.

Miriam verdrehte die Augen. Dann dachte sie, dass sie ein Foto machen sollte, um es Gregor zu schicken.

Gregor.

Sie würde ihn später anrufen und ihm einen Ostergruß auf der Mailbox hinterlassen. Im Bad streckte sie dem Raben die Zunge raus und sprang schnell unter die Dusche.

Das dritte Geschenk war eine Drachenschnur.

»Zauberseide«, sagte Bo. »Unzerstörbar. Damit kommt dein Drache immer zu dir zurück.«

Für Max war es das schönste Geschenk, der Auftakt zu einem weiteren wunderbaren Tag an Bos Seite. Heute wollten sie den Ritter zum ersten Mal am Strand steigen lassen.

Nach dem Frühstück und einem österlichen Spiel, das sich Eierkönig nannte und für viel Gelächter sorgte, suchte Max im Garten nach den Osternestern. Bodo half ihm dabei, die Schnauze des Hundes fuhr wie ein Staubsauger durch das Gras, während Miriam mit dem Handy Fotos machte.

Am frühen Nachmittag brach sie auf. Bo hatte ihr erklärt, wie sie mit dem Auto in die Nähe des Klosters kam, aber das Wetter war so schön, dass sie sich auf den langen Strandspaziergang freute. Die Schlei glitzerte und das murmelnde Wasser des Meeresarmes steigerte ihre Vorfreude darauf, das

Fräulein kennenzulernen. Was hatte die alte Frau zu diesem Leben im Nirgendwo bewogen?

Miriam lief ganz dicht an der Wasserkante entlang, dort wo der Sand hart war und die Schlei an ihren Schuhen leckte. Eine leichte Brise wehte, gerade genug zum Drachensteigen. Die Luft roch noch immer nach Rauch, als ob der Wind die feinen Ascheartikel des Osterfeuers übers Meer nach Skandinavien tragen wollte. Sie sog den Geruch ein, und sofort, fast wie ein Reflex, stieg die Erinnerung an Bos Akkordeonspiel in ihr auf.

Der Gaukler.

Miriam lächelte und summte leise vor sich hin: »*When there are clouds in the sky / Smile and they go by* ...« So etwas wie Zuversicht durchflutete sie, das Vertrauen darauf, dass die Zeit die schlimmsten Wunden heilen könnte.

Max hatte ihr ein paar Schokoeier mitgegeben, und als sie etwa die Hälfte der Strecke zurückgelegt hatte, steckte sie sich eines in den Mund. Nussnougat. Ihr Sohn mochte den Geschmack genauso gern, wie Gregor ihn gemocht hatte. In ihrer Jackentasche strich Miriam über das Notizbuch, das sie eingesteckt hatte. Unwillkürlich musste sie an die Wirtin vom *Fischerhof* denken. Was hätte sie Gregor von diesem Gespräch erzählt? Im Nachhinein kam es ihr wie ein Zeichen vor, dass sie ausgerechnet dort eingekehrt war, wo Dorothea Sartorius vor so vielen Jahren ihren Mann kennengelernt hatte.

Nachdenklich blieb sie einen Augenblick stehen und sah auf die Schlei hinaus. Ein paar Segelschiffe waren unterwegs, Enten und Gänse tauchten eifrig auf und ab, dazwischen paddelte ein Schwan. Der prächtige Vogel stach zwischen den dunklen Wasservögeln heraus. Immer wieder stießen hungrige Möwen kreischend herab, um Beute zu machen.

Gregor hatte nichts davon gehalten, zufällige Begegnungen mit allzu viel Bedeutung aufzuladen. Aber Miriam hatte es in ihrem Beruf schon oft erlebt, dass scheinbar zufällige Begebenheiten im Nachhinein einen Sinn ergaben. Mit einem Stock malte sie das Wort »Zufall« in großen Buchstaben vor sich in den nassen Sand. Sie betrachtete es kurz, dann setzte sie ein Fragezeichen dahinter.

Beim Weiterlaufen dachte sie über Dorothea Sartorius nach. Darüber, was die Stifterin ihr nicht erzählt hatte. Wie Wellen, die unaufhörlich an den Strand rollten, strömten die Gedanken auf sie ein.

Bastian.

Und der Unfall an der Schlei.

Sie fragte sich, ob sein Tod auch etwas mit Dorothea Sartorius' Engagement in der Trauerbewältigung zu tun hatte. Die Trennung und das neue Glück mit dem Senator mussten fortan im Schatten jenes Dramas gestanden haben. Gewiss erinnerte sie das Haus am Noor bis heute an den furchtbaren Unfall. War die Stifterin deshalb nie wieder an die Schlei zurückgekehrt?

Miriam atmete tief ein, sie kannte diesen bleiernen Schmerz nur zu gut. Auch sie hatte ihre Wohnung verkaufen müssen, um Gregor dort nicht ständig zu begegnen. Wenn sie abends allein am Küchentisch gesessen hatte, war da immer seine Stimme in ihrem Ohr gewesen: »Komm zu Bett, Miriam.«

Gregor.

Und das Drachenpech.

Sie lief schneller, das rasche Gehen an der frischen Luft erschöpfte sie, aber auf eine angenehme Art und Weise. Nach einer Weile gelang es ihr, sich nur auf das Laufen und ihren Atem zu konzentrieren. Einatmen und ausatmen, hier und jetzt. Ihr Herz schlug schnell, aber so gleichmäßig wie ein Pendel. Und dann, ganz plötzlich, als hätte der Wind ein Fenster in ihrer Seele aufgestoßen, sah sie die Dissertation vor sich. Sie hatte immer noch nicht hineingeschaut. Sie hatte das Buch mit nach oben genommen, und seitdem lag es unberührt neben dem Bett. Heute Morgen noch war sie beim Aufstehen achtlos darübergestiegen.

Fragen Sie Dorothea nach Marguerite!

Miriam seufzte auf, sie verspürte einen unerklärlichen Widerwillen gegen die Doktorarbeit, der sie beharrlich daran hinderte, sich mit seinem Inhalt zu befassen. So als hätte sie Angst, dachte sie nun. Angst, etwas über die Stifterin darin zu entdecken, was sie partout nicht wissen wollte. Nachdenklich lief sie weiter, die Sonne wärmte ihren Rücken.

Kommando Marguerite.

Und die Toten an der Schlei.

Auf dem Bohlenweg durch die Dünen schoss es ihr in den Sinn, dass die anonymen Briefe auf den Tod der jungen Männer anspielen könnten. Die Umschläge waren in Norddeutschland abgestempelt worden, die Verfasserin könnte also etwas über den Unfall wissen, bei dem Dorotheas Freunde und ein junger Mann aus dem Nachbarort gestorben waren.

Jäh fügten sich die wenigen Puzzlestückchen, über die sie verfügte, zu einem vagen Bild zusammen. Es war noch unscharf, mehr schwarz als weiß, aber Miriam meinte, daraus etwas ablesen zu können. Die Wirtin hatte ihr erzählt, dass Dorotheas Freund ebenfalls in Berlin gelebt hatte. Und dass Bastian wie ein Halbstarker aufgetreten war. Sie ärgerte sich, dass sie nicht nach seinem Nachnamen gefragt hatte. Ihr journalistisches Gespür war noch nicht wieder ganz auf der Höhe. Vor ihrem inneren Auge sah sie das Foto, das sie im Internet gefunden hatte. Die Demonstration gegen den Vietnamkrieg, die vielen jungen Leute, der wütende Protest. Und sie erinnerte die Betreffzeile des Dokumentars: »Heiße Story!« Vielleicht hatte dieser Bastian ja etwas mit jenem Kommando Marguerite zu tun gehabt?

Was aber hatte ihn ausgerechnet an die Schlei verschlagen, fragte sie sich weiter. Und in jenen winzigen Ort an der Schlei, der damals wie heute nicht auf der politischen Landkarte lag. Die politischen Kämpfe waren vor allem in Berlin und im Südwesten der Republik ausgetragen worden. Miriam horchte in sich hinein, sie lauschte dem Trommelfeuer der Gedanken. So viele Fragen. Seufzend beschloss sie, sich am Abend endlich Victor Sanders alte Dissertation vorzunehmen.

Das Kloster kam ihr auch heute genauso weltentrückt vor wie beim letzten Mal. Fast erwartete Miriam, dass das Tor verschlossen war. Doch als sie die Klinke herunterdrückte, ließ es sich bewegen und sie drückte die schwere Tür mit der Schulter auf.

Es war sehr still innerhalb der Mauern, als ob die Außenwelt nicht existierte. Da war noch nicht einmal ein Windhauch zu spüren. Moos wuchs in den Mauerfugen der alten Gebäude. Miriam fuhr mit den Fingern über die samtig schimmernden, feuchten Placken, sie beobachtete Ameisen, die emsig über die sonnenwarmen Steine krabbelten. Lautlos flatterte eine Meise davon. Im Inneren wirkte die Anlage noch viel älter als von außen betrachtet, und sie wunderte sich, nichts darüber in ihrem Führer gefunden zu haben.

»Hallo?«, rief sie, doch niemand antwortete ihr. Intuitiv wandte sie sich der Kapelle zu, an die sich ein mittelalterlicher Kreuzgang anschloss. Auch hier war die Tür unverschlossen. Zögerlich betrat Miriam die kleine Kirche, die vielleicht Platz für einhundert Menschen bot. Drinnen war es ziemlich dunkel, die Fenster schmal wie Schießscharten. Nur auf dem Altar brannten zwei Kerzen, als würde das Fräulein tatsächlich Besuch erwarten. Durch den Mittelgang ging Miriam nach vorn und setzte sich in die erste Bank.

Ein Portal trennte das Langhaus vom Chor, den Altar

schmückte eine Kreuzigungsszene und in ihrem Rücken, auf einer Empore über dem Eingang, befand sich die Orgel, von der Bo gesprochen hatte. Miriam ließ den Raum auf sich wirken, schließlich blieb ihr Blick wieder an dem Bild des Gekreuzigten hängen. Der Maler hatte sein Martyrium eindrucksvoll getroffen. Der Leib war bleich, das Haupt gesenkt, Blut tropfte aus einer Stichwunden zwischen den Rippen. Dunkel und mächtig ragte das Kreuz über ihm auf. Miriam meinte, das Blut riechen zu können. Beklommen atmete sie die feuchte, abgestandene Luft ein, dann bemerkte sie einen Schatten. Eine schwarze Katze strich ihr um die Beine.

Miriam beugte sich herab und streichelte die Katze, die sich zutraulich an ihr rieb. Als sie wieder aufsah, stand plötzlich eine Frau vor ihr.

»Kaum zu glauben, dass er wieder auferstanden ist, was?«

»Ja«, sagte Miriam, sie war so verblüfft, dass sie einfach sitzen blieb. »Ein Wunder.«

»Nein«, sagte die Alte, sie schaute auf Miriam herab. »Das war Gottes Plan.« Sie schwieg einen Moment, als wollte sie prüfen, wie die Worte auf Miriam wirkten, dann fuhr sie fort. »Bo hat mir gesagt, dass Sie mich gerne kennenlernen wollen.«

»Danke, dass ich kommen durfte.«

Das Fräulein nickte flüchtig, sie schob sich in die gegenüberliegende Bank, so dass der Mittelgang zwischen ihnen lag. Die schwarze Katze lief zu ihr herüber, sprang auf die Bank und ließ sich schnurrend auf ihrem Schoß nieder.

»Sie sind Journalistin?«

»Ja.« Miriam wies auf ihr Notizbuch, das sie aus der Tasche gezogen hatte. »Bo sagte, Sie lesen viel. Vielleicht kennen Sie die *Anabel*?«

Die Alte neigte den Kopf zur Seite, ein feines, kaum merkliches Lächeln umspielte ihre Mundwinkel. Ihr Gesicht schien sich aufzuhellen, Miriam dachte, dass etwas in ihrem Inneren passierte. Sie wirkte plötzlich so, als sei sie nach einer langen Reise endlich angekommen. Erschöpft, aber zufrieden.

Über den Gang hinweg musterte sie die Frau. Die Alte war mittelgroß, asketisch schlank und trug Schwarz – Rolli, Hose und Herrenschuhe. Die Kleider schlackerten um ihren dürren Körper. Ihre hellen Augen lagen in Höhlen, Wolfsaugen, im schummrigen Licht glommen sie wie glühende Kohlestückchen. Ihr Mund war schmal, die Haut wie Pergament. Das weiße Haar trug sie mönchisch kurz. Das Fräulein mochte auf die achtzig zugehen, aber die blassen, von dicken blauen Adern überzogenen Hände, die die Katze streichelten, waren nicht größer als Kinderhände.

»Ich bin nicht gern unter Menschen«, sagte die Alte unvermittelt, ihre Stimme schnarrte wie ein rostiges Scharnier. »Die Katzen leisten mir Gesellschaft. Aber das wissen Sie ja schon.«

»Sie haben zwölf«, nickte Miriam, sie erinnerte Bos Worte. »Wie die zwölf Apostel.«

»Ja, das stimmt. Es ist immer ein Verräter dabei.«

Die Alte kicherte, eher beiläufig als amüsiert.

»Sie meinen Judas?« Miriam sah wieder zum Altarbild, es war das Abbild jenes zweitausend Jahre alten Dramas. Judas hatte seinen Herrn mit einem Kuss an die Römer ausgeliefert. »Einer unter euch wird mich verraten«, erinnerte sie die Bibelstelle. Dunkel hallten die Worte durch die stille Kapelle.

Die Alte war Miriams Blick gefolgt. »Nein«, sagte sie, »ich meine, dass ich es immer zu spät erkenne.« Sie schwieg einen Moment. »Und Sie«, fragte sie dann streng, »erkennen Sie die Verräter?«

»Ich weiß nicht, ob ich Verrat überhaupt kenne.« Miriam stutzte, sie fand, dass das Gespräch eine eigenartige Wendung nahm. »Ich kenne Enttäuschung, Zweifel, Verlust, Trauer – aber Verrat?« Sie schüttelte den Kopf. »Leben Sie deshalb an diesem Ort?«, fragte sie behutsam. »Wollen Sie sich vor Verrat schützen?«

»Nein«, die Alte lachte auf, laut und bellend. Ihr Lachen echote wie Donnergrollen durch die Kapelle. »Ich bin ein unverheiratetes Fräulein. Ich kann hier in Ruhe mit meinen Geistern leben.«

»Ihre Geister?«

Miriam lehnte sich gegen das harte Holz der Kirchenbank, sie sah auf die Reihe dunkler Frauenbildnisse, die links und rechts die weiß gekalkten Seitenwände schmückten. In Gold gefasste Ziffern gaben Auskunft über die Lebensdaten der verstorbenen Konventualinnen. Das Fräulein musste seit mehr als zwanzig Jahren allein im Kloster leben. Allein unter Katzen. War das die Erklärung für ihr seltsames Gerede?

»Es ist wie auf einem alten Bild.«

Die Alte erhob sich mühsam und setzte die Katze auf der Bank ab. Mit einer Geste forderte sie Miriam auf, ihr zu folgen. Vor einem dunklen Gemälde, das eine Familie zeigte, blieb sie stehen.

»Sehen Sie?«

Miriam trat näher an das Bild heran. Im Zentrum waren ein Mann und eine Frau zu sehen. Der Kleidung nach zu urteilen, musste das Gemälde um die Mitte des 17. Jahrhunderts entstanden sein. Halskrausen, Manschetten, Reifröcke und Schnallenschuhe. Um das Paar herum hatte der Maler zwölf Kinder gruppiert, ernste Gestalten, die aussahen wie zu klein geratene Erwachsene. Einige schauten aus dem Bild heraus, andere hatten den Blick abgewandt.

»Ich weiß nicht, was Sie meinen.«

Miriam zuckte mit den Schultern, wieder strich eine Katze um ihre Beine. Ein graugetigertes Fell mit einer weißen Schwanzspitze.

»Das ist ein Stifterporträt. Der Maler hat auch die toten

Kinder des Paares gemalt. Sie sind da, aber sie schauen uns nicht an.«

»Ja?«

Miriam trat noch näher an das Bild heran, sie zählte fünf Kinder, jünger als ihr Sohn, sie mussten demnach früh verstorben sein. Jedes von ihnen versetzte ihrem Herzen einen Stich.

»Sie haben auch jemanden bei sich«, raunte die Alte ihr ins Ohr. »Jemand, der Sie begleitet. Groß, dunkles Haar, schöne Hände. Er ist da, aber er schaut mich nicht an.«

Gregor.

Miriams Herzschlag setzte aus. Sie stolperte und musste sich an der Wand abstützen. Das Notizbuch glitt ihr aus den Händen, fauchend sprang die Katze davon.

»Da ist auch noch ein Kind. Winzig, fast wie ein Samenkorn«, fuhr das Fräulein unbarmherzig fort.

»Das Baby.« Miriam schluchzte auf. »Ich habe es nach dem Tod meines Mannes verloren.«

»Sehen Sie.«

Die Alte bückte sich umständlich nach dem Notizbuch. Das Bild des jesidischen Mädchens war herausgerutscht, stumm betrachtete sie Gregors Madonna.

»Aber ...«

»Ich habe auch zwei Geister bei mir. Junge Männer. Kraftvolle Männer. So viel Energie. Sie finden einfach keine Ruhe.«

Die Alte schaute wieder auf, Gregors Bild schimmerte in ihren Händen. Miriam konnte die grünen Augen des Mädchens leuchten sehen. Sie reflektierten das Zwielicht wie die Augen einer Katze.

»Das tut mir leid.«

Miriam wischte sich über die Augen und sah sich unwillkürlich um. Auf einmal schien die Kapelle voller flirrender Schatten zu sein, die sich hin und her bewegten. Ein Schauer fuhr ihr über den Rücken, sie überlegte, ob sie besser gehen sollte. Die Alte war mehr als sonderbar, und dass sie über Gregor und das Baby sprach, war so unheimlich wie rätselhaft.

»Ja, Ihnen tut es leid. Sie kennen mich nicht, aber Ihnen tut es leid.«

Die Alte gab ihr das Notizbuch zurück und sah sie forschend an. »Als Bo mir von Ihnen erzählte, dachte ich, dass meine Gebete erhört worden sind.«

»Ihre Gebete?«

Miriams Stimme zitterte und sie räusperte sich, versuchte sich wieder zu fassen.

»Es wird Zeit, dass sie ihre Schuld eingesteht.«

»Entschuldigen Sie, aber ich verstehe Sie nicht.«

Miriam sah der Alten ins Gesicht. Sie musste an Bos Worte denken: War sie bei Verstand, oder driftete sie gerade in eine ihr unzugängliche Welt ab?

»Dorothea ...« Das Fräulein erwiderte ihren Blick. Sie lächelte, als Miriam erneut zusammenzuckte. Ein hartes, unbarmherziges Lächeln. »Ich spreche über Dorothea Sartorius.«

»Aber ...« Miriam war, als ob sie jemand hochhob und durch die Luft wirbelte. Ihr wurde schlecht, krampfhaft umklammerten ihre Hände das Notizbuch. »Dann sind *Sie* Elisabeth?«, flüsterte sie. »Elisabeth Manzel?«

»Nur Elisabeth. Fräulein Elisabeth.«

Die Alte lächelte wieder, ihre Züge entspannten sich, sanft strich sie Miriam über den Arm. »Kommen Sie, ich mache uns einen Tee.«

ELF

Elisabeth führte sie über den Kreuzgang in den alten Speisesaal des Klosters. Der Raum war karg, ein riesiger Eichentisch mit Bänken stand darin, an der Stirnseite hing ein schmuckloses Kreuz über der Tür. Sonnenlicht fiel durch die schmalen Fenster auf die gekalkten Wände. Weiße Quadrate auf Weiß. Miriam setzte sich an die Tafel, während die Alte in die Küche verschwand. Kurz darauf kam sie mit einer Kanne Tee und zwei Bechern zurück. Sie zündete eine Kerze an, dann schenkte sie den Tee ein. »Melisse«, sagte sie. »Das beruhigt.«
»Danke.«

Miriam umfasste den Becher mit beiden Händen, sie fröstelte. »Sie haben die Briefe geschrieben«, sagte sie, mehr Feststellung als Frage. »Fragen Sie Dorothea nach Marguerite!«

Elisabeth nickte, wieder war da dieses leise Lächeln, das ihre harten Züge etwas milderte. Sie wies auf das Kreuz. »Vierzehn Briefe, wie die Stationen des Kreuzweges. Wie haben Sie mich gefunden?«

»Gar nicht.« Miriam schüttelte den Kopf. »Dass wir uns begegnet sind, ist ...« Sie zögerte und sah das Wort »Zufall« vor sich, so wie sie es am Strand in den Sand geschrieben hatte.

»Sie glauben doch nicht, dass das alles Zufall ist?« Jetzt lachte Elisabeth, sie trank einen Schluck Tee. Die Sonne brach sich in ihrem weißen Haar und setzte bläuliche und purpurfarbene Reflexe hinein. Ein Kranz aus Regenbogenfarben. »Ich habe Ihnen geschrieben. Und nun sind Sie hier.«

»Aber ...« Verwirrt schüttelte Miriam den Kopf. »Sie haben die Briefe an die Redaktion geschickt, Stichwort Sartorius-Preis. Ohne Absender. Ich habe Sie nicht gesucht. Ich ...«

Sie verstummte und dachte an die ersten Briefe, die sie noch zerrissen und weggeworfen hatte. Und dann dachte sie an den Moment, als sie den Drachenbaukurs gebucht hatte. Warum hatte sie sich für die Schlei und nicht für die Nordsee entschieden? Von irgendwo schlich sich das Wort »Fügung« in ihre Gedanken.

»Und, haben Sie die heilige Dorothea gefragt?«

Elisabeth legte die Hände auf den Tisch und verschränkte die Finger wie zum Gebet.

»Die *heilige* Dorothea? Nach Marguerite?« Miriam nickte, ihr Herz klopfte aufgeregt, sie spürte ihren Puls bis in die Fingerspitzen. »Sie hat mir von Ihnen erzählt. Dass Sie sich in Berlin kennengelernt haben. Fragen Sie Elisabeth, Sie sind die Journalistin – das waren ihre Worte.«

»So.« Elisabeth nickte und sah stumm auf ihre Hände. Eine Katze stolzierte in den Saal, sprang zu ihr auf die Bank und rieb den Kopf an ihrem Arm. Die Minuten verstrichen. Mit einem Mal dachte Miriam, dass sie nicht weitersprechen würde. Dass sie sich an einen alten Schwur gebunden fühlte. Sie spürte, dass sie bluffen musste, um das Schweigen zu durchbrechen.

»Kommando Marguerite«, sagte sie leise. »Es gab einen Plan, einen Auftrag. Was haben Sie damals an der Schlei gewollt?«

Elisabeth sah auf, ihre Züge verhärteten sich wieder. Sie sah zornig aus und gleichzeitig auch sehr verletzlich. »Wir haben den Senator gewollt.«

»Peter Sartorius?« Miriam starrte auf ihr Notizbuch, das sie vor sich auf den Tisch gelegt hatte. Kommando Marguerite. Plötzlich ergaben die wenigen widersprüchlichen Informationen, die sie inzwischen zusammengetragen hatte, einen Sinn. Wie die anderen Opfer der RAF auch war der Senator ein Symbol für das gewesen, was die Terroristen in ihrer kalten unbarmherzigen Sprache den »militärisch-industriellen Komplex« genannt hatten. Er war der Feind gewesen, ein Repräsentant des Systems, das es mit allen Mitteln zu bekämpfen galt. »Sie wollten Peter Sartorius töten?«

»Wir wollten ihn entführen.« Elisabeth sprach leise, aber sehr klar und bestimmt, als hätte sie nichts mehr zu verheimlichen. »Baader, Ensslin, Meinhof, Mohnhaupt, Raspe – sie waren alle verhaftet worden. Wir wollten sie mit der Aktion freipressen.«

»Aber ...«

Miriam zog das Notizbuch zu sich heran, sie sah die alten Fahndungsaufrufe vor sich, die Schwarzweißbilder jener Galionsfiguren der RAF, die in die Illegalität abgetaucht waren. Die Unschärfe der schlecht gedruckten Plakate, die auch in ihrer Kindheit noch überall hingen. In der Post, in der Sparkasse, in den gelben Telefonzellen. Im Mai 1972 hatten die Terroristen der ersten RAF-Generation eine Reihe von Bombenanschlägen verübt. Es hatte Tote und viele Verletzte gegeben, doch nach einer bundesweiten Großfahndung war es den Behörden gelungen, die Führungsriege der Baader-Meinhof-Bande zu verhaften. Aktion Wasserschlag, so hatte es damals geheißen. Die Terroristen saßen hinter Gittern, aber der Terror ging weiter. Ja, die nachfolgende RAF-Generation hatte sich die Befreiung der Genossen zum Ziel gesetzt. Sie hatten im Namen der anderen erpresst und gemordet.

»Wir waren zu viert«, fuhr Elisabeth fort, als legte sie ein Geständnis ab. »Bastian Wolters, Guido Droste, Dorothea Wrage und ich. Bastian hatte den Hut auf, er war der Kopf des Kommandos. Ich kannte die Gegend hier oben, und ich hatte ihm von dem Bonzenhaus an der Schlei erzählt. Dorothea sollte das Schwein ausspionieren. Sie hat sich in einem Gasthof anstellen lassen, wo der Senator häufig aß. Und sie hat es gut gemacht. Sehr gut. Das Schwein war ihr sofort verfallen.«

Das Schwein.

Miriam starrte Elisabeth an. Eine Wolke schob sich draußen vor die Sonne, der purpurne Heiligenschein war aus ihrem Haar verschwunden.

»Der *Fischerhof*«, sagte Miriam nach einer Weile. Sie öffnete ihr schwarzes Büchlein und begann, sich Notizen zu machen. Am liebsten hätte sie das Gespräch aufgezeichnet, aber sie wagte es nicht, Elisabeth zu unterbrechen und das Handy aus der Tasche zu holen. »Bastian und Dorothea waren ein Paar?«

»Ja, sie waren zusammen. Wir hingen alle zusammen. Bis sie uns verraten hat.«

»Sie hat sich in Peter Sartorius verliebt.«

Elisabeth lachte auf, unfreundlich und rau. »Sie hat sich in sein Geld verliebt. In die Tanker voll mit Geld. In das leichte Leben. Sie hat uns verraten. Sie hat alles verraten, was ihr heilig war.«

Bastian Wolters, Guido Droste, Elisabeth Manzel, Dorothea Wrage.

Miriams Stift flog über das Papier. Als sie wieder aufblickte, saß eine zweite Katze neben der Alten. Das Tier musterte sie aus zusammengekniffenen Augen, die Barthaare zitterten, als ob sie lautlos schnurrte.

»Bastian Wolters und Guido Droste sind bei einem Unfall ums Leben gekommen«, fuhr Miriam fort, bemüht, ihre Stimme ruhig klingen zu lassen. »Rehwild. Das hat mir jedenfalls die Wirtin des *Fischerhofs* erzählt.«

»Rehwild.« Elisabeth schüttelte verächtlich den Kopf, sie

schien ihre Kinderhände noch stärker ineinander zu verschränken, ihre Finger waren rot, fast violett, die Knöchel traten weiß hervor. »Sie waren auf der Flucht vor den Bullen. Dorothea hatte sie in einen Hinterhalt gelockt.«

»Ein Hinterhalt?«

Miriam starrte in ihren Becher mit Tee, sie konnte keinen Schluck mehr herunterbekommen.

»Das Haus an der Schlei war nicht besonders gut gesichert. Noch nicht. Dorothea wusste, wann der Personenschützer nicht im Haus war. Sie sollte uns das Tor zum Sartorius-Anwesen öffnen. Aber als wir kamen, war der Wald voller Bullen. Sie hatte uns verraten. Alles Weitere können Sie sicherlich in den alten Polizeiberichten nachlesen.«

»Die Polizei hat geschossen?«

»Ja, es gab einen Schusswechsel. Ich habe die Schüsse gehört.«

»Wo waren Sie?«

»Ich hatte ein Motorrad. Ich bin oben an der Straße geblieben, um den Rückweg zu sichern. Es gab ein Versteck, in dem wir uns treffen wollten. Aber Bastian und Guido sind nie wieder aufgetaucht. Sie waren tot. Da habe ich verstanden, dass sie uns verraten hat.«

Schusswechsel. Motorrad. Versteck.

»Wo sollte Peter Sartorius gefangen gehalten werden?«

»Wir hatten ein Motorboot an der Schlei. Wir wollten ihn über die Ostsee nach Dänemark bringen und von dort aus die Genossen freipressen. Es gab eine konspirative Wohnung in der Nähe von Kopenhagen.«

Motorboot. Konspirative Wohnung. Kopenhagen.

Augenblicklich musste Miriam an das demütigende Bild des entführten Arbeitgeberpräsidenten Hanns Martin Schleyer denken. An den müden, in sich zusammengesunkenen Mann in Unterhemd und Trainingsjacke. Ein Pappschild war in die Kamera gehalten worden: »Seit zwanzig Tagen Gefangener der RAF«, im Hintergrund der fünfzackige Stern mit dem Sturmgewehr. Die Entführer hatten die Freilassung der inhaftierten Genossen gefordert, doch die Bundesregierung unter Kanzler Helmut Schmidt hatte sich nicht erpressen lassen. Nachdem auch die Entführung der Lufthansa-Maschine in Mogadischu gescheitert war, hatte man Schleyers Leiche im französischen Mülhausen im Kofferraum eines Autos gefunden. In Stammheim hatten sich Andreas Baader, Gudrun Ensslin und Jan-Carl Raspe das Leben genommen. Das war im Oktober 1977 gewesen. Der Deutsche Herbst. Obwohl Miriam erst ein paar Jahre später geboren war, kam es ihr so vor, als sei sie dabei gewesen. Die Bilder und die Ereignisse von damals hatten sich wohl in einem kollektiven deutschen Gedächtnis eingebrannt.

»Die Befreiungsaktionen für die Strafgefangenen begannen erst Mitte der Siebzigerjahre«, sagte sie irritiert. »Ich habe noch nie von einem Kommando Marguerite gehört.«

Elisabeth nickte, die beiden Katzen rahmten sie wie zwei Wesen aus einer fremden Welt. Die Sonne war wieder da, das dunkle Fell der Tiere schimmerte bläulich. Miriam musste an die Geister denken, von denen die Alte gesprochen hatte. Die Toten, die sie begleiteten.

»Das war eine spontane Aktion«, sagte Elisabeth. »Ein Versuch. Eine kleine Gruppe, kaum Vorbereitungszeit. Baader, Raspe und Meins waren im Juni verhaftet worden, im Juli waren wir schon an der Schlei. Abschottung war das oberste Prinzip. Und als die Sache schiefging, haben die Genossen, die davon wussten, nicht darüber gesprochen. Und Peter Sartorius hat auch geschwiegen. Er wollte wohl seine junge Frau schützen. Seinen Engel. Sein Geld hat alle hier zum Schweigen gebracht.«

»Aber ...« Miriam schüttelte ungläubig den Kopf. »Es muss

doch Presseberichte gegeben haben, eine polizeiliche Untersuchung, irgendwas.«

Elisabeth löste die Hände und strich über die Tischplatte, in die sich die Spuren des klösterlichen Lebens eingraviert hatten. »Wir sprechen hier über die Nacht vom 4. auf den 5. September«, sagte sie scharf. »Am Morgen des 5. September 1972 begann die Geiselnahme von München.«

»Das Olympia-Attentat?«

Miriam atmete tief ein und aus. Eben noch hatte sie an Elisabeths Worten gezweifelt. Aber nun? Die Geiselnahme während der Olympischen Spiele war ein mediales Großereignis gewesen. Wieder flimmerten Bilder vor ihrem inneren Auge auf. Palästinensische Terroristen hatten in München einen Teil der israelischen Mannschaft als Geiseln genommen. Sie hatten nicht nur die Freilassung palästinensischer Gefangener in Israel verlangt, sondern auch Freiheit für Andreas Baader und Ulrike Meinhof. Von einem Augenblick zum anderen waren die heiteren Spiele in einem Meer aus Tränen und Entsetzen versunken. Wenig später waren alle Geiseln bei einem katastrophal gescheiterten Befreiungsversuch ums Leben gekommen.

»Der Schwarze September, ja.« Elisabeth griff sich eine Katze. Sie packte das Tier im Nacken, ein erbarmungsloser Griff, aus dem es kein Entkommen gab. Schlaff und wehrlos hing die Katze an ihrem ausgestreckten Arm. Die Alte lächelte versonnen, dann, ganz plötzlich, ließ sie das Tier fallen. Mit einem Satz stob die Katze davon. Miriam spürte, wie sich die Härchen auf ihren Unterarmen aufstellten. »Die PLO«, fuhr die Alte ungerührt fort. »Abu Hassan. Erst viel später hat man herausgefunden, dass auch deutsche Neonazis mitmischten. Die ganze Welt hat auf München geblickt. Da hat es niemanden gekümmert, dass es auf einer Landstraße an der Schlei drei Tote gegeben hatte.«

September 1972. Drei Tote. Die Schlei.

Miriam starrte auf das Kreuz über der Tür. Die Angehörigen des dritten Unfallopfers kamen ihr in den Sinn. Dann dachte sie an Gregor. Im nächsten Moment fühlte sie sich so, als ob sie an das Ende der Welt gekommen wäre. Das bisschen Sicherheit, das sie sich nach Gregors Tod mühsam wieder erkämpft hatte, löste sich in Entsetzen auf.

»Die anderen haben von Ihnen gelernt«, sagte sie schließlich, um die Gefühle, die in ihr aufwallten, wieder zurückzudrängen.

Elisabeth nickte. »Die, die nach uns kamen, haben präziser gearbeitet. Militärisch, straff organisiert bis nach Stammheim hinein. Es gab keine Verräter mehr. Nur noch den Kampf gegen den neuen Faschismus, gegen Isolationsfolter und Vernichtungshaft.«

Faschismus. Isolation. Vernichtung.

Miriam schauderte, Elisabeths Worte verstörten sie. Es lag so viel Kälte und Kompromisslosigkeit darin, ein Hass, der auch heute wieder Menschen zu Mördern werden ließ. Etwas von der radikalen Hingabe an den Terror war zu spüren, jene Härte, die damals noch von vielen als moralische Haltung gedeutet worden war. Die zynische Stimme der Gewalt.

»Warum?«, flüsterte Miriam. »Warum das alles?«

Elisabeth suchte ihren Blick, ihre Wolfsaugen glühten. »Es war eine andere Zeit«, sagte sie. »Wir konnten einfach nicht akzeptieren, was uns als Unrecht entgegentrat. Wir wollten die Welt verändern.«

Eine andere Zeit.

Miriam legte den Stift zur Seite und dachte über die Worte nach. Und darüber, was dann gekommen war. Der Bruch. Das Leben an diesem Ort. Ausgerechnet in einem mittelalterlichen Kloster. In der Stille. Im Schweigen. Im Verharren. Und in der radikalen Hingabe zu Gott.

»Wie sind Sie hierhergekommen?«, fragte sie schließlich.

»Wir waren gescheitert. Ich konnte nicht nach Berlin zurück. Und ich wollte nicht zurück, ich war wie erstarrt. Dorotheas Verrat hatte auch mein Leben zerstört. Am Anfang war es ein mögliches Versteck. Für den Übergang. Meine Großtante lebte hier. Fräulein Grete, Grete von Manzel.« Elisabeth lächelte, als erinnerte sie sich an eine besondere Frau. »Sie hat mich aufgenommen, ohne zu fragen, was war. Und später bin ich einfach geblieben. Im Stift war man froh über jede, die geblieben ist. Als ich kam, waren wir noch zu fünft. Und nach mir ist keine mehr gekommen. Wenn ich sterbe, stirbt auch dieser Ort.«

»Sie waren Ihren toten Freunden nah?«

»Ich bin Gott nahgekommen. Jesus war der erste Sozialist, der erste Revolutionär, wissen Sie das?«

»Warum *Marguerite*?«

Elisabeth lachte auf.

»So hieß das erste Containerschiff der Sartorius-Flotte, der Alte hatte es nach seiner Großmutter benannt. Ich habe damals Philosophie und französische Literatur studiert, deshalb wusste ich, dass die Lieblingsschwester Robespierres ebenfalls diesen Namen trug. Der Bonze und Robespierre, das hat uns amüsiert. Ich habe erst später herausgefunden, dass auch Marguerite ihren Bruder verraten hat.«

Robespierre. Natürlich, der Kopf der Französischen Revolution. Miriam ließ Elisabeth nicht aus den Augen.

»Und Dorothea? Haben Sie nie wieder Kontakt zu ihr aufgenommen?«

Elisabeth schwieg, wieder verschränkten sich die Kinderhände ineinander. Sie sah auf einen Punkt, der irgendwo in der Mitte des Tisches zu liegen schien.

»Ich wollte sie töten«, sagte sie nach einer Ewigkeit. »Da war so viel Wut und Hass in mir. Gott hat mir gezeigt ...« Sie brach ab und drehte den Kopf zur Seite, so dass sie das Kreuz sehen konnte. »Irgendwann habe ich gedacht, dass das Gewissen der schärfste Richter ist. Dass sie an ihrem Schweigen ersticken würde.«

»Und warum sprechen Sie jetzt?«

»Es ist Zeit.«

»Was heißt das?«

Elisabeth lächelte, wieder strichen ihre Hände über den Tisch. »*Ich* halte das Schweigen nicht mehr aus.«

Auf dem Rückweg bemerkte Miriam weder die Kälte noch den Wind, der über das Wasser kam und wieder stärker geworden war. Alles, was sie spürte, waren die Fragen, die schmerzhaft gegen ihre Schläfen trommelten. Und die alles, was sie über Dorothea Sartorius zu wissen glaubte, Lügen straften.

Konnte es tatsächlich sein, so fragte sie sich, dass Dorothea Sartorius vor mehr als vierzig Jahren derart radikal gewesen war? Dass sie sogar bereit gewesen war, für eine vermeintlich bessere Welt den Tod des Senators in Kauf zu nehmen? Aber wie hatte sie dann Peter Sartorius heiraten können? Und wie war es ihr gelungen, diese Vergangenheit zu verbergen? Wie hatte sie so lange mit der Schuld, die sie damals auf sich geladen hatte, leben können?

Miriams erster Impuls war Unglaube gewesen. Sie hatte Dorothea Sartorius vor sich gesehen, dann den glänzenden Flügel, das große Haus, den weiten Blick über die Elbe. Sie konnte diese Bilder einfach nicht mit dem in Verbindung bringen, was Elisabeth ihr erzählt hatte. Noch im Kloster hatte sie versucht, sich auf ihr journalistisches Handwerk zu besinnen: Fragen stellen, Fakten sammeln, den Dingen auf den Grund gehen, Sicherheit gewinnen. Doch sie hatte keine Sicherheit gewonnen. Im Gegenteil: Wie glaubwürdig war eine Frau, die behauptete, die Toten sehen zu können? Die selber eine

Halbtote war. Und die sich in das alte Kloster wie in eine letzte Ruhestätte eingegraben hatte.

Und doch – etwas blieb. Der Schatten des Zweifels. Dunkel und mächtig. Angsteinflößend. Während Miriam immer schneller durch den Sand lief, hallten Elisabeths Worte unbarmherzig in ihrem Kopf nach. Ihre Stimme verfolgte sie, ihre Wut, ihre Trauer, ihr Hass und ihre Kälte, die sie wie ein Panzer aus Eis umfangen hatte. Das alles ließ sich nicht abschütteln, so schnell sie auch lief.

Elisabeth.

Und Dorothea.

Miriam atmete schwer, die kalte Luft brannte in ihren Lungen. Und doch sehnte sie sich nach einem Schmerz, der noch heftiger war. Nach etwas Konkretem wie Seitenstichen oder einem verstauchten Knöchel, irgendetwas, das die Stimme in ihrem Kopf überdecken könnte.

Als sie an die Stelle kam, wo sie auf dem Hinweg das Wort »Zufall« in den feuchten Sand geschrieben hatte, blieb sie keuchend stehen. Wind und Wasser hatten die Buchstaben verwischt, sie waren kaum noch zu erkennen.

Verweht, vergangen, vorbei, dachte Miriam, so wie die Zeit, von der Elisabeth gesprochen hatte. Und trotzdem hatte sich nichts verändert. Es gab immer noch Menschen, die glaubten, sie könnten die Welt mit Sprengstoff und Bomben und Kalaschnikowsalven verändern. Miriam umklammerte das Handy in ihrer Jackentasche, sie hätte so gern mit Gregor gesprochen.

Mit jenem Gregor, der kein Moralist und auch kein Meinungsmacher gewesen war. Aber jemand, der den Mut noch nicht verloren hatte. Die Hoffnung. Und den Glauben. Er hatte an das Gute geglaubt und immer wieder, auch in den finstersten Rattenlöchern und an den verzweifelten vergessenen Rändern der sogenannten Zivilisation, hatte er einen

Menschen getroffen. Ein Herz, eine Seele, Menschlichkeit. Das zwölfjährige Mädchen etwa, das sich ganz allein um die drei jüngeren Geschwister kümmerte. Die Frau, die ihrem Peiniger verziehen und sich dessen kranker Mutter angenommen hatte. Der alte Mann, der den Kriegswaisen ein Lied und ein Lächeln schenkte.

Gregor.

Warum konnte Elisabeth ihn sehen und sie ihn nicht?

»Gregor«, rief sie, zuerst leise und dann immer lauter, der Wind trug ihre Stimme über das Wasser. »Gregor, Gregor, Gregor ...«

Das Wasser gluckste, ein paar Möwen lachten heiser, als ginge sie ihre Verzweiflung nichts an. Dann das Geschrei der Gänse – ihr empörter wütender Sirenenton.

»Gregor ...«

Miriams Stimme brach. Plötzlich sah sie ihn vor sich, so wie er in seinem Sarg gelegen hatte. Sein blasses Gesicht, das im Staunen über das Sterben erstarrt war. Sie hatte seine kalten trockenen Lippen mit dem verblüfften Lächeln darauf geküsst, seine blutleeren Wangen, das staubige Haar. Er hatte nicht mehr wie ihr geliebter Gefährte gerochen, sondern nach geronnenem Blut, geschmolzenem Metall und Desinfektionslösung. Ein scharfer beißender Geruch, der ihr die Tränen in die Augen getrieben hatte.

Schluchzend sank sie auf die Knie und grub die Hände in den nassen Sand, während der Rabe in ihrem Inneren entfesselt auf ihr Herz einhackte.

Gregor.

Er war fort.

Irgendein namenloser Krieger hatte ihn ihr genommen. Ein junger Mann, fast noch ein Kind. Die Sicherheitsleute des Botschafters hatten ihn erschossen. War er das Opfer der politischen Umstände und seines fanatischen Glaubens gewesen, wie eine wohlmeinende Stimme ihr bisweilen besänftigend zuflüsterte. Oder war er nicht doch einfach nur ein feiger Mörder?

Hass wallte in ihr auf und dann, schlagartig, das Gefühl der Ohnmacht und des nahenden Zusammenbruchs. Ihr wundes Herz raste, und sie bekam keine Luft. Panik schüttelte sie, ein Gefühl des Ausgeliefertseins und der Hoffnungslosigkeit, fast so heftig wie kurz nach Gregors Tod, als sie geglaubt hatte, nicht mehr weiterleben zu können.

Miriam schloss die Augen.

Und dann hörte sie es. Ein Summen, es schien über dem Wasser zu schweben, vom Wasser zu kommen. Der Wind, die Wellen und die Wolken, der Himmel, alles summte. Und in diesem Klang eingewoben – die Zeit. Eine Melodie, die einem Kanon glich. Kein Anfang und kein Ende. Etwas, das nie aufhören würde. Eine andere Welt schien sich aufzutun und dahinter noch eine und noch eine. Es war, als wäre sie abrupt an eine Nahtstelle gestoßen. Ein Riss, der durch die Geschichte ging. Etwas, das existiert hatte und existierte und doch nicht da war. Ein unbeschreibliches Gefühl. Es ängstigte sie, und gleichzeitig tröstete es sie auch.

Das Echo der Zeit.

Und dann war es wieder vorbei.

Miriam wusste nicht, wie lange sie im Sand gehockt und mit den Dämonen gekämpft hatte. Wie lange sie der wundersamen Melodie gelauscht hatte. Als sie die Augen wieder öffnete, war ihr schrecklich kalt.

Mühsam rappelte sie sich wieder auf, ihre Stiefel und die Hose waren nass. Sie sehnte sich nach ihrem Sohn, nach einer Umarmung und seinem Kindergeruch. Erschöpft lief sie weiter, die Abendrufe der Wasservögel begleiteten sie. Als sie über den Zaun stieg und auf die Kate zulief, ging die Sonne hinter dem Dorf unter.

»Alles gut?«

Bo bemerkte sofort, wie durcheinander sie war.

»Mir ist ganz furchtbar kalt.« Miriam zitterte, sie stellte sich vor den Ofen, in dem ein helles Feuer brannte, und rieb die Hände. »Wo ist Max?«

»Oben. Wir waren ziemlich lange draußen. Er wollte sich einen Moment hinlegen.«

»Max wollte sich hinlegen? Freiwillig?«

»Er hat Frida mit nach oben genommen. Und Bodo.« Bo lächelte schief, er betrachtete sie aufmerksam, sein Blick wanderte über ihre nasse Hose bis hinunter zu den Stiefeln. »Ich hab ihm gesagt, dass er die beiden nicht mit ins Bett nehmen soll.«

»Ich schau gleich mal nach den dreien.«

Miriam sah die Treppe hinauf, sie zögerte, dann ließ sie sich kraftlos in den Sessel fallen. Sie zog die Stiefel aus und auch die Strümpfe und massierte sich die eisigen Füße.

»Magst du einen Tee oder lieber was Stärkeres?«

»Was hast du denn da?«

»Rum. Ich könnte dir einen schönen heißen Grog machen, der vertreibt die Geister.«

»Die Geister?« Miriam zuckte zusammen. Was wusste Bo von ihren Geistern?

»Irgendwie siehst du so aus …« Bo zögerte kurz, dann wischte er den Gedanken beiseite. »Was hat sie denn mit dir angestellt?«, fragte er behutsam, während er den Wasserkessel aufsetzte.

»Elisabeth?« Miriam schwieg einen Augenblick, sie sah zu Bo hinüber. »Hat sie mit dir mal über ihre Vergangenheit gesprochen?«

»Du meinst, über die Zeit, bevor sie ins Stift eingetreten ist?«

Sie nickte.

Bo schüttelte den Kopf. »Ich habe sie nie danach gefragt. Aber im Dorf heißt es, dass sie nicht über den Tod ihres Freundes hinweggekommen ist. Ein Autounfall an der Schlei, irgendwo hinter Arnis. Zwei Wagen sind ineinandergerast, und es gab drei Tote. Alles junge Männer, so wie ich gehört habe. Aber das muss mehr als vierzig Jahre her sein.«

»Ja.« Miriam sah auf ihre Hände, die Fingerkuppen waren rot und taub, so als ob sie sich auf die Nachtseite der Erde hatte graben wollen. Sand hatte sich unter den Fingernägeln abgesetzt, ein dunkler Trauerrand. Der Rabe schwieg, erschöpft von seinem Wüten. Ihr Herz blutete, ein wundes Stück Fleisch, es schien nur noch an einem dünnen Faden zu hängen und über einem Abgrund zu schaukeln.

»Vorsicht, heiß!«

Auf einmal hielt Bo ihr einen Becher unter die Nase. Der scharfe Alkoholdunst fuhr ihr direkt hinauf bis unter die Schädeldecke. Fünfzig Prozent. Oder mehr? Miriam schnappte nach Luft. Alles schwankte, ihr Körper zerfloss zu warmem Gold. Auf einmal schien sie nur noch aus Empfindungen zu bestehen. Müde und hellwach zugleich klappten ihr die Lider zu.

Als sie die Augen wieder öffnete, saß Bo vor ihr auf dem Fußboden. Seine Hände umschlossen ihre nackten Füße. Einfach so, liebevoll und gütig und – weise?

Eine Welle von Zärtlichkeit durchströmte sie. Ein warmer, glänzender goldener Strom, der sie sicher trug. Als wäre sie Treibholz, ein von Wasser, Wind und Salz poliertes Stückchen Ewigkeit, das die See an fremde Strände trug.

Bo.

Hör nicht auf, dachte sie, während sie sich treiben ließ und auf die Ranken auf seinen Armen hinabblickte, die sich wie Seerosenblätter um ihre Füße zu winden schienen. Küss mich. Jetzt. Und dann schlaf mit mir. Präg dich mir ein. Gib mir einen anderen Geruch. Einen anderen Takt, etwas, das meine Trauer verstummen lässt. Bitte.

Bos Finger strichen sanft über ihre Haut, es war, als ob er ihre Gedanken lesen könnte. Sie erkundeten den Spann, die Fersen, wanderten hinauf zu den Knöcheln, betasteten den Saum ihrer Jeans. Seine Hände ... Miriam unterdrückte ein Seufzen. Es waren Hände, die den Wind lesen konnten. Hände, die Vertrauen schenkten. Und Liebe. Hände, die gaben, ohne etwas einzufordern.

Bo.

Der Gaukler.

Zwei Buchstaben nur, mehr brauchte er nicht. Er wirkte so, als müsste er jeden Moment aufbrechen können. Nur leichtes Gepäck, ein Rucksack und das Akkordeon. Alles, woran er sich erinnern wollte, trug er auf seinen Armen, eingeritzt unter die Haut.

Was hatte er nur mit ihr angestellt, dass sie sich seinem Zauber nicht entziehen konnte?

Verwundert spürte Miriam dem Verlangen nach, das sie so ungestüm angesprungen hatte. Und dann, Zentimeter für Zentimeter, als ob sie die Dünen am Strand hinabrutschte, bewegte sie sich auf ihn zu.

Bo fing sie auf und nahm ihr den Becher ab. Seine Arme schlossen sich um sie.

»Ich habe noch nie jemanden gesehen, der so traurig ist wie du«, sagte er, seine Lippen an ihrem Ohr. Er strich ihr das Haar aus der Stirn, sein Zeigefinger berührte über ihrem rechten Mundwinkel einen Punkt, von dem sie nicht gewusst hatte, dass es ihn gab. Unwillkürlich lächelte sie, während etwas, das sich wie Licht anfühlte, durch sie hindurchrieselte. Warmes wohliges Sonnenlicht.

Ihr Herz schien von einer Klippe ins tosende Meer zu springen. Glücklich und erschrocken zugleich küsste sie ihn.

Im nächsten Moment war Bodo da, seine feuchte Schnauze fuhr ihr eifersüchtig durchs Gesicht.

»Mama«, hörte Miriam ihren Sohn auf der Treppe. »Mama, du musst morgen unbedingt mit uns an den Strand kommen.«

ZWÖLF

Der Abend war lang, bis weit nach Mitternacht las Miriam in der Dissertation. Sie saß wieder am Ofen, am Tisch spielte Bo leise Akkordeon.
Wege in den Untergrund.
Seine Musik half ihr, sich den Fakten zu stellen und den Mut nicht zu verlieren. Immer wieder blickte sie auf und sah ihn an. Die grüne Mütze, die beunruhigende Schönheit seiner tätowierten Arme, seine Hände, die nun die Tasten der Diva streichelten. Sein Spiel ermunterte sie, und doch war die Gewalt, die den Worten der Doktorarbeit entströmte, nur schwer zu ertragen.

Das Buch war wie ein raffiniert konstruierter Trichter. Es sog sie an, hinab in den Unterboden der Geschichte, dorthin, wo das Unheil entstanden war, und spie sie am Ende wie eine Verwundete aus. Grob lärmten die zynischen Parolen in ihrem Kopf: »Wir müssen Widerstand organisieren. Gewalt kann nur durch Gewalt beantwortet werden.« Jedes Wort war wie ein Schlag, und als sie die Dissertation schließlich auf die Knie sinken ließ, fühlte sie sich benommen. Ihre Schläfen schmerzten und ihr war übel, erschöpft sah sie wieder zu Bo hinüber. Er erwiderte ihren Blick und lächelte. Ein erfreutes Da-bist-du-ja-wieder in seinen Wolkenaugen.

Bo spielte eine fremde flirrende Melodie, und wieder dachte Miriam, dass die Musik von seinen Reisen erzählt. Die Gerüche in den Tempelanlagen von Chiang Mai, das Durcheinander auf den Straßen von Penang, eine Fahrt im Nachtbus von Kota Kinabalu nach Sabah, der in der Sonne gleißende Schnee an den Hängen des Fujiyama.

Ihre Übelkeit ließ ein wenig nach.

»Und?«, fragte er mitten in die Stille zwischen zwei Stücken hinein. »Findest du das, wonach du suchst?«

»Ich weiß gar nicht, ob ich eine Antwort finden will.« Miriam strich sich fröstelnd über die Arme, plötzlich hatte sie das starke Bedürfnis, ihr Entsetzen mit ihm zu teilen. Vielleicht konnte Bo sie auffangen, so wie er sie am Nachmittag in seinen Armen geborgen hatte?

»Es geht um die Eskalation der Gewalt Anfang der Siebzigerjahre«, hörte sie sich sagen, kalte, sperrige Worte, die wie Eissplitter aus ihrem Mund regneten. Sie tippte auf das Buch. »Das sind vor allem Biographien, Männer und Frauen aus dem Umfeld der RAF. Stadtguerilleros – junge Leute, die einen Schritt weiter gegangen sind, als aufzuschreien und zu demonstrieren.«

»Stadtguerilleros ...« Bo lauschte dem Klang des Wortes nach, dann nickte er. Offenbar hatte auch er die Bilder und Parolen aus jener Zeit im Kopf. »Brandsätze und Banküberfälle. In der DDR hieß es damals, dass sie dem faschistischen Staat die Maske herunterreißen wollten.«

»Victor Sander schreibt, dass sie der alten Bundesrepublik den Krieg erklärt hatten.«

»Dieser Sander, war er einer von ihnen?«

Bo ließ sie nicht aus den Augen, er schien zu spüren, dass es ihr guttat, über das Gelesene zu sprechen.

»Die Dissertation ist Anfang der Achtzigerjahre entstanden, und Sander distanziert sich in seinem Vorwort von der Gewalt. Aber er hat die meisten gekannt, und er hat sich wohl auch mit ihren Idealen identifiziert. Jedenfalls nennt er ihren Weg konsequent und unausweichlich.«

Bastian Wolters, das sagte die Dissertation deutlich, war tatsächlich einer dieser Guerilleros gewesen. Ein Kapitel zeichnete den Weg des einstigen Einser-Abiturienten in die Illegalität nach: aufgewachsen in Westberlin, Studium der Soziologie, Mitglied beim SDS und Teilnahme an Demonstrationen gegen den Vietnamkrieg. Dann eine Verurteilung wegen Körperverletzung. Nach ein paar Monaten Haft folgten Stadtguerilla und Untergrund. Aus dem demonstrierenden Studenten war innerhalb von zwei Jahren ein radikaler Gewalttäter geworden.

»Anlass, Reaktion, Eskalation.« Bo legte sein Akkordeon zur Seite. Es sah so aus, als ob er noch etwas sagen wollte, doch dann schwieg er. »Es war eine andere Zeit«, murmelte er schließlich. »Du weißt doch, wie viele Menschen damals gegen die Verhältnisse rebellierten.«

Eine andere Zeit.

Miriam zuckte zusammen, denn Bo hatte dieselben Worte wie Elisabeth gewählt. Auf einmal begriff sie, was die Alte gemeint hatte. Typen wie Bastian Wolters waren nicht allein gewesen, sie hatten sich in einem Umfeld von Duldung, Bewunderung und Unterstützung bewegt. Sie hatten von der Anonymität Berlins und der anderen großen Städte profitiert, von rechtsfreien Räumen und der Verschiebung des Rechtsempfindens in einer bestimmten linken Szene. Damals, so schien es, war die Grenze zwischen Empörung und Gewalt, Recht und Unrecht durchlässig gewesen. So hatten die Gewalttäter nicht nur Komplizen gewonnen, sie waren auch immer wieder der Verhaftung entkommen.

War Dorothea Sartorius eine dieser linksbeseelten Unterstützerinnen gewesen? War auch sie über die Empörung über die Verhältnisse in die Gewaltspirale zwischen Demonstranten und Staat geraten und so auf Bastian Wolters getroffen?

Im letzten Abschnitt des Kapitels über Bastian Wolters

gab es einen vagen Hinweis auf eine geplante Geiselnahme. Kommando Marguerite – mehr Hörensagen als Faktenkenntnis. Kein Wort über das potentielle Opfer und mutmaßliche Komplizen oder die Ausführung der Tat. Als wäre das alles nicht mehr als eine Idee gewesen. Ein Gedankenkonstrukt. Eine mögliche Strategie, die erst viel später, im Deutschen Herbst, mit tödlicher Präzision umgesetzt worden war. Der letzte Satz jedoch schien direkt aus der Vergangenheit bis in die Gegenwart vorzudringen: »Bastian Wolters, 27, kam Anfang September 1972 bei einem Autounfall in der Nähe von Kappeln (Schleswig-Holstein) ums Leben.«

Wieder durchflutete Miriam eine Welle von Übelkeit, die Dissertation rutschte ihr von den Knien und polterte zu Boden.

»Miriam?«

Bo sah besorgt zu ihr herüber, aber sie schüttelte den Kopf und schob das dicke Buch mit dem Fuß zur Seite. Mit wackeligen Knien stand sie auf und trat an die Flügeltür. Schweigend sah sie in die Dunkelheit hinaus, in das formlose Schwarz, das so bedrohlich wie ein dunkler Traum auf sie einströmte.

Sie bemerkte nicht, dass Bo ihr folgte. Erst als sie seine Hand auf ihrer Schulter spürte, löste sie sich aus ihrer Erstarrung. Zitternd schmiegte sie sich an ihn, und dann erzählte sie ihm endlich von Dorothea Sartorius. Von deren Verdiensten und Vorbildcharakter und von ihrer eigenen Dankbarkeit gegenüber der Stifterin. Und von dem, was Elisabeth über die Sartorius behauptet hatte. Von diesem ungeheuerlichen Verdacht. Plötzlich drängte alles aus ihr heraus, wie ein Strom, der über die Ufer trat.

Als sie geendet hatte, öffnete Bo die Tür. »Komm!«, sagte er und zog sie sanft in den Garten hinaus.

Draußen war alles schwarz und still, nur der Wind raschelte wie ein scheuer Vogel in den Bäumen. Bo hielt ihre Hand und führte sie über die Wiese bis hinunter zum Zaun.

Das Wasser der Schlei gluckste, Miriam roch die vom Salz gewürzte Luft. Schweigend lauschten sie dem Wellenschlag und ganz plötzlich, wie eine schon vertraute Melodie, war da wieder dieses Summen.

Miriam hielt den Atem an. Hörte Bo das Summen auch? Spürte er die Vibrationen dieser Melodie in seiner Brust, in seinem Herzen? Das Echo der Zeit.

Bo legte seinen Arm um sie, er hielt sie fest, wärmte sie.

»Das Land hier ist sehr alt«, flüsterte er, seine Lippen an ihrem Ohr. »Es bewegt sich an den Rändern der Zeit. Und die Menschen spüren das. Nicht alle, aber manche. Das Land macht etwas mit den Menschen. Es bringt das Gute in ihnen hervor – oder das Böse. Frag Dorothea Sartorius nach dem, was damals hier geschehen ist. Vielleicht möchte sie darüber reden. Vielleicht möchte sie endlich sprechen.«

In der Nacht träumte Miriam von Elisabeth. Sie hatte ihr zum Abschied nicht die Hand gereicht. Sie war einfach aufgestanden und gegangen. Ohne ein weiteres Wort. Sie war davongerannt. Und nun bedauerte sie das. Sie wollte zum Kloster zurücklaufen, aber sie fand den Weg nicht mehr. Immer wieder versperrte das Wasser ihr den Weg. Ein breiter Strom, wie die Schlei, mit einer stillen quecksilbrigen Haut. Auf einmal hatte sie das starke Gefühl, diesen Fehler nie wiedergutmachen zu können.

Erschrocken wachte sie auf.

An ihrer Seite lag Max, zusammengerollt wie eine Katze. Erleichtert nahm Miriam ihn in den Arm. Sie lauschte seinem Atem und dem Morgenappell der Vögel, dann hörte sie Bo unten in der Küche. Er deckte den Tisch.

Heute war ihr letzter Tag an der Schlei. Ihr letzter halber Tag, denn am frühen Nachmittag wollte sie in die Stadt zurückfahren.

Miriam seufzte leise, sie rollte sich auf den Rücken. Wie ein Traumfänger hing der *Shibori* über ihr im Gebälk.
Bo.
Der Gaukler.
Bedauern schlich sich in ihre Gedanken, ein leises sehnsüchtiges Ziehen, von dem sie nicht wusste, was sie davon halten sollte.

In der Nacht, nach einem vorsichtigen Kuss in der Dunkelheit, hatte sie sich von ihm gelöst. Verwirrt war sie ins Haus zurückgelaufen. Erst viel später hatte sie ihn die Treppe hinaufkommen hören. Vor ihrer Tür war er kurz stehen geblieben, dann hatten sich seine Schritte entfernt.

Miriam hatte lange wach gelegen, nun streckte sie die Hände nach dem *Shibori* aus, als könnte sie ihn von seinem Balken pflücken.

»Mama ...«

Auf einmal schlang Max seine Arme um sie, er drückte seinen nachtwarmen Körper gegen ihre Hüfte.

Miriam gab ihm einen Kuss auf die Wange.

»Guten Morgen, mein Schatz.«

»Ich hab von dir geträumt. Und von Bo.«

»Ja?«

Sie setzte sich auf und zog ihn zu sich nach oben. Was hatte er gestern gedacht, als er die Treppe heruntergekommen war und Bo sie in seinen Armen gehalten hatte?

»Bo hat dir seinen Glücksdrachen geschenkt«, fuhr Max aufgeregt fort, die Worte überschlugen sich. »Und dann hat er dir gezeigt, wie du ihn steigen lassen musst. Er hat dich festgehalten, so wie ...«

»So wie gestern Abend?«

»Ja, ganz fest. Aber dann hat er dich auf einmal losgelassen.«

»Und dann?«

Miriam bemerkte, dass ihr Herz schneller schlug.

Max holte tief Luft, er schnaufte vergnügt.

»Du bist einfach davongeflogen«, sagte er, »durch die Wolken und immer weiter, bis zur Sonne. Und du hast gelacht. Ganz laut. Ich hab dich nicht mehr gesehen, aber ich konnte dich noch lachen hören. Über den Wolken.«

»Hast du gar keine Angst um mich gehabt?«

»Nein«, Max kletterte auf ihren Schoß und gab ihr einen Kuss auf den Mund. »Ich wusste, dass Bo dich zurückholen kann.«

»Da bin ich aber froh.«

Miriam lächelte, ihr gefiel die Vorstellung, mit dem Glücksdrachen durch die Wolken zu segeln. Sie kitzelte Max, der sich auf den Rücken fallen ließ und ein Kissen nach ihr warf. Miriam schleuderte es zurück, es ging hin und her, bis sie in eine wunderbare Kissenschlacht verwickelt waren. Das alte Bett stöhnte wie ein rostiger Kahn, und der *Shibori* über ihren Köpfen schien mit den Augen zu rollen.

Plötzlich sprang die Tür auf, und Bodo machte einen Satz in ihr Bett. Glücklich fuhr er ihnen mit seiner langen violetten Zunge durch die Gesichter.

»He …« Miriam lachte und lachte und lachte. Sie versuchte, Bodo am Halsband zu packen und aus dem Bett zu schubsen, aber der Hund drehte sich wie ein Kreisel um sich selbst.

Es war Bo, der das Tier zur Besinnung brachte. Auf einmal stand er in der Tür, ein Grinsen im Gesicht: »Wollt ihr nicht endlich frühstücken kommen?«

Später dann, am Strand, zeigte Max ihr, was er von seinem Freund gelernt hatte. Bo half ihm beim Start, doch dann hielt er den schlaksigen Drachen ganz allein im Wind. Der Ritter stand wie ein Bild am Himmel, die langen Beine flatterten. Ernst und ganz bei der Sache, trotzte Max den kabbeligen Böen, die über die Dünen kamen, seine Wangen waren gerötet, der Wind wirbelte durch seine Locken. Seine kleinen Hände hielten die Griffe mit der Zauberseide parallel und in Hüfthöhe. Es sah so aus, als ob er den Drachen per Fernsteuerung lenkte.

»Ist wie Fahrradfahren«, sagte Bo, als er wieder bei ihr war. »Wenn man einmal den Dreh raushat, verlernt man es nie wieder. Beim nächsten Mal zeige ich ihm ein paar Tricks. Loops und Axels.«

Beim nächsten Mal.

Miriam sah ihm in die Augen und bemerkte, dass er wusste, was sie dachte. Bo lächelte und schob sich die grüne Mütze aus der Stirn.

»Was ist mit dem Windgeist?« Er zeigte auf den kleineren Drachen, den sie noch in den Händen hielt. »Willst du?«

Miriam nickte, sie dachte an Max' Traum von letzter Nacht.

»Also los!«

Bo nahm ihr den Drachen ab und lief hinunter zum Wasser, wie von selbst rollte die Schnur sich in ihren Händen ab. Schließlich blieb er stehen und drehte sich zu ihr. Er hielt den Windgeist in die Höhe.

Miriam spürte, wie der Wind an ihrem Drachen zerrte, ungeduldig, wie ein kleines Kind, zappelte er an seiner Schnur. Bo nickte ihr zu, dann ließ er den Drachen los.

Der Windgeist stieg genauso schnell wie der Ritter, aber er war weniger gutmütig und viel schwieriger zu lenken. Der Wind ließ ihn wie einen Gummiball auf und ab hüpfen. Miriam musste an Nardim denken, als sie die umfunktionierte Brötchentüte durch die Luft sausen sah. Ganz kurz blitzte sein Gesicht in ihren Gedanken auf, und gleichzeitig hatte sie den Duft frischer Croissants in der Nase. Sie trat ein paar Schritte zurück und versuchte, den Windgeist zu zähmen.

»Halt die Hände ruhig!«

Bo war wieder bei ihr, er trat jetzt hinter sie und dirigierte sanft ihre Arme, ihre Hände. Es war fast so, als würde er mit ihr tanzen. Rückwärts und durch die Zeit. Leichte zärtliche Bewegungen, sein Atem in ihrem Haar. Ihr Körper nahm seine Berührungen auf. Sie sehnte sich danach, sich zu ihm umzudrehen und ihm in die Augen zu schauen, ihn zu umarmen, sich von ihm verführen zu lassen. Und dann sah sie Max, der mit dem Eifer seines Vaters den Drachen steigen ließ. Randvoll mit Glück und Abenteuerlust. Kurz verlor sie die Balance, und der Windgeist trudelte nach rechts und stürzte auf den Strand zu.

»Schscht ...« Bos Stimme hörte sich an wie das Wasser, der Wind und die Zeit. Ein gelassener Dreiklang, harmonisch wie ein G-Dur-Akkord. Er fing den stürzenden Drachen mit einer behutsamen Korrektur ab. »Komm, lehn dich an mich.«

Miriam zögerte, aber dann ließ sie sich doch zurücksinken. Bo gab ihr Halt; der Windgeist stieg wieder auf, als würde er ihr Vertrauen in seine Flugkünste spüren.

Bo dirigierte ihre Arme, und so flogen sie einen Loop nach dem anderen. Weite, fröhliche Himmelskreise.

Immer höher, immer schneller.

»Wünsch dir was«, flüsterte Bo plötzlich an ihrem Ohr. Da waren seine warmen festen Lippen, sein Kinn streifte ihre Wange.

Miriam schloss die Augen. Der Rabe war wieder da, nervös trippelte er unter ihren Rippenbögen auf und ab.

»Und jetzt lass los!«

Bo löste ihre Hände von der Drachenschnur, ganz sanft. Sie spürte, wie ihr das Bündel aus den Fingern glitt. Wie ein Vogel, den sie in die Freiheit entließ.

Als sie die Augen wieder öffnete, stand der Windgeist über dem Wasser. Er stieg immer höher, als würde er die Sonne küssen wollen. Miriam blinzelte, beschirmte die Augen. Und dann, wie ein Aufblitzen, eine Vision, sah sie Gregor vor sich.

Ausgelassen und fröhlich. Lebendig.

Er lief auf sie zu, breitete lachend die Arme aus.

Er kam ganz nah, sie konnte die dunklen Punkte in seinen Augen sehen, die Sommersprossen auf seinen Handrücken.

Und dann spürte sie ihn. So wie sie die Tränen spürte, die ihr heiß über die Wangen liefen.

Der Abschied von Bo war schwer.

Als Miriam das Auto belud, brach Max in Tränen aus. Immer wieder lief er in den Garten, um Frida ein letztes Mal zu streicheln und ihr ein Versprechen zuzuflüstern.

»Ihr kommt ja wieder«, sagte Bo, er nahm Max tröstend in die Arme. Seine Stimme war ganz ruhig, als zweifelte er nicht an seinen Worten. Nach einer letzten Umarmung bugsierte er Max in den Kindersitz und schnallte ihn an.

»Den Ritter auch!«

Max zeigte auf den Drachen, und Bo setzte ihn auf die Rückbank und legte ihm ebenfalls einen Gurt um.

Miriam lächelte, sie dachte, dass sie mit zwei Passagieren und vielen Erinnerungen nach Hause fuhr. Nachdem sie das Gepäck verstaut hatte, umarmte sie Bo. Als seine Arme sich um sie schlossen, wünschte sie sich für einen Moment, bleiben zu können.

»Danke dir. Für alles.«

»Bis bald, Miriam.«

»Ja. Vielleicht.«

Unsicher hauchte sie ihm einen Kuss auf die Wange, dann stieg sie schnell in den Wagen und startete den Motor.

Bodo lief neben dem Auto her, fast bis zum Ende des Dorfes. Als sie an der Schlei entlang Richtung Autobahn fuhren, weinte Max noch immer. Unstillbare Tränen, der erste Liebeskummer seines Lebens. Sie konnte ihn einfach nicht trösten.

Miriam litt mit ihm, ihr Herz schaukelte bedrohlich. Sie

gab Gas, um ihren Gefühlen für Bo zu entkommen. Die Straße war leer und sie fuhr schnell, am liebsten hätte sie die Kurven geschnitten. Auf der Autobahn beschleunigte sie noch weiter. Als sie über die Hochbrücke fuhr, zerstob die Landschaft im Rückspiegel. Wie ein Traum, der sich im Tageslicht aufzulösen begann.

DREIZEHN

»Ich hab schon auf dich gewartet!«

Miriam hatte die Jacke noch nicht ausgezogen, da stand Anna bereits in ihrem Büro. Sie sah nach Sonne aus, als wäre sie über das Osterwochenende in den Süden geflogen. Aprikosenwangen und ein Schimmern im Dekolleté.

»Frau Sartorius hat angerufen.«

»Oh ... Tut mir leid, ich bin ein bisschen spät. Max hat heute Morgen eine Riesenszene gemacht. Er wollte partout nicht im Kindergarten bleiben, wir hatten einen ziemlich dramatischen Abschied.« Miriam lächelte entschuldigend und schaltete schnell den Computer ein. Max hatte sich an sie geklammert, und es war ihr schwergefallen, ihn weinend zurückzulassen. Der Aufprall im Alltag war hart, das Wochenende mit Bo hatte ihm einfach zu gut gefallen. Auf der Fahrt zum Verlag wollte sie Gregor davon erzählen, doch als die Mailbox angesprungen war, hatte sie schnell wieder aufgelegt. Im Trubel der morgendlichen Rushhour kamen ihr die Tage an der Schlei unwirklich und kostbar vor. Wie etwas, das sie nicht mit ihm teilen konnte.

Anna sah sie überrascht an. »Willst du gar nicht wissen, was sie wollte?«

»Doch, doch. Natürlich.«

Miriam zog die Jacke aus und ließ sich in ihren Stuhl fallen. Auf dem Bildschirm poppten all die Ordner auf, die mit der Preisverleihung zu tun hatten.

»Sie wollte natürlich mit dir sprechen, aber dann ist sie über das Sekretariat bei mir gelandet. Sie hat mir die Namen der Preisträger durchgegeben.«

»*Die* Preisträger?«

Miriam benötigte ein paar Sekunden, bis sie schaltete. Ihr Interview mit der Stifterin schien Jahrhunderte zurückzuliegen. Es fühlte sich fast so an, als wäre in der Zwischenzeit ein Komet auf die Erde gestürzt. Alles, was sie über Dorothea Sartorius zu wissen geglaubt hatte, war zu Staub pulverisiert worden.

»Ja, offenbar hast du sie von unserer Idee überzeugen können, sie hat drei Projekte nominiert. Glückwunsch, Miriam.«

»Ja, danke.« Miriam zögerte kurz, bevor sie noch ein wenig überzeugendes »Super« hinterhersetzte.

Anna strich sich irritiert das Haar zurück.

»Geht's dir gut?«

»Ja, ja, ich …« Miriam wich Annas forschendem Blick aus. »Ich muss erst mal wieder in Hamburg ankommen.«

»Geht mir genauso.« Anna lachte auf, sie sah zum Fenster hinaus. Der Michel schien sich in der Aprilsonne zu aalen, seine Turmhaube funkelte. »So ein langes Wochenende reißt einen ganz schön raus. Was habt ihr denn gemacht?«

»Wir waren Drachenbauen. An der Ostsee.«

Miriam dachte an Bo. Und dann sah sie Elisabeth vor sich. Ihr hartes unbarmherziges Lächeln, die flackernden Wolfsaugen, ihren zynischen Triumph. Sie wusste, dass sie Anna von den Anschuldigungen gegen Dorothea Sartorius erzählen musste. Und von ihrem Zweifel an der Stifterin. Doch dann zögerte sie.

»Und ihr?«, fragte sie stattdessen. Eine harmlose Gute-Laune-Frage.

»Palma. Kleines Stadthotel. Mein Freund hat mich überrascht. Die Mädchen waren bei ihrem Vater.«

Anna zwinkerte ihr zu. Ihre entspannte Haltung signalisierte so etwas wie gutes Essen, guter Wein, guter Sex.

Miriam nickte, sie versuchte, ein Lächeln zustande zu bringen.

Anna wippte vergnügt auf den Zehenspitzen, sie deutete auf Miriams Computer. »Sortier dich doch erst mal, check deine Mails. Wenn du magst, können wir uns auch später zusammensetzen. Gegen elf hab ich Zeit.«

Björn Zimmermann war schnell. Er brauchte nur eine halbe Stunde, dann hatte er etwas über den Unfall im unauslöschlichen Gedächtnis des Pressearchivs gefunden. Die Algorithmen der Suchmaschine waren unbestechlich, sie sortierten und verknüpften die wenigen Informationen, mit denen er sie gefüttert hatte.

September 1972. Drei Tote. Die Schlei.

»Raserei« hatte er in die Betreffzeile seiner E-Mail geschrieben, und tatsächlich sprachen die Meldungen, die damals in ein paar Regionalblättern erschienen waren, von überhöhter Geschwindigkeit. Eine Notiz, die der *Schleibote* am 6. September 1972 unter der Überschrift »Unfall mit drei Toten« veröffentlicht hatte, fasste den Hergang in nüchternen Worten zusammen: »In der Nacht vom 4. auf den 5. September stießen auf der Landstraße zwischen Arnis und Kappeln zwei PKW frontal zusammen und brannten aus. Alle Insassen kamen ums Leben. Die Polizei geht davon aus, dass überhöhte Geschwindigkeit und eventuell Wildwechsel den Unfall verursacht haben. Sie bittet die Bevölkerung um Hinweise, die zur Identifizierung der beiden Insassen des aus Fahrtrichtung Arnis kommenden silbernen BMW E9 führen können.«

Kein Wort zu Peter Sartorius.

Und nichts über einen Polizeieinsatz gegen ein Terrorkommando.

Miriam suchte im Internet nach einem Foto des beschriebenen Fahrzeugmodells, ratlos betrachtete sie die Bilder des sportlich-eleganten Coupés. Der BMW sah aus, als wäre er für eine Spritztour an der Côte d'Azur gemacht. Sechs Zylinder und mehr als zweihundert PS. Oberklasse für die Revolution. Dann fiel ihr ein, dass auch Andreas Baader eine Vorliebe für schnelle Sportwagen gehabt hatte.

Nach einer Weile griff sie zum Telefonhörer und rief den Dokumentar noch einmal an. »Können Sie herausfinden, ob man die beiden Toten im BMW später identifiziert hat?«

»Ich dachte mir schon, dass Sie danach fragen würden«, antwortete Björn Zimmermann. »Immer noch Kommando Marguerite?«

»Ja«, sagte Miriam, »ich denke schon.«

»Das hört sich ja nach einem Coup an.«

»Jedenfalls ist es eine erste Spur«, dämpfte Miriam seine Euphorie.

»Sind Sie sicher, dass Sie mit der Geschichte bei der *Anabel* unterkommen?«

Nein, dachte Miriam, sie schwieg. Sie war sich ja noch nicht einmal sicher, ob sie selbst etwas damit anfangen konnte. Und ob sie etwas damit anfangen wollte.

Kommando Marguerite.

Das Wühlen in der Vergangenheit schien nur Unglück und Schmerz zutage zu fördern. Sie konnte es kaum ertragen, dass ausgerechnet Dorothea Sartorius, die sie für ihre Aufrichtigkeit und Haltung bewunderte, des Verrats und der Lüge beschuldigt wurde. Dass sie geschwiegen und einen wesentlichen Teil ihrer Biographie einfach ausgeblendet haben könnte.

»Komplizierte Geschichte«, antwortete sie nach ein paar Sekunden ausweichend.

Björn Zimmermann gab sich damit zufrieden. »Ich melde mich gleich wieder bei Ihnen.«

Miriam legte auf und sah nachdenklich zu Anna hinüber. Ihre Silhouette spiegelte sich in der Glastür des gegenüberliegenden Büros, Annas Profil wurde von ihrem Schattenriss überlagert. Ein Doppelbild, wie eine raffinierte optische Spielerei.

Dorothea.

Und Elisabeth.

So wie die Bilder auf der Glasfläche verschmolzen, war auch das Schicksal der beiden Frauen miteinander verwoben. Aber wie passten diese beiden unterschiedlichen Leben zusammen? Wie hatte Dorothea Sartorius so viele Jahre mit der Angst entdeckt zu werden leben können? Warum hatte sie nie Stellung bezogen? Und warum hatte die Stifterin sie ermutigt, ausgerechnet jetzt zu recherchieren?

Nachdenklich rollte Miriam mit ihrem Stuhl ein Stück zurück, das Doppelbild löste sich wieder auf. Da war nur noch ein Schatten auf der makellos weißen Wand. Das Geräusch einer eingehenden Mail lenkte ihre Aufmerksamkeit zurück auf den Bildschirm. Björn Zimmermann hatte eine weitere Zeitungsnotiz aus dem Archiv geborgen. Am Freitag, den 8. September 1972, hatte der *Schleibote* gemeldet, dass es sich bei den beiden Toten mit ungeklärter Identität um Bastian W. (27) und Guido D. (29), handelte. Die beiden Studenten, so hieß es, hatten die Semesterferien an der Ostsee verbracht und seien auf dem Rückweg nach Berlin gewesen.

Studenten.

Semesterferien.

Miriam schüttelte ungläubig den Kopf. Wieder sah sie zu Anna hinüber, die ihren Blick nun bemerkte und als Frage deutete. Sie hob den Daumen und signalisierte ihr, dass sie frei war. Seufzend raffte Miriam ihre Unterlagen zusammen. Was sollte sie ihr bloß über die ganze Sache erzählen?

Die drei Preisträger waren eine Überraschung. Dorothea Sartorius hatte die Schulklasse auf den dritten Platz gewählt. Den zweiten Platz hatte eine Initiative gewonnen, die sich um alleinerziehende Teenagermütter und deren Kinder kümmerte. Gewonnen hatte das Dorf in Niedersachsen, das sich so beeindruckend für die Integration von Flüchtlingen einsetzte. Der Pianist war leer ausgegangen.

»Wunderbare Mischung«, sagte Anna, sie sah sehr zufrieden aus. »Kümmerst du dich darum, dass wir die drei ausgezeichneten Projekte ins Heft bekommen? Wir brauchen auch vernünftige Bilder, es muss menscheln!«

Miriam nickte. Ihr Blick fiel auf das Josephine-Baker-Bild hinter Annas Schreibtisch. Die Tänzerin zwinkerte ihr auffordernd zu, sie schien sich vor nichts und niemandem zu fürchten.

»Frau Sartorius sagte mir, dass du auch noch das Porträt mit ihr abstimmen wolltest. Ich hab ihr gesagt, dass du zurückrufst.«

»Ja, klar.«

Miriam schlug ihr schwarzes Büchlein auf, schnell überblätterte sie die Notizen, die sie sich im Kloster gemacht hatte.

»Ist das Stück denn schon fertig, ich würde es sehr gern lesen?«

»Das Porträt?« Unbehaglich rutschte Miriam auf ihrem Stuhl zurück. »Ich möchte noch ein paar Informationen überprüfen«, sagte sie ausweichend.

»Kein Problem.« Anna ging mit leichter Hand darüber hinweg. »Du hast ja noch Zeit, das Heft geht erst kurz vor der Preisverleihung in Druck.«

»Danke.«

Miriams Magen krampfte sich zusammen. Annas Vertrauen beschämte sie, sie konnte ihr nicht in die Augen sehen. Sie steckte in der Zwickmühle: Wenn auch nur ein Bruchteil der von Elisabeth erhobenen Anschuldigungen zuträfe, müsste sie Anna darüber informieren. Und darüber schreiben. Dann wäre der Mythos der großherzigen Stifterin zerstört. Und der Sartorius-Preis Geschichte. Denn wer würde einen Preis für Zivilcourage von einer Frau entgegennehmen wollen, die nicht den Mut gehabt hatte, sich ihrer Vergangenheit zu stellen? Die vielleicht sogar eine Gewalttäterin gewesen war. Der Verleger würde sich von Dorothea Sartorius distanzieren und der Verlag die Preisverleihung absagen. Miriam sah schon die Schlagzeilen vor sich: »Exterroristin oder in die Irre geleitete Linksbeseelte: Wer ist Dorothea Sartorius wirklich?« Der Skandal würde auch auf die *Anabel* und ihre Chefredakteurin abfärben.

Miriam starrte in ihr Büchlein. Sie gab vor, sich Notizen zu machen. Doch sie brachte nur Kringel und Kreise zustande. Wirres Zeug.

Was sollte sie nur tun?

Anna bemerkte nichts von ihrem inneren Kampf. Sie hatten sich Kopien von den Finalisten gemacht, und nun suchte sie in Miriams Unterlagen nach den drei Siegerprojekten.

»Für die Schulklasse freut es mich ganz besonders«, sagte sie, als sie die Bewerbung gefunden hatte. Heiter betrachtete sie die Bilder. Ihre Begeisterung verströmte die Leichtigkeit jener Menschen, die noch nie gescheitert waren. »Die Kids sind gerade mal dreizehn, vierzehn Jahre alt. Das wird ein unvergessliches Erlebnis für sie sein, auf der Bühne des Schauspielhauses ausgezeichnet zu werden.«

»Ja.« Miriams Stimme klang hohl, geradezu gespenstisch. Während Anna weitersprach, Termine für Meetings ansetzte und Aufgaben an die Mädels delegierte, kreisten ihre Gedanken um die Folgen ihrer Recherche. Es schien in dieser Sache nur Verlierer zu geben. Wäre es also nicht doch besser zu schweigen? So als wäre sie nie an die Schlei gefahren? Und als hätte sie nie mit Elisabeth Manzel gesprochen? Wieder sah sie die Alte vor sich und dann die Katze, die hilflos an ihrem ausgestreckten Arm baumelte. Wie in Zeitlupe liefen die Bilder in ihrem Kopf ab. War sie nicht doch nur ein verrücktes Fräulein? Ein aus der Zeit gefallenes Gespenst?

Nachdenklich hob Miriam den Blick und sah aus dem Fenster. Der Hafen, die Elbe, hier und jetzt. Riesige Stahlboxen baumelten an den Containerbrücken, eine Barkasse wirbelte das Elbwasser auf, Möwen saßen auf Laternenmasten und schrien heiser.

Ihr lautes Geschrei weckte den Raben. Und mit seinem Flügelschlag kehrte nicht nur das Bild von Gregor zurück, sondern auch die Erinnerung an jene selbstsichere Journalistin, die sie vor seinem Tod gewesen war. Auch sie hatte für die Wahrheit gebrannt.

Miriam sah noch einmal auf ihr unentschlossenes Gekritzel hinab, dann klappte sie das Notizbuch zu. Ganz plötzlich blitzte eine Gewissheit in ihr auf, stark und strahlend wie ein Leuchtfeuer.

Sie musste an die Schlei zurück. So schnell wie möglich. Und mit den Zeugen von damals sprechen. Sie musste herausfinden, was damals wirklich geschehen war. Und dann würde sie Dorothea Sartorius mit ihrem Wissen konfrontieren. Ja, sie wollte bis zum Kern dieser Geschichte vordringen. Das war sie sich schuldig. Und wenn die Sartorius ...

»Miriam?« Wie aus weiter Ferne drang Annas Stimme zu ihr vor. »Sag mal, hörst du mir überhaupt zu?«

Am Abend besuchte Miriam Nardims Café. Anna hatte sie gebeten, ihn noch einmal an ihre Anfrage zu erinnern. Als sie hereinkam, war er in der Küche beschäftigt, und sie setzte sich mit dem Babyfon auf das Sofa hinter der Säule.

Trotzdem entdeckte er sie sofort.

»Miriam!« Sein Lächeln steckte an, er brachte ihr ein Glas Wein. Ein Merlot aus dem Languedoc, wie sie der Tafel über dem Tresen entnahm. Vollmundig und samtig. »Gerade habe ich an dich gedacht.«

»Du denkst an mich, während du Käse anrichtest?«

Amüsiert wies Miriam auf den Teller in seiner Hand. Sahniger Camembert, Comté und Brie de Meaux.

Nardim lachte auf, er sah zu einem Gast, der mit einem Glas Rotwein am Fenster saß, dann stellte er den Teller schnell vor ihr ab. »Der ist für dich. Ich wusste, dass du kommst. Und ich wusste, dass du hungrig bist.«

»Aber ...«

»Komm schon, ein bisschen Käse geht immer.«

»Danke.«

»Ich bin gleich wieder bei dir.«

Nardim verschwand noch einmal kurz in der Küche und kam mit einem zweiten Käseteller zurück, der zu dem Herrn ans Fenster wanderte. Dann setzte er sich zu ihr.

»Wie geht's dir?«

»Ganz gut.« Miriam probierte ein Stückchen Brie. Der Teller war mit kandierten Walnüssen, dunklen Trauben und einem Kompott aus Apfel- und Birnenspalten dekoriert. »Ich wollte ...«

»Und Max?«, fiel Nardim ihr ins Wort. »Ich hab euch heute Morgen kämpfen sehen.«

»Max geht's auch gut. Er hatte nur keine Lust auf den Kindergarten.«

»Er wollte wohl lieber seinen neuen Drachen ausprobieren, was?«

»Ja.« Miriam lächelte. »Er hat sich an der Ostsee verliebt«, sagte sie, die Worte purzelten einfach aus ihr heraus.

»Ein Mädchen?«

Nardim hob die Augenbrauen, seine Locken wippten auf

und ab. Heute trug er kein Tuch in den Haaren, sein Hemd war so weit aufgeknöpft, dass ihr Blick an seinem Brustbein hinabwandern konnte.

»Ein Huhn und ein Hund und ein Himmelsgaukler«, erwiderte sie und trank einen Schluck Wein. Auf einmal hatte sie Lust, über Bo zu sprechen. Von ihm zu erzählen.

»Ein Himmelsgaukler?«

Nardim sah sie verständnislos an, und sie versuchte, ihm das Wort zu erklären. »Er heißt Bo, und er baut wunderbare Drachen. Und er kann Akkordeon spielen. Wie ein ...« Jetzt zuckte Miriam hilflos mit den Schultern, ihr fiel einfach kein passender Vergleich ein.

»Bo.« Nardim spitzte die Lippen, er schnalzte mit der Zunge, als prüfte er einen besonders guten Wein. »*Bo le Beau.*«

Bo der Schöne.

Miriam blickte verlegen zur Seite. Sie war froh, dass sich in diesem Moment die Tür öffnete. Ein Pärchen betrat das Café und setzte sich an den Nebentisch. »Und du, hattest du auch eine schöne Zeit?«

»Ich habe eine kleine Reise gemacht. Einen Ausflug, gestern, an meinem freien Tag.«

»Eine Reise?«

Miriam sah ihn neugierig an. Ihr fiel auf, dass er den Bart etwas kürzer trug.

»Ich bin an die Elbe gefahren. Und ins Alte Land, so wie du es mir empfohlen hast. Ich hab auf dem Sartorius-Hof Kaffee getrunken.«

»Du warst bei Frau Sartorius?«

Miriam verschluckte sich fast an ihrem Wein. Sie hustete, die Kerze auf dem Tisch flackerte.

Nardim klopfte ihr auf den Rücken, ganz leicht. Dann deutete er mit dem Kopf zum Nebentisch. »Iss ein bisschen Käse. Ich bin gleich zurück.«

Nachdem er die Bestellung aufgenommen und die Getränke serviert hatte, setzte er sich wieder zu ihr.

»Ich wollte eigentlich nur mal gucken, wo meine Äpfel herkommen«, sagte er. »Und dann habe ich gefragt, ob Madame Sartorius da ist.«

»Und?«

Madame Sartorius.

Miriam sah ihn sprachlos an, ihr Herz klopfte schnell.

»Sie war da. Und sie hat einen Kaffee mit mir getrunken. Schwarz und ohne Zucker.«

Miriam schüttelte den Kopf.

»Du nimmst mich auf den Arm.«

»Nein, nein, nein.« Nardim legte die Hand auf sein Herz, er sah wie ein Schauspieler aus. »Ehrenwort.«

»Aber ...«

»Es gibt ein Café auf dem Hof. Und ich habe ein Stück Apfelkuchen bestellt. *À la maison.* Und nach ihr gefragt. Sie ist einfach an meinen Tisch gekommen und hat sich zu mir gesetzt. Vielleicht hatte sie Lust, ein bisschen französisch zu plaudern?«

»Und worüber habt ihr gesprochen?«

Miriam nahm noch einen großen Schluck Wein. Die Lady und der maghrebinische Prinz – sie versuchte, sich die beiden bei einer Tasse Kaffee vorzustellen.

»Wir haben über Äpfel gesprochen und übers Backen. Ich habe ihr von meinem Café erzählt. Und von dir. Sie ist toll. Und sie spricht perfekt Französisch.«

»Du hast ihr von mir erzählt? Was denn?«

Nardim nickte, er sah sie gedankenverloren an, dann stand er wieder auf und lächelte. »*Le fait que tu vas changer ma vie.*«

»Aber ...«

Nardim verschwand wieder in der Küche, und Miriam sah ihm nach.

Le fait que tu vas changer ma vie?

Sie kramte in den Resten ihres Schulfranzösisch. *Changer ma vie* – hieß das nicht so viel wie, dass sie sein Leben verändern würde?

Aber was bedeutete das?

Ratlos sah sie auf ihren Teller. Sie aß den Käse, die Trauben und zuletzt ein paar Walnüsse. Nur das Kompott ließ sie liegen.

Nardim.

Und Dorothea Sartorius.

Er hatte die Stifterin so erlebt, wie auch sie Dorothea Sartorius kennengelernt hatte. Zugewandt, freundlich und interessiert. Die Leidenschaft für das Backen hatte die beiden verbunden. Und er hatte ihr sein Herz geöffnet.

Changer ma vie – was reimte er sich da nur zusammen?

Miriam spürte, dass sie errötete. Für einen atemlosen Augenblick dachte sie an Bo. Und an das Drachensteigen. Daran, wie er sie in seinen Armen gehalten hatte, als wollte er mit ihr tanzen.

Der Gaukler.

Und der Prinz.

Und Gregor.

Auf einmal drehte sich alles. Der Rabe flatterte im Kreis, als suchte er nach einem Ausweg.

Miriam leerte ihr Glas, dann stand sie auf. Sie wollte gehen, aber am Tresen bog sie in die kleine Küche ab.

Der Raum war winzig, kaum größer als eine Abstellkammer. Ofen und Herd, ein Arbeitstisch und vollgestapelte Regale, die bis unter die Decke reichten.

Nardim zog eine Form aus dem Ofen, er tat so, als wäre sie gar nicht da.

»Hör mal«, sagte sie. Dann verstummte sie und sah ihm dabei zu, wie er liebevoll Quiche und Salat anrichtete.

Schließlich drehte er sich um.

»Nardim, ich ...«

Er schüttelte den Kopf und hielt ihr einen Apfelspalt entgegen.

»Herbstprinz?«, flüsterte sie.

Er wiegte den Kopf.

»Probier's aus!«

Miriam seufzte, sie nickte, und er schob ihr das Apfelstückchen zwischen die Lippen.

»Ich würde dein Angebot gerne annehmen«, sagte er, während ihr der süße Fruchtsaft die Kehle hinabrann.

»Mein Angebot?«

»Die Rezepte. Die Herbstrezepte ...«

»Ach so, ja, prima.«

Errrbstrezepte.

Er meinte die *Anabel*. Miriam atmete aus. Sie lächelte, und er nahm ihr Lächeln auf. Wie ein Licht erhellte es sein Gesicht.

»Das wird toll!« Miriam spürte, dass die Apfelstückchen den Raben ein wenig besänftigten. Erleichtert warf sie Nardim eine Kusshand zu. »Gute Nacht.«

»*Bon nuit*, Miriam.«

Nardim streckte die Hände nach ihr aus und zog sie an sich. Im nächsten Moment spürte sie seinen weichen Bart an ihrer Wange.

»Sie hat mir übrigens gesagt, dass du ihr Leben ebenfalls verändern wirst.«

VIERZEHN

Am Donnerstagnachmittag waren sie zurück an der Schlei. Miriam hatte Termine in Arnis und Kappeln vereinbart, bei der Lokalzeitung und mit einem pensionierten Polizisten, den Björn Zimmermann für sie ausfindig gemacht hatte. Außerdem wollte sie den Kappelner Friedhof besuchen. Als sie Bo angerufen und nach einem Zimmer gefragt hatte, hatte er nur gelacht.

»Wir warten auf euch, Miriam.«

Max war außer sich vor Freude. Es machte ihm nichts aus, den Dombesuch mit seiner Patentante zu verschieben, so wie es Miriam nichts ausmachte, dass sie schon wieder ihre Trauergruppe verpasste.

Auf der Fahrt an die Schlei schlief er keine Sekunde. Er plapperte ohne Punkt und Komma und erzählte, was er alles mit Bo unternehmen wollte. Drachen steigen lassen, Loops lernen, mit Bodo und Frida durch den Garten stromern. Eine heiter-kindliche To-do-Liste. Wenn Miriam in den Rückspiegel sah, kam es ihr so vor, als redete er auf den Drachen ein. Ein seliges Eiscremelächeln klebte in seinem Gesicht.

Als sie auf die Kate zurollten, hüpfte Max in seinem Sitz auf und ab.

»Wir sind da!«, jubelte er. »Wir sind endlich wieder da!«

Bo wartete schon am Zaun, Frida saß auf seiner Schulter, daneben stand schwanzwedelnd der Hund. Als Miriam aus dem Wagen stieg, hörte sie das Windspiel klimpern.

»Ihr seht aus wie die Bremer Stadtmusikanten«, sagte sie lächelnd. »Weißt du das?«

»Und wer ist der Esel?«

Bo begrüßte Max und drückte ihm das Huhn in die Arme, dann zog er sie ganz selbstverständlich an sich.

Er roch wie sein Garten – nach Narzissen und Krokussen und trockenem Holz. Und ein kleines bisschen nach Brackwasser und Salz. Miriam schloss die Augen. Die Schlei. Der Wind. Und das Licht. Es war fast so, als wären sie nie fort gewesen.

Nach dem Abendessen kümmerte Miriam sich um den Abwasch. Bo brachte Max ins Bett. Sie hörte, wie die beiden herumalberten, dann las er ihm eine Geschichte vor. Schließlich wehte das Spiel des Akkordeons die Treppe hinunter. Ein altes Wiegenlied. Gerührt setzte sie sich in den Sessel am Ofen und lauschte. Nach einer Weile kam der Hund zu ihr und legte verträumt seinen schweren Kopf in ihren Schoß.

Als Bo mit dem Akkordeon herunterkam, sah sie ihm an, dass er da oben Spaß gehabt hatte.

»Unglaublich, wie viele Ausreden es gibt, nicht ins Bett gehen zu müssen«, sagte er grinsend. Seine Augen funkelten, die Mütze war so weit nach hinten gerutscht, dass sie seinen Haaransatz sehen konnte. Dunkles glänzendes Haar.

Bo holte Wein und zwei Gläser, dann setzte er sich zu ihr und schickte den Hund mit einem Blick auf seine Decke.

»Hast du mit ihr gesprochen?«

»Mit Dorothea Sartorius?« Miriam schüttelte den Kopf. »Ich habe einen Termin mit ihr vereinbart. Aber ich brauche noch mehr Sicherheit. Mehr Fakten. Ich …«

»Fakten?«

Bo klang so, als gäbe es keine Fakten in dieser Sache. Als wäre diese Geschichte ein Zusammentreffen willkürlicher Ereignisse. Ein Geflecht aus Zufall und Zeit. Er goss Wein in die Gläser und reichte ihr eines. »Manchmal ist die Wahrheit nur eine Sache der Vorstellungskraft«, sagte er, als ihre Hände sich ganz kurz berührten.

»Vorstellungskraft?« Miriam schaute ihn schweigend an. Sie war sich nicht sicher, ob sie begriff, was er damit meinte.

Bo nickte und hob das Glas. Es war wieder der Wein vom ersten Abend, als hätte er die Flasche für diesen Moment aufbewahrt.

»Elisabeth geht's nicht gut«, sagte er plötzlich. »Das Herz. Sie hat schon lange Probleme. Gestern war der Arzt bei ihr, er hat sie ins Krankenhaus eingewiesen.«

»Nach Schleswig?«

Bo nickte. »Sie hat es da nicht lange ausgehalten und sich selbst entlassen. Heute Morgen hat sie mich angerufen, und ich habe sie wieder abholen müssen. Aber sie hat mir versprochen, ein paar Tage im Bett zu bleiben.«

»Ich würde so gern noch einmal mit ihr sprechen.«

Bo neigte sich vor, er sah sie von untern herauf an. »Ich fahre morgen früh kurz zu ihr, mal schauen, wie es ihr geht, ja?«

Miriam nickte schnell. »Ich treffe mich morgen mit einem pensionierten Polizisten in Kappeln, so gegen Mittag. Vielleicht erfahre ich von ihm, welche Rolle Peter Sartorius damals gespielt hat. Kann Max vielleicht bei dir bleiben?«

»Klar.« Bo sah auf seine Hände, die das Glas hielten. »Mach dir keine allzu großen Hoffnungen«, sagte er dann und nippte an seinem Wein. Die tätowierten Ranken auf seinen Armen schienen noch dichter geworden zu sein. Ein Labyrinth aus verschlungenen Flechten.

»Warum nicht?«

»Nur so ein Gefühl.«

»So.« Miriam schwieg. Ihre journalistische Erfahrung sagte ihr, dass der Polizist etwas zu erzählen hatte. Oder wissen wollte, was sie wusste. Wer nicht reden oder nichts herausfinden wollte, der nahm sich auch keine Zeit. Schon gar nicht nach so vielen Jahren.

Bo neigte den Kopf, ein schwer zu deutendes Lächeln umspielte seinen weiten Mund. Das Glas sah wie ein Zauberutensil in seinen Händen aus. Als könnte er Wasser in Wein verwandeln. Für einen zeitlosen Augenblick sahen sie sich in die Augen, als tauchten sie in den Gewässern des anderen nach einem Schatz, dann zog er sich das Akkordeon auf den Schoß und begann für sie zu spielen. Eine traumverlorene, exotische Melodie.

Miriam lehnte sich zurück, ihre Gedanken begannen zu fließen. Nach einer Weile bemerkte sie, dass sie an Nardim dachte. An die Umarmung in seiner winzigen Küche.

»*Il fait que tu vas changer ma vie*«, wisperte sie. Die Worte schaukelten wie Papierschiffchen auf der Melodie, dann gingen sie darin unter.

Bo sah sie an. Hatte er sie verstanden?

»Von wem hast du das?«, fragte er.

Miriam zögerte. »Ein Freund«, sagte sie schließlich vage, »er hat Dorothea Sartorius zufällig kennengelernt. Sie hat ihm erzählt, dass ich ihr Leben verändern werde. Einfach so.«

Beim Erzählen kam ihr die ganze Sache noch merkwürdiger vor, aber Bo nickte, als zweifelte er nicht daran. »Ein Freund?«, fragte er, ohne sie aus den Augen zu lassen.

»Der Dunkle.« Miriam erinnerte sich, dass Max ihm von Nardim erzählt hatte.

»Der Dunkle!« Bo lachte auf, als das Akkordeon ein merkwürdiges Geräusch von sich gab. »So wie Max ihn mir beschrieben hat, ist das ein ziemlich interessanter Typ.«

»Er kann gut kochen.« Miriam wich seinen Blicken aus. Sie drehte sich zu Bodo um, der leise auf seiner Decke schnarchte. »Wo ist eigentlich Frida?«

Bo zuckte arglos mit den Schultern, er tat so, als würde er sich nach dem Huhn umschauen. Schließlich wies er mit dem Kinn die Treppe hinauf.

»Na toll.« Miriam verdrehte die Augen. »Und nun?«

Bo lächelte leise. Er schwieg, doch seine Wolkenaugen flüsterten ihr etwas zu.

Das alte Fachwerkhäuschen lag am Ende einer Lindenallee. Alte Bäume, deren Kronen von einem ersten grünen Schimmer überzogen waren. Mit Schwung öffnete Polizeihauptmeister a. D. Werner Jansch die Tür. »Komm' Se doch rein!«

Er musste stramm auf die achtzig zumarschieren, dabei wirkte er viel jünger. Fit und drahtig, ohne Bauch, aber mit einem vollen weißen Haarschopf und buschigen Schnauzbart, winkte er sie durch die Tür. Miriam dachte sofort, dass er sein Leben lang Sport getrieben haben musste. Neugierig folgte sie ihm in ein mit Pokalen vollgestelltes Wohnzimmer. Leichtathletik, vierhundert Meter Hürden.

Er lebte allein, aber wohl noch nicht allzu lange. Bunte Kissen zierten das durchgesessene Sofa, darüber hingen die Schnappschüsse einer langen Ehe. Das ernste Hochzeitsfoto, gelbstichige Urlaubsbilder, die Kinder und Enkel. In einem Aquarium am Fenster schwammen Goldfische und Schleierschwänze.

»Was woll'n Sie denn wissen?«, fragte er ganz direkt, als sie sich bei Wasser und Salzgebäck gegenübersaßen. Seine wachen Augen schauten sie forschend an, auch er war es gewohnt, Fragen zu stellen. »Ihr Kollege sagte, Sie recherchieren wegen dieser alten Geschichte?«

Miriam nickte. »Es geht um den Unfall auf der Landstraße zwischen Kappeln und Arnis, 4. September 1972. Die drei Toten. Erinnern Sie sich?«

»Natürlich.« Werner Jansch nickte nachdrücklich, er lehnte sich vor, die Hände auf dem Tisch. Miriam sah, dass er sich auf so etwas wie eine Herausforderung freute. Ein Kräftemessen. Plötzlich wirkte er wie ein Sprinter kurz vor dem Start. »Während meiner Dienstzeit gab es nicht viele Tote. Jedenfalls nicht so viele auf einen Schlag.«

»Sie waren damals der zuständige Beamte?«

»Das ist korrekt.« Er lächelte, auf eine hintergründige, fast herablassende Art und Weise. »Kleines Revier, kleine Wache. Ich war hier quasi für alles zuständig.«

»In den alten Zeitungsberichten steht, dass der Unfall durch überhöhte Geschwindigkeit verursacht wurde.«

»Ja. Die zwei im BMW sind gerast. Mit mehr als hundert Sachen durch die Kurven, das hat der Gutachter später festgestellt. Und dann hat's geknallt, aber richtig. Damals hat sich ja noch kein Mensch angeschnallt.«

»Es wurde auch über Wildwechsel spekuliert.«

»Der Unfall hat sich im Sartorius-Revier ereignet. Unübersichtlicher Straßenverlauf, da ist häufiger was passiert. Der Senator hatte immer mal wieder einen Wildschaden zu beklagen.«

»Hat man denn ein totes oder verletztes Tier an der Unfallstelle gefunden?«

»Nein.« Werner Jansch überlegte kurz. »Nicht dass ich mich erinnere.«

»Wer hat den Unfall gemeldet?«

»Der Senator. Er muss den Knall gehört haben. Als ich kam, war die Freiwillige Feuerwehr schon da. Die hatte er auch verständigt. Aber es war nichts mehr zu machen. War kein schöner Anblick.«

Für einen Moment wanderte sein Blick zu den Fischen, dann war er wieder da.

»Peter Sartorius hat später die Beerdigungen bezahlt. Wissen Sie, warum?«

»Nee.« Jetzt lehnte Werner Jansch sich wieder zurück, er schmunzelte, als hätte er die meisten Hürden schon genommen. »Der Senator war ein Ehrenmann. Die Eltern des jungen Mannes aus Kappeln hatten sich gerade für ein Haus verschuldet. Und in Berlin hat sich keiner für die Toten verantwortlich gefühlt.«

»Bastian Wolters und Guido Droste.«

Miriam warf ihm die Namen wie eine Hürde zwischen die Beine. Würde er stolpern?

»Bitte?«

»Das sind die Namen der beiden Toten aus dem BMW.«

Werner Jansch tat so, als erinnerte er sich nicht mehr. Freundlich schob er ihr das Glas mit den Salzstangen zu.

»Bastian Wolters war ein polizeilich gesuchter Linksextremist«, fuhr Miriam fort, sie nahm ihm diese Erinnerungslücke nicht ab. »Er lebte im Untergrund und wurde dem Umfeld der RAF zugerechnet. Und Guido Droste war in dieser Hinsicht auch kein unbeschriebenes Blatt. Daran müssen Sie sich doch erinnern.«

»Hm.«

»Bastian Wolters war hier an der Schlei in Begleitung einer gewissen Dorothea Wrage aufgetaucht. Der späteren Dorothea Sartorius. Die beiden sind ein paarmal zusammen im *Fischerhof* gesehen worden. Ist sie nie befragt worden?«

»Zu dem Unfall?«

Werner Jansch schüttelte den Kopf, sein Blick war wachsam, er strich sich über den Schnauzbart.

»Und Sie haben sich nie gefragt, was die Gruppe hier oben wollte?«

»Die Gruppe?«

»Kommando Marguerite.«

Miriam ließ ihn nicht aus den Augen, doch ihr Gegenüber verzog keine Miene.

»Nie gehört.«

»Es heißt, dass es damals den Plan gab, den Senator zu entführen. Es soll einen Schusswechsel mit der Polizei auf dem Sartorius-Anwesen gegeben haben. Bastian Wolters und Guido Droste flüchteten. In der Folge kam es zu dem Unfall.«

»Davon weiß ich nichts.«

»Wissen Sie nichts davon, oder wollen Sie mit mir nicht darüber sprechen?«

Werner Jansch nahm sich eine Salzstange, er betrachtete sie ein paar Sekunden lang, dann zerbröselte er sie in kleine Stückchen, die er ins Aquarium warf. Gierig schnappten die Fische danach.

»Warum hätte man den Senator entführen sollen?«

»Um Gefangene freizupressen.«

»Die Baader-Meinhof-Bande?«

»Ja, genau.«

Jetzt lächelte Werner Jansch. Ein siegesgewisses Lächeln, als hätte er sich einen weiteren Pokal verdient.

»Es hat diesen Schusswechsel nie gegeben«, sagte er nachdrücklich. »Und es hat auch keinen Polizeieinsatz auf dem Sartorius-Anwesen gegeben. Dafür hatte ich damals überhaupt keine Männer.«

»Warum nicht?«

»Weil wir eine Großlage im Land hatten.«

»Eine Großlage?«

»Die Segelolympiade.« Werner Jansch stand auf und holte einen Bildband aus der Schrankwand. Er blätterte ihn auf und zeigte auf ein Foto, das mehrere prächtige Dreimaster zeigte. »Am 3. September 1972 fand eine Parade von Großseglern und Schulschiffen auf der Kieler Förde statt. Rund eine halbe Million Menschen kam nach Kiel, der Ministerpräsident war da, Politiker, Prominenz. Wie Sie sich gewiss vorstellen können, sicherte ein massives Aufgebot der Polizei die Veranstaltung ab. Auch wegen der Terrorgefahr. Natürlich war die Polizei wegen der Spiele in den folgenden Tagen im Dauereinsatz. Ich hatte buchstäblich keinen verfügbaren Mann auf der Wache, die waren alle nach Kiel abgezogen worden.«

Die Segelolympiade, natürlich. Miriam seufzte leise. Kiel war neben München der zweite Austragungsort der Spiele gewesen. Alle Segelwettbewerbe hatten an der Ostsee auf der Kieler Förde stattgefunden.

»Meine Informantin behauptet aber, dass Schüsse gefallen sind«, sagte sie, fast ein wenig trotzig.

»Sie haben mit dem Fräulein gesprochen, ja?« Jetzt lächelte Werner Jansch noch breiter, fast höhnisch. »Die spinnt doch!«, setzte er wenig freundlich hinterher.

»Sie kennen Elisabeth Manzel?«

»Natürlich. In meinem Revier habe ich jede und jeden gekannt.«

»Und Sie haben nie gegen sie ermittelt?«

»Da gab es nichts zu ermitteln. Sie wurde polizeilich nicht gesucht. Und es gab keine Anzeige, also gab es auch keine Untersuchung. Die beiden Männer aus Berlin waren tot, der Senator hat sich um die Beerdigung gekümmert und der Familie des dritten Opfers beigestanden. Und dann war Ruhe. Wissen Sie, das Land stand ja damals unter Schock. Erst das Attentat in München, alle Fahnen auf Halbmast. Und dann kam plötzlich die Ansage, dass die Spiele weitergehen müssen. Wir waren doch alle froh, dass die Wettbewerbe in Kiel ohne weitere Zwischenfälle zu Ende gingen. Es gab sogar noch eine Medaille für das deutsche Team. Bronze im Flying Dutchman.«

»Ja?« Miriam sah ihn perplex an.

Werner Jansch nickte, er blätterte die Seite mit dem Medaillenspiegel auf und tippte auf eine Tabelle. »Sehen Sie? Die

Australier waren übrigens mit zwei Goldmedaillen die erfolgreichste Nation.« Er lächelte anerkennend und klappte den Bildband wieder zu.

»Und nu?« Er sah sie freundlich an, als wartete er auf weitere Fragen. Doch in Miriams Kopf war alles leer. Enttäuscht nahm sie einen großen Schluck Wasser. Als sie das Glas ausgetrunken hatte, bedankte und verabschiedete sie sich.

Auch beim *Schleiboten* kam sie zunächst nicht weiter. Jan Bruns, der Redakteur, mit dem sie sich verabredet hatte, hatte alle Ausgaben mit Meldungen zu dem Unfall für sie herausgesucht. Aber auch er hatte nicht mehr als Björn Zimmermann gefunden. Nach einer Weile klappte Miriam die dicken Zeitungsbücher wieder zu.

»Kann ich Ihnen sonst noch irgendwie weiterhelfen?«, fragte Bruns kollegial. Er war noch jung, vielleicht Ende zwanzig, und tapsig wie ein Welpe. Sein Vorgänger, so hatte Miriam von ihm erfahren, war bereits verstorben.

»Ich glaube nicht«, antwortete sie ausweichend, denn sie wollte ihn nicht auf Dorothea Sartorius oder Elisabeth Manzel aufmerksam machen. »Ihr Vorgänger hätte mir vielleicht weiterhelfen können.«

»Die Schwester eines der Unfallopfer lebt noch in Kappeln.«

»Woher wissen Sie das?«

»Ich hab vor gut zwei Jahren eine Geschichte über die vielen Verkehrstoten auf der Landstraße gemacht. War mein erster großer Artikel für den *Schleiboten*. Es hat dort ja immer wieder schwere Unfälle gegeben. Danach hat man die Kurve endlich entschärft und die Geschwindigkeit begrenzt. Jetzt darf man dort nur noch fünfzig fahren ...« Er machte eine entschuldigende Geste, als er bemerkte, dass er abschweifte. »Na, jedenfalls erinnere ich mich noch gut an das Gespräch, sie war Peter Sartorius immer noch dankbar.«

»Weil er damals die Beerdigung bezahlt hat?«

»Ich hatte fast den Eindruck, dass da noch mehr Geld geflossen ist.«

Jan Bruns lächelte, als Miriam ihr Notizbuch aus der Tasche holte.

»Haben Sie vielleicht eine Adresse für mich?«

»Einen Moment.«

Er suchte kurz in einer alten Kladde, dann schob er ihr den Block über den Tisch und Miriam notierte sich den Namen und die Anschrift.

Annegret Poppe wohnte in einem schmucken Reihenhäuschen am Rande der Stadt. Miriam klingelte und wartete, sie hörte einen Hund bellen. Nach einer Weile öffnete sich die Tür.

»Frau Poppe?«

»Ja?«

Die Frau blieb misstrauisch auf der Schwelle stehen, sie war grauhaarig und untersetzt, Miriam schätzte sie auf um die sechzig. Ihren beigefarbenen Pudel hielt sie am Halsband fest.

Miriam stellte sich vor. »Ich würde mit Ihnen gern über Ihren Bruder sprechen. Die drei Toten, 4. September 1972.«

Annegret Poppe sah sie einen Moment lang unsicher an, dann schüttelte sie den Kopf. »Ich habe doch schon alles dazu gesagt. Das war ein Unfall. Ein tragischer Unfall«, sagte sie.

»Ich würde auch gern über Peter Sartorius mit Ihnen sprechen.«

»Ach, der Senator …«

Frau Poppe war noch nicht bereit, sie hereinzubitten, aber sie ließ den Pudel los. Neugierig schnupperte der Hund an Miriams Hose, und sie bückte sich, um ihn zu streicheln.

»Peter Sartorius hat damals die Beerdigungen für die Toten bezahlt, auch für Ihren Bruder. Fanden Sie das nicht merkwürdig?«

»Merkwürdig?« Die Frau schüttelte den Kopf. Als sie sah, dass der Hund Freundschaft mit Miriam geschlossen hatte, trat sie einen Schritt zur Seite. »Wir waren ihm sehr dankbar. Meine Eltern hatten nicht viel Geld. Und das Auto war ja auch hin.«

»Haben Sie sich denn nie die Schuldfrage gestellt?«

»Die Schuldfrage, ach du meine Güte ...« Annegret Poppe schüttelte den Kopf, dann schnalzte sie mit der Zunge. Gehorsam sprang der Pudel zurück ins Haus. Mit einem Kopfnicken bat sie Miriam herein. »Wissen Sie«, fuhr sie fort, als sie die Küche erreichten, »mein Bruder hatte damals gerade erst seinen Führerschein gemacht. Und er hatte wohl auch was getrunken. Seine Freunde haben mir erzählt, dass er auf dem Weg zum *Fischerhof* war. Er hatte da ein Mädchen kennengelernt.« Sie seufzte.

»Sie gehen davon aus, dass Ihr Bruder den Unfall verursacht hat?«

Miriam setzte sich an den Küchentisch, wo eine aufgeschlagene Rätselzeitschrift und ein Kugelschreiber lagen.

»Ich weiß es nicht«, sagte Annegret Poppe, sie setzte sich dazu, ohne Miriam etwas anzubieten. »Wir wollten das damals gar nicht so genau wissen. Wir standen doch unter Schock, da war alles leer im Kopf. Der Senator hat uns alles abgenommen, was mit der Beerdigung zu tun hatte. Und mein Bruder hat einen schönen Sarg bekommen. Eiche mit einem Kranz aus Sonnenblumen. Das hätten wir uns gar nicht leisten können.«

»Hat Peter Sartorius an der Trauerfeier teilgenommen?«

»Ja, der war da.«

»Haben Sie sich nie gefragt, warum er so viel Anteil an Ihrem Schicksal genommen hat?«

»Na, der Unfall war ja vor seiner Haustür passiert, quasi auf seinem Grund und Boden. Vielleicht hat er sich irgendwie schuldig gefühlt?« Sie stockte kurz und blickte auf das Rätselheft herab, als ließe sich darin eine Antwort finden. »Es hieß ja damals, dass Rehe auf die Straße gelaufen sein könnten. Es hat in seinem Revier öfter mal einen Wildunfall gegeben.«

»Das habe ich auch gehört«, nickte Miriam. »Aber es ist kein totes oder verletztes Tier gefunden worden.«

»Ja dann ...« Ihre Schultern zuckten nach oben, sie schwieg.

»Es gibt Gerüchte, dass damals auf dem Sartorius-Anwesen geschossen worden ist.«

»Das kann schon sein.«

»Sie wissen davon?«

Miriam sah sie erwartungsvoll an, kam sie endlich einen Schritt voran?

Annegret Poppe nickte, sie griff sich den Pudel, der sie schmachtend wie ein jugendlicher Liebhaber ansah. »Der Sartorius war ja Jäger«, sagte sie, als ob das eine Erklärung für die Schüsse wäre. Wieder schwieg sie und kraulte den Hund.

Miriam unterdrückte einen frustrierten Seufzer. Sie war enttäuscht, an diesem Punkt kam sie einfach nicht weiter. »Haben Ihre Eltern vielleicht noch mehr Geld von Peter Sartorius bekommen?«, fuhr sie nach einem Augenblick fort.

»Ich ...« Annegret Poppe senkte den Blick, ihre Hände fuhren nervös durch das Hundefell. Der Pudel sah sie fragend an.

»Wie viel?«, fragte Miriam, ihr Herz klopfte schneller.

»Das bleibt aber unter uns.«

Miriam nickte.

»Meine Eltern haben jeden Monat fünfhundert Mark bekommen.«

»Fünfhundert Mark. Ein Jahr lang oder zwei?«

»Solange der Senator lebte.«

Miriam pfiff leise durch die Zähne, schnell überschlug sie im Kopf die Summe. Sie kam auf etwas mehr als einhundertdreißigtausend Mark. »Das ist aber großzügig«, sagte sie.

»Nicht wahr?«, nickte die Poppe eifrig, dankbar betrat sie die Brücke, die Miriam ihr gebaut hatte. »Meine Eltern konnten das Haus abbezahlen, und so hatte Jürgens Tod wenigstens etwas Gutes.«

Der Kappelner Friedhof lag mitten in der Stadt. Prachtvolle Linden und Eiben säumten die Wege, die Gräber waren üppig bepflanzt, zahlreiche Bänke luden zum Verweilen ein. Im Sommer musste sich der Friedhof in einen grünen Park verwandeln, wo es sich im Schatten der Bäume der Toten gedenken ließ.

Miriam zögerte kurz, bevor sie durch das Tor trat. Sie war lange nicht mehr an Gregors Grab gewesen. Es erschien ihr so sinnlos, vor einer dunklen Steinplatte zu stehen und zu trauern. Die schlichte Tafel mit seinem Namen und das zarte Apfelbäumchen führten ihr jedes Mal wieder schmerzhaft vor Augen, was sie alles verloren hatte. Die Welt war eine andere seitdem, so vieles war nicht mehr möglich. Und nun kam es ihr falsch vor, ein fremdes Grab zu besuchen. Sie spürte den Raben, der sich gewichtig in ihrer Brust aufplusterte, als wäre er ein Hüter ihrer Trauer.

Miriam versuchte, sein selbstgefälliges Gehabe zu ignorieren. Im Eingangsbereich orientierte sie sich auf einem Plan. Annegret Poppe hatte ihr die Lage der Grabstelle beschrieben, und nach einigem Suchen fand sie die Parzelle. Peter Sartorius hatte den beiden Toten aus dem BMW ein großzügiges Doppelgrab spendiert. Es war gepflegt, Narzissen und Stiefmütterchen blühten darauf, eine niedrige immergrüne Hecke fasste das Feld ein. Der Grabstein war ein Findling aus Granit, rau und unbehauen, er wirkte wie Steinzeitgeröll. »Bastian und Guido« stand darauf, »4. September 1972«. Darüber ein Zitat, das Miriam bekannt vorkam: »Der Tod ist der Beginn der Unsterblichkeit«.

Miriam zückte ihr Handy und suchte nach dem Spruch. Robespierre, natürlich, sie hatte es geahnt. Fröstelnd schaute sie auf das Display, es kam ihr so vor, als hätte sie endlich einen Beleg für Elisabeth Manzels Anschuldigungen gefunden. Schnell machte sie ein paar Fotos vom Grab und dem Stein mit der Inschrift. Vorwurfsvoll, als ob sie ihre Ruhe störte, starrten die blauen Augen der Stiefmütterchen sie an.

FÜNFZEHN

Jürgen Poppes Grab befand sich in einem anderen Bereich des Friedhofs, seine Eltern waren an seiner Seite beerdigt worden. Miriam verharrte einen Moment vor dem quadratischen Feld, das mit Bodendeckern bepflanzt war. War er das zufällige Opfer einer Reihe von fatalen Entscheidungen gewesen? Oder hatte er tatsächlich getrunken?

Als sie gehen wollte, bemerkte sie einen Umschlag auf einem der Nachbargräber. Es war ein Brief, der in einem Rosenstrauß steckte. Obwohl er nicht für sie bestimmt war, faltete sie ihn auseinander.

»Ich halte es nicht mehr aus«, stand da. »Wann holst du mich endlich?«

Die Worte trafen sie wie ein Schlag.

Miriam musste sich setzen. Plötzlich war sie wieder da, die Trauer um ihren Mann. Groß und schwer, gewaltig. Sie konnte den Raben nicht länger ignorieren, der in ihrer Brust wütete und die Aufmerksamkeit, die sie ihm schenkte, machte ihn noch stärker. Sie spürte, wie er auf ihr Herz einhackte. Wieder und wieder. Jeder Hieb ein Treffer, ein Schmerz, der kaum auszuhalten war. Und wenn sie die Augen schloss, sah sie seinen schwarzen glänzenden Schnabel. Die Trauer fraß sie auf.

Gregor.

Sein Tod war so sinnlos gewesen. Sie hatten sich geliebt, miteinander gelebt, sich getragen. Da war Max, und da war das Baby gewesen. Das Äpfelchen. Ein zweites Herz hatte in ihrem Körper geschlagen. Ein munteres Stakkato, doppelt so schnell wie ihr eigener Herzschlag, sie hatte es auf dem Monitor in der Frauenarztpraxis pulsieren sehen. Und dann hatte ein Geschoss Gregors Hauptschlagader zerfetzt. Ein Stückchen Metall, Kaliber 5,6 mal 39 Millimeter, hergestellt im Iran.

Miriam schluchzte auf, sie spürte die gewaltige Welle aus Schmerz und Trauer, die sich wie eine schwarze Wand auf sie zubewegte. Gregors Tod war so sinnlos gewesen. Und wenn nichts richtig war an seinem Tod, war dann nicht auch alles andere falsch?

Der Rabe verstummte. Er hatte ein riesiges Stück Fleisch aus ihrem Herzen gehackt und zog sich mit seiner Beute zurück. Miriam hörte sich stöhnen, sie krümmte sich auf der Bank zusammen.

Die Angst war zurück, so wie damals vor der Therapie, als sie steckengeblieben war im Tunnel ihrer vermeintlichen Stärke. Als sie sich immer tiefer in ihrer Trauer verstrickt hatte, bis sie keinen Ausweg aus dem Labyrinth der Fragen mehr gefunden hatte. Gregors Tod hatte ihr alle Gewissheit genommen, auch über sich selbst. Sie hatte ihre Selbstsicherheit verloren, den Kern ihres Wesens.

Und dann flossen die Tränen. Ein Meer aus Salz und Bitterkeit und Schuld. Plötzlich fühlte sie sich schuldig. Weil sie lebte. Weil sie wieder gelacht hatte. Und geküsst. Weil es Bo in ihrem Leben gab – und Nardim. Weil sie den Frühling in den Hecken roch und das Kribbeln der Sonne auf der Haut spüren konnte.

Schluchzend fingerte sie das Handy aus der Tasche und wählte Gregors Nummer. »Es tut mir so leid«, stammelte sie, als sie seine Stimme hörte. Seine Stimme, die immer noch lächelte. Die so klang, wie er gewesen war. Stark und optimistisch. Unerschütterlich. Und dann weinte sie einfach weiter.

Minuten? Oder waren es Stunden?

Ein Schatten, der sich über ihr Gesicht legte, riss sie aus ihrem Schmerz.

»Kann ich Ihnen helfen?«

Miriam wischte sich über die Augen, erst dann sah sie auf. Ein älterer Herr blickte voller Mitgefühl auf sie herab, ein bekümmertes Lächeln auf den Lippen.

»Nein«, sagte sie. »Ich habe meinen Mann verloren, er war die Liebe meines Lebens.«

Der Herr nickte und zeigte auf den Brief, der noch in ihrem Schoß lag. Bedächtig setzte er sich neben sie und nahm ihre Hand. »Das habe ich auch.«

Irgendwie hatte es gutgetan, eine Weile schweigend nebeneinanderzusitzen. Es war wie in der Trauergruppe auch: Sie spürten, dass es keine Antworten auf ihre Fragen nach dem Warum gab. Aber es half, nicht allein zu sein. Die gemeinsame Erfahrung schuf etwas Verbindendes, einen schützenden Raum für all die unaussprechlichen Emotionen und Fragen, die ihre Verzweiflung begleiteten.

Hört dieser Schmerz jemals auf?

Als die Glocken der nahe gelegenen Kirche schlugen, hatte Miriam den Brief in den Rosenstrauß zurückgesteckt. Beim Abschied hatten sie und der freundliche Herr sich in die Augen geschaut und versucht zu lächeln. Und in diesem zaghaften Lächeln lag auch ein unausgesprochenes gegenseitiges Versprechen: Ja, ich versuche weiterzumachen.

Einatmen. Ausatmen.

Einen Schritt nach dem anderen.

Nur nicht unterkriegen lassen!

Auf der Fahrt zurück passierte Miriam die Stelle, wo sich vor mehr als vierzig Jahren der Unfall ereignet hatte. Buchen und Eichen säumten die Straße, dazwischen die weißen

Leitpfosten, wie stumme Zeugen. Da waren ein nicht allzu tiefer Graben und eine von Löwenzahn, Kälberkraut und Giersch überwucherte Böschung.

Miriam fuhr langsamer, sie kroch fast durch die enge Kurve. Aus dem Augenwinkel bemerkte sie ein kleines verwittertes Holzkreuz, das an einem Baumstamm lehnte. Als sie wieder beschleunigte, schoss ihr ein merkwürdiger Gedanke durch den Kopf: Überall auf der Welt gab es Orte, wo man einfach so aus dem Leben gerissen werden konnte. Der Tod lauerte nicht nur in der verwüsteten Ödnis des Nordiraks, sondern auch an diesem friedlichen Flecken an der Schlei.

Beim Abendessen erzählten Bo und Max von ihrem Nachmittag. Sie hatten Loops geübt, bis der Wind eingeschlafen war. Jetzt ruhte der Ritter schlaff im Sessel. Er sah aus, als wären ihm die Übungen auf den Magen geschlagen.

»Ich kann es. Fast«, sagte Max, seine Wangen glühten, und er sonnte sich in Bos bestätigendem Nicken. »Morgen machen wir weiter.«

»Und was habt ihr noch so getrieben?«

Miriam stocherte in ihrem Kartoffelauflauf, sie hatte keinen Appetit und sie wollte keine Fragen zu ihrer Tour nach Kappeln beantworten.

»Bo ist mit mir zum Kloster gefahren.«

»Du warst noch mal da?«

Miriam sah alarmiert auf. Als sie sich nach seinem Morgenbesuch kurz gesprochen hatten, hatte Bo noch gemeint, dass es Elisabeth etwas besserginge. Das Huhn, das auf Max' Stuhllehne saß, legte den Kopf schief und fixierte sie.

Bo nickte. »Ich hatte plötzlich so ein komisches Gefühl«, sagte er und schaute nachdenklich auf ihren unangetasteten Teller. »Deshalb bin ich noch einmal hin. Sie war ganz munter, ein bisschen kurzatmig vielleicht, aber alle Katzen saßen in ihrem Zimmer um ihr Bett herum. Wie eine geheime Versammlung.«

»Ja«, krähte Max. »Ich durfte sie streicheln. Alle.«

»Du warst auch beim Fräulein?«

Miriam runzelte die Stirn, und Bo hob entschuldigend die Hände. Ein Ausdruck irgendwo zwischen Beschwichtigung und Belustigung lag auf seinem Gesicht.

»Sie hat im Bett gelegen und gelesen. Und dann hat sie mich gefragt, ob ich einen Verräter kenne«, plapperte Max sorglos weiter.

»Und was hast du ihr geantwortet?«

»Ich hab ihr von dem Dunklen erzählt.«

Max lehnte sich auf seinem Stuhl zurück, er verschränkte die Arme vor der Brust. Ein kleiner Wichtigtuer. Frida begann, an seinen Locken zu zupfen. Es sah so aus, als würde sie ihn lausen.

»Aber Nardim ist doch kein Verräter.«

»Jaaa …« Max schürzte die Lippen, er schloss die Augen und gab sich Fridas Liebkosungen hin. »Aber er ist jemand, der mir unheimlich ist.«

»Und das Fräulein war dir nicht unheimlich?«

»Nö.« Max öffnete die Augen einen Spaltbreit, ein Lächeln, das keinen Zweifel zuließ, segelte auf seinen Lippen. »Kein bisschen. Ich finde, das Fräulein sieht aus wie ein hutzeliges Engelchen, das nicht mehr fliegen kann.«

»Ich weiß, ich hätte ihn nicht mitnehmen sollen.«

Bo hatte Max zu Bett gebracht. Wieder, er hatte darauf bestanden. Dieses Mal war Frida jedoch unten geblieben. Das Huhn saß am Ofen und knabberte an Bodos Ohren.

»Ist schon okay.«

Miriam lehnte an der Spüle, sie hatte den Tisch abgeräumt und abgewaschen. Nun trocknete sie sich die Hände ab. Irgendwie fühlte sie sich noch ganz erschlagen von ihrem Nachmittag und den Tränen auf dem Friedhof.

Bo hatte sein Akkordeon mitgebracht. Er blieb am Tisch stehen und sah sie prüfend an, die Arme um das Instrument geschlungen.

»Wirklich.« Miriam betrachtete seine Hände und schaute dann zur Seite. »Ich kann dich ja verstehen. Du hast dir Sorgen gemacht, und Max konnte schließlich nicht allein hierbleiben.« Sie schwieg einen Moment. »Meinst du, dass sie wieder auf die Beine kommt?«, fragte sie beklommen.

Bo zuckte mit den Schultern. »Sie ist zäh. Genau wie du.«

Miriam seufzte. Sie war nicht zäh. Im Gegenteil. Sie fühlte sich immer noch traurig und schwach und verzagt.

Eine Weile sahen sie sich wortlos an.

Dann legte Bo das Akkordeon auf den Tisch und kam zu ihr. »Trauer ist nichts, was vorübergeht«, sagte er leise, als er vor ihr stand. Er berührte sie nicht, aber sie hatte das Gefühl, dass seine Ranken sich um sie schlangen. Sie konnte die Wärme seines Körpers spüren. Es fühlte sich so an, als ob sie auf eine rätselhafte Weise miteinander verbunden wären. »Sie wird dich ein Leben lang begleiten. Aber sie wird sich verändern, so wie du dich auch verändern wirst.«

»Was weißt du davon?«

Miriam dachte an den alten Herrn auf dem Friedhof zurück, an seinen verzweifelten Brief, seinen tiefen Schmerz.

»Ja«, sagte er, »das stimmt. Ich weiß nichts davon. Und vielleicht werde ich auch immer an der Grenze zu dieser Welt stehen. Ich kann sie nicht überschreiten, aber vielleicht kann ich dir Trost schenken. Hoffnung. Ich …«

»Schsch …« Miriam legte den Zeigefinger auf die Lippen, sie schüttelte den Kopf. Der Punkt über ihrem rechten Mundwinkel fühlte sich warm an, als ob das Blut darunter pulsierte. Und gleichzeitig flammte das schlechte Gewissen wieder in ihr auf. Wie konnte sie sich nach einer Berührung von Bo sehnen? Nach einem Kuss und seinem Atem, der sich mit ihrem vermischte. Sie rückte ein Stück zur Seite und begann, zaghaft von ihrem Nachmittag zu erzählen.

Am nächsten Morgen war Bo nicht da. Ein Zettel lag auf dem gedeckten Frühstückstisch. »Bin beim Fräulein.«

Miriam und Max frühstückten ausgiebig, dann versorgten sie den Hund und die Hühner. Als Bo um elf immer noch nicht zurück war, hielt Miriam es nicht länger aus. Sie schnappte sich ihren Sohn, und gemeinsam machten sie sich im Auto auf den Weg zum Kloster.

Die Fahrt dauerte keine zehn Minuten. Bos alter Wagen stand an der Straße. Der Schlüssel steckte, als ob er bedingungslos an das Gute glaubte.

Max zeigte ihr den schmalen Pfad, der von der Straße aus durch das Buchenwäldchen zum Kloster führte. Nach einem kurzen Fußmarsch standen sie vor dem Tor. Die Tür war offen, innerhalb der Klostermauern stand die Luft still. Die Sonne strahlte von einem hohen Himmel herab. Es war warm, und die Mauersteine glitzerten, als ob sie schwitzten. Aus der Kirche drang leise Orgelmusik, ein wehmütiges Brausen.

»Das ist Bo«, sagte Max. »Er hat gestern schon für das Fräulein gespielt.« Er lief voran und verschwand in der Kapelle.

»Max!«

Miriam zögerte kurz, bevor sie das Kirchlein betrat. Plötzlich hatte sie das Gefühl zu stören. Eine Hummel prallte gegen das Mauerwerk und fiel ihr zappelnd vor die Füße. Sie hob das Insekt auf und betrachtete seinen pelzigen Körper. Was für ein vollkommenes Geschöpf! Vorsichtig balancierte sie es auf ihrem Handteller, sie konnte sich nicht davon trennen.

Das Orgelbrausen füllte die gesamte Kirche aus. Es war, als

ob die Musik den Raum mit Emotionen füllte. Mehr Freude als Trauer. Miriam sah zur Empore hinauf. Bo wiegte sich am Orgeltisch, die grüne Mütze tanzte auf und ab. An seiner Seite saß Max, ein Sonnenstrahl huschte über seinen Rücken. Wie Engelsflügel breiteten sich die silbrig-glänzenden Pfeifen der Orgel zu beiden Seiten hin aus.

Bo.

Und Max.

Miriam blinzelte gerührt, in ihrer Brust war alles offen und weit. Sanft ließ die Musik ihr Herz schaukeln.

Elisabeth saß ganz vorne in der ersten Reihe. Aufrecht und stolz, eine schwarzgekleidete Tyrannin. Sie fixierte das Altarbild, ihre Lippen bewegten sich wie in einem stummen Gebet. Als Miriam näher kam, konnte sie die Katzen zu ihren Füßen sehen, die sie wie ein Hofstaat umrahmten.

»Ach«, sagte die Alte nur, als Miriam sich neben sie setzte.

»Wie geht es Ihnen?«

Elisabeth drehte den Kopf zur Seite und sah sie an. Ein Blick, der bis in ihr Innerstes reichte.

»Ich sterbe«, sagte sie ruhig.

Miriam wollte ihr widersprechen, aber dann erkannte sie, dass der Tod tatsächlich ganz nah war. Er hatte seine Arme um das Fräulein geschlungen. Ja, Elisabeth würde sterben. Sie hörte es an ihrem rasselnden Atem und sah es den fast verloschenen Augen und den bläulichen, von Adern zerfurchten Kinderhänden an. Auf ihren blassen Lippen lag dasselbe verblüffte Lächeln, das sie auch bei Gregor bemerkt hatte.

Die Musik wurde leiser, als ob Bo ihr das Sprechen erleichtern wollte.

Elisabeth nickte, als bekräftigte sie ihre Gedanken. Vorsichtig lehnte sie sich zurück, um Kraft zu schöpfen. Ihre Hände schienen die Musik einfangen zu wollen, sie fuhren immer wieder auf. »Verstehen Sie etwas von Quantenphysik?«, fragte sie nach einer Weile. Miriam bemerkte ein kurzes trotziges Flackern in ihren Wolfsaugen.

»Quantenphysik?«

Sie schüttelte den Kopf, nicht sicher, ob sie richtig verstanden hatte. Die Katzen ließen das Fräulein nicht aus den Augen.

»Unbegrenzte Verschränkung«, flüsterte Elisabeth. Miriam musste sich zu ihr neigen, um ihre Stimme hören zu können. »Wenn zwei zusammengehörige Elementarteilchen getrennt werden, bleiben sie trotzdem über alle Zeit und alle Entfernung hinweg miteinander verbunden. Sie tauschen Informationen aus. In der Physik nennt man das Unbegrenzte Verschränkung.«

»Was …?«

Miriam wollte dazwischenfahren, aber die Alte hob die Hand. Leise fuhr sie fort zu sprechen. »Manche Wissenschaftler glauben, dass dieses Phänomen auch für Körper und Seele gelten kann. Jedes Gefühl, jede Erfahrung, alles Wissen, das wir in unserem Leben abspeichern, bleibt auch nach unserem Tod erhalten. In einer unsichtbaren, größeren, alles umfassenden Wirklichkeit. Nichts geht verloren, der Tod hat nicht das letzte Wort.«

»Die Geister?«

Miriam meinte zu verstehen, worauf das Fräulein hinauswollte.

»Vielleicht.« Elisabeth sah sie lauernd an, sie bemerkte die Hummel, die noch immer auf Miriams Handrücken saß. Ihr Gesicht nahm einen katzenhaften Ausdruck an. Ein Kater, der mit einem Mäuschen spielte. Sie sah so aus, als hätte sie Lust, der Hummel die Flügel auszurupfen.

»Bo ist Dorotheas Sohn«, sagte sie plötzlich.

Bo ist Dorotheas Sohn.

Miriam fuhr herum, und die Hummel purzelte ihr von der Hand.

Die Musik wurde wieder lauter. Bo spielte sehr schnell, eine ununterbrochene Abfolge an- und abschwellender Akkorde. Klangwellen, die sich überlagerten und einen nur schwer zu beschreibenden Effekt in der kleinen Kirche erzeugten. Frequenzen, die das Ohr nicht hören, aber das Herz doch wahrnehmen konnte. Ein himmlischer Chor. Miriam kam es so vor, als wäre die Musik in diesem Moment eine Erweiterung ihres Körpers, ein Teil ihrer Seele.

Bo.

Der Gaukler.

Was zum Teufel behauptete Elisabeth da?

War sie verrückt geworden, oder verbarg auch Bo ein Geheimnis vor ihr? Miriam fixierte seine grüne Mütze, die sie auszulachen schien.

In diesem Moment drehte Max sich zu ihr um. Er winkte ihr zu, dann schlang er die Arme um seinen Freund.

Es war schwer, Bo danach unbefangen zu begegnen. Während er Elisabeth versorgte und sie wieder zu Bett brachte, musterte Miriam ihn immer wieder verstohlen.

Bo ist Dorotheas Sohn.

Hatte sie sich vielleicht verhört?

Sie wollte Elisabeths Worten keinen Glauben schenken, aber nun ertappte sie sich dabei, dass sie doch nicht davon loskam. Unauffällig suchte sie nach einem Beweis, einer anatomischen Ähnlichkeit. Die blauen Wolkenaugen, die schlanke Nase, der weite Mund – irgendetwas, das sie an die Stifterin erinnerte. Ihr Blick fiel auf seine Hände, die so zärtlich sein konnten und mehr zu fühlen schienen als die anderer Menschen. Die den Wind zähmen konnten.

War da etwas? Etwas, das von der Mutter auf den Sohn übergesprungen sein konnte?

Und dann wieder dachte sie, dass Elisabeth nicht mehr

ganz bei Sinnen war. Dass sie auf dem Weg war in eine andere Welt.

Als Elisabeth in ihrem Bett lag, in einem schwarzen Hemd und langen Männerunterhosen, kam sie ihr hilflos und unendlich einsam vor. Ein zerbrechliches hinfälliges Wesen, umrahmt von seinen Katzen und Büchertürmen. Mitleid durchflutete Miriam, und sie dachte, dass sie das Fräulein in dieser Nacht nicht allein lassen sollten.

Aber Elisabeth wollte keinen Arzt und keine Nachtwache, nur eine Katze. Bo legte ihr einen getigerten Kater in die Arme, und sie klammerte sich wie eine Ertrinkende an das gutmütige Tier.

War das die Furcht vor dem Ende?

Vielleicht, so dachte Miriam in diesem Moment, versuchte sie sich mit ihren Worten, die sie wie vergiftete Pfeile verschoss, die Angst vom Leib zu halten. Vielleicht verlieh ihr die Bosheit so etwas wie Sicherheit und Stärke.

Der Nachmittag war schon vorangeschritten, als sie zur Kate zurückkehrten. Bo und Max wollten noch einmal Loopings üben, und Miriam begleitete sie an den Strand. Sie setzte sich mit dem Hund in die Dünen und schaute den beiden zu. Der Drache tanzte wie ein Derwisch über den Himmel, und Max hatte Mühe, ihn zu bändigen. Bo ließ ihn herumprobieren, aber er feuerte ihn immer wieder an, wenn Max sich in diesem Himmelsduell geschlagen geben wollte. Schließlich gelangen ihm die ersten Loops, und Miriam knuffte dem Hund vor Begeisterung in die Seite. Bodo zog die Lefzen hoch, als ob er lachte, dann gab er ihr als Antwort einen feuchten Kuss aufs Ohr.

Es war noch immer sonnig und mild, nur über der graublauen Horizontlinie zogen ein paar Schönwetterwölkchen. In den Dünen duftete es nach Gräsern und blühendem Kraut, kleine schwarze Käfer krabbelten durch die Flechten. Miriam sog die würzige Luft ein und schloss für einen Moment die Augen. Entspannt ließ sie den Sand durch die Finger rieseln. Sie trieb davon, schlief fast ein, bis sie Elisabeth wieder vor sich sah. Sie hörte ihre Stimme, das heisere Flüstern.

Bo ist Dorotheas Sohn.

Miriam krallte die Hände in den Sand.

Im nächsten Moment fiel ein Schatten auf ihren Körper. Als sie die Augen öffnete, stand Bo vor ihr. Er hielt eine zerzauste Möwenfeder in der Hand und blickte auf sie herab.

»Was ist mit dir?«, fragte er, bevor er sich neben sie fallen ließ. »Du siehst so aus, als würdest du etwas ausbrüten.«

Am Abend saßen sie wieder vor dem Ofen zusammen. Bo spielte auf seinem Akkordeon, und Miriam starrte schweigend in die offene Ofenklappe. Das Holz knackte und die Flammen wisperten ihr etwas zu.

»Waren deine Eltern eigentlich auch so musikalisch?«, fragte sie, als er das Akkordeon für einen Moment in den Schoß sinken ließ.

Bo sah sie überrascht an, als hätte er nie darüber nachgedacht.

»Meine Eltern?«

»Haben sie auch ein Instrument gespielt?«

Er schüttelte den Kopf.

»Mein Vater war Pfarrer«, sagte er, »er konnte ganz passabel singen, aber auf der Orgel hat er nur ein paar Weihnachtslieder zustande gebracht. Er hat das Akkordeon irgendwann einmal geschenkt bekommen, für den Kirchenchor.« Bo lächelte. »Aber es hat nie jemand darauf gespielt, bis ich es entdeckt habe. Und meine Mutter?« Wieder schüttelte er den Kopf. »Sie hat mir immer gerne zugehört und dabei gesummt. Und über meine leiblichen Eltern weiß ich nichts.«

»Du bist adoptiert worden?«

Miriam horchte auf, ihr Herz schlug schneller. Eine Kaskade von Fragen formierte sich in ihrem Kopf. Und gleichzeitig begriff sie, warum Bo so wunderbar trösten konnte. Die Pfarrhauskindheit hatte seine einfühlsame Seele geformt.

Bo nickte.

»Und hast du jemals …?«

»Ob ich nach ihnen gesucht habe?« Er schüttelte den Kopf. »Meine Eltern haben mir schon als Kind erzählt, dass sie mich adoptiert hatten. Eine anonyme Adoption, direkt nach der Geburt, so war das damals üblich. Ich glaube nicht, dass ich sie hätte finden können. Und ich wollte diese andere Mutter und diesen anderen Vater auch gar nicht kennenlernen. Ich habe meine Eltern geliebt, da war kein Platz für die anderen in meinem Herzen.«

»Wo haben dich deine Eltern adoptiert?«

»In Berlin. Westberlin, aber mein Vater hat später eine Pfarrstelle im Osten angenommen. Wir sind tatsächlich aus dem Westen in die DDR gezogen, er hielt das für seine christliche Pflicht.« Bo sah sie amüsiert an. »Sag mal, warum fragst du mich das?«

Miriam ging nicht darauf ein. »Wann bist du adoptiert worden?«, fragte sie schnell. Sie folgte dem Pfad, den ihr journalistisches Gespür ihr vorzeichnete.

Bo zögerte kurz, Verwunderung flackerte in seinen Augen auf. Irritiert verschränkte er die Arme vor der Brust.

»1966, im Juli. Ich bin ein Sommerkind. Ende der Sechziger sind wir dann umgezogen, in die Nähe von Schwerin. Ein Dorf am Wasser, vielleicht fühle ich mich deshalb hier an der Schlei zu Hause.«

Er schwieg und suchte ihren Blick. »Sag mal, kannst du mir verraten, was du da gerade mit mir veranstaltest?«

»Elisabeth …« Miriam zögerte, sie hob ratlos die Arme.

»Vorhin in der Kirche hat sie behauptet, dass du Dorotheas Sohn bist.«

»Dorothea Sartorius soll meine Mutter sein?«

Bo schüttelte verdutzt den Kopf, dann lachte er schallend auf. Er hörte gar nicht mehr auf zu lachen. Über dem Tisch begann der Glücksdrache hin und her zu schaukeln, als wäre er plötzlich zum Leben erwacht.

»Bo!«

»Entschuldige.« Bo wischte sich die Lachtränen aus den Augenwinkeln. Er holte tief Luft und lächelte versonnen. »Weißt du, ich habe mir früher immer ausgemalt, dass ich das Kind einer großen unmöglichen Liebe bin. Mein Vater war ein Prinz oder ein Geheimagent oder zumindest ein Star aus dem Westen. Und meine Mutter, die war natürlich überirdisch schön. Eine Schauspielerin oder Sängerin. Ich habe immer gedacht, dass ich etwas Besonderes bin. Und diese kleine heimliche Phantasie hat mich sehr lange beflügelt. Erst später habe ich begriffen, dass meine Eltern mich behütet und getragen haben. Sie waren etwas Besonderes, und sie haben mich sehr geliebt. Ich hatte eine wunderbare Kindheit, trotz Adoption und DDR.«

Miriam schwieg, sie musterte das Akkordeon, seine schwarzen und weißen Tasten und Knöpfe. In ihrem Kopf hatte sie die Bilder von Dorothea Sartorius. Sie sah den Flügel vor sich, der an ihrer Seite wie ein lebendiges Wesen gewirkt hatte. Und die Küche, die so einladend, fast familiär gestaltet war. Den Hundekorb mit dem abgenagten Spielzeug darin. Und dann erinnerte sie die Sehnsucht der Sartorius nach Enkelkindern, die im Gespräch angeklungen war.

Let it be.

»Dorothea Sartorius spielt ganz ausgezeichnet Klavier«, sagte sie leise.

»Komm schon, Miriam.« Bo schüttelte wieder den Kopf,

plötzlich sah er sie sehr ernst an. »Das ist doch absurd. Elisabeth ist besessen von dieser alten Geschichte. Und von Dorothea Sartorius. Sie reimt sich da etwas zusammen. Beim nächsten Mal behauptet sie vielleicht noch, ich sei Jesus. Oder ein Verräter.«

Miriam seufzte, unsicher fuhr sie sich durch die Haare. »Manchmal ist die Wahrheit nur eine Sache der Vorstellungskraft«, wiederholte sie seine Worte – auch, um sich selbst zu überzeugen.

Bo lächelte gequält. »Aber woher sollte sie davon wissen?«, fragte er schwankend. »Das macht doch alles keinen Sinn.«

»Vielleicht hat Dorothea Sartorius die Adoption später bereut und darüber gesprochen?« Miriam zuckte mit den Schultern, sie wusste, dass sie sich auf dünnem Eis bewegte. In der Redaktion würde ihr wohl niemand diese sonderbare Geschichte abkaufen. »Vielleicht hat sie ihr Kind gesucht?«

Bo schwieg, er seufzte auf. Seine Hände strichen über das Akkordeon, als suchte er nach einem Halt.

»Also gut«, sagte er schließlich wenig überzeugt. »Wenn ich morgen zu Elisabeth fahre, frage ich sie danach.«

SECHZEHN

Der Abschied war nicht so schwer wie in der Woche zuvor. Miriam wollte nach einem späten Frühstück aufbrechen und Bo im Kloster nach dem Rechten schauen. Sie hatten vereinbart, am Abend zu telefonieren.

Max gab sich gelassen. Er frühstückte mit Appetit und packte seine Sachen, ohne zu murren. Anschließend belud er mit Bo den Wagen. Als sie dazukam, saß er schon in seinem Sitz. Bo klatschte ihn ab, dann umarmte er sie.

Er sagte nichts, aber er zog sie ganz fest an sich. Sie konnte sich nur mit einem Kuss befreien, der auf seinem Mundwinkel landete. Ihr Herz schaukelte, der Punkt über ihrem rechten Mundwinkel pulsierte.

»Wir kommen ja wieder«, sagte sie, verwundert über sich selbst.

»Das glaube ich auch.«

Bo schmunzelte, er hielt ihr die Wagentür auf. Als sie schon saß, beugte er sich rasch über sie und gab ihr noch einen Kuss auf die Wange. Dann schob er eine CD ins Autoradio. Akkordeonmusik – ein fröhlicher Streifzug um die Welt. Musik zum Tanzen, Lachen, Träumen. Max klatschte in die Hände.

Wie beim letzten Mal auch begleitete sie der Hund. Am Ortsschild blieb Bodo stehen, als wäre da eine unsichtbare Grenze, die er nicht überschreiten durfte. Im nächsten Moment verschwand das Dorf hinter einem Schleier aus Dunst und Wasserglanz.

Auf der Autobahn richtete Miriam ihre Gedanken auf die kommende Woche. Der Blick nach vorn lenkte sie ein wenig von Elisabeth und ihrem wirren Gerede ab. Sie würde ein paar Tage verreisen, um die Preisträger zu besuchen und deren Projekte kennenzulernen. Sie konnte diese Termine nicht verschieben, ohne den engen Zeitplan durcheinanderzuwirbeln und Anna stutzig zu machen. Max würde bis Donnerstag bei seiner Patentante bleiben. Für Freitag hatte sie einen Termin mit Dorothea Sartorius vereinbart. Dann wollte sie die Stifterin endlich mit Elisabeths Vorwürfen konfrontieren. Und mit dem, was sie inzwischen selbst herausgefunden hatte. Miriam überlegte, wie sie vorgehen sollte. Sie könnte der Sartorius das Bild zeigen, das sie auf dem Kappelner Friedhof gemacht hatte. Der Grabstein als unumstößlicher Beweis des furchtbaren Unfalls. Oder wäre es geschickter, Dorothea Sartorius mit ihrem Wissen über die Unfallnacht zu konfrontieren?

September 1972. Drei Tote. Die Schlei.

Irgendwie hoffte sie immer noch, dass es eine plausible Erklärung für Elisabeths verworrene Anschuldigungen gab. Eine Erklärung, in der Dorothea Sartorius nur eine unbedeutende Nebenrolle spielte.

Miriam überholte einen LKW, als sie wieder nach rechts einscherte, sah sie plötzlich ein Huhn im Rückspiegel. Frida – sie hockte neben ihrem Sohn. Rot, wie ein aufflackerndes Bremslicht, leuchtete ihr Kamm im Spiegel auf. Vor Überraschung verriss sie das Lenkrad und geriet auf den Standstreifen.

»Max!«

Miriam korrigierte ihren Schlenker, der Schreck jazzte ihren Puls in die Höhe.

»Was denn?«

Max gab das Unschuldslamm, er grinste spitzbübisch. Seine Locken hatten denselben Ton wie Fridas rotbraunes Federkleid.

»Wo kommt das Huhn her?«

»Frida wollte mit. Wir haben auch das Katzenklo eingepackt. Und eine Tüte Hühnerfutter. Das reicht locker bis zum nächsten Wochenende.«

»Wir?«

»Na, Bo und ich.«

»Bo weiß Bescheid?«

Max nickte, und Miriam verdrehte die Augen. Kurz überlegte sie, ob sie von der Autobahn abfahren und umdrehen sollte, aber sie hatten die CD bereits zweimal gehört und waren kurz vor den Toren Hamburgs.

»Du bist doch ab morgen bei Claudia«, sagte sie entgeistert.

»Die haben wir angerufen und gefragt.«

»Claudia ist auch schon eingeweiht?«

Max nickte. »Sie freut sich auf Frida. Sie hat gesagt, dass sie einfach für drei Tage zu uns zieht.«

»Na großartig.« Miriam seufzte resigniert auf, während Max sich das Huhn auf den Schoß setzte. »Legt sie überhaupt Eier?«

»Wir müssen ihr ein Nest bauen, sagt Bo. In einer Kiste vielleicht.«

»Meinst du nicht, dass sie Bo und Bodo vermissen wird?«

»Das kann schon sein.« Max zog die Nase kraus, er tat so, als müsste er kurz darüber nachdenken. »Aber ich kann sie bestimmt trösten. Und am Wochenende fahren wir wieder an die Schlei.«

Am Abend rief Bo nicht an, und sie konnte ihn nicht erreichen. Immer wieder landete Miriam auf seiner Mailbox. Hatte er etwa ein schlechtes Gewissen wegen Frida?

»Danke für den blinden Passagier«, sagte sie schließlich

bei ihrem dritten Versuch lakonisch nach dem Mailboxsignal. »Ich bin fast im Graben gelandet, als ich Frida auf der Rückbank entdeckt habe. Ruf mich an, wenn es etwas Neues von Elisabeth gibt!«

Max hatte seiner Freundin ein Nest aus einem Karton und einem alten Handtuch gebaut, es stand unter seinem Hochbett. Als Miriam nach den beiden sah, gurrte das Huhn leise im Schlaf. Ein friedliches Seufzen. Frida schien sich wohl zu fühlen, sie war ein anpassungsfähiges Huhn.

Miriam schüttelte den Kopf. Beim Packen für die kommende Woche fiel ihr Blick aufs Vorderhaus. In Nardims Wohnung war alles dunkel, er arbeitete wohl noch. Als sie am frühen Nachmittag vor dem Café geparkt hatten, war er kurz hinausgekommen, um sie zu begrüßen. Max hatte ihn misstrauisch beäugt, aber dann hatte er seine Freude nicht länger für sich behalten können und ihm stolz das Huhn präsentiert.

Nardim war kein bisschen verwundert gewesen.

»Wir hatten auch Hühner zu Hause. Und eine kleine Ziege. Meine Mutter hat sie auf dem Balkon gehalten, im fünfzehnten Stock. Wenn sie gute Laune hatte, durften die Tiere auch in der Küche schlafen.« Er hatte gelacht und ihnen dabei zugezwinkert. »Wir können deiner Freundin eine kleine Voliere für den Hof bauen, dann hat sie ein bisschen Auslauf. Das stört die Nachbarn bestimmt nicht.«

Max hatte genickt, und bevor Miriam noch etwas dazu sagen konnte, waren die beiden schon dabei, einen Termin zu vereinbaren. Nardim würde morgen früh zum Baumarkt fahren und Material besorgen, am Nachmittag, nach dem Kindergarten, wollten sie den Auslauf gemeinsam mit Claudia bauen.

Max und der Dunkle!

Miriam lächelte, auch wenn sie das Gefühl hatte, Frida

nicht so schnell wieder loszuwerden. Sie ging früh schlafen. Voller Vorfreude und mit einer Tüte Croissants im Gepäck machte sie sich am nächsten Morgen auf den Weg zu den Preisträgern.

Während der nächsten drei Tage hatte Miriam kaum Zeit, an etwas anderes als an ihren Job zu denken. Sie besuchte die Preisträger, führte Interviews, dirigierte den Fotografen und wies die Filmcrew ein. Das Team würde die kurzen Einspieler für die Preisverleihung im Schauspielhaus drehen, die später auch ins Netz gestellt werden sollten.

Als sie sich am Donnerstag auf den Rückweg machte, war nicht nur ihr Notizbuch randvoll mit Eindrücken und Zitaten. Miriam fühlte sich beschwingt und beseelt vom guten Geist der Projekte. Sie hatte couragierte Persönlichkeiten kennengelernt, eigenwillige Menschen, die hinschauten und sich einmischten. Die sich nicht von Konventionen oder Verboten oder der Meinung der anderen abhalten ließen. »Hingucker, Mitfühler und Optimisten«, so hatte sie es Gregor auf die Mailbox gesprochen. »Leidenschaftliche Weltverbesserer.«

Alle Preisträger hatten ihr versichert, wie sehr sie sich auf die Begegnung mit Dorothea Sartorius freuten. Ihr Name schien der Auszeichnung noch mehr Glanz zu verleihen. Und Miriam hoffte sehr, dass dies so bleiben würde.

Sie war etwa auf halber Strecke nach Hamburg, als ihr Handy klingelte.

»Hallo, Miriam.«

Es war Bo, er klang irgendwie seltsam. Müde und kraftlos. Als hätte er seit ihrer Abreise nicht mehr richtig geschlafen. Und trotzdem versetzte der Klang seiner Stimme ihrem Herz einen Schubs. Aufgeregt pochte es in ihrer Brust.

»Du lebst«, sagte sie fröhlich, denn sie hatte nichts mehr von ihm gehört. Zwischendurch hatte sie sogar gegrübelt, ob er ihr die Fragerei nach seinen Eltern übelgenommen hatte. Doch dann hatte sie sich damit beruhigt, dass er nicht der Typ war, der nachtragend sein konnte. Er hätte ihr geradeheraus gesagt, wenn ihm etwas nicht passte. Irgendwann hatte sie es aufgegeben, ihm auf die Mailbox zu quatschen. Aber sie hatte an ihn gedacht und bei jedem Anruf gehofft, dass er rangehen würde.

Bo schwieg einen Moment.

»Elisabeth ist gestorben«, sagte er dann. »Ich war die ganze Zeit bei ihr im Kloster. Ich …«

»Elisabeth!«

Miriam drehte die Musik leiser, die Nachricht traf sie heftiger, als sie es erwartet hatte. Sie hätte gerne angehalten, aber es gab keine Möglichkeit, von der Autobahn abzufahren.

»Das tut mir leid«, sagte sie betroffen. Bo hatte seit ein paar Jahren für Elisabeth gesorgt und im Kloster nach dem Rechten gesehen. Er hatte mit ihr gesprochen, für sie eingekauft, Orgel gespielt. Auf eine seltsame Art und Weise musste er ihr nahegestanden haben. Sie war ihm ans Herz gewachsen. »Was ist passiert?«, fragte sie, obwohl sie wusste, was er ihr antworten würde.

»Es ist einfach zu Ende gegangen«, sagte er traurig. »Sie war schon wenig, und sie ist immer weniger geworden. Ich glaube, sie hat in den letzten Wochen kaum noch etwas gegessen. Sie wollte einfach nicht mehr. Der Arzt war jeden Tag zweimal da und hat ihr etwas gespritzt, damit sie keine Schmerzen hat. Sie wollte nicht, dass ich bei ihr bleibe. Aber ich konnte sie einfach nicht allein lassen. Am Ende ist es sehr schnell gegangen.«

»Hat sie noch etwas gesagt?«

»Sie hat kaum noch wache Momente gehabt. Ich habe sie nicht mehr nach Dorothea Sartorius fragen können. Gestern Abend ist sie ganz friedlich eingeschlafen. Alle Katzen waren da, sie sitzen immer noch in ihrem Zimmer. Ich weiß gar nicht, was ich jetzt mit ihnen machen soll. Und die Beerdigung ...«

Bo verstummte, er wirkte ganz verloren. Ein erschöpfter Gaukler, so hatte sie ihn noch nie erlebt.

»Bo, ich ...«

»Die Beerdigung ist schon übermorgen«, fuhr er fort. »Sie wollte nicht an einem Sonntag beerdigt werden, das habe ich ihr versprechen müssen. Kommt ihr?«

Miriam nickte, sie konnte nicht sprechen. Sie sehnte sich danach, ihn in die Arme zu nehmen und zu trösten.

»Miriam?«

»Wir kommen«, flüsterte sie rau. »Und wir bringen Frida mit.«

Als sie sich von Bo verabschiedete, fing es an zu regnen. Schwarze Wolken bedeckten den Himmel, das Wasser stürzte herab. Der Regen prasselte auf die Windschutzscheibe und übertönte die Akkordeonmusik, die sie wieder aufgelegt hatte. Eine endlose LKW-Kolonne verstopfte die rechte Spur, und es war anstrengend, durch die Wand aus Spritzwasser zu fahren. Nach einer Weile gab Miriam auf und steuerte einen Rastplatz an. Sie rief Claudia an, dass sie später als erwartet in Hamburg eintreffen würde.

Auch die Raststätte war überlaufen, schlechte Luft und ein lautes Durcheinander. Die Leute drängelten sich an der Selbstbedienungstheke. Miriam zog sich einen Kaffee an einem der Automaten und setzte sich an einen kleinen Tisch am Fenster. Sie schaute in den Regen hinaus. Riesige Pfützen hatten sich auf dem Asphalt rund um die Zapfsäulen gebildet, hinter dem Grünstreifen rauschten die Fahrzeuge gen Norden. Ein verschwommener Film in Endlosschleife. Zwischen Radiomusik und klimperndem Automatensound schnappte sie Gesprächsfetzen auf: Urlaubspläne, Fußballwetten, Rückenoperationen.

Miriam blickte auf die geparkten Autos und schaute doch durch sie hindurch.

Sie dachte an Bo.

Seine Trauer um Elisabeth rührte sie.

Ihre Kälte und ihr zynisches Wesen hatten ihn nicht davon abhalten können, Zuneigung für sie zu empfinden, und sie bewunderte diese Gabe.

Als die Musik von einem Nachrichtenflash unterbrochen wurde, erkannte sie plötzlich, dass mit dem Fräulein die letzte Kronzeugin gegen Dorothea Sartorius gestorben war.

Kommando Marguerite.

Nun gab es wohl niemanden mehr, der noch das Wort gegen die Stifterin erheben würde. Wenn sie es zuließe, hätte das Schweigen gewonnen.

Miriam schob den Becher mit dem faden Kaffee zur Seite. Sie horchte in sich hinein. War sie erleichtert? Hatte sie sich diese Wendung nicht sogar herbeigesehnt? Sie dachte an den Stolz und die Vorfreude der Preisträger.

In ihrem Inneren war es sehr still. Ein ruhiger Herzschlag, kein Gekrächze, der Rabe schien zu schlafen.

Miriam kramte ihr Notizbuch aus der Tasche. Sie holte Gregors Madonna hervor und betrachtete das Bild. Das Mädchen lächelte sie wach und neugierig an. Nach einer Weile blätterte sie noch einmal ihre Notizen auf.

September 1972. Drei Tote. Die Schlei.

Es war so viel Zeit verstrichen seitdem.

Jahre, die sich wie Steinzeitgeröll über die Ereignisse geschoben hatten. Was wäre Dorothea Sartorius heute noch vorzuwerfen?

Alles, was damals geschehen war, wäre von einem juristischen Standpunkt betrachtet wohl längst verjährt.

Außerdem hatte es nie eine Anklage gegeben. Niemand hatte die Stimme gegen sie erhoben.

Da war nur Schweigen gewesen.

Ein Schweigen, das alles mit Vergessen zugedeckt hatte.

Diese Geschichte, so fragte sie sich nun, war sie nicht längst ein Relikt der Vergangenheit? Etwas, das niemanden mehr kümmerte?

Ein lautes Geräusch in ihrem Rücken riss sie aus ihren Gedanken. Ein Tisch schrammte über den Boden, Besteck klirrte, ein Glas fiel um und rollte über ein Tablett.

Gregor.

Miriam zuckte zusammen. Plötzlich war der Rabe wieder da. Er hatte sich im toten Winkel ihres Herzens versteckt. Nun trippelte er unter ihren Rippenbögen auf und ab, als probte er für einen dramatischen Auftritt.

Aufgeschreckt starrte sie in ihr Notizbuch und las die schnell auf das Papier geworfenen Worte ein zweites Mal. Auf einmal schämte sie sich für ihre Gedanken. Wie hatte sie nur mit dem Schweigen liebäugeln können – und mit der darin eingewobenen Lüge?

September 1972. Drei Tote. Die Schlei.

Kopfschüttelnd sprang sie auf und drängelte sich durch die Leute, bis sie draußen im Regen stand. Durch die schillernden Pfützen lief sie zu ihrem Wagen.

Als sie endlich im Mini saß, rief sie Dorothea Sartorius an. Herr Wanka stellte sie sofort durch.

»Frau Raven!« Die Stifterin klang erfreut, sie zu sprechen. »Wir sehen uns doch morgen?«

Miriam wischte sich das nasse Haar aus der Stirn, der Regen prasselte gegen die Scheiben und hinterließ silbrige Perlenschnüre auf dem Glas.

»Ich wollte Ihnen mitteilen, dass Fräulein Elisabeth gestern Abend verstorben ist«, sagte sie. »Elisabeth Manzel.«

Dorothea Sartorius schwieg einen Moment. Als sie sprach, hörte sie sich gefasst an, als wüsste sie längst Bescheid. »Haben Sie noch mit ihr sprechen können?«, fragte sie ruhig.

»Ja, ich habe mit ihr gesprochen. Ich habe auch mit allen anderen gesprochen, die noch etwas von damals wissen. September 1972, drei Tote, die Schlei ...« Miriam schwieg einen Moment. »Ich war sogar auf dem Kappelner Friedhof. Ich habe am Grab Ihrer Freunde gestanden.«

»Dann wird es Zeit, dass ich mit Ihnen rede.«

Die Stifterin klang weder alarmiert noch ängstlich. Sie hörte sich vielmehr so an, als ob sie erleichtert war. Eine Last schien von ihr abzufallen.

Die Scheiben beschlugen, Miriam fuhr mit den Fingern über das Glas. Sie schrieb zwei Namen in den feuchten Beschlag: »Dorothea« und »Elisabeth«.

»Die Beerdigung ist am Samstag, aber ich fahre schon morgen hoch.«

»Gut«, antwortete Dorothea Sartorius, »dann sehen wir uns also am Samstag an der Schlei.«

SIEBZEHN

Miriam schaffte es doch erst am Samstagmorgen loszukommen. Sie hatte noch jede Menge in der Redaktion erledigen müssen. Die Broschüre für die Preisverleihung war aufwendig gestaltet und ging deshalb schon vor dem Heft in den Druck. Sie hatte die Texte über die Preisträger fertig geschrieben und die Bilder dazu ausgewählt. Anna würde sich die Artikel über das Wochenende anschauen. Wieder hatte sie nach dem Porträt über Dorothea Sartorius für die *Anabel* gefragt, und Miriam hatte sie auf die nächste Woche vertröstet.

Die Beerdigung sollte um zwei im Kloster beginnen. Miriam hatte mit Bo vereinbart, dass sie sich vor Ort treffen würden. Sie hatten noch einmal telefoniert und auch darüber gesprochen, ob Max an der Zeremonie teilnehmen sollte. Miriam war sich nicht sicher gewesen, aber schließlich hatte sie sich von ihm überzeugen lassen, dass er sich von Elisabeth verabschieden sollte. Er würde es ihnen übelnehmen, wenn sie ihm den Tod des Fräuleins verheimlichten.

Doch auf der Fahrt fragte sie sich, ob sie richtig entschieden hatte. Max saß sehr still auf seinem Sitz, Frida in den Armen. In seiner dunklen Hose und dem weißen Hemd sah er sehr ernst und erwachsen aus. Viel zu ernst für einen fünfjährigen Jungen.

»Willst du vielleicht lieber mit mir an den Strand gehen und den Drachen steigen lassen?«, fragte sie ihn, als sie kurz vor Kappeln waren. »Bo wird das ganz bestimmt verstehen.«

Max schüttelte den Kopf, er biss sich auf die Lippe und sah aus dem Fenster. Draußen hatten die milden Temperaturen ein kleines Wunder vollbracht. Auf einmal waren die Bäume von Grün überzogen, der Löwenzahn begann zu blühen und das Kälberkraut schoss in die Höhe. Es roch nach Blütenstaub und frisch gemähtem Gras. Bald würde ein goldgelber Teppich aus Raps die Hügel bedecken.

»Ich muss an Papa denken«, murmelte er plötzlich. »Und an das Apfelbäumchen.«

»Das muss ich auch.«

Miriam spürte, wie sich ihre Hände an das Steuer klammerten, ihr Herz zog sich zusammen. In der kommenden Woche jährte sich Gregors Todestag zum zweiten Mal.

»Ob er manchmal bei uns ist?«

»Papa?«

Max sagte nichts, er nickte stumm. Auf seinem Schoß schüttelte Frida ihr Gefieder auf. Im Rückspiegel sah Miriam ihr pastorales Federkleid schimmern. Die Woche in der Stadt war ihr gut bekommen, sie hatte sich sogar mit Nardim angefreundet. Genauso wie Max, dessen Scheu verflogen war. Als Dankeschön für die Voliere hatte er Nardim jeden Tag Fridas Morgenei ins Café gebracht.

»Ich glaube schon. Manchmal denke ich, dass er ganz nah ist«, antwortete sie ihm so unbefangen wie möglich.

»Ja«, sagte Max, dann verstummte er erneut. Er kraulte Fridas Köpfchen, seine Lippen bewegten sich, als ob er ihr ein leises Liedchen summte.

Miriam seufzte leise, hinter Kappeln navigierte sie den Wagen vorsichtig durch die Unglückskurve. Ihre Gedanken wanderten zu Dorothea Sartorius. Sie hatte Bo erzählt, dass sie die Stifterin über Elisabeths Tod informiert hatte. Nun fragte sie sich, ob sie tatsächlich käme. Würde sie endlich Stellung beziehen?

»Hier ist jemand gestorben, oder?«, unterbrach Max ihre Gedanken, er zeigte auf das verwitterte Holzkreuz am Straßenrand.

Miriam sah kurz über die Schulter. »Früher durfte man hier noch viel schneller fahren«, antwortete sie rasch, »da hat es wohl ein paar Unfälle gegeben.«

»Überall sterben Leute«, fuhr Max nachdenklich fort, er seufzte schwer.

Miriam nickte. Gerührt bemerkte sie, dass er wie sie empfand. Am liebsten hätte sie auf der Stelle Gregor angerufen.

»Meinst du, Papa hätte Bo auch gemocht?«, fragte er sie nun. Er drehte das Gesicht zur Seite, sie sollte seine Augen nicht sehen. Seine Stimme zitterte, er kämpfte mit den Tränen.

»Alles in Ordnung, mein Schatz?«

Miriam setzte den Blinker und fuhr rechts ran. Sie drehte sich zu ihm um und nahm seine Hand. Das Huhn betrachtete sie skeptisch.

Max zuckte mit den Schultern, er sah sie immer noch nicht an. »Papa ist nicht mehr da, und ich hab Bo so lieb«, brach es aus ihm heraus. Seine Stimme klang wie ein auf Verzweiflung gestimmtes Instrument.

Miriam schluckte, sie konnte nicht sprechen. Ein Knäuel kratziger Rabenfedern steckte in ihrem Hals fest. Ganz langsam rollte eine einzelne Träne über ihre Wange.

»Ach Max ...«

Er durfte einfach keine Schuldgefühle gegenüber seinem toten Vater haben. Sie durfte es nicht zulassen, dass dieser Schatten die Erinnerung an seinen Vater verdunkelte. Es war verwirrend genug, dass sie sich damit herumquälte. Schnell stieg sie aus und setzte sich zu ihm auf die Rückbank, um ihn zu trösten. Beleidigt hüpfte das Huhn nach vorn auf den Beifahrersitz.

Max schmiegte sich an sie und brach in Tränen aus. Seine Gefühle für Bo lasteten schwer auf ihm.

»Darf ich Bo überhaupt liebhaben?«, schluchzte er.

Wieder hatte er einen ihrer Gedanken ausgesprochen. Den unbarmherzigsten von allen.

Miriam umarmte ihn noch fester, sie drückte einen Kuss auf seine Locken. »Aber ja, mein Schatz«, flüsterte sie ihm ins Ohr. »Du musst dir keine Sorgen machen. Wenn du glücklich bist, ist Papa das auch.«

Natürlich kamen sie zu spät. Der schwarze Wagen des Bestattungsunternehmens parkte schon an der Straße vor dem Kloster. Dahinter stand ein grüner Käfer mit Hamburger Kennzeichen. Dorothea Sartorius – sie war tatsächlich gekommen. Bos Wagen fehlte. Miriam bremste den Mini so heftig ab, dass Frida vom Beifahrersitz in den Fußraum kullerte. Ihr Herz schlug schneller. War das die Freude, Bo zu sehen, oder die Aufregung, der Stifterin wieder zu begegnen? Eine Menge Bilder und Fragen türmten sich in ihrem Kopf.

Kommando Marguerite. Spann sich die Geschichte nun endlich fort?

Gedankenverloren stieg sie aus dem Wagen, erst auf dem Weg durch das Wäldchen fiel ihr auf, dass ihr Sohn das Huhn mitgenommen hatte.

»Max!«

»Ja?«

Er schürzte die Lippen und drückte Frida wie einen kostbaren Schatz an die Brust.

»Du kannst sie doch nicht mit in die Kirche nehmen.«

»Wir sind ganz leise.«

»Aber … Das ist eine Beerdigung.«

»Die Katzen sind doch bestimmt auch alle da!«

Miriam unterdrückte ein Schmunzeln, er hatte recht. Zwölf Katzen, ein Huhn und die Stifterin, was war das für ein merkwürdiges Aufeinandertreffen an diesem stillen Ort. Unwillkürlich dachte sie, dass dies die seltsamste Beerdigung sein würde, an der sie je teilgenommen hatte.

Dorothea Sartorius wartete vor der Kirche in einem Sonnenfleck, sie rauchte eine Zigarette. Als sie Miriam sah, huschte ein nervöses Lächeln über ihr Gesicht. Dann bemerkte sie Max und das Huhn, und plötzlich fiel alle Anspannung von ihr ab. Neugierig beugte sie sich über die beiden und begrüßte Max, dann gab sie Miriam die Hand.

»Danke«, sagte sie nur. Ihr schmaler schwarzer Hosenanzug, die flachen Schuhe und das straff zurückgebundene Haar wirkten wie eine Hommage an das strenge Äußere des Fräuleins. Das gleißende Licht betonte die Falten rund um ihre Augen und den Mund, sie wirkte blasser und auch älter als bei ihrem letzten Zusammentreffen.

Miriam nickte, Dorothea Sartorius war zum ersten Mal seit mehr als vierzig Jahren wieder an der Schlei. Auch sie schien am Ende einer langen Reise angekommen zu sein.

Verstohlen sah sie sich nach Bo um. War er zu Fuß über den Strand gekommen? Sie sehnte sich danach, ihn zu begrüßen und seinen heiteren Wolkenaugen zu begegnen. Bei ihrem letzten Telefonat hatte er ihr erzählt, dass Elisabeth sich eine stille Andacht ohne religiöse Zeremonie ausbedungen hatte. Keinen Pastor, keine Predigt, keine Reden. Er würde Orgel spielen, anschließend sollte der Sarg auf dem kleinen Klosterfriedhof bestattet werden. Drei Herren in Schwarz warteten pietätvoll im Schatten des Kreuzgangs, sie würden den Sarg später mit Bo aus der Kirche tragen.

Dorothea Sartorius bemerkte ihren suchenden Blick. »Er ist schon hineingegangen«, sagte sie. Sie zog ein letztes Mal an ihrer Zigarette und ließ die Kippe fallen. Rosenrot leuchtete der lippenstiftgetränkte Stummel im Sand auf.

»Bo?«, fragte Miriam.

»Ja, Bo ...« Die Stifterin zögerte kurz, sie sah ihr in die Augen. »Ich habe den ganzen Nachmittag Zeit«, sagte sie dann, als wollte sie eine Verabredung mit ihr treffen.

»Gut.« Miriam nickte, ihr war ein wenig flau vor Enttäuschung, weil Bo nicht auf sie gewartet hatte. Mühsam zog sie die schwere Kirchentür auf. »Wollen wir hineingehen?«

Während Max mit dem Huhn nach oben auf die Orgelempore verschwand, schritt Dorothea Sartorius durch den Mittelgang nach vorne. Vor dem schlichten Holzsarg blieb sie stehen. Zwei Sträuße lagen darauf, Weißdornzweige und ein üppiges Gebinde aus Lilien und Margeriten. Beschämt durchzuckte es Miriam, dass sie nicht an Blumen für das Fräulein gedacht hatte. Sie war gar nicht auf die Idee gekommen, während Bo mit dem blühenden, aber stacheligen Weißdorn eine sprechende Wahl getroffen hatte.

Als sie sich setzten, begann er zu spielen. Eine Improvisation, so rätselhaft und verschlungen wie das Leben selbst. Bo spielte so schön, dass Miriam den Atem anhielt. Wie funkelnde Perlen sprangen die Töne durch das Halbdunkel der Kirche. Die Orgel sang, Klang und Raum verschmolzen zu einem ergreifenden Gefühl. Die Musik klang nach Versöhnung und Liebe, da war kein Platz mehr für Hass und Kälte und dunkle Gedanken. Sonnenlicht tanzte durch die Chorfenster und tupfte flirrende Muster auf den Sarg. Miriam schluckte, es fiel ihr schwer, sich das Fräulein darin vorzustellen. Hatte Elisabeth ihren Frieden gefunden?

Auf einmal bemerkte sie die Katzen. Sie waren überall, zwischen den Bänken, im Gang und am Altar. Sie nahmen Abschied, als begriffen sie, was geschehen war. Miriam blinzelte gegen die Tränen an. Gregors Beerdigung kam ihr in den Sinn, sie sah die vielen Menschen vor sich, die damals die Kirche bis auf den letzten Platz gefüllt hatten. Freunde, Bekannte und Kollegen. Ihr Leben war so viel stiller geworden seitdem. Wie eine unsichtbare Wand hatte sich sein Tod zwischen die alten Freundschaften geschoben. Oder hatte sie sich in ihrer Trauer verloren und die anderen nicht an sich heranlassen wollen?

Nach einer Weile konnte sie nicht mehr anders, sie musste sich zu Bo umdrehen und Dorothea Sartorius tat es ihr nach. Tränen liefen der Stifterin über die Wangen, und Miriam nahm tröstend ihre Hand.

»Ich habe so lange darauf gewartet«, murmelte die Sartorius bewegt. »Viel zu lange. Und nun ist es schon fast zu spät.«

Und dann, nach einem letzten Orgelbrausen, war es auch schon vorbei. Schweigend trugen die Männer den Sarg aus der Kapelle. Der winzige Friedhof lag an der Nordseite der kleinen Kirche, schlichte geschmiedete Kreuze markierten die einzelnen Gräber. Die klingenden Namen der alten Adelsgeschlechter, die darauf zu lesen waren, standen in einem seltsamen Kontrast zu dem zurückgezogenen Leben, das die Konventualinnen an diesem Ort geführt hatten. Die Krone einer hundertjährigen Buche überspannte den Rasen wie das Gewölbe einer Kathedrale. Winzige blaue Blumen wuchsen zwischen den Gräbern. Es roch nach feuchter Erde und Moos.

Nachdem der Sarg in die Erde hinabgelassen worden war, und Bo einige Zeilen aus einem Gedicht von Shelley vorgelesen hatte, verabschiedeten sich die Sargträger. Auch Max trollte sich davon, um mit dem Huhn durch das Kloster zu wandern. Ab und zu hörten sie seine Stimme, er ermahnte die Katzen, Frida in Ruhe zu lassen.

Zu dritt blieben sie am Grab zurück, schweigend und in Gedanken versunken. Bo wirkte noch immer sehr traurig, während der Bestattung hatte er seine Mütze abgenommen. Sein Haar war lang und dunkel, er hatte es am Hinterkopf zu einer Art lässigem Knoten verschlungen. Das dunkle Hemd, das er trug, verbarg die Tätowierungen auf seinen Armen.

Bo.

Miriam hätte so gern sein Haar berührt, ihm endlich einen Kuss gegeben, aber die Anwesenheit der Stifterin ließ sie zögern. Wie aufdringliche Straßenmusikanten lärmten all die unausgesprochenen Fragen zwischen ihnen im Hintergrund.

Es dauerte eine Weile, bis Dorothea Sartorius die Stille durchbrach.

»Sie hat mir vor kurzem geschrieben«, sagte sie und blickte auf. »Zum ersten Mal in all den Jahren. Sie schrieb, dass man sich nur gerettet fühlen könne, wenn man religiös ist. Irgendwie entsprachen dieser Ort und der Glaube wohl ihrem Wesen. Sie hat immer alles bis zum Äußersten getrieben.«

»Rettung im Sinne von Erlösung?« Bo sah sie nachdenklich an. »Ich habe sie nie beten sehen. Wenn sie in der Kirche saß, wirkte es immer so, als führte sie stumme Gespräche mit jemandem, den ich nicht sehen konnte. Als würde sie immer noch um den richtigen Weg ringen. Ich glaube, die Katzen standen ihr viel näher als Gott.«

Dorothea Sartorius lachte auf, und ihr Lachen nahm dem Moment die Schwere. Miriam bemerkte, wie die Erstarrung langsam von ihr abfiel.

»Was wird denn nun mit den Katzen – und aus dem Kloster?«, fragte sie vorsichtig.

Bo schaute sie an. Er lächelte leise, als würde er die Antwort schon kennen, aber er schwieg. Im nächsten Moment bückte er sich nach einem pausbäckigen Kater, der ihm um die Beine strich. Er nahm ihn hoch und kraulte sein Köpfchen, dann drückte er ihn Dorothea Sartorius in die Arme. Die Stifterin blickte überrascht auf, das Blau ihrer Augen glich den sternförmigen Blüten im Gras. Sie streichelte den Kater, der sich schnurrend an sie schmiegte.

»Wir werden das Kloster in ein Therapiezentrum umbauen«, sagte sie und klang dabei so, als wäre dieser Plan bereits vor langer Zeit in ihr herangereift. »Das Kloster ist ein guter Ort, um sich seiner Trauer und seinen Ängsten zu stellen. Und Bo ...«

Sie setzte den Kater zurück ins Gras, dann wandte sie sich ihm zu, ihre rechte Hand streifte kurz seinen Arm. Weißes Sonnenlicht rieselte durch das Dach der Buche und hüllte die beiden ein. Auf einmal kam es Miriam so vor, als blickte sie durch das Objektiv einer Kamera. Autofokus: Das Bild stellte sich scharf.

Der Gaukler.

Und die Stifterin.

Durch den Zoom konnte sie das Verbindende erkennen. Da war eine ungeheure Kraft zwischen ihnen, eine Energie, Liebe, etwas, das durch alle Zeiten Bestand haben würde. Unbegrenzte Verschränkung? Miriam schnappte nach Luft. Auf einmal spürte sie, dass Elisabeth recht gehabt hatte.

Bo war Dorotheas Sohn.

Die Erkenntnis traf sie wie ein sengend heißer Blitz, sie zuckte zusammen.

Bemerkte Bo es auch?

Sie schaute ihn an, sah ihn lächeln, sah ihn Liebe verströmen und musste zur Seite blicken. Sie spürte, dass sich die beiden heute nicht zum ersten Mal begegneten.

»Und Bo kann hierbleiben, wenn er möchte«, beendete Dorothea Sartorius ihren Satz. Über ihnen raschelte eine Taube in den Ästen. »Die Musik wird ein fester Bestandteil der Therapie werden.«

»Wir?«, fragte Miriam nach einer Weile leise, sie wunderte sich, woher das Wort kam.

»Die Stiftung.« Dorothea Sartorius suchte ihren Blick. »Das Kloster gehört zum Stiftungsvermögen, die Stiftung hat es der Ritterschaft vor ein paar Jahren abgekauft, als hier alles aufgelöst werden sollte.«

»Dann wussten Sie also …?«

Die Stifterin nickte. »Ja, ich wusste, dass Elisabeth sich hierher zurückgezogen hatte. Und sie wusste, dass ich es wusste. All die Jahre gab es wohl so etwas wie eine stillschweigende Übereinkunft zwischen uns.«

»Sie haben sie für ihr Schweigen bezahlt«, sagte Miriam scharf. Auf einmal hatte sie das Gefühl, kein einziges verschleiertes Bruchstückchen einer scheinbaren Wahrheit mehr ertragen zu können, ohne daran zu ersticken. »So wie Ihr Mann die Familie des Unfallopfers abgefunden hat.«

»Nein, ich …«

Dorothea Sartorius schüttelte den Kopf, sie schaute zu Bo, als ob er ihr helfen könnte.

»Miriam …« Bo suchte ihren Blick, seine Stimme klang wieder fest, als wüsste er, was zu tun war. »Vielleicht solltet ihr einen Spaziergang machen, unten am Wasser. Ich nehme deinen Wagen und fahre mit Max zurück zur Kate.«

Am Strand ging es besser. Eine Weile liefen sie stumm nebeneinanderher, aber dann blieb Dorothea Sartorius plötzlich stehen.

»Fragen Sie!«, forderte sie Miriam auf. »Ich trage das alles schon viel zu lange mit mir herum.«

»Dann waren Sie also tatsächlich dabei? Kommando Marguerite, die drei Toten?« Miriam umklammerte das Handy in ihrer Jackentasche, ihre Knie gaben nach, die Schläfen pochten. Wollte sie die Wahrheit wirklich erfahren?

»Ja«, antwortete die Stifterin mit fester Stimme, sie beschirmte die Augen und sah zum Horizont. Auf der Schlei lag ein silbriger Glanz, die sanfte Brise kräuselte das Wasser wie Seidenpapier. Möwen ließen sich vom Wind tragen und zogen weite Kreise. »Wir waren an die Schlei gekommen, um den Senator zu entführen. Ich sollte mir sein Vertrauen erschleichen. Elisabeth hat Ihnen sicherlich erzählt, was dann geschah.«

»Sie verliebten sich in sein Geld und verrieten Ihre Freunde.«

Dorothea Sartorius schüttelte energisch den Kopf.

»Ich habe mich in Peter Sartorius verliebt. In den Menschen, in seine Warmherzigkeit und Güte. Er war mehr als der Senator, der Reeder, der Bonze. Er war kein Schwein. Und er hat mich wieder zu einem Menschen gemacht. Er wusste von Anfang an, was wir planten. Er hat mir sein Leben anvertraut.«

»Peter Sartorius war informiert?«

Miriam schaute Dorothea Sartorius skeptisch an. Vor dem schräg einfallenden Licht der Nachmittagssonne glich ihr Profil einem dunklen Scherenschnitt.

»Ihm war bewusst, dass er gefährdet war. Und er war nicht so naiv zu glauben, dass eine junge schöne Frau lediglich an seinem Esprit und seinen tadellosen Manieren interessiert war. Als ich das erste Mal in seinem Haus am Noor war, hat er mich gefragt, was ich von ihm wollte – sein Geld oder sein Leben.«

»Was haben Sie ihm geantwortet?«

»Was sollte ich ihm antworten, er wusste ja schon alles. Seine Sicherheitsleute hatten mich gecheckt, als er im *Fischerhof* auf mich aufmerksam geworden war. Und er hatte Verbindungen zum BKA. Er wusste, woher ich kam, und er wusste wohl auch, wer Bastian war. Den Rest konnte er sich zusammenreimen. Er hat mir auf den Kopf zugesagt, dass ich ihn in eine Falle locken sollte.«

»Und er hat Sie trotzdem zu sich eingeladen?«
»Er hat mir vertraut. Mir und seiner Menschenkenntnis.«
»Und Sie …?«

Dorothea Sartorius lächelte wehmütig, für ein paar Sekunden schloss sie die Augen und bot ihr Gesicht der Sonne dar.

»Ich bin gegangen, ohne ein Wort zu sagen. Ich bin zu Bastian ins Bett gekrochen und habe mit ihm geschlafen. Ich habe darauf gewartet, dass sie uns verhaften. Aber nichts geschah. Da waren nur die Stimmen in meinem Kopf, die miteinander kämpften. Der Hass auf das System und meine Gefühle für Peter. Eine Woche später war ich wieder bei ihm. In dieser Nacht haben wir lange diskutiert. Über das System und über die Möglichkeiten, etwas zu verändern. Ohne Gewalt. Im Morgengrauen haben wir uns das erste Mal geküsst.«

»Peter Sartorius hat sie – er hat sie bekehrt?«

Miriam schüttelte den Kopf. Der Senator und die junge Radikale, was für eine sonderbare Vorstellung. Hatten die beiden in jener Nacht Musik gehört, eine Flasche Rotwein geleert und über eine Gesellschaft jenseits der Gewalt gesprochen? Hatte der Reeder ihr das gewaltverherrlichende Denken und den Irrsinn des linksradikalen Kampfes aufzeigen können? Hatte er ihr tatsächlich einen anderen Weg gewiesen?

Let it be.

Dorothea Sartorius schwieg, sie suchte in ihrer Tasche nach einer Zigarette. Vom Wind abgewandt, zündete sie die Gauloise an. »Er hat mich nicht bekehrt«, antwortete sie zwischen zwei Zügen. »Er hat mir nur gezeigt, wer er war. Und wie er war: sensibel, souverän und schlau. Er hat mein Feindbild untergraben. Er war kein Schwein. Er war ein warmherziger Mensch, der mir sehr nahegekommen ist. Der meinen Kummer gesehen hat, meine Wut. Peter hat mich gesehen. Und ich konnte mich ihm gegenüber einfach nicht erklären. Ich konnte ihm nicht erklären, woran ich glaubte.«

»Sie konnten sich ihm nicht erklären?«

»Ich war immer gegen Gewalt gewesen. Ich hatte gegen den Vietnamkrieg demonstriert, gegen die vielen Toten. Und nun war ich selbst bereit zu töten. *Ich* war zu einem Schwein geworden. Da habe ich begriffen, dass der Kampf aussichtslos ist. Dass wir nichts verändern würden. Dass es lediglich noch mehr Tote geben würde. Peter hat mir in dieser Nacht die Augen geöffnet. Er hat mich gerettet.«

»Und dann sind Sie einfach ausgestiegen?« Miriam strich sich das Haar aus der Stirn, sie konnte nicht glauben, was Dorothea Sartorius da von sich gab. Konnte eine einzige Nacht ein Leben und ein Gedankengebäude derart radikal verändern, oder türmte sie einfach weitere Lügen vor ihr auf?

»Haben Sie tatsächlich geglaubt, dass die Gruppe Sie gehen lassen würde?«

»Nein.« Dorothea Sartorius zog wieder an ihrer Zigarette, sie stieß den Rauch lautlos aus. »Ich weiß nicht, woran wir in diesen wunderbaren Tagen und Nächten in seinem Haus geglaubt haben. Aber wir haben die Katastrophe nicht kommen sehen.«

»Wir?«

»Ich bin einfach bei Peter geblieben, ich habe mich in seinen Armen verschanzt. Ich war feige, denn ich habe mich den anderen nicht gestellt. Ich habe sie in dem Glauben gelassen, dass die Aktion läuft und ich Peter etwas vorgaukele. Dass ich ihnen wie geplant Zutritt zum Anwesen verschaffe. Das war mein Verrat. Als sie in der Nacht des 4. September kamen, hatte der Leibwächter tatsächlich frei. Peter hat ihnen die Tür geöffnet, mit seinem Jagdrevolver in der Hand. Er hat sich ihnen gestellt, und er hat wohl bis zuletzt gedacht, dass er Bastian und Guido auch ohne Gewalt zur Umkehr bewegen könnte. Er hat es einfach gehofft.«

»Dann hat Ihr Mann auf die beiden geschossen?«

»Nein, ich habe geschossen.« Dorothea Sartorius ließ die halb aufgerauchte Zigarette fallen und schaufelte Sand über die Glut. Sie sah Miriam nicht an. »Als Peter die Tür öffnete, begriffen die beiden, dass er Bescheid wusste. Bastian zückte sofort seine Waffe. Da war so viel Hass in seinem Gesicht, ich wusste, dass er ihn erschießen würde. In dem Moment wurde mir klar, dass ich Peter liebte. Ich stand hinter ihm, an der Treppe, und habe gefeuert. Ich habe Bastian die Pistole aus der Hand geschossen. Guido erwiderte das Feuer, und dann schoss Peter. Die beiden sind durch den Wald getürmt, und er ist ihnen nach. Ich glaube, er hat noch ein paarmal in die Luft gefeuert, um sicherzugehen, dass sie wirklich verschwinden.«

»Das war also der Schusswechsel, den Elisabeth gehört hat.«

Dorothea Sartorius nickte stumm. Sie griff sich ins Haar und zog die Klammern heraus. Das gelöste Haar floss ihr über die Schultern, auf einmal sah sie aus wie eine Amazone. Eine Amazone mit silbrigem Haar.

»Woher hatten Sie die Waffe?«

»Wir hatten alle eine Waffe, Bastian hatte das organisiert. Ich trug meine Pistole immer bei mir, in meiner Jacke, selbst als ich im *Fischerhof* gekellnert habe. Peter wusste davon.«

»Und nach dem Schusswechsel kam es zu dem Unfall auf der Landstraße?«

»Ich kann Ihnen nicht sagen, was dann geschah. Guido hatte mich erwischt, ein Bauchschuss. Als Peter zurückkam, war ich an der Treppe zusammengebrochen. Die Ärzte haben mein Leben gerade so retten können. Als ich im Krankenhaus aufwachte, waren Bastian und Guido tot. Und Elisabeth war verschwunden. Erst später haben wir herausgefunden, wo sie untergetaucht war.«

»Sie sind damals schwer verletzt worden?«

Dorothea Sartorius nickte, mit einer schnellen Bewegung knüpfte sie die Bluse auf und zog das Hemd hoch. Quer über ihren Bauch, knapp unterhalb des Nabels, verlief eine lange hässliche Narbe. »Ich habe keine Kinder mehr bekommen können«, sagte sie leise.

Miriam schwieg betroffen. Wie in einem Film zogen Bilder durch ihren Kopf. Sie sah eine schwerverletzte junge Frau, Blut, das durch die Kleidung sickerte. Sie sah, wie sich Ärzte und Sanitäter über die Verletzte beugten. Blaulicht und Sirenengeheul. Ein diffuser Schmerz flackerte in ihrem Bauch auf, als bekäme sie ihre Tage.

September 1972. Drei Tote. Die Schlei.

»Und Ihr Mann hat das alles vertuschen können?«, fragte sie nach einer Weile fassungslos.

Dorothea Sartorius hob die Hände, ihr Haar flatterte im Wind. Die Sonne schien sie nun von hinten zu durchleuchten, sie wirkte irgendwie durchscheinend, fast transparent.

»Wir haben uns geliebt, und Peter hat alles dafür getan, dass wir zusammenbleiben konnten. Ja, da ist Geld geflossen, in den Polizeisport, in eine neue Kinderklinik, in den Bau eines Reihenhauses, in drei Grabstellen auf dem Kappelner Friedhof. Und später, als das Kloster aufgelöst werden sollte, hat die Stiftung es der Ritterschaft abgekauft. Die Stiftung hat Elisabeth einen ruhigen Lebensabend ermöglicht.«

»Ihr Mann hat Ihnen die Freiheit erkauft.«

»Peter war Kaufmann – und er besaß die Gabe, Chancen und Risiken gegeneinander abzuwägen. Ja, er hat die Chance genutzt, die uns dieser schreckliche Unfall und das Attentat in München boten. Er hat mir die Möglichkeit gegeben, mein Leben zu ändern und Gutes zu tun. Glauben Sie wirklich, dass eine Haftstrafe etwas am Lauf der Geschichte verändert hätte?«

»Nein, aber Sie hätten darüber sprechen müssen. Sie hätten das alles nicht verschweigen dürfen. Sie hätten der Vernunft eine Stimme geben müssen.«

Miriam verstummte, sie dachte an das Schweigen der anderen, die heute noch im Gefängnis saßen. Und an die Spirale der Gewalt, die daraus entstanden war. Wie viele Menschen waren den Terroristen noch bis zur Selbstauflösung der RAF im Jahr 1998 zum Opfer gefallen? Wie viele waren verletzt worden, und wie viele Angehörige trauerten noch heute um die Toten? Es war noch nicht vorbei, das alles war noch längst nicht Geschichte.

Dorothea Sartorius suchte ihren Blick, sie nickte. »Ja, das habe ich mir tatsächlich vorzuwerfen. Ich habe seitdem im Schatten jenes Schweigens leben müssen. Und mit der Angst und dem Wissen, über diese Nacht niemals sprechen zu können. Ich war nie wirklich frei, denn ich hatte Schuld auf mich geladen. Große Schuld. Glauben Sie mir, ich hätte alles dafür gegeben, nie an die Schlei gefahren zu sein. Und doch habe ich hier oben so etwas wie mein Glück gefunden. Meine Bestimmung. In meinem Leben ist das Gute wohl unauflöslich mit dem Bösen verstrickt.«

Die Stifterin sah ihr noch immer in die Augen, auf ihrem Gesicht spiegelten sich Trauer und Erleichterung zugleich. Fühlte sie sich erlöst?

Miriam verschränkte die Arme vor der Brust, auf einmal hatte sie das Gefühl, einer lange geprobten Inszenierung beizuwohnen. In ihrem Inneren wogte eine Welle der Enttäuschung. Sie fühlte sich getäuscht, hintergangen, benutzt. Das strahlende Bild der großherzigen Stifterin verwandelte sich in das Zerrbild einer unaufrichtigen berechnenden Frau.

»Sie hätten weiterhin schweigen können«, sagte sie bitter. »Elisabeth ist tot. Warum sprechen Sie jetzt?«

Dorothea Sartorius schwieg einen Augenblick, dann zeigte sie in die Dünen. »Ich bin müde. Wollen wir uns nicht setzen?«

ACHTZEHN

Der Sand war warm, Miriam vergrub die Hände darin. Dorothea Sartorius streckte sich neben ihr aus und verschränkte die Arme hinter dem Kopf. Ihr Blick folgte den kleinen knubbeligen Wolken, die gemächlich über den Himmel zogen. Sie wirkte erschöpft, offenbar hatte sie es sehr viel Kraft gekostet, die verdrängten und zurückgedrängten Bilder ihrer Vergangenheit zu heben.

Miriam betrachtete sie, ihre Gesichtszüge waren noch immer unangreifbar schön. Plötzlich hatte sie Bilder reifer Schauspielerinnen vor Augen: Faye Dunaway, Catherine Deneuve, Jane Fonda. In diesem Moment hätte sich die Sartorius auch für ein Shooting in den Dünen räkeln können.

»Ich verstehe das alles nicht«, murmelte sie. »Wie sind Sie da nur hineingeraten?«

Dorothea Sartorius drehte den Kopf zur Seite, ihr Haar verschmolz mit den Flechten im Sand. »Nein, das können Sie auch nicht«, antwortete sie. »Deshalb muss ich Ihnen noch mehr von mir erzählen. Ich muss von vorne beginnen.«

Und dann sprach sie über ihre Kindheit. Sie erzählte von dem im Krieg vermissten Vater, der kalten Mutter, der kleinen Schwester, die mit vier Jahren an einer Lungenentzündung gestorben war. Nach der Schule war sie ausgezogen und nach Westberlin gegangen. Sie hatte in Studentenkneipen gejobbt und in Clubs Musik gemacht, war Teil der jungen Beatszene gewesen. Das legendäre Konzert der Rolling Stones hatte sie als Hostess des Veranstalters hinter den Kulissen erlebt.

»Die Stones galten als die härteste Band der Welt, aber eigentlich waren es nur fünf Jungs mit schmutzigen Hemdkrägen, verbeulten Hosen und schlechten Manieren, die verdammt gute Musik machten«, sagte sie, als Miriam sie nach den Musikern fragte. Nachdem die Tumulte in der Waldbühne losgebrochen waren, war sie mit dem Stones-Tross ins Hotel geflüchtet. Der Rest der Nacht war in einem Nebel aus Alkohol und Rock'n'Roll versunken.

»Brian Jones war süß, und er küsste wie ein junger Gott. Aber er hatte so viel Zeug eingeschmissen, ich wusste gar nicht, ob er mich küsste oder irgendein Traumbild seines Trips. Und er wusste es wohl auch nicht. Ich habe ihn nie wiedergesehen. Alles, was von dieser Nacht blieb, waren die Krawallbilder, die prügelnden Polizisten und die Bigotterie der Presse, die die Randale mit ihrer Kampagne gegen die Fans ja geradezu heraufbeschworen hatte.«

Und dann war sie schwanger gewesen. Zum Vater ihres Kindes sagte sie nichts, vielleicht wusste sie auch nicht, wer er war. Die Schwangerschaft hatte sie in eine tiefe Krise gestürzt, sie hatte sich nicht zu helfen gewusst. »Ich habe mein Kind nach der Geburt weggegeben«, fuhr sie fort und ihre Stimme bebte. »Die Adoption war der größte Fehler meines Lebens. Ich habe jeden Tag um mein Baby getrauert.«

Danach geriet alles durcheinander, mit dem Kind hatte sie auch sich selbst verloren. Der Faden ihrer Erinnerung wurde brüchig, immer wieder stockte Dorothea Sartorius, als wusste sie nicht mehr weiter. Die zweite Hälfte der Sechzigerjahre schien in einem Strudel aus Kummer und verzweifeltem Hass gegen den bürgerlichen Mief durcheinanderzuwirbeln. Sie hatte immer weniger Musik gemacht und sich immer stärker aufgelehnt. Nicht nur gegen sich selbst. Irgendwann hatte sie

Bastian auf einer Demonstration kennengelernt. Und mit ihm die Gruppe. Ihre Verzweiflung war inzwischen so groß gewesen, dass sie selbst vor der Gewalt nicht mehr zurückschreckte, um ihren Kummer zu betäuben.

»Der Hass auf das System war die giftige Blüte meiner Trauer um mein Kind«, sagte sie, und in ihren Augen schwammen wieder Tränen. »Heute verstehe ich das, aber damals kam es mir so vor, als ob diese ganze verlogene Nachkriegsgesellschaft für mein Unglück verantwortlich war. Ich fühlte mich Frauen wie Ulrike Meinhof und Gudrun Ensslin nahe. Ich habe sie für ihren Mut bewundert. Lieber wütend, statt hilflos zu sein, das hat mir imponiert. Ich wollte etwas tun. Bastian hatte die Idee, den Senator zu entführen, um die Gefangenen freizupressen. Und ich habe mitgemacht. Ich habe tatsächlich mitgemacht, bis ich Peter kennengelernte. Da habe ich begriffen, dass wir es nicht nur auf ein Symbol, sondern auch auf einen Menschen abgesehen hatten. Und dass wir einen Menschen töten würden, wenn die Aktion schiefgehen sollte. Wir waren keine Revolutionäre, wir waren Terroristen. Verblendete rohe Gewalttäter.«

Miriam nickte beklommen. Auf einmal konnte sie die Sartorius verstehen. Ein wenig jedenfalls. Auch sie hatte nach Gregors Tod gehasst. Den Attentäter, die Redaktion, die ihren Mann in den Nordirak geschickt hatte, und sich selbst, weil sie ihn widerspruchslos hatte ziehen lassen. Weil sie seinem Optimismus vertraut hatte. Doch in der Therapie hatte sie begriffen, dass der Hass keinen Trost spendete. Der Schmerz blieb, und er veränderte sich nicht. Am Ende all der hasserfüllten Gedanken war er immer noch da – heftig und bohrend. Sie würde mit ihrem Schmerz leben müssen und vielleicht auch mit dem Raben, der eigensinnig unter ihren Rippenbögen auf und ab trippelte. Der krächzend mit den Flügeln schlug und ihre verschorften Wunden immer wieder aufbrechen ließ.

»Was ist aus Ihrem Kind geworden?«, fragte sie leise und dachte unwillkürlich an Elisabeths Worte.

Dorothea Sartorius sah sie an, als versuchte sie, ihre Gedanken auszuloten. »Peter hat mir geholfen, nach meinem Kind zu suchen«, fuhr sie schließlich fort. Und durch seine Kontakte konnte unser Anwalt die Akten tatsächlich einsehen. Die Familie war in die DDR gegangen, wir kamen buchstäblich nicht an ihn heran. Aber ich habe Bilder von ihm gesehen. Von meinem Sohn. Es war tröstlich zu wissen, dass es ihm gut ging, dass er liebevolle Eltern hatte und sich geborgen fühlte. Dass er die Musik liebte. Und nach dem Mauerfall ...« Wieder verstummte sie und sah ein paar Möwen nach, die quer über den Strand flogen. »Mein Sohn war inzwischen ein junger Mann. Er wollte reisen, die Welt erkunden, die ihm so lange verschlossen war. Einmal habe ich vor ihm gestanden, am Strand von Ko Samui. Aber er war so glücklich, so sehr mit sich im Reinen. Er brauchte mich einfach nicht, und ich habe ihm seinen sicheren Hafen nicht nehmen wollen. Aber ich wusste immer, wo er war und ob es ihm gut ging.«

»Bo«, flüsterte Miriam, die Worte der Stifterin trafen etwas bodenlos Weiches in ihr. »Es ist tatsächlich Bo?«

Dorothea Sartorius nickte flüchtig, die Wolken spiegelten sich in ihren Augen.

»Aber es kann doch kein Zufall sein, dass er hier oben an der Schlei gelandet ist. Dass er im Kloster arbeitet und Elisabeth versorgt hat.«

»Zufall?« Dorothea Sartorius setzte sich auf und schüttelte den Sand aus ihrem Haar. »Die Stiftung hat vor ein paar Jahren einen Drachenbauwettbewerb an der Ostsee ausgelobt, die Drachen sind zugunsten traumatisierter Kinder versteigert worden. Bo hat sich mit seinen Arbeiten beworben, und er war der Beste. Der Himmelsgaukler. Es war seine Entscheidung, an der Schlei zu bleiben. Er hat die alte Kate entdeckt und renoviert, und den Job im Kloster hat er wegen der Orgel angenommen. Er hat sie wieder zum Leben erweckt. Ich weiß nicht, ob das alles Zufall ist. Und ich weiß auch nicht, ob es Zufall ist, dass wir beide uns kennengelernt haben. Was denken Sie über all diese Verzweigungen und Querverbindungen?«

Miriam schwieg. Was sie in diesem Moment über die ganze Geschichte dachte, ließ sich nur schwer in Worte fassen. Es war, als ob es eine verborgene Ebene in dieser Sache gab, einen Ort, eine Zeit, eine Dimension, in der alles miteinander verwoben war. Sie sah auf das Wasser hinaus, lauschte dem Summen und erinnerte Bos Worte: War die Wahrheit tatsächlich nur eine Sache der Vorstellungskraft?

»Elisabeth hat mir erzählt, dass Bo Ihr Sohn ist«, sagte sie schließlich. »Kurz bevor sie gestorben ist.«

»Sie hat es gewusst?« Dorothea Sartorius warf ihr einen ungläubigen Blick zu. Licht und Schatten zogen über ihr Gesicht, als leuchtete der Himmel die dunkelsten und hellsten Seiten ihrer Persönlichkeit aus. »Ich habe nie über die Adoption gesprochen. Niemals. Peter war der Erste, der davon erfahren hat. Und auch später ...« Sie schüttelte ratlos den Kopf.

»Dann hat sie es also ... gespürt?« Miriam dachte an ihre erste Begegnung mit Elisabeth zurück, an den Moment, als sie behauptet hatte, Gregor und das Äpfelchen zu sehen. »Sie nannte das Unbegrenzte Verschränkung.«

»Physik?« Dorothea Sartorius sah sie lange an, dann schüttelte sie entschieden den Kopf. »Vielleicht ist das einfach etwas von diesen Dingen zwischen Himmel und Erde, die wir nie ganz begreifen werden.«

Im Wagen, auf dem Rückweg ins Dorf, schweigen sie beide. Dorothea Sartorius saß sehr aufrecht am Steuer des Käfers, sie schien den Weg zu kennen. Das Tuckern des alten VW-Motors klang wie der melancholische Sound einer längst vergangenen Zeit.

Vor Bos Kate hielt sie an. Sie ließ den Motor laufen, als hätte sie nicht die Absicht auszusteigen.

»Wollen Sie nicht mit reinkommen?«

Miriam blieb verwundert sitzen. Bo und Max waren längst zurück, ihr Wagen stand am Zaun. Sie sah Frida, die auf der Wiese unter den alten Obstbäumen scharrte.

»Ich muss zurück nach Hamburg.«

»Und Bo?«

»Ich habe ihn eingeladen, mich an der Elbe zu besuchen.«

»Aber ...«

»Ich bin schon heute Morgen gekommen«, sagte Dorothea Sartorius mit einem feinen Lächeln auf den Lippen. »Mit einem Apfelkuchen im Gepäck. Wir haben über Elisabeth gesprochen und darüber, was aus dem Kloster wird. Ich hatte den Eindruck, dass er nicht mehr von mir wissen wollte.«

»Dann hat er Sie nicht gefragt ...?«

»Nein, das hat er nicht. Aber er hat mir einen ganz wunderbaren Kaffee gekocht, schwarz und stark, so wie ich ihn mag.«

Miriam schüttelte den Kopf, verblüfft schaute sie die Stifterin an. Offenbar gab es zwischen Mutter und Sohn eine Ebene, ein Verständnis, das ihr nicht zugänglich war. Auf einmal kam es ihr so vor, als ließen die beiden sie mit ihrem Wissen allein.

»Was wird aus der Preisverleihung?«, fragte sie leise. Mit Unbehagen dachte sie an die kommende Woche und an das fällige Gespräch mit Anna.

Die Sartorius drehte sich zu ihr und nahm ihre Hand. »Ich habe mich Ihnen anvertraut«, sagte sie. »Geben Sie mir noch ein wenig Zeit, dann wird sich alles finden. Das verspreche ich Ihnen.«

»Aber ...« Miriam holte tief Luft, in ihrem Inneren sträubte sich alles. Sie sah die Preisträger vor sich, die sie gerade erst besucht hatte. Ihr Engagement und ihre Initiativen hatten sich eine Auszeichnung verdient, die über jeden Zweifel erhaben war. Dann dachte sie an ihr Porträt über die Stifterin und an die *Anabel* und deren tadellosen Ruf, der auf dem Spiel stand. »Ich bin Journalistin«, sagte sie, »ich bin der Wahrheit verpflichtet.«

»Vertrauen Sie mir?«

Die Sartorius drückte ihre Hand, ganz kurz, dann ließ sie sie wieder los.

Miriam schwieg, sie schaute zum Seitenfenster hinaus. Das Haus sah freundlich und einladend aus. Vertraut, fast schon wie ein Zuhause. Ihr Blick fiel auf das Windspiel neben der Tür. Sie meinte, es klimpern zu hören.

»Ich muss darüber nachdenken«, sagte sie, als sie ausstieg. »Ich melde mich bei Ihnen.«

Bo und Max sahen nur flüchtig auf, als sie in die Kate kam. Sie saßen am Tisch und beugten sich über eine Zeichnung. Nur der Hund kam freundlich wedelnd auf sie zu.

»Wir bauen einen Drachen«, sagte Max, als sie ihm einen Kuss auf die Locken drückte.

»Noch einen?«

Miriam schaute sich um, der Ritter hing schlaff über dem Treppengeländer, er sah so aus, als hätte er die Lust am Fliegen verloren.

»Diesmal wird es wirklich ein Drache. Ein Glücksdrache.«

Max zeigte auf den roten Drachen, der wie ein Himmelsbote unter der Decke schwebte. Bos Meisterstück, hatte er mit einem ähnlichen Kunstwerk den Wettbewerb gewonnen? Dann fiel ihr Blick auf den Apfelkuchen, der mitten auf dem Tisch stand.

»Hat der Kuchen geschmeckt?«, fragte sie, fast ein wenig spitz.

Bo hob den Kopf, er lächelte. »Er schmeckt ganz wunderbar. Nach Apfelglück und Altem Land, würde ich sagen. Nimm dir doch ein Stück, Max hat auch schon probiert.«

»Nein, danke.« Miriam hatte keinen Appetit, sie fühlte sich ganz benommen. Wie dumpfes Donnergrollen hallten die Eindrücke und nur schwer fassbaren Erkenntnisse des Spaziergangs in ihr nach. Schweigend ging sie zum Herd und setzte Wasser auf.

»Hat sie dir erzählt, dass sie heute Morgen bei mir war?« Bo stand auf und trat zu ihr. Er trug wieder seine grüne Mütze und hatte das Hemd gegen ein T-Shirt eingetauscht. »Sie hat mich gestern Abend angerufen und gefragt, ob sie auf eine Tasse Kaffee vorbeischauen könnte. Ich habe erst vor ein paar Stunden erfahren, dass das Kloster Teil der Sartorius-Stiftung ist. Irgend so eine verschlungene treuhänderische Konstruktion, die man auf die Schnelle nicht durchblickt. Sie hat mit mir über Elisabeth und über die Zukunft des Klosters gesprochen. Sie wollte sichergehen, dass ich bleibe.«

»Ziehen die Katzen jetzt zu dir?«, fuhr Max dazwischen. Seine helle Stimme hallte durch den Raum. »Ich glaube nicht, dass sie sich mit den Hühnern vertragen.«

»Das Kloster wird umgebaut, Max«, erklärte Bo, er wandte sich ihm zu. »Aber ich denke, dass die Katzen bleiben können. Ich werde sie versorgen, das habe ich dem Fräulein versprochen.«

»Spielst du auch Orgel für sie?«

Bo lachte auf. »Ja, sonntags werde ich für die Katzen spielen, auch das habe ich versprochen.«

Miriam sah ihn sprachlos an. Bo war wieder ganz bei sich, als besäße er einen unverrückbaren Platz in der Welt. Da war kein Zweifel in seinen Augen, kein Zweifeln in der Stimme.

»Wie hast du das nur ausgehalten?«, murmelte sie und goss sich Tee auf. »Du hast hier mit ihr am Tisch gesessen und sie einfach reden lassen? Du hast dir ihre barmherzigen Samaritergeschichten angehört, obwohl du doch wusstest, dass sie ... dass sie vielleicht deine Mutter sein könnte.«

»Ich mag die Idee, das Kloster in einen Ort der Hoffnung zu verwandeln«, sagte Bo. »Findest du nicht, dass wir ihr eine Chance geben sollten?«

»Eine Chance?« Miriam lachte auf. »Aber was ist mit deiner Geschichte? Sie hat auch dich getäuscht, all die Jahre, die du schon hier bist. Mein Gott, Bo, Dorothea Sartorius ist doch nicht irgendwer. Sie ist ... sie ist tatsächlich deine Mutter, das hat sie mir bestätigt.«

Bo schwieg, sein Blick folgte dem Wasserdampf, der noch aus dem Kessel aufstieg und sich an den Fensterscheiben niederschlug.

»Meine Geschichte?«, fragte er schließlich und wandte sich ihr wieder zu. Er sah sie lange an, dann legte er eine Hand auf seine Brust. »Meine Geschichte trage ich hier – in meinem Herzen.«

Am Abend spielte Bo für sie, als wollte er sie versöhnlich stimmen. Seine Musik klang fremd und vertraut zugleich. Miriam betrachtete ihn, sie schaute auf seine Arme, die das Akkordeon umschlossen. Auf seine Hände, die mit den Fingern die Tasten und Knöpfe liebkosten. Für einen Moment wünschte sie sich, jeden Gedanken an die Stifterin einfach ausblenden zu können, so wie ihm das offenbar gelang. Dorothea Sartorius hatte ihm seinen sicheren Hafen nicht nehmen können, und sie beneidete ihn darum.

Miriam dagegen fühlte sich wie ein zum Bersten gefülltes Gefäß, randvoll mit Eindrücken und widersprüchlichen Emotionen. Wieder und wieder spulte sie in Gedanken das

Gespräch mit Dorothea Sartorius ab, während die Fragen auf sie einprasselten: Wer war sie damals gewesen, und wer war sie heute? War da mehr Licht oder doch mehr Schatten in ihrem Wesen?

Die Musik ließ immer neue Bilder in ihrem Kopf entstehen. Bilder, die sie nur schwer zu fassen bekam. Da war einfach keine Tiefenschärfe. Und je länger Bo spielte, desto mehr begann sie zu begreifen, dass es kein Schwarz und kein Weiß in dieser Sache gab. Immer wieder verschob sich ihr Urteil über die Stifterin, je nachdem von welchem Standpunkt aus sie Dorothea Sartorius' Leben betrachtete.

Miriam biss sich auf die Lippen, wie sollte sie mit ihrem Wissen umgehen? Wieder fragte sie sich, ob man die Stifterin in einem juristischen Sinne überhaupt anklagen könnte. Wogen mehr als vierzig wohltätige Jahre ihr Schweigen auf?

Auf einmal hörte Bo auf zu spielen, inmitten einer Melodie, die wie Meeresrauschen klang. Er schaute sie an. »Ich glaube, ich habe sie schon einmal gesehen«, sagte er. »An einem Strand, auf Ko Samui. Jetzt fällt es mir wieder ein. Da ist ein Bild von ihr, das sich mir eingebrannt hat.«

Miriam stutzte, sie schüttelte ungläubig den Kopf. »Du erinnerst dich daran?« Sie hielt kurz inne, dann sprudelten die Worte einfach aus ihr heraus. »Sie hat mir davon erzählt, vorhin am Wasser. Ihr Mann ist tatsächlich an deine Adoptionsakten herangekommen, aber die Mauer hat euch getrennt. Sie wusste, dass es dir gut geht. Und nach dem Mauerfall ist sie dir nachgereist.«

»Sie wollte mich kennenlernen?« Bo lächelte, er wirkte berührt, so als hätte er immer das sichere Gefühl gehabt, im Leben und in den Gedanken seiner Mutter vorzukommen. »Ja, jetzt erinnere ich mich an sie, ganz deutlich. Sie kam mir entgegen, an der Wasserlinie. Eine auffällig schöne Frau in einem leuchtend roten Kleid. Sie blieb vor mir stehen, als wollte sie mich ansprechen. Doch dann schüttelte sie den Kopf und lief einfach weiter. Ich habe mich nach ihr umgedreht und gesehen, wie sie schnell über den Strand ging und im Palmengürtel verschwand. Wenn sie sich noch einmal umgedreht hätte, wäre ich ihr nachgelaufen, um sie anzusprechen.«

»Sie sagte, du hättest damals so glücklich gewirkt, so ganz bei dir. Du hättest sie nicht gebraucht. Deshalb hat sie es nicht übers Herz gebracht, in dein Leben hereinzuplatzen.«

»Dann wusste sie immer, wo ich war?«

Miriam zuckte mit den Schultern. »In einem gewissen Sinne war sie bei dir, ja.«

»Und der Drachenbauwettbewerb – hatte sie da auch ihre Finger im Spiel?«

Miriam lächelte, Bo stellte die richtigen Fragen.

»Sie sagte, es sei deine Entscheidung gewesen, dich zu bewerben. Genauso wie es deine Entscheidung war, hierzubleiben und den Job im Kloster anzunehmen.«

Bo nickte, seine Augen schienen den Punkt über ihrem rechten Mundwinkel zu fokussieren. »Sie hat mich eingeladen, sie in Hamburg zu besuchen.«

»Wirst du fahren?«

Bo löste den Blick von ihren Lippen und ließ ihn durch den Raum schweifen. Er schwieg. Als wäre er gerufen worden, erhob sich Bodo von seinem Lager und trottete zu ihm. Freundlich stupste er ihn an, bis Bo ihm die Ohren kraulte.

»Was ist mit dir?«, fragte er nach einer Weile und sah sie wieder an, bis sie seinem Blick nicht mehr standhalten konnte und zur Seite schauen musste. »Hat sie dir die Antworten gegeben, die du gesucht hast?«

Miriam fuhr sich durchs Haar, sie seufzte. »Sie hat mich mit einem Berg von Antworten und noch mehr Fragen sitzenlassen. Ich weiß nicht, was ich tun soll.«

»Wegen der Preisverleihung?«

»Ja. Sie bat um ein wenig Zeit – und um mein Vertrauen.«
»Und das kannst du ihr nicht schenken?«

»Bo, ich muss meinen Artikel über Dorothea nächste Woche abgeben, das Heft geht bald in Druck. Ich habe keine Zeit mehr, und ich muss doch die Wahrheit schreiben. Die Wahrheit über Dorothea Sartorius, das bin ich … Das bin ich mir einfach schuldig.«

»Hat sie dich je belogen?«

Miriam stutzte, sie horchte in sich hinein. Die Erinnerungen an das Interview in der Elbvilla stiegen wieder in ihr hoch. An das vage Gefühl, die Stifterin nicht richtig zu fassen bekommen zu haben.

Let it be.

»Nein«, antwortete sie schließlich. »Sie hat mich nicht belogen, jedenfalls nicht direkt. Aber je länger ich darüber nachdenke, desto mehr meine ich, dass man niemals unaufrichtiger ist, als wenn man ganz dicht an der Wahrheit entlangmanövriert.«

»Ja.« Bo schwieg, als könnte er sie verstehen. Er sah sie an, dann legte er das Akkordeon zur Seite und kniete sich vor den Sessel. Miriams Herz zog sich zusammen. Wieder wünschte sie sich, zu dem Moment zurückkehren zu können, an dem sie ihn zum ersten Mal geküsst hatte. Sie sehnte sich nach dem warmen Licht, das durch ihren Körper gerieselt war. An das Gefühl von Schwerelosigkeit, an das ungestüme Begehren, den goldenen Strom.

Bo legte seine Hände auf die Sessellehnen. Er berührte sie nicht, aber sie konnte ihn spüren, wie eine Welle von Empfindungen, die zärtlich über sie hereinschwappte. Ihr Körper füllte sich mit Wärme und Licht, der Punkt über ihrem Mundwinkel pulsierte, ihr Herz weitete sich, so als könnten ihm Flügel wachsen.

»Du betrachtest die Geschichte von ihrem katastrophalen

Ende her. Aber wenn du dich in ihre Lage hineinversetzt, wenn du von vorne beginnst, kannst du sie dann nicht ... Kannst du sie nicht verstehen?«

»Bo, ich ...«

Miriam schloss die Augen, sie spürte, wie sie ihm entgegenrutschte. Zentimeter um Zentimeter. Ein wohliges Gefühl breitete sich in ihr aus und schien jeden Winkel ihres Körpers auszufüllen. Sie berührte seine Hände.

Plötzlich vibrierte das Handy in ihrer Hosentasche. Der Rabe schreckte auf, er krächzte alarmiert. Schuldbewusst zuckte sie zusammen.

Gregor.

Aus dem Hinterhalt überfiel sie ein Gefühl von Schuld, das Dilemma ihres Verlangens. Ihr Herz stolperte, bevor es hektisch zu klopfen begann. Sie öffnete die Augen.

»Nein«, sagte sie und schob Bos Hände von der Lehne. Dann sprang sie auf, wie auf der Flucht. »Die Wahrheit ist keine Frage der Perspektive. Die Wahrheit ist die Wahrheit.«

NEUNZEHN

Sie hatten sich nicht im Streit getrennt, aber doch in dem beklemmenden Bewusstsein, dass da etwas zwischen ihnen stand. Etwas Gewaltiges – der Schatten der Stifterin.

Am nächsten Morgen suchte Miriam ihr Gepäck zusammen. Als sie den Drachen verstaut hatte, rief sie nach Max, der bei den Hühnern war, und drückte ihm seinen Schlafbären in die Arme. »Frida bleibt hier«, sagte sie. »Sie ist einfach kein Stadthuhn.«

»Aber Mama ...«

Max sah sie ungläubig an, er schaute zu Bo, der am Zaun stand.

Bo zuckte mit den Schultern, er sah so aus, als ob er etwas sagen wollte, doch dann blieb er stumm.

»Dann bleibe ich auch hier.«

Max verschränkte die Arme, den Teddy im Würgegriff. Trotzig bohrte er die Schuhe in den Sand.

»Ich muss morgen arbeiten, Schatz. Bitte steig jetzt endlich ein!«

»Aber ich muss nicht arbeiten.«

»Du musst in den Kindergarten. Ich kann dich nicht hierlassen.«

»Doch, kannst du.«

Miriam seufzte auf, sie vermied es, Bo anzuschauen.

»Ich möchte, dass du jetzt einsteigst, Max«, sagte sie mit jener Mischung aus Sanftmut und Schärfe, die ihrem Sohn normalerweise signalisierte, dass es keinen Verhandlungsspielraum mehr gab.

»Nein!«

»Max ...« Bo löste sich vom Zaun und legte ihm die Hände auf die Schultern. »Deine Mama hat recht, ich habe hier nächste Woche einen Kurs. Ich kann mich nicht um dich kümmern.«

»Wirklich?«

Bo nickte, er sah traurig aus. So, als hätte er tatsächlich mit dem Gedanken gespielt, ihren Sohn für ein paar Tage bei sich zu behalten.

»Und Frida?«

Max gab noch nicht auf, er schaute seinen Freund voller Hoffnung an.

Bo schüttelte zerknirscht den Kopf. »Wenn deine Mama sagt, dass sie hierbleiben muss, bleibt sie hier.«

»Aber dann bin ich ja wieder ganz allein.«

Max drehte sich um und schlang seine Arme um Bo. Wie ein schlaffes Segel hing der Schlafbär an Bos langen Beinen herab. Miriam brach es fast das Herz, der Rabe in ihrer Brust raschelte mit den Flügeln, sein Gefieder knisterte. Fühlte Max sich tatsächlich so einsam?

»Ich komm dich mal besuchen, ja?«

Bo ging in die Knie und gab ihm einen aufmunternden Klaps auf den Rücken. Dann beugte er sich vor und flüsterte Max etwas ins Ohr.

»Einverstanden?«

Max überlegte kurz, sein Gesicht hellte sich auf. »Einverstanden!«

Miriam atmete auf. »Alles okay?«, fragte sie und reichte ihm die Hand.

Ihr Sohn schlug ein. »Alles okay«, sagte er, »aber nur, wenn ihr euch einen Kuss gebt und euch wieder vertragt.«

Miriam biss sich auf die Lippen, aber sie nickte. Doch als sie Bo umarmte, war er nicht mehr nur der Himmelsgaukler. Er war auch Dorothea Sartorius' Sohn.

Die Montagskonferenz fand im großen Eckbüro statt, meist war sie ein freundliches Warm-up für die Arbeitswoche. Die Redaktion hatte sich um den großen Tisch versammelt, und Anna saß mittendrin. Sie trug ein auffälliges Kleid, dessen kobaltblaue Farbe mit einem Strauß aus Schwertlilien, Lupinen und Gräsern auf ihrem Schreibtisch konkurrierte. Zügig, von Lachern und launigen Bemerkungen begleitet, wurden die Themen der Woche verhandelt. Für ein Reise-Special suchte Anna noch nach romantischen Hide-aways und kulinarischen Geheimtipps. Dann ging es um Picknickrezepte, Gartendekorationen und die schönsten Bücher für den Sommer. Als thematisches Schwergewicht hievte sie ein Dossier über Schönheitsideale und ein Plädoyer für mehr Selbstliebe auf die Agenda.

Anschließend war Miriam an der Reihe. Routiniert fasste sie den aktuellen Stand zum Sartorius-Preis zusammen. Als sie über ihren Besuch bei den Preisträgern sprach, wurde ihr auf einmal bewusst, dass es nur noch knapp vier Wochen bis zur Preisverleihung waren. Der Countdown lief. Wenn sie die Wahrheit über Dorothea Sartorius' Leben schreiben wollte, musste sie endlich mit Anna sprechen, um ihr noch eine Chance zu geben, die Veranstaltung abzublasen.

Oder war es schon zu spät für einen Notausstieg?

In Gedanken überschlug sie, wie viel Zeit und Geld bereits in das Projekt geflossen waren. Als sie Josephine Bakers furchtlosem Blick begegnete, verhaspelte sie sich. Sie benötigte einen Augenblick, bis sie den Faden wieder aufnehmen konnte.

»Ich habe am Wochenende deine Texte für die Broschüre gelesen«, sagte Anna, als sie geendet hatte. »Tolle Arbeit, Miriam! Besonders gut hat mir das Stück über die Flüchtlingsinitiative gefallen. Man merkt, dass dir das Thema am Herzen liegt.«

»Danke schön.« Miriam nickte unbehaglich, die Frage nach dem Stück über die Stifterin lag förmlich in der Luft. »Ich habe mit Frau Sartorius vereinbart, dass wir uns Ende dieser Woche abstimmen«, fuhr sie schnell fort.

Anna nickte und notierte sich etwas in ihrem Timer. »Alle Fragen geklärt?«, fragte sie beiläufig.

»Fast«, antwortete Miriam, sie umklammerte ihr schwarzes Notizbüchlein. »Vielleicht können wir im Anschluss noch einmal kurz ...«

»Was ist denn aus der Geschichte mit Mick Jagger geworden?«, fuhr eine junge Kollegin aus der Bildredaktion dazwischen. Offenbar hatte das Gerücht die Runde gemacht. Die anderen lachten, auch weil Anna die Augen verdrehte.

»Ich glaube, wir können für heute Schluss machen«, sagte sie und klappte ihren Timer geräuschvoll zu. »An die Arbeit, meine Lieben.« Augenzwinkernd klatschte sie in die Hände, und die Versammlung löste sich plappernd und Stühle rückend auf.

»Miriam?«

»Ja?«

Miriam war schon fast durch die Tür gewesen. Ihr Herzschlag beschleunigte sich, wie ertappt drehte sie sich um.

»Bleibst du bitte noch einen Moment.«

Miriam nickte und wartete, bis alle Kollegen den Raum verlassen hatten. Sie schloss die Tür und sammelte Mut.

»Zwei Sachen noch«, sagte Anna. »Ich habe immer noch nichts von unserem maghrebinischen Jamie Oliver gehört. Könnest du ihn bitte an seine Vita und die Proberezepte erinnern?«

»Nardim?«

So etwas wie Erleichterung rieselte Miriam den Rücken hinab. Ratlos zuckte sie mit den Schultern, eigentlich war sie davon ausgegangen, dass er sich längst mit der Redaktion in Verbindung gesetzt hatte. »Heute ist sein Café geschlossen. Mal sehen, ob ich ihn nachher erwische. Ich gebe dir morgen Bescheid, ja?«

»Gut.«

Anna suchte etwas auf ihrem Schreibtisch, und wieder wartete Miriam bang auf die Frage nach dem Sartorius-Porträt. Ihr Herz klopfte nervös, da war ein Pochen in den Ohren. Warum nur fiel es ihr so schwer, den Schleier zu lüften und über das zu sprechen, was Dorothea Sartorius hinter der Maske der hanseatischen Noblesse verbarg?

Auf einmal sah Anna mit einem spitzbübischen Lächeln auf. »Und die Mick-Jagger-Geschichte interessiert mich natürlich auch ...«

»Mick Jagger?«

Miriam brauchte ein paar Sekunden, bis sie schaltete. Sie atmete aus. »Der Sir und die Lady?«

Anna grinste. »Du tust so geheimnisvoll, da kommt doch bestimmt noch was«, sagte sie erwartungsvoll. »Hast du noch einmal mit ihr sprechen können?«

Miriam zögerte einen Augenblick, sie sah Dorothea Sartorius vor sich, so wie sie an der Schlei in den Dünen gelegen hatte. Die Tränen in ihren Augen, Licht und Schatten auf ihrem Gesicht. Ihre Wehrlosigkeit, den Kummer um den verlorenen Sohn und das sich daraus himmelhoch auftürmende Unglück. Wie flüchtig das Glück, wie zerbrechlich das Leben doch war! Plötzlich dachte sie, dass sie ihr noch ein wenig Zeit geben sollte, um sich öffentlich zu erklären. Diese eine Woche noch.

»Es war nicht Mick Jagger«, sagte sie schnell.

»Nein?«

»Sie hat mal mit Brian Jones geknutscht. Du weißt schon, dieser blonde Rebell, der später in seinem Pool ertrunken ist. Die beiden haben sich nach dem Stones-Konzert in der Berliner Waldbühne kennengelernt. Im September 1965.«

»Wow, dann war sie damals so was wie ein Groupie, eine frühe Uschi Obermaier?« Annas Augenbrauen hoben sich verzückt, Miriam dachte, dass sie ihr gleich applaudieren würde.

»Sie hatte keine Affäre mit ihm«, wiegelte sie ab. »Jedenfalls sagt sie das. Da war nicht mehr als eine wilde Knutscherei mit reichlich Alkohol und anderem Zeugs.«

Anna grinste, Miriam konnte ihre Gedanken förmlich von ihrem Gesicht ablesen.

»Ich hab mal gelesen, dass Brian Jones mit siebzehn sein erstes Kind gezeugt haben soll«, sagte sie. »Als er starb, hat er fünf oder sechs uneheliche Kinder hinterlassen.«

»Das wusste ich gar nicht.«

Miriam dachte an Bo und schüttelte den Kopf, um ihre galoppierenden Gedanken zu zügeln.

»Bin gespannt, ob die Sartorius das alles freigibt«, fuhr Anna fort. »Ich hoffe, da kommen noch mehr Überraschungen. Außerparlamentarische Opposition und so. Das war ja eine ziemlich turbulente Zeit damals.«

»Da bin ich noch dran.«

»Echt?«

Miriam nickte stumm, sie wich Josephine Bakers bohrenden Blicken aus.

»Das wird ja immer besser.«

Anna schnupperte an den Blumen, dann sah sie arglos lächelnd auf.

»Von deinem Freund?«, fragte Miriam schnell.

»Die Blumen?« Anna schüttelte den Kopf. »Ich habe heute Morgen mit dem Verleger gefrühstückt. Die Auflagenzahlen fürs erste Quartal sind gestiegen, ganz leicht, aber gegen den

Markttrend. Er hat mir gratuliert. Und er denkt über eine Erweiterung der Marke nach: eine Art *Best of Anabel*, zweimal im Jahr. Die spannendsten Reportagen und Porträts, die schönsten Bildstrecken und Rezepte, das Ganze auf hochwertigem Papier. Ein Heft zum Schwelgen und Genießen.«

»Das ist ja großartig!«

Miriam knetete das Notizbuch in ihren Händen. Sie freute sich für Anna, und sie gönnte ihr diesen Erfolg von Herzen. Als sie ihr Büro betrat und auf den Michel blickte, kam ihr der Gedanke, dass auch sie in ihren Gesprächen mit Anna ganz dicht an der Wahrheit entlangmanövrierte.

Max' Laune bewegte sich entlang einer gedachten Nulllinie. Nach dem Kindergarten lotste Miriam ihn in die Eisdiele. Doch weder Drachenfrucht mit Schokostreuseln noch ein ausgedehnter Besuch auf dem Spielplatz inklusive Rutschmarathon konnten ihm ein Lächeln entlocken. Beim Abendessen schob er seinen Teller mit Rührei vorwurfsvoll zur Seite und nippte lediglich an seinem Kakao.

»Immer noch so schlimm?«, fragte sie ihn.

»Ja.«

»Aber ich hab Bo doch einen Kuss gegeben.«

»Ja, aber nicht auf den Mund.«

Max presste die Lippen fest zusammen, wahrscheinlich hatte er gespürt, dass da etwas zwischen ihnen stand, das sie beide nicht so leicht zur Seite schieben konnten.

»Ich hab Bo doch auch gern.«

»Ja.«

»Aber mir geht es auch so wie dir – ich muss oft an Papa denken. Gerade jetzt …«

»Aber du hast doch gesagt, dass Papa ihn auch gernhaben würde. Und dass ich Bo liebhaben darf.«

Max verschränkte die Arme, er sah sie prüfend an.

»Aber zwischen liebhaben und etwas mehr ist ein gewaltiger Unterschied. Das geht nicht so einfach.«

»Meinst du so was wie Liebe?«

Miriam nickte.

Max atmete seufzend aus.

»Aber das ist doch ganz einfach«, sagte er leise. »Bo sagt, wenn das Herz einen doppelten Loop fliegt, dann ist es Liebe. Ganz bestimmt.«

Miriam lächelte. »Aber vielleicht fliegt das Herz nur einmal im Leben Looping. Und das ist mir bei Papa passiert.«

»Hm ...« Max schwieg, er sah zum Küchenfenster hinaus. Im Hof lärmten die Amseln, ein hohes alarmiertes Keckern.

»Loops kann man nicht verlernen«, erwiderte er schließlich.

»Sagt Bo?«

»Ja.«

»Ach Mäxchen ...« Sie streckte die Hände nach ihm aus, und er kam zu ihr und setzte sich auf ihren Schoß. Seine Locken kitzelten ihr Kinn, sie saugte seinen warmen klebrigen Kindergeruch in sich auf. »Ich mag Bo, wirklich. Aber ich bin mir nicht sicher, ob ich mein Herz schon wieder Loopings fliegen lassen will. Der Papa ...«

»Wenn du glücklich bist, ist Papa es auch.«

Miriam nickte, Max hatte ihre Worte nicht vergessen.

»Aber mit den Loopings ist das etwas anderes, mein Schatz.«

»Bo hätte uns nicht allein gelassen. Ganz bestimmt nicht.«

Auf einmal war da etwas Unbeherrschbares in seiner Stimme, eine wüste Mischung aus Wut und Enttäuschung. Miriam zuckte zusammen. Wie sollte sie ihm erklären, dass das Fotografieren für Gregor mehr als ein Beruf gewesen war? Dass es sein Leben gewesen war.

»Papa hat uns nicht allein gelassen«, sagte sie nach einem

Moment. »Und er hat immer gut auf sich aufgepasst, das weißt du doch. Das war einfach dieses verdammte ... Drachenpech.«

»Ich glaube, er hat uns gar nicht so doll geliebt.«

Max' Stimme klang nun schneidend und vorwurfsvoll, sein kleiner Körper versteifte sich, da war eine gewaltige Spannung in ihm. Noch bevor Miriam etwas erwidern konnte, sprang er auf und lief aus der Küche. Mit einem Knall flog die Kinderzimmertür hinter ihm zu.

Tränen, Wut und eine herzergreifende Versöhnung mit noch mehr Tränen. Schließlich war Max mit dem Drachen an seiner Seite eingeschlafen. Als Miriam erschöpft die Küche aufräumte, fiel ihr ein, was sie Anna versprochen hatte.

Nardim.

In seiner Wohnung sah sie noch Licht. Eigentlich sehnte sie sich nach ihrem Bett und einem tiefen, traumlosen Schlaf, aber dann lief sie doch schnell ins Vorderhaus hinüber und klingelte bei ihm.

»Miriam!«

Nardim öffnete die Tür mit Schwung. Er war barfuß und trug Jeans und T-Shirt, im Hintergrund hörte sie leise Musik. Schokoladenaromen wehten ihr entgegen.

»Entschuldige bitte ...«

Sie hatte ihn nur kurz an die Rezepte und seinen Lebenslauf erinnern wollen, aber er zog sie einfach über die Schwelle.

»Möchtest du etwas essen, trinken? Ich habe noch eine Flasche Rosé im Kühlschrank. Einen ganz wunderbaren Fleur de d'Artagnan.«

»Meine Chefin hat nach deinen Unterlagen gefragt. Die Herbstrezepte, du weißt schon.«

Zögernd folgte Miriam ihm den Flur hinunter. Seine Wohnung war etwas kleiner, aber ähnlich wie ihr Apartment geschnitten: drei Zimmer mit den breiten, tief gezogenen Fensterfronten der alten Pianofabrik, dazwischen ein Bad und eine offene Küche mit Balkon zum Hof. Während sie sich jedoch mit modernen Möbeln, klaren Linien und gedeckten Farben umgeben hatte, dominierten bei ihm warme sonnige Töne. An den Wänden hingen gerahmte Fotografien von quirligen Marktplätzen: Algier, Marseille und Paris? Goldgelbes Licht, Kaftane, fangfrischer glänzender Fisch und Berge von Obst, Gemüse und Gewürzen. Miriam blieb kurz stehen, die Bilder transportierten mehr als Farben – Gerüche und Geräusche schienen daraus aufzusteigen und ihre Sinne zu reizen.

Nardims Küchentisch war Arbeitsplatz und Buchablage in einem, zwischen kleinen Gläsern mit einer dunklen duftenden Creme brannte eine Handvoll Teelichter, als hätte er noch Besuch erwartet. Das nostalgische Sofa sah sie erwartungsvoll an.

»Komm, setz dich!«

»Nur ganz kurz ...«

»Ganz, ganz kurz.«

Nardim lachte, im Handumdrehen hielt sie ein Glas Rosé in den Händen.

»Wo ist Frida?«, fragte er, als er sich zu ihr aufs Sofa setzte. »Ich vermisse mein superfrisches Morgenei.«

»Wir haben sie bei Bo gelassen. Sie gehört einfach aufs Land.«

Miriam probierte den Wein, der herrlich leicht und sonnig schmeckte.

»Dann ist dein Sohn bestimmt traurig.«

»Ja, sehr.«

Sie seufzte, ihre Augen brannten. Max' Ausbruch hatte sie wieder an den Rand eines gefährlichen Abgrunds geführt. Es war so schwer, ihm Mutter und Vater zugleich zu sein. Nachdem er endlich eingeschlafen war, hatte sie sich im Bad eingeschlossen und Gregor angerufen. Doch sie hatte keine Worte für ihren Schmerz finden können und stumm vor sich hin geweint, bis die Aufnahme beendet war. Die Tränen warteten nur auf ein Stichwort, um erneut hervorzuquellen.

»Und was ist mit dir?«

Nardim wischte sich die Locken aus dem Gesicht, er schaute sie forschend an.

»Ach ...« Miriam wich seinem Blick aus, sie studierte die Namen der unzähligen Döschen mit Gewürzen, die überall in den Regalen standen. »Benutzt du die alle?«

»Miriam?«

Sie schaute ihn wieder an. Da waren helle Reflexe, die wie Lichtpunkte auf dem Kaffeebraun seiner Iris schwammen. Wie ein Silberstreif.

»Mein Mann ist vor zwei Jahren gestorben«, sagte sie. »Morgen ist sein Todestag.«

Nardim nickte, er hielt ihrem Blick stand. In den Tiefen seiner Augen lag etwas, das ihr guttat. Sie konnte seine Anteilnahme spüren, ganz sanft, so wie eine Berührung mit den Fingerspitzen.

»Max hat es mir schon erzählt«, sagte er nach einer Weile. »Kann ich etwas für dich tun?«

Miriam schüttelte den Kopf. Die einzige Aussicht auf Trost war die verstreichende Zeit.

»Es wird langsam besser«, sagte sie. »Jedenfalls denke ich das. Aber heute Abend ist es schwer.«

»Zu schwer?«

»Es geht so. Ich weiß nicht, ob ich heute Nacht schlafen kann.«

Miriam versuchte zu lächeln, sie trank noch einen Schluck Wein, um die Trauer zu besänftigen. Sie dachte an Bo, und dann dachte sie an Dorothea Sartorius. Ganz kurz überlegte sie, Nardim von dem zermürbenden Zwiespalt zu erzählen, in den sie sich hineinmanövriert hatte. Von dem Dilemma, das sie lähmte. Aber dann schwieg sie doch. Wenn sie jetzt auch noch mit der Sartorius anfinge, würde sie weinen. Ganz bestimmt.

Nardim strich ganz kurz über ihren Arm, dann stand er auf und kam mit einem kleinen silbernen Döschen zurück.

»Was ist das?«

»Riech mal!«

Er öffnete den Deckel und ließ sie daran schnuppern. Ein scharfer, erdiger, rauchiger Geruch stieg ihr in die Nase, dann folgten Aromen, die sie an Heu und Honig erinnerten. Für einen Moment überlagerte der intensive Duft die schokoladengetränkte Luft.

»Das ist Safran«, sagte Nardim. »Meine Mutter hat damit gekocht und gebacken. Immer wenn ich Safran rieche, denke ich an sie. Sie hat es nicht leicht gehabt, sieben Kinder von drei Männern. Der letzte hat sie glücklich gemacht, aber dann kam der Krebs. Sie hat es nicht mehr erlebt, dass ich ...«

Nardim stockte, er schraubte die kleine Dose wieder zu.

»Was hat sie nicht mehr erlebt?«

»Ich hab im Gefängnis gesessen. Mit achtzehn. Ich war ein ziemlich wütender Junge. Schlecht in der Schule, immer Krawall. Ich hab geklaut, und da war die Gang. Ich war der Dunkle, Miriam! Ich wusste nicht, wohin mit mir. Ich hab einfach keine Antworten gefunden. Die Kochausbildung war eine Bewährungsauflage, ich habe in einem Altenheim angefangen, in Belsunce, im arabischen Viertel von Marseille. Meine Chefin war sehr streng, aber sie hat mich da rausgeholt. Das Kochen hat mich gerettet.«

Miriam schwieg.

»Wie lange ist das her?«, fragte sie schließlich.

»Fast zwanzig Jahre.« Nardim pustete sich eine Locke aus

dem Gesicht. »Aber es gibt Dinge, die einen immer wieder einholen.«

»Wie meinst du das?«

»Ich wusste nicht, was ich in meinem Lebenslauf über diese Zeit schreiben sollte. Aber ich wollte es auch nicht verschweigen. Ich wollte es dir nicht verschweigen.«

»Bist du deshalb aus Marseille weggegangen?«

»Ja, vielleicht, der Abstand hat geholfen. Aber die Stadt hat sich auch ziemlich verändert. Früher war Marseille sehr gemischt, bunt und quirlig. Aber jetzt leben die Moslems auf der einen und die Franzosen auf der anderen Seite. Es ist wie überall«, er hob die Arme und seine Geste schloss sie beide und die geräumige Küche mit ein. »Investoren sanieren die alten Hafen- und Arbeiterviertel, aus Fabriken werden teure Wohnungen, die Mieten explodieren und die Armen konzentrieren sich nur noch an wenigen Orten. Am Rand und viel zu nahe am Abgrund. Kein Wunder, dass die Radikalen immer mehr Zulauf finden. Das hätte auch mir passieren können. Wenn ich heute jung und wütend wäre, dann ...«

»Das bist du aber nicht mehr.«

Miriam lächelte, sie war froh, dass er mit gesprochen hatte. Seine Offenheit gab ihm etwas Unantastbares.

»Schreib es auf, so wie es war«, sagte sie. »Das gehört zu deinem Leben, und meine Chefredakteurin wird es verstehen. Ich finde, es macht dich ...« Sie zögerte und suchte nach dem richtigen Wort.

»Authentisch?«

Nardim lachte auf, er strich sich durch den Bart.

»O Gott, nein. Blödes Wort.«

Miriam schloss kurz die Augen und überlegte, sie sog den Schokoladengeruch ein, der auf einmal jeden Winkel der Küche auszufüllen schien.

»Glaubwürdig?«, versuchte sie es, bevor der betörende

Duft sie überwältigte. »Sag mal, was riecht hier eigentlich so gut?«

»Das ist meine *chocolat magique*.«

»Zauberschokolade?«

Nardim nickte, er stand auf und kam mit einem Gläschen zurück.

»*Voilà!*«

»Hast du …?«

Miriam sah sich nach einem Löffel um.

»Mit dem Finger.«

»Wirklich?«

Miriam tauchte ihren Zeigefinger in die dunkle Mousse. Die Creme schmeckte nach zarter dunkler Schokolade, Karamell, Apfel und einem Hauch Chili. Ein Spiel der Gegensätze, süß und verwegen zugleich.

»Hm …«

Wieder schloss sie die Augen.

»Miriam?«

Er kam ganz nah, als ob er sie küssen wollte.

»Ich möchte keine Beziehung, Nardim.«

Er lachte leise und legte seine Hand in ihren Nacken.

»Ich möchte dich nur kennenlernen, dich einmal schmecken. Darf ich?«

Er zog sie zu sich und küsste sie. Sanft wie Flaum kitzelte sein Bart ihre Lippen.

ZWANZIG

Miriam erwachte mit dem silbrigen Gesang der Amseln. Sie hatte wunderbar geschlafen, geborgen in einem Kokon aus Düften und heiteren Träumen. Verwundert spürte sie der Zuversicht nach, die sie erfüllte. Der Tag, der vor ihr lag und den sie so gefürchtet hatte, schien ihr nichts anhaben zu können. Träge blieb sie noch einen Moment liegen und lauschte den Amseln. In Gedanken rollte sie den gestrigen Abend noch einmal auf.

Nardims Kuss war beglückend gewesen, aber frei von jeder Erwartung. Oder Begierde.

Wie ein Dankeschön.

Oder das Zeichen tiefer Zuneigung.

Das unerklärliche Drama der Liebe fehlte darin. Und irgendwie schienen sie beide erleichtert gewesen zu sein.

Als sie sich von ihm gelöst hatte, mussten sie lächeln.

»*Une brioche*«, murmelte er. »Du schmeckst wie eine Brioche – zart und buttrig.«

Nardim hatte sie über den Hof und bis zu ihrer Tür begleitet, dann war er leise summend im Treppenhaus verschwunden.

Eine Brioche.

Miriam schüttelte den Kopf, dann schlug sie entschlossen die Decke zur Seite. Bevor sie ins Badezimmer ging, öffnete sie die Wohnungstür. Auf der Fußmatte lag eine duftende Brötchentüte, darunter befand sich ein Briefumschlag, der für Anna bestimmt war. »*Anabel*« stand in schwungvollen Caféhaus-Lettern auf dem Papier.

Im nächsten Moment hörte sie Max. Er sprang mit einem wuchtigen Bums aus dem Hochbett, als hätte der Duft der Croissants ihn geweckt. Ruckartig öffnete er seine Zimmertür.

»Gibt's noch Frühstück?«, krähte er gut gelaunt und umarmte ihre Beine. »Oder müssen wir uns beeilen?«

»Keine Eile.« Miriam lächelte und gab ihm einen Kuss. »Wir lassen den Morgenkreis ausfallen und machen uns ein richtig schönes Frühstück. Hilfst du mir?«

»Klaro!«

Als sie aus der Dusche kam, war der Tisch bereits gedeckt. Drei Teller, drei Messer, drei Becher. Max rumorte in seinem Zimmer, er zog sich an.

Miriam schaltete das Radio ein, leise singend kochte sie Tee und Kakao, nach ein paar Minuten kam Max mit dem Drachen in die Küche und setzte ihn auf den dritten Stuhl.

Miriam goss den beiden heißen Kakao in die Becher.

»Vielleicht sollten wir ihm endlich einen Namen geben«, schlug sie vor, als sie ihr Croissant in die Marmelade tunkte. »Hast du schon eine Idee?«

Max kaute und überlegte, offenbar deklinierte er alle Rittergeschlechter durch, die er aus seinen Büchern kannte.

»Frido«, sagte er schließlich. »Frido Ritter von der Schlei.«

Miriam nickte, unwillkürlich dachte sie, dass Bo dieser Name gefallen würde.

»Hallo, Frido«, sagte sie. »Was hältst du davon, wenn wir heute Nachmittag in den Stadtpark fahren? Du siehst so aus, als könntest du ein bisschen Wind um die Ohren vertragen.«

»Ja!« Max grinste gut gelaunt, er boxte seinem Kumpel in die Seite. »Aber nur, wenn ich auch mitkommen darf.«

»Natürlich kommst du mit.«

»Und Papa?«

»Der ist bestimmt auch dabei.«

»Ja«, nickte Max. »Der ist ganz bestimmt dabei. Irgendwo in den Wolken.«

Das Frühstück wurde von ihren Erinnerungen an Gregor begleitet. Miriam erzählte noch einmal, wie sie ihn kennengelernt hatte. Die Berührung unter dem Tisch, das klirrende Besteck, fast wie ein Gründungsmythos ihrer Liebe. Und wie sie sich gefreut hatten, als Max ein paar Jahre später auf die Welt gekommen war. Sorgloses Glück wehte sie an, das kurz hochstieg und dann wieder verschwand. Sie lachten, als sie Max verriet, dass es sein Papa nicht hinbekommen hatte, ein erstes Foto seines Sohnes zu machen, so sehr hatten ihm die Hände gezittert. Alle Bilder aus dem Kreißsaal waren verwackelt gewesen, als hätte sich das Wunder der Geburt darin verewigt.

Max erinnerte sich an Ausflüge in den Zoo, an das erste gemeinsame Laternenlaufen und an ein verschneites Tannenbaumschlagen. An einen Sturz mit dem Fahrrad und ihre Vorwürfe, weil Gregor ihm keinen Helm aufgesetzt hatte. Miriam staunte über die Fülle an Details, die er noch vor Augen hatte. Gregors Tick etwa, zwei-, dreimal aufs Steuer zu klopfen, bevor er den Motor startete, als wollte er das Auto wecken. Seine Vorliebe für Gitarrenmusik, gesalzene Mandeln und wild gemusterte Socken. Auf dem Weg zum Kindergarten hatte sie Max einen Gruß auf seine Mailbox sprechen lassen.

»Wir fahren nachher in den Stadtpark«, hatte er gesagt, »zum Drachensteigen. Und wir denken an dich, ganz, ganz doll. Wir winken dir zu.«

Als Miriam auf dem Weg in die Redaktion war, betrachtete sie sich in der verspiegelten Rückwand des Fahrstuhls. Sie suchte nach den Spuren der Frau, die sie vor Gregors Tod gewesen war. Das Licht war scheußlich, und sie wunderte sich, dass man ihr das Auf und Ab der letzten beiden Jahre kaum ansah. Im Spiegel begegnete ihr eine Frau, die Jeans und Lederjacke trug und die im Kindergarten schon in rote Knete getreten war. Die darüber gelacht hatte und deren Lippenstift auf der Wange ihres Sohnes und dann an ihrem Zeigefinger gelandet war. Die kurzen Haare waren das einzige sichtbare Zeichen der Trauer um ihren Mann, aber das wusste nur sie.

Miriam berührte den Punkt über ihren Lippen, den Bo gefunden hatte und Nardim nicht.

Als die Fahrstuhltür noch einmal aufsprang, zuckte sie erschrocken zusammen. Ein ehemaliger Kollege aus ihrer *Globus*-Zeit stieg ein und grüßte sie.

»Miriam!« Er schien überrascht, sie zu sehen. »Wie geht es dir?«

»Ganz gut.«

Ein Satz wie ein Reflex. Sie lächelte und drückte für ihn auf die Neun.

»Danke«, er lächelte zurück und sah dann auf seine Schuhspitzen. Sein Schweigen überdeckte seine Unsicherheit, die Scheu vor den falschen Worten.

Im fünften Stock stieg sie aus.

»Schau doch mal wieder vorbei«, rief er ihr nach, kurz bevor sich die silberne Tür wieder schloss.

Miriam drehte sich um. Eine Anzeige verriet ihr das Stockwerk, in dem sich der Fahrstuhl auf dem Weg nach oben befand.

Sechs. Sieben. Acht. Neun.

Sie stellte sich vor, wie sich die Fahrstuhltür öffnete und der Kollege die Räume der *Globus*-Redaktion betrat. Im Foyer würde er dem riesigen Madonnenbild begegnen.

Gregors heitere Madonna.

Sein letztes Bild.

Wussten die da oben überhaupt noch, dass heute sein Todestag war? Sprach man beim *Globus* noch über ihn? Oder war er schon Vergangenheit, weil das Leben weitergehen musste? Jemand, den der Lauf der Zeit verschluckt hatte.

Gregor.

Miriam spürte, wie ihre Zuversicht zu einem zähen schwarzen Klumpen zusammenschmolz. Leise zählte sie bis drei, dann war der Rabe wach. Er schüttelte sich und krächzte.

Da war eine große Leere in ihrem Herzen, Gregors Fehlen höhlte es aus. Miriam kämpfte mit den Tränen. Mit gesenktem Kopf hastete sie zu ihrem Büro.

Auf ihrem Tisch stand ein großer Blumenstrauß, die ersten Pfingstrosen. Ein prächtiges orientalisches Rot. Eine Karte steckte darin. »Ich denke heute an Sie«, stand darauf. »Ihre Dorothea Sartorius.«

Miriam schluchzte auf. Die Anteilnahme der Stifterin war so unerwartet wie tröstlich. Berührt ließ sie sich in ihren Schreibtischstuhl fallen. Nach einer Weile öffnete sie den Sartorius-Ordner auf ihrem Schreibtisch und schaute sich die Fotos an, die Michi Keller von ihr gemacht hatte. Seine Porträts schienen unter die Oberfläche zu tauchen, sie zeigten Dorothea Sartorius gleichermaßen stark und zerbrechlich, klug und nachdenklich.

Der Tag verging in einer seltsamen Mischung aus Benommenheit und Normalität. Obwohl sie nicht geglaubt hatte, dass es ihr gelingen könnte, begann sie, an einem zweiten Artikel über Dorothea Sartorius zu arbeiten. Sie schrieb über ihre Kindheit und die Zeit in Berlin, über die ungewollte Schwangerschaft und die Adoption und ihre Wut. Den Hass auf sich selbst. Und schließlich über das, was an der Schlei geschehen war, über ihre Ehe mit Peter Sartorius und die Wandlung zur vielgeachteten Stifterin.

Die Worte flossen aus ihr heraus. Das war kein Porträt, das da entstand, sondern vielmehr die Aufzeichnung einer Annäherung. Miriam erzählte von ihrer Therapie und der daraus resultierenden ersten Berührung mit Dorothea Sartorius über die Stiftung. Sie berichtete von den anonymen Briefen und beschrieb das Kennenlernen in der Elbvilla. Dann folgte alles, was an der Schlei geschehen war: der ungeheure Verdacht, die Suche nach der Wahrheit, die Beichte, die Dorothea Sartorius in den Dünen abgelegt hatte. Das späte Eingeständnis von Schuld.

Anlass, Reaktion, Eskalation.

Es war, als ob sie sich alles von der Seele schrieb. Der neue Artikel sollte keine Entschuldigung für das Schweigen der Stifterin sein, es war vielmehr ein Text, der getrieben war vom Wunsch des Verstehens. Miriam bemühte sich, nicht zu werten, sie schrieb nur auf, was sie erfahren hatte. Entschlossen, die Mechanismen von Liebe und Hass, Glaube und Täuschung zu verstehen, die sich hinter all den Ereignissen verbargen. Beim Schreiben durchlebte sie jeden einzelnen schmerzhaften Schritt noch einmal.

Noch nie war ihr so deutlich bewusst gewesen, wie kompliziert Wahrnehmung war.

Gab es überhaupt eine objektive Art des Sehens?

Oder verschoben sich die Szenen der Vergangenheit permanent, je nachdem von welchem Blickwinkel der Gegenwart aus man sie betrachtete?

Miriam brauchte fast die ganze Woche, um bis zum Kern der Stifterin vorzudringen. Tagsüber arbeitete sie in ihrem Büro und abends, wenn Max eingeschlafen war, schrieb sie bei Nardim im Café, am Tisch hinter der Säule. Ein Glas Wein leistete ihr Gesellschaft, und wenn sie aufschaute, sah sie Nardim, der seine Gäste mit kleinen Köstlichkeiten verwöhnte. Der sich zu ihnen setzte und mit ihnen plauderte. Der mit ihnen lachte oder den Arm um sie legte. Es tat ihr gut, ihn um sich zu haben. Er war ihr ein Freund geworden. Ein ruhender Fels in der schäumenden Gischt ihrer Gefühle.

Am Donnerstagabend war sie fertig und am nächsten Morgen meldete sie sich bei Herrn Wanka und vereinbarte einen neuen Termin an der Elbe. Sie war entschlossen, den Text zu veröffentlichen. Doch zuvor wollte sie der Stifterin die Gelegenheit geben, mit ihrer Geschichte selbst an die Öffentlichkeit zu gehen. Dorothea Sartorius ließ ihr ausrichten, dass man sie nach dem Wochenende in der Villa erwartete.

Am Montagmorgen trommelte ein heftiger Schauer gegen die Fensterscheiben. Aprilwetter. Auf dem Weg zum Kindergarten kamen die Scheibenwischer kaum gegen die Regenflut an, auf dem Rücksitz sah Max in seiner Schlechtwetterkluft wie ein Hochseefischer aus. »Ich hab von Bo geträumt«, sagte er, als sie den heiligen Georg passierten. »Wann kommt er uns denn besuchen?«

Miriam schaute in den Rückspiegel. Ihr Sohn begegnete ihrem Blick, er wollte die Wahrheit hören.

»Ich weiß es nicht«, sagte sie. »Aber er wird sich bestimmt bald einmal bei uns melden.«

»Wir müssen unseren Drachen noch fertigbauen«, fuhr Max fort, »außerdem hat er mir versprochen, mich mal im Kindergarten abzuholen. Ich will ihn meinen Freunden zeigen. Vielleicht spielt er uns etwas auf seinem Akkordeon vor.«

Bo.

Der Gaukler.

Miriam nickte, irgendwie vermisste sie ihn. Sie war froh, als sie auf den Parkplatz am Kindergarten rollten. Die Kastanien blühten und der Regen vermischte sich mit den zarten weißen Blütenblättern, die auf das Kopfsteinpflaster herabschneiten. Gut gelaunt hopste Max durch den Blütenmatsch.

Als sie wieder im Auto saß, waren ihre Hosenbeine und Schuhe nass.

Angespannt fuhr sie weiter, sie quälte sich durch den dichten Verkehr. In Gedanken ging sie noch einmal durch, was sie Dorothea Sartorius vorschlagen wollte. Sie würde ihr noch ein paar Tage Zeit einräumen, damit Dorothea eine Erklärung über ihre Vergangenheit vorbereiten konnte. Wenn die Stifterin ablehnte oder diese Frist verstreichen ließ, würde sie den Artikel Anna geben. Miriam ging davon aus, dass der Verlag die Preisverleihung dann absagen würde. Falls der Artikel nicht in der *Anabel* erscheinen sollte, wollte sie ihn dem *Globus* zur Veröffentlichung anbieten.

Als sie die Elbe erreicht hatte, vertrieb die Sonne die Wolken. Der Wetterumschlag kam ganz plötzlich, selbst im Radio sprachen sie davon. Miriam fuhr schneller, der Mini glitt über den nassen Asphalt, die Fußraumheizung trocknete ihre nassen Hosenbeine. Die Fahrt zur Elbvilla glich der Anfahrt vor vier Wochen, und doch war alles anders. In ihrer Tasche befand sich die Mappe mit dem zweiten Artikel über Dorothea Sartorius. Das Manuskript umfasste sechs Seiten, sechs Seiten, die ein völlig neues Bild der Stifterin zeichneten. Miriam hatte lange überlegt, welche Überschrift sie dem neuen Artikel geben sollte und war dann doch bei ihrer ursprünglichen Idee geblieben. »Mensch sein«, so dachte sie, umfasste sowohl die dunklen als auch die hellen Seiten im Leben der Dorothea Sartorius. Doch als sie den Fähranleger bei Teufelsbrück passierte, kam ihr eine andere Idee. Kurzentschlossen rief sie Gregor an, denn sie wusste, dass ihm der neue Titel gefallen würde.

EINUNDZWANZIG

Miriam hatte erwartet, dass Dorothea Sartorius ihr die Tür öffnen würde, aber es war der Sekretär, der sie in Empfang nahm.

»Tee oder Kaffee?«, fragte Herr Wanka beiläufig, als sie im Gartensaal vor der Fensterfront Platz nahm. Auf dem Glastischchen warteten bereits eine Wasserkaraffe und zwei Gläser. Die Kuchenteller fehlten.

Miriam schüttelte den Kopf. Sie war nervös, wieder.

»Danke, ein Glas Wasser reicht.«

»Es geht gleich weiter.«

Herr Wanka nickte knapp und verschwand mit schnellen Schritten durch die Flügeltür. Miriam sah ihm nach, sie hatte das Gefühl, dass er jede Vertraulichkeit vermieden hatte. Fast meinte sie unter dem Deckmantel seiner Reserviertheit etwas Feindseliges zu spüren. Was hatte Dorothea Sartorius ihm von ihrem Treffen an der Schlei erzählt?

Angespannt zog sie die Mappe mit dem Artikel aus der Tasche. Sie suchte nach einem Stift, strich die Überschrift durch und schrieb die neue Zeile über den Text. »In einem anderen Licht« – prüfend, als probierte sie ihren Klang, murmelte sie die Worte vor sich hin. Ja, das war besser. Es passte zu dem, was sie über Dorothea Sartorius erfahren hatte.

Noch einmal überflog sie den Text, dann legte sie den Artikel wieder zur Seite. Miriam schenkte sich ein Glas Wasser ein und nippte daran. Ihr Blick schweifte durch den Saal und erfasste das Licht, die Weite, die Kunst. Und trotzdem kamen ihr die Verhältnisse nicht mehr ganz so einschüchternd vor wie bei ihrem ersten Besuch. Nachdenklich betrachtete sie den glänzenden Flügel, der Deckel war aufgeklappt, als hätte die Hausherrin gerade noch darauf gespielt.

Let it be.

Miriam nahm noch einen Schluck Wasser und sah auf die Uhr. Sie wartete bereits seit zehn Minuten.

Vielleicht war Dorothea Sartorius im Garten?

Sie stand auf und trat an die Terrassentür. Die Bäume waren grün geworden, das Wasser der Elbe schimmerte dunkel durch das Laub hindurch, schwarze Pfützen standen auf den Wegen und bei den Seerosenteichen – war das etwa ein Huhn?

Miriam stutzte, sie öffnete die Tür und trat hinaus bis an den Rand der Terrasse. Die Narzissen waren verblüht, Büschel weißer Tulpen säumten die Rasenflächen. Es mussten mehrere Tausend Blüten sein. Von überall her drang das Zwitschern der Vögel an ihr Ohr, in den Hecken sah sie Amseln, Rotkehlchen, Bachstelzen und Meisen.

Hatte sie sich getäuscht? Oder gab es hier Rebhühner, die durch das Unterholz streiften?

Fröstelnd rieb sie sich die Arme, als ihr Blick zur Seite fiel, sah sie den schweren Aschenbecher, der auf dem Terrassentisch stand. Im nächsten Moment hörte sie ihren Namen.

»Miriam …«

Bo.

Es war seine Stimme.

Sie wirbelte herum.

Bo stand in der Terrassentür, die Hände in den Hosentaschen. Er trug eine graue Mütze, die silbrig wie ein altes Schmuckstück schimmerte. Irgendwie sah er anders aus, weniger jungenhaft.

Jemand schien ihr Herz anzuhalten.

»Was machst du hier?«

Er lächelte und kam auf sie zu.

»Ich bin schon ein paar Tage hier«, sagte er, als er vor ihr stand. Seine Hand streifte ihren Arm, dann pflückte er etwas aus ihrem Haar.

»Rosskastanie«, murmelte er, in seinem Handteller lag eine weiße Blüte mit einem pinkfarbenen Fleck in der Mitte.

»Dann habe ich also doch ...« Miriam sah ihm in die Augen, ihr Herz schlug nun sehr schnell. Es hämmerte gegen ihre Rippen. Sie freute sich unglaublich, ihn zu sehen. Und gleichzeitig wollte sie sich dieses Gefühl nicht eingestehen.

»Du hast die Hühner mitgebracht?«

Bo nickte. »Dorothea hat mich gebeten herzukommen. Ich werde wohl etwas länger bleiben.«

»Du ziehst hier ein?« Ein Schwall von Gedanken strömte durch ihren Kopf, sie trat einen Schritt zurück. »Ich dachte ...«

»Wollen wir ein Stück gehen?«

»Ich ...« Miriam schaute zum Aschenbecher hinüber. »Ich bin mit deiner Mutter verabredet.«

»Ich weiß.« Ein Lächeln umspielte Bos weiten Mund, amüsierte er sich über ihre Wortwahl? Oder über das Offensichtliche? »Dorothea braucht noch ein paar Minuten. Sie hat mich gebeten, dich zu begrüßen.«

»Aber ...«

»Kommst du mit?«

Bo zog seinen Pulli aus und legte ihn ihr um die Schultern. Er drehte sich nicht um, als er die Treppe in den Garten hinabstieg.

Miriam zögerte kurz, dann gab sie sich einen Ruck. Dorothea Sartorius würde wissen, wo sie nach ihr suchen müsste.

Eine Weile liefen sie schweigend nebeneinanderher. Als sie die Wasserbecken passierten, war das Huhn wieder da. Es hockte unter einem Busch. Nur einen Augenblick später sah sie den Hahn und noch mehr Hühner, auch Frida war dabei. Als Miriam ihren Namen rief, hob sie den Kopf und blickte in ihre Richtung.

»Wo ist Bodo?«

»Oben, bei Dorothea. Die beiden mögen sich.«

Bo drehte sich um und blickte zur Villa. Sie hatten die einzelnen Gartenpartien durchquert und standen auf einer halbrunden Terrasse direkt über dem Elbstrand. Unten bewegte sich das dunkle Wasser träge in Richtung Nordsee, eine Schute fuhr den Strom hinauf, das gegenüberliegende Ufer war von der Sonne erleuchtet. »Der Blick ist mein größter Luxus«, hatte Miriam die Stimme der Stifterin im Ohr.

Bo setzte sich rittlings auf das hüfthohe Mäuerchen, das die Terrasse einfasste. Die schimmernde Mütze und die Vormittagssonne, die nun über die Baumwipfel stieg, ließen sein Gesicht leuchten. Trotzdem meinte Miriam, einen Schatten darauf wahrzunehmen.

»Wie geht es Max?«, fragte er.

»Gut. Er vermisst dich und fragt nach dir.« Sie blieb stehen und zog den Pulli enger um die Schultern. Ein Geruch nach Salz und trockenem Holz stieg daraus auf und löste ein sehnsüchtiges Ziehen in ihrem Inneren aus. Sie stellte sich vor, wie Bo sie in seine Arme zog und küsste. Eine warme Welle rollte durch ihren Körper, der Punkt über ihrem Mundwinkel pulsierte. Im nächsten Moment ärgerte sie sich über sich selbst.

»Ich habe den Glücksdrachen dabei, den wir angefangen haben. Vielleicht hat er Lust, ihn mit mir fertigzubauen? Wir könnten uns auch zum Drachensteigen verabreden. Unten an der Elbe.«

Bos Hände lagen ganz ruhig auf seinen Oberschenkeln, das Sonnenlicht hauchte den Tätowierungen Leben ein. Die Ranken auf seinen Armen schienen aufzublühen, da war ein Gleißen auf seiner Haut. Bilder stiegen in ihr auf, wie in einem Traum. Sie meinte, eine Frau in einem korallenroten Kleid zu sehen, die an einem fernen Meeressaum entlangspazierte.

»Bo ...« Sie zwang sich, den Blick von ihm zu lösen und schaute wieder auf den stillen Strom. Unter der Wasseroberfläche glaubte sie den starken Sog der Gezeiten zu spüren, der den Fluss zum Meer hinunterzog. Sie konzentrierte sich auf ihren Atem, dann erst kehrte sie zu ihm zurück. »Ich habe alles aufgeschrieben.«

Er wusste sofort, was sie meinte. Sie sah es seinem Gesicht an, auf dem sich seine Gefühle spiegelten. Etwas Bitteres stieg in ihr auf und überlagerte alles Funkelnde. Die Enttäuschung darüber, dass Dorothea Sartorius ihn so schnell auf ihre Seite gezogen hatte. Sie verschränkte die Arme.

Bo schwieg, sein Brustkorb hob und senkte sich. Er sah so aus, als wollte er die Arme nach ihr ausstrecken, seine Hände fuhren auf, doch dann verebbte der Impuls und er ließ sie wieder sinken.

»Dorothea ist krank«, sagte er nach einer Weile, seine Stimme war sehr leise.

Miriam nickte, eine unheimliche Stille erfüllte sie. Dann, nach ein paar Sekunden, war in ihr ein eisiger Ton, wie von zerspringendem Glas. Spitze Klangwellen hallten in ihr nach. Alles tat ihr weh. Im nächsten Moment dachte sie, etwas davon geahnt zu haben. Tief in ihrem Inneren. Hatte sie deshalb so lange mit sich gerungen, die Wahrheit über Dorothea Sartorius öffentlich zu machen?

Vorsichtig schwang sie ein Bein über die Mauer und setzte sich Bo gegenüber. Sie schaute zur Villa hinauf – die Idylle hatte von Anfang an nur in ihrer Vorstellung existiert.

»Wie krank?«, fragte sie.

Bo zupfte eine weitere Kastanienblüte aus ihrem Haar, er

betrachtete den pinkfarbenen Fleck. »Die Ärzte haben Bauchspeicheldrüsenkrebs diagnostiziert. Der Krebs hat gestreut, es war ziemlich schnell klar, dass er nicht heilbar ist.«

»Wie lange hat sie noch?«

Er zuckte hilflos mit den Schultern und schnippte die Blüte davon.

»Vielleicht ein paar Monate. Es gibt eine neue Therapie, Dorothea hat eingewilligt, an einer Studie teilzunehmen. Sie hofft, dass sie das Ende des Sommers erlebt. Sie möchte den Garten so gern noch einmal blühen sehen und Äpfel ernten.«

»Bist du deshalb hier?«

Er sah sie an, ein Blick, der bis in den letzten Winkel ihres Herzens hinabreichte. »Sie hat es mir erst gestern Abend erzählt. Und sie wollte nicht, dass ich mit dir darüber spreche. Sie darf es nicht erfahren, hörst du. Ich möchte bei ihr sein, vielleicht ...« Seine Stimme wurde dünner und löste sich im Sonnenlicht auf.

»Was machst du mit den Tieren?«

Bo lächelte. »Bodo und die Hühner kommen hier klar. Und für die Katzen habe ich jemanden gefunden. Ich werde zwischendurch immer mal wieder an die Schlei fahren und für sie Orgel spielen.«

»Und die Preisverleihung – wird sie daran teilnehmen können?«

Miriam wunderte sich über ihre Fragen, und doch tat es gut, die Katastrophe der Krankheit in Beiläufigkeiten zu verpacken.

»Sie hat es jedenfalls fest vor. Im Moment wirken die Medikamente gut. Sie hat keine Schmerzen, sie ist nur sehr müde.«

Bo verstummte, seine Hände legten sich ganz leicht auf ihre. Die Wärme seiner Haut überlagerte die Kälte des Mauersteins. Miriam drehte den Kopf zur Seite, sie betrachtete die Hühner, die ihnen gefolgt waren. Das Sonnenlicht, das auf die Hecken fiel, war mit dem zarten Grün des Laubs verflochten. Beklommen wartete sie auf die Bitte, die sie in seinen Augen gelesen hatte.

Doch Bo schwieg, er sah sie einfach nur an.

»Du möchtest, dass ich schweige«, brach es schließlich aus ihr heraus. »Dass ich den Artikel nicht veröffentliche.« Angespannt musterte sie seine Mütze, sie sah aus wie ein Geschenk. Das erste von vielen, die noch folgen würden?

Bo strich ihr über die Hände, da war etwas Vertrautes in seinem Blick. Etwas Dunkles, Trauer, wie ein Himmel voller Rabenvögel. Ihre Knie berührten sich.

»Ich wollte, dass du es weißt. Ich wollte, dass du alles weißt.«

»Dann wird sie ihr Schweigen also nicht brechen?«

Miriam biss sich auf die Lippen. Auf einmal hatte sie die Bilder einer Trauerfeier vor Augen: ein Abschied im Michel, flackerndes Kerzenlicht, das Porträtbild der Stifterin in einem Blumenmeer aus Lilien und weißen Rosen. Achthundert geladene Gäste lauschten der Rede des Ersten Bürgermeisters. Er sprach über ihr Lebenswerk, hob sie in die Sphäre des Überirdischen: »Dorothea Sartorius ist eine der bedeutendsten Bürgerinnen der Stadt. Sie ist ein Vorbild – als Mensch und als Mäzenin. Überall sieht man ihr Wirken, ihr großes Herz wird uns fehlen.« Die Stadt würde sich vor ihrer Ehrenbürgerin verneigen.

Bos Stimme holte sie zurück.

»Ich möchte dich bitten, bis zur Preisverleihung zu schweigen. Die Schirmherrschaft bedeutet ihr so viel. Danach kannst du alles veröffentlichen, was du für richtig hältst.«

»Und der Preis? Wir zeichnen Menschen für ihre Haltung aus, für ihren Mut geradezustehen.«

»Sie hat so viel gegeben, seit mehr als vierzig Jahren. Das wird ihr letzter öffentlicher Auftritt sein. Danach möchte sie sich dem Umbau des Klosters widmen. Solange es noch geht.«

Bos Hände lagen noch immer auf ihren. Sie spürte, wie etwas von seinem Zauber Besitz von ihr ergriff. Ein Takt, eine geheime Melodie, deren Klangwellen sich in ihr ausbreiteten. Etwas, das sie auch an der Schlei gespürt hatte. Schweigend hing Miriam ihren Gedanken nach. Sie betrachtete den Garten, in dem Dorothea Sartorius so viele Jahre zurückgezogen und hingebungsvoll gearbeitet hatte. In dem sie ihre Geheimnisse vergraben hatte.

September 1972. Drei Tote. Die Schlei.

Würde sie ihr Geheimnis mit ins Grab nehmen?

Miriam schloss die Augen. Noch mehr Klänge, noch mehr Empfindungen. Wonne. Ein Gefühl, als würde sie sich in flüssiges Gold verwandeln.

Bo.

Der Gaukler.

Es wäre so einfach.

Sie lehnte sich vor, ganz kurz. Ihre Stirn berührte den Rand seiner Mütze, während etwas in ihr flüsterte, dass sie Gefährten waren.

Bo umfasste ihre Handgelenke.

»Sie würde das nicht überleben, Miriam. Gibt es denn niemanden, für den du lügen würdest?«

Seine Stimme war kratzig, sie hörte das Krächzen der Raben darin. Dunkel echoten die Worte in ihr nach.

Ja, für wen würde sie lügen?

Auf einmal war ihr die Berührung zu viel. Sie zog die Hände zurück und ließ den Pullover von den Schultern gleiten, als könne sie so allem entfliehen. Dann stand sie auf und ging zurück.

Die Tulpen hatten sich in der Sonne zu weißen Kelchen geöffnet. Als sie quer über den Rasen auf das Haus zulief, nahm sie den moosigen Duft der Blüten wahr, der den Garten erfüllte.

Beim Näherkommen hörte sie Klaviermusik. Miriam blieb in der Terrassentür stehen und lauschte.

Dorothea Sartorius saß an ihrem Flügel. Ein Notenheft war aufgeschlagen, doch ihre Augen waren geschlossen. Sie spielte etwas von Bach, eine Fuge in h-Moll. Ihr Körper folgte den weiten Tastenläufen, als wiegte sie ein Kind in den Armen. Zu ihren Füßen lag der Hund. Als Bodo sie in der Tür bemerkte, sprang er auf und stürmte auf sie zu.

»Na, mein Guter.«

Miriam ging in die Knie und ließ sich einen feuchten Kuss auf die Wange geben. Dorothea Sartorius hatte aufgehört zu spielen, lächelnd sah sie ihnen zu. Schließlich erhob sie sich, um sie zu begrüßen.

»Da sind Sie ja«, sagte sie munter, bevor sie ihr die Hand entgegenstreckte. »Es ist so schön, wieder Leben im Haus zu haben. Der Hund. Und die Hühner – finden Sie nicht auch, dass sie sich ganz wunderbar in meinem Garten machen?«

Miriam nickte zurückhaltend und schüttelte ihre Hand. Dorothea Sartorius sah gut aus, erstaunlich frisch und ausgeruht. Sie trug eine helle Hose mit fließendem Schnitt und eine Schluppenbluse, deren Bänder zu einem lockeren Knoten verschlungen waren. Das Haar war hochgesteckt, ihr Gesicht dezent geschminkt. Die einzige Schwäche, die sie sich erlaubt hatte, war die wehmütige Melodie, deren letzte Töne noch im Raum zu schweben schienen. Miriam horchte in sich hinein, ihr Groll, den sie soeben noch ganz deutlich verspürt hatte, war auf einmal verschwunden. Als hätte sie ihn beim Hereinkommen wie einen Mantel abgelegt.

»Bo hat mir erzählt, dass er etwas länger bleiben wird«, sagte sie.

»Ja. Wir werden uns an den Umbau des Klosters machen. Das muss jetzt alles schnell über die Bühne gehen, die Bauarbeiten sollen so bald wie möglich beginnen. Der Architekt kommt heute Nachmittag, dann gehen wir die Entwürfe durch. Es wäre schön, wenn wir im Herbst die ersten Gäste an der Schlei begrüßen könnten.«

Dorothea Sartorius lächelte matt, ihre Stimme verrutschte ein wenig, da war ein leises Räuspern, dann fing sie sich wieder. Sie sah kurz aus dem Fenster, bevor sie auf das Sofa zeigte. »Wollen wir uns setzen?«

Miriam nickte, sie bewunderte ihre Haltung. Und die Stärke. Nur nicht unterkriegen lassen! Die Stifterin würde ihr gegenüber kein Wort über die Krankheit verlieren. Sie wollte kein Mitleid und keine falsche Rücksichtnahme.

Aus den Augenwinkeln sah Miriam zum Glastisch hinüber, die Mappe war verschwunden.

Als sie neben Dorothea Sartorius saß, sprang auch der Hund zu ihnen aufs Sofa.

»Bodo!« Dorothea Sartorius klang streng, doch sie lächelte, und der Hund ließ sich mit einem wohligen Seufzer in ihrer Mitte nieder. Miriam musste lachen, seine sorglose Unbekümmertheit riss das letzte bisschen an Zurückhaltung ein, das noch zwischen ihnen stand. Als sie sich beide über den Hund beugten, um seinen weichen Bauch zu kraulen, berührten sich kurz ihre Hände.

Miriam blickte auf. »Die Blumen waren wunderschön«, sagte sie. »Vielen Dank.«

Dorothea Sartorius nahm ihren Dank mit einem Nicken entgegen. »Sie müssen mir verzeihen«, sagte sie. »Ich habe ein wenig recherchiert. Gregor Raven – natürlich. Das war Ihr Mann. Ich kenne seine Bilder. Und nach seinem Tod haben Sie eine Therapie bei uns gemacht.«

»Ja.« Miriam bemerkte, dass sich ihre Hände in das Hundefell gruben. »Sie haben mir sehr geholfen.«

»Sie haben sich selbst geholfen.« Dorothea Sartorius suchte ihren Blick. »Ich habe lange gebraucht, bis ich dem Todestag meines Mannes furchtlos gegenübertreten konnte«, fuhr sie fort. »Ich weigerte mich, einen Sinn in seinem Tod zu sehen. Sein Grab zu besuchen erschien mir genauso sinnlos. Geht es Ihnen auch so?«

Miriam schaute zur Seite, ganz plötzlich schossen ihr die Tränen in die Augen. Sie blinzelte und konnte sie doch nicht zurückhalten.

»Ich war seit mehr als einem Jahr nicht mehr an seinem Grab.«

»Das ist nicht schlimm.« Die Stifterin nahm ihre Hand. »Ich bin mir sicher, dass Sie einen Weg gefunden haben, Ihrem Mann nah zu sein.«

Miriam schniefte. Vorsichtig zog sie ihre Hand zurück und wischte sich über die Augen. »Wir telefonieren«, sagte sie. »Ich spreche ihm auf die Mailbox.«

Dorothea Sartorius lächelte warm, sie lehnte sich zurück und sah in den Garten. Draußen waren die Bäume vom Sonnenlicht übergossen, das Laub flimmerte wie auf einem Gemälde von Renoir.

»Ich habe Tulpen für Peter gepflanzt«, erwiderte sie. »Weiße Tulpen, seine Lieblingsblumen. Herbst um Herbst. Ich habe da draußen mehr als zwölftausend Tulpenzwiebeln gesetzt und dabei den ganzen Hang umgegraben. Ich habe mir sogar eine Lungenentzündung eingefangen. Es sind fast sechs Jahre vergangen, bis ich sein Grab besuchen konnte.«

»Wie war es, wieder davor zu stehen?«, flüsterte Miriam. Ganz kurz dachte sie an Bo. Sie stellte sich vor, wie er da unten auf der Mauer saß und die Beine über dem Abgrund baumeln ließ.

Dorothea Sartorius lehnte sich vor, sie legte die Hände in den Schoß. »Das Grab war kleiner, als ich es in Erinnerung hatte. Und die Eiche, ein Ableger aus unserem Garten, die ich ihm gepflanzt hatte, war in die Höhe geschossen. Ich hatte sofort eine Liste von Pflanzen im Kopf, die ich neu setzen wollte. Nach ein paar Minuten habe ich angefangen, den Efeu herauszureißen, der überall wucherte.«

»Ich habe einen Apfelbaum auf Gregors Grab gepflanzt. Für das Baby, das ich verloren habe.«

Dorothea Sartorius nickte, sie strich ihr über die Wange.

»Lassen Sie sich Zeit. Gehen Sie im Herbst, wenn es Äpfel gibt.«

»Der Baum ist noch winzig.«

»Dann wird er erst einmal Wurzeln bilden wollen. Warten Sie doch noch zwei, drei Jahre. Die neuen Sorten tragen nach etwa fünf Jahren. Gehen Sie Äpfel pflücken – mit Ihrem Sohn.« Dorothea Sartorius lächelte, da war etwas Mütterliches in ihrem Blick. »Und dann backen Sie zusammen einen Apfelkuchen. Nach meinem Rezept, ich schenke es Ihnen.«

Apfelkuchen.

Miriam schwieg. Sie dachte, dass Gregor nie Kuchen gegessen hatte. Noch nicht einmal die Weihnachtsplätzchen, die sie einmal mit Max gebacken hatte. Zu viel Zuckerguss! Aber über einen Friedhofskuchen hätte er sich bestimmt amüsiert.

»Ich habe über Sie gesprochen – mit meinem Mann«, sagte sie nach kurzem Zögern.

»Und?«

»Ich habe ihm von der Preisverleihung erzählt. Von Ihrer Schirmherrschaft und meinen Zweifeln. Dass ich nicht weiß, wie ich mit meinem Wissen umgehen soll.«

»Haben Sie über meine Bitte nachgedacht, mir noch ein wenig Zeit zu geben?«

Miriam antwortete nicht, sie sah wieder zu ihrer Tasche hinüber.

In einem anderen Licht – ganz kurz dachte sie, dass es schade um die schöne Titelzeile war.

»Ich habe alles aufgeschrieben«, sagte sie dann, »so wie ich es erlebt habe. Aber es ist Ihre Geschichte. Ich werde sie nicht gegen Ihren Willen veröffentlichen. Sie müssen sie selbst erzählen. Ich schicke Ihnen morgen meinen ursprünglichen Text zur Abstimmung zu. Das Porträt der Stifterin und die harmlose Liebesgeschichte zwischen einer jungen Frau und einem charmanten Reeder und Mäzen.«

Dorothea Sartorius nickte, doch sie schwieg. Ihre Hände fuhren auf, sie suchte etwas zwischen den Sofakissen. Schließlich zog sie ein zerknautschtes Zigarettenpäckchen und ein silbernes Feuerzeug hervor.

»Meine letzten«, sagte sie mit einem kleinen verlegenen Lächeln. Im nächsten Moment wanderte ihr Blick von ihr fort.

Ein Strahlen zog über ihr Gesicht, ihre Augen leuchteten in einem samtenen Madonnenblau.

Miriam wandte sich um.

Bo stand in der Terrassentür. Er nickte ihr zu, als ob er ihr danken wollte, dann schob er sich die Mütze aus der Stirn.

Bo.

Der Gaukler.

Sie spürte, wie das Band zwischen ihnen zerriss.

Miriam schaute auf ihre Hände. Sie dachte, dass er ihr unglaublich fehlen würde.

ZWEIUNDZWANZIG

In der Woche darauf besuchte Miriam zum ersten Mal seit langer Zeit wieder ihre Trauergruppe. Ein paar Neue saßen in der Runde, ein Mann und eine Frau, Gesichter, die noch vom Schmerz des Verlustes gezeichnet waren. Die Frau sprach viel, sie schluchzte und rang nach Luft, als ob sie unter Wasser atmen wollte, der Mann schwieg. Miriam versuchte, sich auf die Worte der Frau einzulassen, sie wartete auf das geborgene Gefühl der Gemeinschaft, aber ihre Gedanken schweiften ab. Immer wieder hatte sie Dorothea Sartorius vor Augen – das Leuchten in ihrem Gesicht, als sie Bo in der Terrassentür ihres Hauses entdeckt hatte. Ein Blick voller Liebe und Zärtlichkeit, so viel Hoffnung hatte darin gelegen.

Miriam wandte den Blick von der schluchzenden Frau ab, in der Jackentasche tastete sie nach ihrem Handy. Kühl und glatt schmiegte es sich in ihre Hand.

Gregor.

Sie horchte in sich hinein, lauschte, ob der Rabe sich meldete. Aber in ihrem Inneren war es ganz still. Da waren nur diese Bilder aus der Elbvilla, die sie nicht losließen.

Dorothea Sartorius.

Und Bo.

Miriam schloss die Augen und tauchte hinab in die dunkle Stille, die sie wie eine zähe unbewegliche Masse ausfüllte. Ein tiefes schwarzes Moor. Das Versprechen, das sie Dorothea Sartorius gegeben hatte, lähmte sie. Wie ein schleichendes

Gift sickerte es durch ihren Körper und raubte ihr alle Kraft. Warum nur hatte sie vor den Umständen kapituliert? Vor Dorotheas Krankheit und ihrem Mitgefühl.

In den vergangenen Tagen hatte sie sich wie betäubt durch die Vorbereitungen zur Preisverleihung manövriert. Betriebsam und benommen zugleich. Sie hatte die Meetings mit den Mädels von der Event-Agentur absolviert, die Moderatorin gebrieft, letzte Feinheiten im Ablauf abgestimmt, die Gästeliste aktualisiert, die Sitzordnung angepasst und die Filme zu den Preisträgern abgenommen. Am Morgen hatte sie mit Anna das Porträt besprochen.

Das Porträt der Stifterin – Dorothea Sartorius' bewegtes Leben, so dachte Miriam nun, war darin nur angedeutet. Etwas von ihrer wahren Geschichte schimmerte durch, aber die Konturen blieben unscharf. Der Kern ihres Wesens, ihre Zerrissenheit zwischen gestern und heute, wurde nicht deutlich. Die Wahrheit kapitulierte vor dem Unabänderlichen. Und vor der Unumkehrbarkeit der Zeit. Oder war das Feigheit?

Miriam hatte befürchtet, dass Anna enttäuscht sein würde, aber sie mochte den Text. Anna hatte auf ihrem Schreibtisch gesessen, mit den übereinandergeschlagenen Beinen gewippt und ein paar Sätze vorgelesen, die sie sich angestrichen hatte. Sie fand es gut, dass Miriam sich auf die ungewöhnliche Liebesgeschichte konzentriert hatte. Und sie hatte sie für ihre Recherche gelobt. Tatsächlich hatte Dorothea Sartorius den Text mit ein paar Änderungen zurückgeschickt. Sie hatte Passagen über ihre Jugend und die Zeit in Berlin eingefügt und eingestanden, dass sie in der linken Szene aktiv gewesen war. Dass sie zu viel Marx gelesen hatte. Sie hatte sogar über ihre Nacht mit Brian Jones geschrieben. Aus ihren Ergänzungen ging hervor, dass sie Miriams zweiten Text – die Geschichte einer Suche und Annäherung an die Wahrheit – aufmerksam gelesen hatte.

Aber Anna wusste nichts von dem zweiten, dem ehrlichen Stück. Sie wusste auch nichts von dem Schweigen, das in den offiziellen Text eingewoben war. Und von dem verlängerten Schweigen, dem Miriam zugestimmt hatte.

»Hast du eigentlich mitbekommen, dass Mick Jagger wieder Vater wird?«, hatte Anna augenzwinkernd gefragt, als Miriam sich mit dem druckfertigen Artikel von ihr verabschiedet hatte. »Mit dreiundsiebzig!«

Miriam hatte wortlos genickt. Nun dachte sie, dass die Sartorius ebenfalls gerade Mutter geworden war. Wie viel Zeit würde ihr noch mit ihrem Sohn bleiben?

Bo.

Der Gaukler.

In ihrem Inneren sprossen Flechten auf der dunklen Haut der Stille. Sie meinte, die Bilder auf seinen Armen zu sehen.

Für einen Moment wünschte sie sich, an die Schlei zurückkehren zu können. Ein Spaziergang am Strand, Max, der seinen Drachen steigen ließ, der Wind und das Salz und dann Bo, der mit seinen Händen ihre nackten Füße umschloss. Ein warmes Gefühl stieg in ihr auf, sie konnte sich nicht dagegen wehren. Klangwellen breiteten sich in ihr aus und verdrängten die Stille, der Punkt über ihrem Mundwinkel pulsierte. Plötzlich war da die Gewissheit in ihr, dass es in Bos Gegenwart Augenblicke gegeben hatte, in denen sie absolut glücklich gewesen war.

Miriam ließ das Handy in ihrer Jackentasche los. Sehnsucht durchflutete sie, wie Wasser bahnte sich das schmerzliche Verlangen nach Bo seinen Weg. Ein wilder Strom, der rasch anschwoll und über die Ufer trat.

Sie holte tief Luft und atmete geräuschvoll aus, wie einen Flügelschlag spürte sie den Atem auf ihrer Haut.

Trauerte sie um Bo?

Um das, was noch nicht angefangen hatte?

Irritiert öffnete sie die Augen. Sie zwang sich, auf die Frau zu blicken, die ihr gegenübersaß und nun ununterbrochen schluchzte. Die Tränen strömten ihr über die Wangen, die Trauer verzerrte ihr Gesicht. Ihr Nachbar hielt ihr eine Box mit Taschentüchern hin und sie rupfte ein Tuch nach dem anderen heraus, als konnte sie ihren Schmerz darunter ersticken.

Miriam wandte den Blick wieder ab, sie wusste, dass es der Frau nicht gelingen würde.

Als sie nach dem Treffen nach Hause ging, fühlte sie sich erschöpft – nicht nur vom Schmerz der anderen. Gierig sog sie die Abendluft ein, die Luft roch nach Blütenstaub und Regen. Der Tag war mild gewesen, die Kastanien hatten die letzten Blüten abgeworfen, ihre mächtigen Kronen beschirmten das Pflaster der Seitenstraßen. In den Hecken lärmten die Amseln, und vor der Eisdiele kurvten noch ein paar Jungs mit Basecaps und Kapuzenpullis auf ihren Skateboards herum. Miriam dachte, dass der Sommer nun schnell kommen würde. An einer Bushaltestelle entdeckte sie ein erstes Plakat zum Sartorius-Preis.

Nachdenklich lief sie weiter, sie sehnte sich nach einem Glas Wein bei Nardim. Nur nicht allein sein. Als sie ins Café kam, sah sie das Babyfon auf dem Tresen stehen. Drei grüne Balken. Max schlief bereits, und Claudia war schon gegangen.

Nardim begrüßte sie mit einer lockeren Umarmung und einem Kuss auf die Wangen. Seine Locken rochen nach Kaffee und Kardamom.

»Heute war das Team von der *Anabel* da«, sagte er, als er ihr ein Glas Merlot und etwas Käse brachte. Er setzte sich kurz zu ihr auf das Sofa hinter der Säule. »Sie wollen die Aufnahmen hier im Café und oben in meiner Wohnung machen.«

Miriam nickte und trank einen Schluck Wein, sie konnte sich ungefähr vorstellen, wie das Küchenteam Nardims Café in Szene setzen würde. Ein bunter Herbststrauß auf dem Tresen, reife glänzende Früchte in Schalen und auf Etageren, farbiges Geschirr und ein verführerisch warmes goldenes Licht. Nardim, in einem weißen Hemd und mit bordeauxroter Schürze, dazu die Lederbänder an seinen Handgelenken. Der Herbstprinz. Sie würden ihm das bunte Tuch in seinem Haar lassen.

»Hast du schon alle Rezepte zusammen?«, fragte sie flüchtig und sah dabei nach dem Babyfon, das sie mit an den Tisch genommen hatte. Am Wochenende hatte er sie mit allerlei exotischen Apfelvariationen beglückt. Max hatte die Apfelcroissants mit Mandeln und Kokossplittern geliebt, während sie sich für die herzhaften Apfel-Dattel-Ziegenkäsetartelettes begeistert hatte.

Nardim lächelte, er zuckte mit den Schultern. »Ich habe ein paar Vorschläge gemacht, das Team meldet sich nächste Woche bei mir. Aber ich habe das merkwürdige Gefühl, dass noch etwas fehlt. Ich komm bloß nicht drauf.«

Als sie ihm nicht antwortete, sah er sie forschend an.

»Was ist mit dir?«

Miriam schüttelte müde den Kopf, wieder sah sie zum Babyfon.

»Max geht's gut«, sagte er schnell. »Claudia hat vorhin mit ihm bei mir gegessen.« Er zeigte auf einen Tisch am Fenster, an dem jetzt ein junges Pärchen saß. »Sein Ritter war auch dabei.«

Miriam lächelte, sie versuchte sich vorzustellen, wie der schlaksige Drache auf einem der Holzstühle lümmelte und durch sein geschlossenes Visier sehnsuchtsvoll in den Himmel hinaufstarrte.

»Er vermisst Bo«, sagte sie leise.

»Was ist passiert?«

Miriam strich mit den Händen über die Tischplatte, dann probierte sie ein Stück Käse. Wieder dachte sie, dass es unmöglich war, Nardim die ganze verworrene Geschichte zu erzählen.

»Miriam?«

»Ich bin noch nicht so weit«, antwortete sie. »Es ist noch zu früh.«

Nardim warf ihr einen langen Blick zu, aber er sagte nichts. Nach einer Weile wies er mit dem Kinn auf das Pärchen am Fenster. Die beiden waren jung, vielleicht Anfang zwanzig. Sie saßen dicht beieinander, ihr langes Haar floss über seinen Arm. Es sah so aus, als ob sie miteinander verschmolzen wären.

»Die beiden haben sich hier im Café kennengelernt«, sagte er leise. »Sie haben monatelang auf demselben Stuhl am selben Tisch gesessen und das Gleiche bestellt. Ratatouille mit Merguez. Nur nie am selben Tag.«

»Sie sind sich nie begegnet?«

Nardim nickte, er strich sich über den Bart und sah sie unverwandt an.

»Wie haben sie sich kennengelernt?«

»Ich habe die Ratatouille, die sie beide so mögen, nur noch donnerstags auf die Karte gesetzt. Irgendwann haben sie sich getroffen, ich glaube, sie haben sich sofort erkannt. *Coup de foudre.*«

Miriam lächelte, ganz kurz lehnte sie ihren Kopf gegen Nardims Schulter.

Als er aufstand, weil ein Gast bezahlen wollte, schaute sie ihm einen Moment nach, dann fiel ihr Blick wieder auf das Paar am Fenster. Das lange Haar der jungen Frau schimmerte im Kerzenlicht.

Plötzlich meldete sich der Rabe.

Sie spürte das Federrascheln in ihrer Brust. Seine Flügel stießen gegen ihr Herz, gaben ihm einen Schubs.

Gregor.

Wann hatte sie ihm das letzte Mal auf die Mailbox gesprochen?

Miriam biss sich auf die Lippen, sie hatte ihm immer noch nichts von Bo erzählt. Und von ihrer Kapitulation vor dem, was nicht zu ändern war. Vor den Umständen und vor dem Abgrund aus Krankheit und Zeit.

Der letzte Anruf – auf einmal fiel ihr ein, dass sie auf dem Weg zu Dorothea Sartorius gewesen war. Sie hatte Gregor von ihrem neuen Titel für den Artikel erzählt.

In einem anderen Licht.

Miriam strich sich über das kurze Haar im Nacken. Plötzlich kam es ihr so vor, als ob sie Gregor verraten hätte.

Seine Suche nach der Wahrheit.

Müde trank sie noch einen Schluck Wein.

Es waren nur noch zwei Wochen bis zur Preisverleihung.

Alles war bereit, und wenn sie die Augen schloss, konnte sie sehen, wie die Gäste in den Theatersaal strömten. Sie meinte, das Rascheln der festlichen Kleidung zu hören, das Raunen und den Applaus, wenn der Vorhang sich hob und die Musik einsetzte.

Ein Auftakt mit Mozart.

Und dann?

Sie sah, wie Dorothea Sartorius in einem eleganten Kostüm ans Rednerpult schritt. Die Spots der Bühnenbeleuchtung umfingen die Stifterin wie eine undurchdringliche Aureole, glitzernder Staub tanzte in den Bahnen aus Licht und verlieh dem Bild die schimmernde Patina einer Ikone. Ihre Großherzigkeit und die Maske der hanseatischen Noblesse nahmen das Publikum gefangen.

Miriam schüttelte den Kopf, dann holte sie das schwarze

Büchlein aus ihrer Tasche. Sie zog das Bild des jesidischen Mädchens heraus.

Gregors Madonna.

Vorsichtig strich sie mit den Fingerspitzen über das Foto.

Gregors Blick von vorn verdichtete den Eindruck von Wahrhaftigkeit.

Auf einmal dachte sie, dass sie es nicht schaffen würde, die Preisverleihung durchzustehen. Sie würde die Inszenierung des Schweigens einfach nicht ertragen. Den verlogenen Schein der couragierten Wohltäterin, an dem sie mitgewirkt hatte. Außerdem fürchtete sie sich davor, Bo in den Kulissen zu begegnen.

Miriam zögerte kurz, es fiel ihr nicht leicht, vor der Verantwortung davonzulaufen, und der Gedanke daran deprimierte sie. Aber dann fasste sie doch einen Plan: Sie würde sich ein oder zwei Tage vor der Matinee krankschreiben lassen. Sie wusste, dass die Mädels Anna wunderbar auffangen würden. Niemand würde ihr Fehlen bemerken.

Und dann?

Das Ende der Geschichte.

September 1972. Drei Tote. Die Schlei.

Miriam hatte das Gefühl, nichts mehr hinzufügen zu können. Sie musste abschließen, um nicht immer wieder in den verhängnisvollen Sog dieser verfahrenen Geschichte zu geraten. In ihrer Tasche suchte sie nach einem Stift, dann blätterte sie das Büchlein auf und zog einen entschlossenen Strich unter ihre Notizen. Im nächsten Moment dachte sie, dass sie kündigen und mit Max auf eine lange Reise gehen sollte. Danach würde sich etwas Neues finden. Vielleicht nicht in Hamburg, aber der Gedanke an einen Umzug schreckte sie nicht. Sie fühlte sich bereit, einen neuen Anfang zu wagen.

Ja, das war das Ende der Geschichte.

Sie leerte ihr Glas und legte das Foto in ihre Tasche zurück.

Bevor sie das Büchlein zusammenklappte, zog sie noch einen Zettel daraus hervor. Dorothea Sartorius hatte ihn ihr zusammen mit dem überarbeiteten Artikel geschickt. Es war ihr Apfelkuchen-Rezept. Wenige Zeilen nur, auf weißem Papier.
Der Herbstprinz.

Miriam sah wieder zu Nardim hinüber, dann versenkte sie das Notizbuch in den Eingeweiden des alten Sofas. Sie steckte es ganz tief in die Ritze zwischen Rückenlehne und Sitzkissen.

Als sie sich von Nardim verabschiedete, drückte sie ihm das Kuchenrezept in die Hand.

DREIUNDZWANZIG

Am Morgen der Preisverleihung wachte Miriam früh auf. Als sie im Pyjama auf den Balkon hinaustrat, umfing sie eine lockende Wärme. Der erste sommerliche Tag! Sie dachte, dass sie mit Max an die See fahren sollte.

Nach einer schnellen Dusche und einem Frühstück im Stehen packten sie ihre Badesachen zusammen.

»Wollen wir noch ein paar Croissants mitnehmen?«, fragte Max, als sie die Treppe hinunterliefen. Er trug seinen Drachen unter dem Arm. »Bitte, bitte, bitte.«

Miriam nickte ihm zu. Sie hatte ein kleines Picknick vorbereitet, belegte Brote, Obst und Kekse, aber sie freute sich auf den Duft von warmem Gebäck.

Das Café war schon gut besucht. Die meisten Gäste saßen draußen unter der gestreiften Markise und genossen das sonntägliche Treiben auf der Straße. Entspannte Gesichter, Gespräche mit Freunden, Muße.

»Was habt ihr denn vor?«, fragte Nardim, als er die Badetasche sah.

»Wir fahren ans Meer«, krähte Max gut gelaunt. Ungeduldig hüpfte er von einem Bein aufs andere. »Anbaden.«

»Schade, dass ich nicht mitkommen kann.«

Nardim sah ehrlich betrübt aus, er füllte eine Papiertüte mit Croissants und schob Miriam noch einen Kaffee zum Mitnehmen über den Tresen. Neben der Barista-Maschine stand ein Apfelkuchen mit Calvadosglasur auf einer Etagere.

»Ist heute nicht die Preisverleihung?«, fragte er, als sie bezahlte.

»Mami ist krank«, antwortete Max, bevor sie etwas erwidern konnte. »Schon seit Donnerstag.«

»Wirklich?« Nardim musterte sie kurz, ein prüfender Blick über seine Nase, bevor er sich wieder an Max wandte. »Was hat sie denn?«

»Bauchschmerzen.«

»So.« Nardim lächelte leise, dabei zog er den Kaffeebecher wieder zu sich. »Dann sollte sie aber lieber Tee trinken, oder was meinst du?«

Miriam verdrehte die Augen und schnappte sich ihren Kaffee. Milchschaum quoll aus der Trinköffnung, sie leckte ihn von ihren Fingerspitzen ab. »Hör mal, Nardim ...«

»*Oui?*«

»Können wir ein anderes Mal darüber sprechen? Ich will schnell auf die Autobahn, bevor sich die ganze Stadt auf den Weg an die Ostsee macht.«

Nardim nickte, in seinem Blick lag ein amüsierter Ausdruck. Im Hintergrund zischte die Barista-Maschine.

»Wo wollt ihr denn hin, an die Schlei?«

An die Schlei.

Seine Worte echoten wie ein großes Versprechen durch den Raum. Miriam dachte, dass die Rapsfelder nun blühen würden. Ein Meer aus gelben Blüten, das sich über die Hügel ergoss. Sie bemerkte, wie Max' Blicke sie sehnsuchtsvoll durchbohrten.

»Nein«, antwortete sie schnell und steckte das Wechselgeld ein. »Ich dachte, wir fahren nach Timmendorf. Das ist viel näher, dann sind wir in einer Stunde am Wasser.«

Als Max nicht hinsah, streckte sie Nardim die Zunge heraus.

Nardim lachte nur, er begleitete sie zur Tür. Als sie sich

von ihm verabschiedete, deutete er auf Max, der schon hinausgelaufen war und auf dem Bürgersteig wartete. Das Sonnenlicht rieselte auf ihn herab und betonte den rötlichen Schimmer in seinen Locken. So wie er dastand, in T-Shirt und Shorts und mit dem schlaksigen Ritter im Arm, sah er sehr verletzlich aus. Leise, so dass nur sie ihn hören konnte, sagte Nardim: »Vielleicht solltest du einfach über deinen Schatten springen. Was meinst du, Miriam?«

Als sie die Lange Reihe hinunterfuhren, war sie immer noch aufgebracht. Was bildete Nardim sich ein?

Max saß stumm in seinem Kindersitz. Er hielt den Drachen im Arm und schien mit seinen Gedanken ganz woanders zu sein. Als sie die goldene Ritterstatue passierten, sah er nicht einmal hin.

»Warum meldet Bo sich eigentlich nicht bei uns?«, fragte er plötzlich. »Er hat es mir doch versprochen.«

Miriam drehte das Radio leiser. Sie dachte, dass alles, was sie ihm antworten könnte, einer Lüge gleichkäme.

»Mami?«

Sie seufzte.

»Er hat sich bei mir gemeldet, Schatz. Ich habe ihn gesehen, als ich noch einmal bei Dorothea Sartorius war. Er wollte dich zum Drachensteigen einladen – an der Elbe.«

»Bo ist in Hamburg?« Max' Stimme klang empört, sie konnte seinen fassungslosen Blick in ihrem Rücken spüren. »Warum hast du mir denn nichts davon erzählt?«

Miriam hielt an einer roten Ampel, sie drehte sich zu ihm um. »Ich dachte, es wäre besser, wenn wir beide Bo vergessen.«

Max sah sie lange an, dann drehte er den Kopf zur Seite.

»Ich hab keine Lust mehr, ans Meer zu fahren«, sagte er und drückte den Drachen ganz fest an sich. Miriam dachte, dass er ihm das Kreuz brechen würde.

»Max, ich ...«

Was sollte sie erwidern? Es gab keine Entschuldigung für ihr Schweigen. Sie hatte ihren Sohn hintergangen.

Miriam umklammerte das Steuer, jemand rammte ihr eine Faust in den Magen. Jetzt bekam sie wirklich Bauchschmerzen.

Die Ampel war wieder umgesprungen, hinter ihr hupte es ungeduldig.

Miriam fuhr mit einem Ruck an und wechselte die Spur.

»Ich habe gedacht, dass Bo mich nicht mehr liebhat«, hörte sie Max auf der Rückbank murmeln. Der Drache hörte ihm geduldig zu.

Es gab mehrere Möglichkeiten, auf die Autobahn nach Lübeck zu kommen, aber Miriam schwenkte unbewusst in Richtung Hauptbahnhof ein. Auf der Kirchenallee fuhren sie am Schauspielhaus vorbei.

Es war inzwischen kurz vor zehn, in wenigen Minuten begann die Matinee. Miriam fuhr langsamer. Der Platz vor dem Theater hatte sich bereits geleert, auf dem roten Teppich flanierten ein paar Tauben. An einer Laterne lehnte ein Obdachloser in einem schwarzen Anzug, der den wenigen Passanten das Straßenmagazin entgegenhielt. Quer über die Fassade des Schauspielhauses hing das riesige Banner, das sie in Auftrag gegeben hatte: »Mut hat einen Namen«.

Die Buchstaben schienen sie auszulachen.

Miriam beschleunigte wieder, als könnte sie das alles hinter sich lassen. Mit der rechten Hand fischte sie den Pappbecher aus seiner Halterung und nahm einen großen Schluck Kaffee.

Nardim.

Der Wagen war erfüllt vom Duft der Croissants. Auf einmal musste sie an das junge Pärchen denken, das er zusammengeführt hatte.

Unsicher fuhr sie sich durchs Haar.

Hatte er etwa recht?

Miriam beschleunigte noch weiter, doch auf der Kreuzung hinter dem Bahnhof trat sie auf die Bremse.

»Festhalten!«

Ein Doppeldeckerbus kam ihr entgegen, trotzdem riss sie das Steuer herum, um zu wenden. Der Fahrer blendete auf, dann hupte er, ein mächtiges Dröhnen. Im Rückspiegel sah sie, dass er ihr kopfschüttelnd einen Vogel zeigte.

Miriam lachte auf, sie fühlte sich wie befreit. Als hätte das waghalsige Manöver sie aus ihrer Erstarrung gerissen. Auf dem Taxistreifen vor dem Schauspielhaus hielt sie an.

Schnell drehte sie sich um zu Max.

»Alles gut?«

Max nickte, er sah ein wenig benommen aus. Sein Drache war im Fußraum verschwunden.

»Hast du Lust, Bo zu sehen?«

»Bo!«

Sie war noch nicht abgeschnallt, da war er schon aufgesprungen. Ungeduldig rüttelte er an der Tür, bis sie ihn aus dem Mini befreite. Sie ließen den Wagen einfach zwischen den Taxis stehen. Hand in Hand sausten sie am roten Teppich vorbei auf den Bühneneingang zu.

Die Mädels winkten sie durch. Miriam sah, dass eine von ihnen etwas in ihr Headset flüsterte.

Ja, sie war gekommen!

Hinter der Bühne war es schummrig, es roch nach Leinwand, Farbe und Lampenfieber. Vorsichtig lotste sie Max durch das Labyrinth der Schiebewände. Die Kulissen des aktuellen Programms: berauschende Meer- und Himmelsbilder, die in einem geheimnisvollen Blau schimmerten.

Wo war Dorothea Sartorius?

Von der Bühne flutete Musik in das Halbdunkel hinein. Mozarts *Divertimento in D-Dur*. Ein zeitloses Vergnügen. Auf einem Monitor an der Seite konnte sie das Bühnengeschehen verfolgen. Die Symphoniker spielten kraftvoll und munter, die heitere Melodie erfasste den Saal.

Max blieb stehen, andächtig bestaunte er die Bühnenmaschinerie mit ihren Laufwerken und Seilzügen. Hier konnten Städte aus dem Nichts auftauchen, Schiffe versinken, Wasserfälle rauschen, Drachen steigen, Wolken ziehen.

Miriam legte den Finger auf die Lippen, auf Zehenspitzen tastete sie sich weiter in Richtung Bühne vor.

Dorothea Sartorius stand ganz vorne, fast schon an der Rampe und wartete auf das Zeichen, um auf die Bühne herauszutreten. Sie trug das Chanel-Kostüm, das Miriam schon kannte, ihr Haar war aufgesteckt, der Rücken gerade. In der Hand hielt sie das Redemanuskript, ihr Plädoyer für Mut und Aufrichtigkeit.

Die Stifterin.

Miriam spürte ein Ziehen in der Brust, sie konnte den Blick nicht von ihr lösen. Als wären ihre Erinnerungen Kulissenbilder, tauchten die Schauplätze der vergangenen Wochen vor ihrem inneren Auge auf.

Die Elbvilla.

Bos Kate.

Das Kloster.

Und immer wieder die Schlei.

Da war dieses Summen, das die Streicher übertönte.

Miriam verlor sich in der Melodie, ihr war, als ob der Boden unter ihren Füßen nachgab. Ihr Herz raste, schwindelig ließ sie sich auf dem Strom ihrer Empfindungen treiben.

Das Echo der Zeit.

Auf einmal bemerkte sie, wie Max ihr entglitt.

Ein Jubelschrei gellte durch die Kulissen.

»Bo!« Wie ein ungestümer Drache stieg die kindliche Freude in den Bühnenhimmel hinauf.

Miriam schrak zusammen, Hitze fuhr ihr ins Gesicht. Als sie sich umdrehte, sah sie die schimmernde Mütze.

Bo hatte etwas abseits gestanden, nun breitete er die Arme aus, und Max warf sich hinein. Erst als er ihren Sohn sicher in seinen Armen hielt, schaute er sie an.

Bo.

Der Gaukler.

Er trug ein weißes Hemd und eine dunkle Hose und ein weites Lächeln im Gesicht.

Auf der Bühne spielten die Symphoniker ungerührt weiter. Die Musik und Bos zärtlicher Blick füllten ihr Herz mit Liebe. Miriam unterdrückte einen Schluchzer.

Im nächsten Moment stand Dorothea Sartorius vor ihr. Sie sagte nichts, sondern nahm sie einfach nur in den Arm.

Miriam schloss die Augen.

Sie spürte alles, alles, alles.

Das Auf und Ab ihres Atems.

Dorotheas Zerbrechlichkeit.

Und ihre Stärke.

Die Krankheit.

Die Angst.

Und die Freude.

Dorotheas gute Seele strömte auf sie ein, und das Gefühl war unbeschreiblich.

Irgendwann endete die Musik.

Der Applaus setzte ein, und die Symphoniker traten ab.

Dann war da die Stimme der Moderatorin. Julia Hinrichs kündigte den Auftritt der Schirmherrin an.

Der Applaus setzte wieder ein und schwoll zu einem tosenden Rauschen an, der das Lebenswerk der Stifterin würdigte.

Dorothea Sartorius drückte sie noch einmal, bevor sie sich

aus ihren Armen löste. Ein letztes Lächeln, dann schritt sie entschlossen auf die Bühne.

Miriam sah ihr hinterher, der aufrechte Gang, der goldene Glanz auf ihren Schultern, dann verschluckte sie das Scheinwerferlicht.

Im nächsten Moment bemerkte Miriam, dass sie ein Redemanuskript in ihren Händen hielt. Es war ihr Artikel über Dorothea Sartorius, *In einem anderen Licht*.

Das Klatschen riss nicht ab, es dauerte ein paar Minuten, bis Dorothea Sartorius beginnen konnte.

»Ich bin an das Ende meiner Reise gekommen«, sagte sie, als der Applaus dünner wurde und schließlich ganz verebbte. »Und es ist an der Zeit, das Schweigen zu brechen, in das ich mich so viele Jahre gehüllt habe. Ich habe große Schuld auf mich geladen. Bevor ich den Preisträgern die Bühne überlasse, muss ich Abbitte leisten. Bitte verzeihen Sie mir, aber ich bin nicht die, für die Sie mich halten.« Ihrer Stimme war anzuhören, wie dick die Steine waren, in die sie ihren Schmerz eingemauert hatte.

Ein Raunen ging durch den Saal und erfasste auch die Kulissen. Auf einem zweiten Monitor sah Miriam das erstaunte Gesicht von Anna, mit leicht geöffnetem Mund blätterte sie aufgeregt in ihrem Programmheft. Die Preisträger schüttelten ratlos die Köpfe.

Und dann begann Dorothea Sartorius zu erzählen – sie kehrte in den Sommer zurück, der ihr Leben verändert hatte.

September 1972. Drei Tote. Die Schlei.

Im Saal war es sehr still, die Welt schien den Atem anzuhalten, die Zeit verdichtete sich. Vorher und Nachher, Licht und Schatten, Anfang und Ende. Dorotheas Bekenntnis folgte der Spurensuche, die Miriam in ihrem zweiten Artikel unternommen hatte. Und die Reue, die in jedem gesprochenen Wort mitschwang, verlieh dem Text eine unerhörte Wucht. Die

Wahrheit übertönte das Schweigen mit einem Paukenschlag. Das hier war nicht nur eine Bitte um Vergebung, sondern auch ein mutiger Aufruf zur Versöhnung.

Miriam blickte auf und wischte sich die Tränen aus den Augen. Sie hatte das Gefühl, dass Dorotheas Beichte auch sie selbst befreite. Ruhe erfüllte sie, mit einem Seufzer atmete sie aus. Als sie zu Bo hinüberschaute, dachte sie auf einmal, dass der Zufall etwas war, dessen Sinn sich erst ganz am Ende erschloss.

Let it be.

Von hinten schob sich eine Kinderhand in ihre, da war Bos Atem in ihrem Nacken. Miriam lehnte sich zurück, ihr Körper sog seine Berührungen auf, der Punkt über ihrem Mundwinkel pulsierte.

Dann spürte sie ein Flattern in ihrer Brust. Heiter und leicht.

Der Rabe – er war nicht fort.

Aber es fühlte sich so an, als ob er ein Nest aus Dünengras in ihrem Herzen baute.

ANMERKUNGEN DER AUTORIN

Was geht dem Terror voraus?

Wie verändert die Zeit die Perspektive, aus der heraus wir Gewalt wahrnehmen und beurteilen?

Und wie bemisst sich Wahrheit?

Diese Fragen haben mich während der Arbeit an meinem Roman beschäftigt, und sie haben mich auch in meine Kindheit zurückgeführt. Es ist nun vierzig Jahre her, dass der RAF-Terror im Deutschen Herbst 1977 seinen Höhepunkt erreicht hatte. Den Ausnahmezustand jener Tage und Wochen, die Herausforderung für die Demokratie, erlebte ich als damals knapp sechsjähriges Kind wohl nicht bewusst, dennoch erinnere ich mich noch gut an die Fahndungsplakate in Schwarzweiß, die damals in Bank- und Postfilialen oder Telefonzellen hingen. Darauf die ausdruckslosen Gesichter der Protagonisten der ersten und zweiten RAF-Generation. Andreas Baader, Gudrun Ensslin, Ulrike Meinhof, Christian Klar und andere – Namen, die Geschichte schrieben, eines der dunkleren Kapitel in der jüngeren deutschen Geschichte.

Auch bin ich mir sicher, das im Roman beschriebene Bild des entführten Arbeitgeberpräsidenten Hanns Martin Schleyer zum ersten Mal im Oktober 1977 in einer Tagesschau-Sendung gesehen zu haben, während ich geborgen auf dem Schoß meines Vaters saß. Oder täuscht mich meine Erinnerung, ist sie nicht viel mehr als die Projektion jenes geradezu ikonenhaften Bildes in mein Leben?

Die Jahre vergehen und weitere Bilder kommen hinzu, gesprengte und verkohlte Limousinen, Tote, von weißen Leichentüchern bedeckt. Karl Heinz Beckurts, Gerold von Braunmühl, Alfred Herrhausen und Detlev Karsten Rohwedder sowie viele weniger prominente fallen den Gewalttätern zum Opfer. Bis zur Selbstauflösung der RAF im Jahr 1998 bomben und morden drei Terroristen-Generationen im Namen einer nur schwer verständlichen Utopie. Vierunddreißig Menschen müssen sterben, viele andere werden zum Teil schwer verletzt. Eine Katastrophe, die ihren Ausgang im Namen der Menschlichkeit nahm.

Und es ist noch nicht vorbei. Während ich an diesem Roman arbeitete, machen Burkhard Garweg, Daniela Klette und Ernst-Volker Staub wieder Schlagzeilen, das Ex-RAF-Trio scheint sich sein Leben im Untergrund mit Überfällen auf Geldtransporter zu finanzieren.

Da ist die Stimme der Gewalt, und da ist das fortdauernde Schweigen, in das sich all jene hüllen, die noch da sind. Die im Gefängnis sitzen oder im Untergrund leben und wissen, was genau damals geschehen ist. Bis heute sind einige Morde und Verbrechen nicht aufgeklärt, weigern sich die Täter, eine individuelle Verantwortung zu übernehmen. Und da ist auch die düstere Gegenwart mit dem Terror unserer Tage, die zeigt, dass die Radikalisierung junger Menschen, dass der Terrorismus furchtbare Aktualität sind.

Das sei nicht allein ein historisches Nachdenken, sondern auch ein aktuelles, schreibt Carolin Emcke in ihrem Buch *Stumme Gewalt. Nachdenken über die RAF*. Auch heute bestimme der öffentliche Diskurs über die Gewalt alle anderen politischen und sozialen Motive und Themen. Die Debatte über den islamistischen Terrorismus und die Reaktionen darauf verschlinge jedes Nachdenken über die kritischen Fragen, die diesem Terror vielleicht vorausgehen.

Zeitgeschichte also, eingewoben in einen Roman, in eine Geschichte von Liebe und Trauer, Anfang, Ende und Neubeginn. Wie kann das gelingen?

Vielleicht, indem ich nicht werte, sondern mein Schreiben diesem literarischen Gedanken unterordnete: Manchmal ist die Wahrheit nur eine Sache der Vorstellungskraft. Kein Richtig und Falsch also, sondern vielmehr die Auseinandersetzung damit, was Wahrheit im Leben, in der Erinnerung und auch in der Fiktion bedeutet. Und wie sich Erkenntnis vermittelt.

Ganz bewusst habe ich für meinen Roman nach einem Ort und einem Zeitpunkt gesucht, die das Geschilderte möglich erscheinen lassen, ohne dass sie sich konkret in die Landkarte des RAF-Terrors einfügen: September 1972. Drei Tote. Die Schlei.

Ein Kommando Marguerite hat es nie gegeben, genauso wenig wie es das im Buch beschriebene Kloster oder das Dorf an der Schlei genauso gibt. Alle in diesem Buch geschilderten Handlungen und Personen sind frei erfunden. Ähnlichkeiten mit lebenden oder verstorbenen Personen wären zufällig und sind nicht beabsichtigt. Dennoch habe ich mich bemüht, alle Handlungen und Ereignisse möglichst plausibel erscheinen zu lassen.

Bei der Recherche für diesen Roman habe ich viel zum Thema RAF gelesen. Besonders hilfreich waren natürlich Stefan Austs grundlegendes Werk *Der Baader Meinhof Komplex* und, wie bereits erwähnt, Carolin Emckes *Stumme Gewalt. Nachdenken über die RAF*. Der Ausstellungskatalog »RAF – Terror im Südwesten« verdeutlichte mir das Konzept der Stadtguerilla, die Sonderschau »RAF – Terroristische Gewalt« habe ich 2015 im Deutschen Historischen Museum in Berlin besucht.

Fast ein halbes Jahrhundert ist seit der ersten Aktion der RAF, der Baader-Befreiung am 14. Mai 1970, vergangen, doch noch immer sind viele Fragen offen, sind Wunden nicht verheilt. Wenn ich mit meinem Roman die Gefühle Angehöriger und Hinterbliebener des RAF-Terrors verletzt habe, so möchte ich mich an dieser Stelle ausdrücklich dafür entschuldigen. Terror ist in einem Rechtsstaat keine Lösung für Probleme. Er ist durch nichts zu rechtfertigen.

Katrin Burseg
Im Sommer 2017

Katrin Burseg

Liebe ist ein Haus mit vielen Zimmern

Roman.
Auch als E-Book erhältlich.
www.list-taschenbuch.de

Ein Liebesroman, der eine lange vergessene Künstlerin der Hamburger Sezession wiederentdeckt

Carlas Leben gerät in Aufruhr, als sie eine besondere Entdeckung macht: ein Gemälde von Alma Reed, die während der NS-Zeit verfolgt wurde. Von der Künstlerin und ihren Bildern fehlt jede Spur. Carlas schwer erkrankter Mann scheint sich in seinen lichten Momenten an etwas zu erinnern ...

Ausgezeichnet mit dem DELIA-Literaturpreis 2016

»Ein hervorragend recherchierter Roman, der aktuelle Themen wie Alzheimer und Raubkunst beinhaltet und am Ende zu einem kleinen Thriller verwebt.«
Brigitte

List

Ruth Hogan

Mr. Peardews Sammlung der verlorenen Dinge

Roman.
Aus dem Englischen von
Marion Balkenhol.
Gebunden mit Schutzumschlag.
Auch als E-Book erhältlich.
www.list-verlag.de

Wir warten alle darauf, gefunden zu werden …

Auch Anthony Peardew, der auf seinen Streifzügen durch die Stadt Verlorenes aufsammelt. Jeden Gegenstand bewahrt er sorgfältig zu Hause auf. Er hofft, so ein vor langer Zeit gegebenes Versprechen einlösen zu können. Doch ihm läuft die Zeit davon. Laura übernimmt sein Erbe, ohne zu ahnen, auf welch große Aufgabe sie sich einlässt. Überrascht erkennt sie, welche Welt sich ihr in Anthonys Haus eröffnet.

Ein Roman über verlorene Dinge und zweite Chancen. Über einzelne Handschuhe, schönes Teegeschirr, begabte Nachbarinnen, unerwartete Freundschaften und zeitlose Liebe.

List